L'ÉPÉE DES HIGHLANDS

UNE ROMANCE HISTORIQUE

TANYA ANNE CROSBY

Traduction par
EMMA CAZABONNE

Pour ma fille, Alaina... mon ange.
Comme Lael, puisses-tu « casser la baraque » et faire fureur.

« Tanya Anne Crosby est maître de son genre littéraire... »

— LAURIN WITTIG, AUTEUR À SUCCÈS

« L'amour, l'honneur, le suspense, la passion... toutes les bonnes choses que nous aimons dans une romance sur les Highlanders. »

— SUZAN TISDALE, AUTEUR À SUCCÈS DE
ROWAN'S LADY

« Paysages enchanteurs, trahison à vous couper le souffle et passion réconfortante annoncent le retour triomphal de Tanya Anne Crosby à l'Écosse antique. »

— GLYNNIS CAMPBELL, AUTEUR À SUCCÈS

DANS LA MÊME SÉRIE

Le Promis des Highlands
L'Épée des Highlands

PROLOGUE

DUBHTOLARGG, ÉTÉ 1125

— Catrìona est partie !

C'étaient les mots les plus durs que Lael ait jamais entendus à son réveil.

— Comment ça, partie ?

— Partie, répéta son frère très calmement.

Lael bondit de son lit, rejetant les couvertures. Elle était soudain complètement réveillée.

— Enlevée, précisa-t-il, pour être sûr de se faire comprendre.

Puis il décrocha du mur une des épées récemment affûtées de Lael et mit l'arme à la lame brillante dans le fourreau à sa ceinture. Il se saisit d'un autre de ses couteaux et le fourra dans sa botte, se préparant à la guerre.

C'est ainsi qu'elle salua le jour naissant, en apprenant que sa sœur chérie avait été enlevée par le roi fantoche de la Scotia.

Sale lèche-cul des Sassenachs.

Elle se précipita derrière Aidan qui rassemblait des provisions.

— Comment ? Pourquoi ? demanda-t-elle, tout en préparant ce dont elle aurait elle-même besoin.

Elle avait bien l'intention d'accompagner Aidan à la recherche de Catrìona. David et ses hommes n'avaient pas pu aller bien loin. Dans le pire des cas, ils seraient seulement à une demi-journée à cheval de là. Les talents de traqueuse de Lael leur seraient très utiles. Elle était la meilleure de leur clan.

De plus, elle n'avait aucune raison de rester à la maison à se tourner les pouces. Elle était certes la seconde aînée de la fratrie, mais elle n'était pas une mère pour eux comme Cat. Elle n'avait pas non plus l'esprit joyeux de Cailin, ni la douceur innée de Sorcha. Ses trois sœurs étaient nées avec beaucoup plus de vertus qu'elle. Dès sa première goulée d'air, Lael sut qu'elle était différente des autres. Et le jour de la mort de son père, elle trouva sa raison d'être.

Elle était guerrière jusqu'au bout des ongles.

— Je sais point, mais j'ai bien l'intention de le découvrir, jura son frère.

— Je vais avec toi ! annonça Lael.

— Nenni !

— Si fait, Aidan, j'irai ! Tu pourras point m'en empêcher. Cat est aussi ma sœur. Je peux me battre aussi bien que toi !

Son frère, son *laird*, se tourna vers elle et la transperça du regard. Un regard qu'elle ne reconnut que trop bien.

— J'ai besoin que tu restes *ici*, Lael.

— Nenni ! insista Lael. T'as besoin de moi.

Sa plus grande crainte était qu'Aidan ait besoin d'elle et qu'elle ne soit pas là pour le défendre. Et non, cela ne la rassurait *pas du tout* de savoir que chaque homme serait prêt comme elle à donner sa vie pour son frère Aidan.

— Je suis *beaucoup* plus agile avec mon épée que tous les hommes que tu pourras emmener avec toi, et en plus je vise mieux que toi.

Le visage sombre, son frère garda le silence tout en prenant des provisions dans le garde-manger, assez pour plusieurs jours.

Sorcha, sa sœur cadette, entra en silence dans la salle, les yeux rouges.

— Je suis désolée, Aidan, dit-elle en pleurnichant. Je les ai point ouïs.

Cailin et Keane arrivèrent à leur tour en traînant les pieds, l'air endormis, les traits tirés.

— Vous inquiétez point, mes chéris, roucoula Cailin, se précipitant au côté de Sorcha. C'est point de votre faute. Aidan va la trouver, vous inquiétez point, poursuivit-elle en tapotant Sorcha sur l'épaule.

Lael se mordillait la lèvre inférieure, réfléchissant à ses options. Aidan n'attendrait pas qu'elle s'habille, elle le savait. Mais elle était déterminée à aller avec lui, même si elle devait monter à cheval seulement vêtue de sa chemise, le seul véritable habit de femme en sa possession. Elle se sentait vulnérable et exposée aux yeux de tous, mais peu lui importait.

— Depuis combien de temps est-ce qu'ils sont partis, tu penses ? demanda Keane.

Aux yeux de Lael, il ressemblait beaucoup plus à un homme en cet instant que jamais. Et pourtant, lui et Cailin étaient bien trop jeunes pour pouvoir être de quelque utilité que ce soit à Aidan. Seule Lael l'égalait en compétence et en expérience. Et à la différence de Keane, elle n'était pas destinée à diriger ce clan si quelque chose devait arriver à son frère aîné. C'était donc elle, logiquement, qui devait se joindre à son frère pour cette mission. Si elle pouvait retourner en douce dans sa chambre, juste le temps de changer de vêtements, elle pourrait le suivre à cheval et le rattraper rapidement.

Préoccupé, la mâchoire serrée et les épaules tendues, Aidan attacha le sac à sa taille et se dirigea à grands pas vers la table où l'attendait sa targe. Lael réalisa qu'il se reprochait ce qui venait de se passer. Après la mort de leur père, son frère avait juré de ne laisser aucun étranger dormir sous leur toit. Mais David mac Maíl Chaluim était arrivé la veille, prétendant que lui et ses hommes avaient été attaqués par des brigands au col près de Dubhtolargg. Il avait dit qu'il leur restait peu de provisions. Il venait juste demander l'aide d'*amis*. Puis, comme un voleur, il s'était introduit dans la chambre de Cat et s'était emparé d'elle alors qu'elle était dans son lit.

Sorcha pleurait, inconsolable :

— David est un homme terrible ! Pourquoi est-ce qu'on l'a laissé passer la nuit ici, Aidan ? Pourquoi ?

Plus jamais, se promit Lael.

Elle ne ferait plus jamais confiance à qui que ce soit, qu'il se dise ami ou non. Quant au *roi* David, ce n'était pas le sien, et elle était prête à lui arracher son ignoble cœur quand elle le rencontrerait.

— Si fait, je viens avec toi, insista-t-elle.

Et elle suivit Aidan qui se dirigeait vers la porte.

Elle savait à son pas qu'il était tendu comme un arc, prêt à déchaîner sa fureur sur elle, mais elle persistait. Pour une fois dans sa vie, elle n'allait pas rester les bras croisés et ne rien faire tandis que son frère encourait de nouveau un danger. Il ne pouvait pas la protéger pour toujours. Le jour où son père était mort, elle avait été beaucoup trop jeune pour aider, mais elle n'était plus une enfant. Et elle était plus qu'assez habile pour assurer la sécurité de son frère. Elle suivit Aidan sur la jetée avec détermination.

— Qui d'autre va t'accompagner ?

— Lachlann et son fillot, Fergus. Je sais point qui d'autre. Lachlann est en train de rassembler les hommes, expliqua-t-il à voix basse, sur un ton sec.

Elle connaissait assez son frère pour savoir que son calme était trompeur. Quand il finirait par rattraper David, le roi de Scotia pourrait bien se retrouver sans tête. En attendant, Aidan avait *besoin* d'elle et Lael avait *besoin* de l'aider.

Choisis tes mots avec soin, Lael.

Il perd, celui qui perd la tête. La voix de son père résonnait à ses oreilles, comme un sinistre écho du passé.

Son frère ne bouillait peut-être pas de rage pour l'instant, mais il était néanmoins aveuglé par la colère. Elle *devait* l'accompagner pour surveiller ses arrières. C'était impératif. Ils n'avaient plus qu'Aidan. S'il périssait, qui les protégerait ? Qui protégerait la pierre ? Qui protégerait la vallée ? Keane n'était encore qu'un enfant, malgré les apparences.

— Aidan ! cria Lael derrière lui en tapant du pied, se sentant aussi impuissante qu'à sa naissance.

Il se retourna sur le quai et la regarda, perdant finalement son sang-froid – devant Lachlann, qui attendait maintenant sur la plage avec des chevaux harnachés.

— J'ai dit nenni ! cria-t-il avec fureur. J'ai besoin de toi ici, Lael.

Le feu monta aux joues de Lael, seulement en partie de chagrin : son frère n'avait jamais crié après elle de cette façon. Elle s'arrêta brusquement et le regarda se retourner et s'éloigner à toute vitesse, la laissant muette de rage.

À cet instant précis, elle se jura de tuer David mac Maíl Chaluim. Si la haine seule pouvait arracher la vie à un homme, il serait mille fois mort.

Elle regarda son frère atteindre le bout de la jetée et

se hisser sur le dos de sa jument. Le soleil matinal se re-
flétait sur sa targe tandis qu'il l'ajustait dans son dos.
Lael se promit alors deux choses : elle ne se retiendrait
jamais plus de suivre son cœur, et si David mac Maíl
Chaluim survivait à la colère de son frère, elle le tuerait
elle-même, à mains nues.

CHAPITRE 1

DUBHTOLARGG, FIN DE L'ÉTÉ 1126

— Je vais me joindre à la bataille pour Keppenach.

La mélodie du luth s'arrêta brusquement.

Il était temps de débarrasser la longue table, mais personne n'osait bouger. Les hommes étaient en train de boire. Leurs mains s'immobilisèrent soudain. Les chandelles de suif vacillèrent faiblement dans le silence qui suivit la déclaration de Lael.

Faisant grise mine, ils se regardèrent les uns les autres par-dessus la table. Son frère était le plus mécontent de tous. Les tresses serrées sur ses tempes donnaient encore plus de sévérité aux traits fiers et durs d'Aidan. Certes, il ne s'était pas recouvert de peintures de guerre pour ces hôtes particuliers, mais il n'était pas non plus venu souper avec eux sans son épée à la ceinture, un fait qui ne passa pas inaperçu. L'argent de son pommeau brillait au-dessus de la table, reluisant, comme une amante caressée avec soin. Il avait les doigts tellement serrés autour de sa chope d'*uisge* que ses jointures étaient blanches. Elle se rendit compte qu'il était furieux. Mais aussi que son frère n'insulterait pas leurs invités en manifestant sa mauvaise humeur, pas plus qu'il n'effraierait sa petite, paisiblement endormie dans les bras de Lìli.

La chère épouse d'Aidan pencha la tête et regarda le visage de sa fille, puis elle se tourna pour demander à son jeune fils de quitter la salle. Sorcha, âgée de quatorze ans et grandissant chaque jour en maturité, sentit la bagarre arriver. Elle se précipita pour prendre le petit Kellen par la main et sortit promptement de la salle avec lui. Lìli jeta un coup d'œil inquiet à Lael. Comprenant intuitivement que sa présence à table ne facilitait rien, elle se leva et souhaita bonne nuit à leurs invités. Lael ne fut pas surprise que même si Keppenach demeurait le patrimoine de son fils de par la loi, Lìli ne revendique rien pour elle-même.

— Comme toujours, s'adressa Lìli aux hommes de MacKinnon pour les rassurer, vous êtes les bienvenus dans notre demeure. Mais je vous prie de m'excuser, je dois prendre congé et mettre ma fillotte sur sa couche avant qu'elle se réveille et crie à tue-tête.

Elle se tourna vers Aidan, un regard entendu et suppliant dans ses yeux violets, puis de nouveau vers Broc Ceannfhionn. Broc le Blond, comme on l'appelait à juste titre, même s'il avait maintenant l'intention de rétablir le nom de MacEanraig. Elle lui sourit faiblement.

— Elle partage le caractère de son père, dit-elle.

Mais cet avertissement n'était pas destiné à Lael. Lael le savait mieux que quiconque, mieux que Lìli, en fait.

Lael fut soulagée de les voir quitter la salle. Même si la nouvelle épouse d'Aidan allait nécessairement porter un grand intérêt à la décision finale de ce soir, l'enfant endormie les aurait empêchés de discuter sérieusement. Et maintenant que Lael avait pris sa décision, il n'était pas question que leurs invités partent purement et simplement, quoi que décrète son frère.

Lael était adulte, capable de décider par elle-même.

Elle n'était plus une enfant qu'on pouvait commander à souhait.

Broc, le dernier du clan MacEanraig, avait bien présenté sa cause et Lael avait l'intention de se rallier à lui. Elle comprenait ce que cela signifiait d'être le dernier espoir d'un peuple. Il était en possession de l'épée du *Ard rí*, l'épée du roi suprême et Chef des Chefs, la lame sacrée perdue depuis des siècles parmi la Sìol Ailpín, la famille divisée des sept clans des Highlands qui se réclamaient tous de la lignée du premier roi Alpin. L'épée perdue avait été retrouvée. Elle était posée là, sur leur table. Elle chercha des yeux les inscriptions sur la lame, les mots gravés dans l'acier forgé à l'aube des temps :
Cnuic `is uillt `is Ailpeinich.

Collines et ruisseaux et MacAlpin.

La devise déclarait que leur lignée était aussi vieille que les Highlands elles-mêmes. Cela impliquait qu'aucune terre n'existait avant le règne du premier MacAlpin.

Aidan serra la mâchoire de colère en regardant sa femme quitter rapidement la table. Lael attendit patiemment qu'elle sorte. Une fois qu'elle entendit la lourde porte se refermer, elle ouvrit la bouche pour parler.

— Tu te joindras *point* à ce combat, annonça Aidan à voix basse, mais avec une détermination de fer que Lael n'avait entendue qu'une seule fois auparavant.

Son frère n'avait pas l'habitude d'imposer des règles. Pourtant, il n'y avait pas d'autre façon de l'interpréter. Il lui interdisait de partir. Mais Lael n'en faisait qu'à sa tête et ne recevait d'ordres de personne, pas même de son frère le *laird*.

Au centre de la salle, le feu crépitait dans la cheminée. Le seul bruit qui rompe le silence lourd de colère.

Les trois hommes de MacKinnon, Broc Ceannfhionn y compris, tenaient leurs langues, réalisant instinctivement que ce n'était pas le moment d'intervenir entre le frère et la sœur. Deux jours auparavant, ils étaient revenus dans la vallée pour demander une dernière fois à Aidan de se rallier à leur cause, car Keppenach se dressait au pied des *Am Monadh Ruadh*, les collines rouges, où résidait le peuple de Lael. Pendant ce long hiver, la forteresse avait entretenu une petite garnison, tout en faisant battre avec impétuosité l'étendard au lion rampant du roi David en haut de ses tours de pierre. Mais la nouvelle était arrivée de l'approche d'une armée dirigée par nul autre que le Boucher du diable, au service d'Henri.

C'était le moment ou jamais de ressaisir la forteresse et de s'assurer que celui qui en aurait le contrôle soit un ami de leur clan, pas un ennemi.

Connaissant bien son frère, Lael choisit ses mots avec soin.

Elle garda les yeux fixés sur le feu dans l'âtre et sur la fumée qui montait en volutes. Elle se contrôlait, se demandant de combien de désaccords cette ancienne salle avait été témoin depuis sa construction.

— Si fait, je *vais* me battre, dit-elle, sur un ton non moins déterminé que celui de son frère. Tu peux point m'en empêcher. J'ai le droit de prêter mon épée où bon me semble.

— Nenni ! Je le permettrai point, cria son frère en frappant du poing sur la table.

Les chopes s'entrechoquèrent à l'autre bout de la planche. Ses yeux verts brillaient férocement. Il ne céderait pas. Elle non plus.

Lael poussa sa chose d'*uisge* de côté.

— Je veux qu'on défende Keppenach, Aidan. C'est trop près d'ici pour notre tranquillité d'esprit.

— Nenni, insista-t-il, la harponnant d'un regard qu'elle comprenait.

Il en disait long. Aidan ne pouvait pas parler ouvertement, avec tant d'oreilles prêtes à entendre ce qu'elles n'avaient pas le droit de savoir. La pierre sacrée qu'ils avaient cachée au sommet de la montagne était en danger. La vraie pierre du destin qui leur avait été confiée pour un temps. C'était pour la protéger qu'Aidan ne voulait pas attirer l'attention sur cette vallée. Et c'était pour cette même raison que Lael voulait se battre aux côtés des hommes de MacKinnon. Son frère *devait* se rendre compte, qu'il le veuille ou non, que la guerre était déjà à leurs portes. Le roi David n'aurait de cesse que toute la Scotia soit sous sa domination. Combien de temps restait-il avant qu'ils n'entendent ses cris de guerre ? Non, ce n'était pas un homme à qui on pouvait faire confiance. Il avait déjà prouvé cela. Et pire encore.

— Je suis la fille de mon père, s'obstina Lael. Je crois point qu'il voudrait qu'on attende que la mort soit à nos portes.

— Et c'est pourtant bien ce qu'il a fait, lui rappela sèchement son frère.

Leur père était en effet mort ici, dans cette salle, au nom de la paix.

Mais c'était différent, se dit Lael. Pour tous les habitants de leur vallée, l'histoire était vouée à se répéter, mais elle refusait que cela se reproduise, pas même une fois. Trois fois ils avaient invité la paix, et trois fois ils avaient été trahis. Plus jamais. Pas même pour protéger cette pierre de Scone. Lael ne voulait pas perdre un autre membre de sa famille pour défendre une dalle rocheuse, qu'elle soit maudite ou non, que sa découverte fasse couler le sang des rois ou non. Tant qu'il ne s'agissait pas du sang des siens.

Elle et Aidan se fixèrent des yeux, ni l'un ni l'autre disposé à fléchir.

Le silence s'étendit dans la salle de façon lugubre, enveloppant dans son obscurité chaque latte de bois, chaque pierre, chaque meuble, chaque homme, femme et enfant.

La tristesse alourdit le cœur de Lael. Toute sa vie, elle avait respecté les souhaits d'Aidan. Mais dans ce cas, elle ne pouvait pas renoncer à son droit de suivre sa propre décision.

Elle avait déjà décidé, advienne que pourra.

Elle reconnut l'instant où son frère comprit qu'il faisait face à un mur : c'est ce que Lael était devenue dans sa détermination.

La mâchoire serrée, l'air furieux, il cligna des yeux et baissa la tête vers son écuelle qu'il n'avait pas encore touchée. Dès qu'elle l'avait informé de ses intentions, il avait manifestement perdu son appétit. Elle l'observa. Sa poitrine se souleva tandis qu'il inspirait avec résolution, puis il leva la tête, ses yeux verts la transperçant par-delà la table aussi sûrement que des poignards. Il se tourna vers chacun des hommes de MacKinnon, l'un après l'autre, puis reposa ses yeux étincelants de colère sur Lael. Alors seulement prit-il la parole :

— Si tu pars te battre, Lael, c'est sans mon consentement. J'irai point te défendre, et je suis même point sûr de te laisser revenir dans notre vallée, et tu sais très bien pourquoi.

Clairement mal à l'aise, Broc Ceannfhionn repoussa sa chaise pour se lever.

— J'avais point l'intention de provoquer la discorde, avança-t-il aussitôt.

— Mais c'est bien ce que vous avez fait ! rétorqua Aidan en lui lançant un regard furieux.

Le front plissé, il se retourna vers Lael, donnant congé à leurs invités une fois pour toutes.

Lael cligna des yeux et avala douloureusement sa salive. Elle ne s'était pas attendue à cela. Aidan avait *toujours* été son plus grand allié, son mentor, et dans un certain sens, son père et sa mère. Il était son *laird*, son ami le plus cher. Ses paroles la blessèrent profondément. Mais sa fierté ne la laisserait pas se soumettre : dans cette affaire, elle savait qu'elle avait raison.

Si fait, elle se *battrait* pour rendre Keppenach à son héritier légitime : Broc Ceannfhionn. Le patrimoine serait peut-être perdu à jamais pour le fils de Lìli, mais c'était un sort bien meilleur pour cette forteresse que de se retrouver sous l'étau de David. Un homme à tous égards bien plus Anglais qu'il n'avait jamais été Scot.

Le Boucher du diable était un assassin au service du roi Henri, rien de plus qu'un seigneur frontalier qui avait abandonné ses terres pour satisfaire les caprices de l'Angleterre. En accordant Keppenach à son boucher, David de Scotia rendait son allégeance à l'Angleterre claire comme de l'eau de roche.

Les genoux affaiblis, Lael prit appui sur la table pour se lever. Comme de leur propre gré, ses épaules se redressèrent et son menton se releva.

— Soit.

Elle sortit de la salle, vaguement consciente que Broc et ses hommes se levaient pour la suivre. Personne n'aperçut les larmes monter à ses yeux. Sauf Una, leur prêtresse bien-aimée.

La vieille femme hocha la tête au passage de Lael, la sagesse de ses années se reflétant dans l'œil qui lui restait.

— Que les dieux soient avec toi, mon enfant, dit-elle de sa vieille voix lasse.

Lael la salua en retour. La gorge trop serrée pour parler, elle redressa les épaules et poursuivit son chemin. Elle ouvrit les portes du *crannóg* et s'avança dans la nuit noire et brumeuse.

CHAPITRE 2

CHÂTEAU DE KEPPENACH, LES IDES DE
DÉCEMBRE 1126

Les affrontements et le cliquetis des épées s'arrêtèrent. Le soleil se leva sur la cour du château ravagée par les flammes. La fumée s'élevait des toits en volutes noires. Une enclume noircie gisait parmi les restes d'un bâtiment calciné, probablement la forgerie.

La guerre était vicieuse, laide et cruelle. Mais ce qui surprenait le plus Lael, c'était que ce conflit ressemblait exactement à l'embuscade perfide dont elle avait été témoin dans leur vallée, à l'âge de dix ans. Il sentait même pareil. Le malaise qu'elle ressentait à présent n'était pas seulement dû au fait de savoir qu'on allait la pendre. Sous quelque angle qu'elle considère la situation, elle avait joué un rôle dans cette destruction. Contre la volonté de son frère, elle avait levé son épée contre des hommes qui ne lui avaient rien fait. Du moins, pas encore.

La vie ne commence qu'une fois la peur disparue, lui avait un jour dit Una dans sa sagesse.

Si c'était vrai, alors Lael n'avait jamais vraiment vécu un seul jour de sa vie. Et maintenant, elle allait mourir parce qu'elle avait eu peur. Peur d'attendre et de donner à ses ennemis l'occasion de nuire aux siens. Poussée par cette peur, elle avait élevé la voix dans un horrible cri de guerre. Ce matin, qu'elle croie ou non avoir combattu pour une bonne cause, le carnage la rendait malade.

La cour était recouverte de cendres comme de neige noire. Le soleil matinal étincelait dans ses yeux. On lui avait lié les mains dans le dos. On avait vigoureusement serré un nœud autour de son cou. La mort la trouverait le cœur lourd face aux ruines de Keppenach.

Construit sur les vestiges d'une ancienne forteresse romaine, le donjon était maintenant tout autant hideux à l'intérieur qu'à l'extérieur. Tous les arbres à un sillon du château avaient été brûlés. Pas par le contingent de Lael, mais par ceux qui défendaient Keppenach. Même avant le début de la bataille, ils avaient dévasté leur propre pays et détruit toutes les structures à proximité qui auraient pu servir de cachette à leurs ennemis. Y compris les huttes au toit de chaume qui avaient jadis parsemé le paysage autour de la courtine de Keppenach. Les maisons étaient réduites à des tas de cendres.

Par chance, la plupart des villageois avaient fui dans les collines, emballant leurs maigres possessions et s'éloignant furtivement avant que les premiers projectiles ne soient lancés depuis les murailles. Ne restait maintenant que le domaine du *laird* : une affreuse tour de pierre à la dentelure découverte tendue vers le ciel et une courtine criblée de trous et déformée.

Le frère de Lael avait appelé ces monstruosités en pierre des « monuments à craindre », mais Lael voyait en elles des manifestations d'arrogance, construites par des hommes qui se croyaient meilleurs que les autres. Preuve en était le simple fait que les huttes du village se dressaient à l'extérieur des portes, comme si le *laird* ne jugeait pas nécessaire de les protéger et ne se souciait nullement de ce qui pourrait advenir à son peuple en temps de guerre.

À moins qu'il n'ait passé ses nuits dans la peur que ses gens ne se soulèvent contre lui et ne viennent lui trancher la gorge sur sa couche.

Aux yeux de Lael, c'était un scénario bien plus probable, car Keppenach avait récemment appartenu à Rogan MacLaren, un homme qui avait assassiné son propre frère pour s'emparer de son héritage. Et si les rumeurs étaient justifiées, leur père avait hérité de ces terres grâce à des alliances considérées comme criminelles par la plupart. Exactement le genre de personnes que Lael avait espéré tenir aussi éloignées que possible de Dubhtolargg. Hélas, il en avait été tout autrement. En ce moment même, alors qu'elle se préparait à rendre son dernier souffle, le Boucher s'avançait vers son domaine fraîchement acquis. Et c'était de loin un ennemi beaucoup plus dangereux que tous ceux qui avaient régné sur ces terres avant lui.

À côté d'elle, Broc et trois autres hommes qui avaient eu la chance de survivre à la nuit étaient également condamnés à la pendaison. L'un était déjà mort, torturé devant la potence tandis que Lael et ses amis regardaient, impuissants.

Les morts étaient empilés dans un coin de la cour, certains avec des vêtements encore fumants. Leur jetant un coup d'œil, elle ne pouvait pas s'empêcher de penser que ces soldats, certains guère plus que des enfants, s'étaient seulement battus parce que quelqu'un leur avait ordonné de le faire. Pas même parce qu'ils aimaient ce domaine. Comment auraient-ils pu l'aimer ? Non, ils n'étaient que des pions.

Hélas, ce n'était pas l'un de ses plus grands moments. Et pourtant, elle ne semblait rien regretter, car la pensée de ce donjon si près de sa maison bien-aimée, aux mains du Boucher d'Henri, remplissait son cœur d'une crainte épouvantable. Pas pour elle-même, puisqu'elle serait morte dans quelques instants. Mais elle pensait à Sorcha, sa sœur cadette, dont la douceur avait toujours rempli son cœur de joie. Aux enfants de Lìli : Kellen, avec son aimable disposition si comparable à celle de sa mère, et le bébé Ria, dont la naissance avait été comme une étoile brillante répandant l'espoir dans tous les coins sombres de la vallée. La gorge de Lael se serra. Elle ne les reverrait plus jamais. Mais ce qui l'affligeait le plus, c'était la dernière image qu'elle avait de son frère. Son regard de profond dégoût quand elle était sortie de la salle. Elle avait quitté Dubhtolargg cette nuit-là, en compagnie des hommes de MacKinnon, et elle n'avait jamais revu son frère depuis.

À cet instant, s'il y avait une chose à laquelle elle aspirait, c'était simplement d'entendre les paroles réconfortantes de son frère. D'une manière ou d'une autre, Aidan arrivait toujours à vous faire croire que tout finirait bien. C'était sa façon d'être.

Les yeux remplis de larmes, elle se revit à l'âge de dix ans. Aidan n'avait guère plus de treize ans. C'était après que Padruig mac Caimbeul ait assassiné leur père. Son cher frère lui avait passé le bras autour des épaules et l'avait serrée contre lui en disant : « T'inquiète point, ma petiote », comme s'il avait été bien plus âgé qu'elle, « je vais te protéger. J'arrangerai tout. »

Et c'est ce qu'il avait fait.

Toujours.

Sauf cette fois.

— Je suis vraiment désolé, ma jouvencelle, lança Broc à côté d'elle.

Elle perçut la sincérité dans sa voix et lui fit un signe de la tête pour le consoler. Il était bon, comme son frère.

Se tenant sur la pointe des pieds pour essayer d'empêcher la corde de l'étrangler avant l'heure de son exécution, Lael avait mal aux orteils. Elle s'efforça d'articuler clairement malgré le nœud qui lui serrait la gorge :

— Vous inquiétez point pour moi, Broc Ceannfhionn. C'est vous qui avez le plus à perdre, point moi.

Une femme et des enfants. Ce que Lael ne connaîtrait jamais.

Quelques hommes de David se tenaient en haut des murailles. Ils lançaient des regards furieux aux prisonniers en attendant le bourreau. Comme les autres à côté d'elle, Lael se balançait d'un pied sur l'autre pour atténuer la tension dans ses mollets et ses cuisses.

— Ces bâtards effrontés voudraient bien nous voir nous pendre par épuisement, se plaignit Broc.

— Qu'est-ce qu'ils attendent ? demanda l'un de ses hommes. S'ils veulent nous pendre, qu'ils le fassent et qu'on en parle plus !

Lael savait ce qu'ils attendaient.

Plus que tout, elle redoutait de voir le visage du nouveau *laird*. Elle ne pouvait supporter de s'imaginer quelles horreurs attendaient les siens avec le Boucher si proche.

— C'est le Boucher qu'ils attendent, annonça Broc, exprimant ce que Lael n'arrivait pas à dire.

Lui aussi se rendait compte que les conséquences étaient bien plus grandes que la pendaison de quatre hommes et d'une femme. Ils voulaient que les cinq, debout sur la potence, comprennent que leurs efforts avaient été vains. Ils voulaient que chacun d'eux voie le visage du Boucher avant de fermer les yeux. Ils voulaient qu'ils sachent qu'au moment où ils quittaient cette vie, le Boucher était arrivé pour faire des ravages au nom de l'Angleterre et de David mac Maíl Chaluim.

— Voilà le Boucher ! s'écria un homme sur les murailles. Je vois son aigle !

— Avec le roi, ajouta un autre. Il porte les deux étendards.

Quel roi ? se demandait Lael. Mais quelle importance cela avait-il ?

Le moment qu'elle avait redouté était arrivé. La peur lui glaçait le dos. Comme sous l'effet de coups de poignard, ses genoux se dérobèrent et son estomac se révulsa.

— Ouvrez les portes ! entendit-elle quelqu'un crier. Vérifiez les cordes !

Sa vue se troubla. Quelqu'un apparut derrière eux. Il agita les cordes pour s'assurer que les nœuds étaient bien serrés.

❧

AUX PORTES DU CHÂTEAU, l'étendard à l'aigle de Jaime battait au vent.

Un bruit semblable au tonnerre se fit entendre tandis qu'on levait la herse, ses lourdes chaînes protestant contre son poids singulier.

Sa monture menaçait de s'emballer sous ce vacarme effroyable, mais Jaime tenait fermement les rênes, jaugeant le domaine maintenant sien.

Au bout du compte, il était désormais seigneur de Keppenach. Un fait qui le remplissait d'ambivalence. Qu'aucun des fils de Donnal MacLaren n'ait survécu pour hériter du domaine était certainement mérité, mais être salué comme le nouveau *laird* de Keppenach quand son propre patrimoine était en ruine, envahi par les ronces et les pins, était une pilule amère à avaler.

Jusqu'alors, il n'avait pas réalisé à quel point cela le touchait.

Comme une gueule avide, les portes s'ouvrirent en grand pour les recevoir. Et pourtant, il hésita.

Vingt guerriers attendaient son signal pour entrer. Quelque part dans leur sillage, soixante-dix autres chevauchaient vers le nord pour sécuriser le domaine. Mais Jaime s'attardait à la porte, jaugeant l'extérieur de la forteresse en pierre. Avec son unique tour basse et ses affreux mâchicoulis en ruine faisant saillie sur un côté, elle ressemblait à un guerrier manchot qui avait participé à trop de batailles pour se soucier que son armure soit maintenant abîmée et criblée de trous. De la fumée s'élevait en volutes de l'intérieur, témoignant de la bataille qui avait eu lieu hier soir. À moitié brûlé et flottant sauvagement au vent, l'étendard au lion rampant du roi proclamait les vainqueurs de la nuit passée.

Mais Jaime le savait déjà.

Pendant la nuit, les cavaliers avaient été envoyés à sa rencontre le long de la route menant vers le nord. Apparemment, les traîtres étaient à l'intérieur, attendant leur exécution. C'était précisément la raison pour laquelle Jaime hésitait à franchir les portes : malgré sa réputation, c'était là ce qu'il détestait par-dessus tout. C'était une chose de tuer un homme dans le feu de l'action, mais c'en était une autre de le condamner et de prendre la décision de mettre fin à sa vie.

Il n'était pas le diable pour lequel on voulait le faire passer.

Son père avait été chevalier au service d'Henri, et sa mère, la fille d'un seigneur frontalier. Les deux étaient tombés amoureux, mais ne s'étaient jamais mariés. Peu de temps après, son père avait été envoyé en Normandie pour mener la guerre d'Henri contre Robert Courteheuse. Enceinte, sa mère avait été forcée dans un mariage malheureux avec un allié du grand-père de l'enfant. Elle avait rendu son dernier souffle en mettant au monde la sœur de Jaime. Par la suite, son beau-père les avait rejetés tous les deux. Il avait envoyé Jaime et sa jeune sœur vivre avec le grand-père de Jaime dans l'arrière-pays. À douze ans, Jaime s'était cru condamné à un avenir peu désirable : que pouvait-il advenir d'autre au fils d'un chevalier sans terre et à la fille d'un homme qui n'avait juré allégeance à personne ?

Mais le destin est capricieux.

Il était entré au service du roi David tandis que le frère de ce dernier, Edgar, occupait les terres au sud du Forth et que son autre frère, Alasdair mac Maíl Chaluim, régnait sur le Nord. Malgré l'aspect maigrichon et chétif de Jaime, David avait su reconnaître sa valeur. Il l'avait retiré de chez son grand-père, et à treize ans, l'avait envoyé vers le sud pour servir sous Henri d'Angleterre. Là, Jaime était monté en grade, prouvant sa valeur sur le champ de bataille et en dehors. Quand le temps fut venu pour David de revendiquer des terres héritées de son frère Edgar, il avait emmené Jaime vers le nord. Arracher la victoire à des hommes qui ne prêtaient allégeance ni à l'Angleterre ni à la Scotia avait requis un effort brutal, mais en fin de compte, David avait remporté son patrimoine et plus encore.

Quant aux terres de Jaime... leur histoire était bien plus sombre que celle de Keppenach. Après la mort de son grand-père, Donnal MacLaren, l'allié de son grand-père, s'était emparé des terres de Jaime, sûr que ce jeune homme ne pourrait jamais contester son droit en ayant recours à la force. Jaime se rappelait clairement l'ours de sa jeunesse, qui fourrait ses doigts graisseux sous tous les jupons, que les femmes y soient bien disposées ou non. Lorsque Jaime arriva pour récupérer son patrimoine au nom de David mac Maíl Chaluim, l'avide bâtard ricana du haut des murailles, appelant Jaime « queue de diable ». Il jurait que Jaime était né avec une queue de diable parce que son père était Anglais. En fait, son père avait été vénéré par ses pairs.

Parti de rien, il avait fini par se battre aux côtés du Loup d'Argent à Tinchebray et était mort aussi honorablement que possible, au service de son roi.

Avec la bénédiction de David, et pour venger l'insulte faite à son père, Jaime mit feu à toute la parcelle de terre, brûlant les silos où étaient engrangées les céréales d'hiver, ainsi que les champs en friche, et finalement le donjon lui-même. À la fin, Jaime essaya de marchander avec le fou aux traits sévères. Donnal refusa. Encerclé, n'ayant d'autre choix que de se rendre, Jaime implora l'homme de libérer les innocents de son joug, dont sa sœur, qui avait alors trois ans. Le sale porc s'esclaffa du haut des murailles.

« Queue de diable ! » l'entendit-il railler dans son esprit. « Tu crois que je me soucie de tes galeux ? Écoute et regarde plutôt ! » Il construit alors un feu de joie au centre de la cour et rassembla les innocents, hommes, femmes et enfants, dont la jeune sœur de Jaime. Et il demanda à Jaime de partir. Mais Jaime ne pouvait pas obéir, car il suivait les ordres du roi. Quand il refusa de s'en aller, Donnal tint sa parole. Ce soir-là, on entendit les mourants hurler comme des banshees à travers la lande, un son qui continuait de hanter Jaime jusqu'à ce jour. Saisi d'une fureur si noire qu'elle salit son âme, Jaime laissa éclater sa rage. Ayant reçu la preuve de la mort de sa sœur, les restes calcinés de son corps jetés par-dessus les murailles de Dunloppe, il mit le feu à la motte, la réduisant en cendres, brûlant tous ceux qui se trouvaient à l'intérieur. Aux yeux de Jaime, cela n'était pas suffisant pour venger le meurtre d'innocents.

À son grand désarroi, l'odeur de la chair brûlée le poursuivait jusqu'à ce jour comme un spectre. Hanté par ses souvenirs, il suivit du regard la fumée noire qui s'élevait dans le ciel couvert. Un fin rayon de soleil vint frapper ses yeux. Il se détourna pour observer les terres environnantes.

Les huttes avaient été rasées. Les arbres à portée de flèches étaient réduits en tas de cendres, leurs troncs noirs déformés fumant comme des cheminées. Plus loin, les arbres noueux et défoliés lui faisaient penser à des vieillards grincheux aux membres décharnés et goutteux, rageant contre le sort. Les ides de décembre approchaient. Il ne s'était jamais aventuré aussi loin au nord.

De l'intérieur, la déclaration du magistrat lui parvint par-dessus les murs, une peine prononcée au nom du roi sans même un procès : « Pour les crimes contre David mac Maíl Chaluim, prince de Cumbria... »

Jaime était partagé entre son dégoût pour l'absence de procédure régulière et son sens pratique. Il était arrivé en retard à cette bataille et ignorait ce que ces hommes avaient pu faire. Ils avaient peut-être commis de telles atrocités qu'ils méritaient bien leur peine. À contrecœur, il alla de l'avant, franchissant enfin les portes au petit galop et examinant les prisonniers un par un. S'il devait un jour répondre de la mort de chacun des hommes sous sa garde, il devrait au moins les connaître de vue.

Un fin rayon de soleil illumina la potence. Son regard s'arrêta sur le dernier prisonnier. Il fallut un moment avant que son cerveau, fatigué par le voyage, ne comprenne ce que voyaient ses yeux.

Ils allaient pendre une femme ?

UNE VOLÉE de corbeaux se détacha brusquement des murailles.

Impatient de pendre les condamnés, le magistrat

éleva joyeusement la voix au profit de la foule rassemblée :

— Pour les crimes contre David mac Maíl Chaluim, prince de Cumbria, comte de Northampton et Huntingdon, roi suprême des Scots et descendant de Kenneth MacAlpin... Par la présente, je vous condamne tous les cinq à la mort par pendaison !

Tout espoir de sursis disparut. Un sanglot étouffé s'échappa de Lael.

C'était de sa faute à lui !

David mac Maíl Chaluim.

À cet instant, elle le haïssait de toutes les fibres de son être. Un terrible regret l'assaillit, si violent qu'elle le ressentit comme une chape de plomb sur sa poitrine. *Le regret de ne pas avoir tué David après qu'il se soit emparé de sa sœur. De tout ce qu'elle aurait dû dire et faire. De toutes les fois où elle était passée devant ses sœurs sans s'arrêter pour leur adresser un mot gentil. De n'avoir jamais ouvert son cœur à l'amour.*

Las, malgré son baratin sur le choix d'aimer qui elle voulait, elle allait mourir là, vierge ! Elle déglutit convulsivement.

Jusqu'alors, elle s'était imaginé voir son noble frère franchir les portes sur sa jument, malgré ce qu'il avait juré. Mais c'était trop tard. La série de pendaisons commença, de gauche à droite.

Las ! Elle n'était pas prête à mourir !

Que disait Una ? Leur prêtresse affirmait que le temps ici-bas était une illusion, que tout le monde était un, et que la frontière entre la vie et la mort n'existait que pour ceux qui refusaient de voir la vérité. Si Lael avait jamais cru aux paroles d'Una, elle devait se raccrocher à elles maintenant. Car ce serait soit la fin, soit la fin de tout ce qu'elle connaissait.

En cet instant d'attente angoissée, tout lui apparut soudain d'une clarté étonnante. Son pouls retentit comme des tambours dans ses tempes. L'odeur métallique de son propre sang effleura ses narines.

Elle regarda fixement droit devant elle.

Au lieu d'une noble jument blanche, un hongre à la robe aussi noire que l'encre franchit les portes au petit galop. Le montait un cavalier au visage tout aussi sombre. Aux cheveux de jais, il était entièrement vêtu de noir, de ses bottes en cuir gras à son haubert foncé. Il portait sur la poitrine les armoiries royales de la Scotia, le lion rampant de David.

Il se tourna vers elle. Lael soutint son regard. Ils la mettraient peut-être à mort, mais ils ne pourraient pas la priver de sa dignité. Elle refusa de *lui* montrer sa peur. *Il* était comme l'incarnation de la mort. Il avait apporté ses anges noirs, sous la forme de guerriers montés prêts à tout dévaster sur leur passage.

Les secondes s'écoulèrent comme des heures.

Lael se tendit en sentant le bourreau approcher. Elle se hissa davantage sur la pointe des pieds, comme si ce simple effort pouvait la libérer du nœud.

À l'extrémité de l'estrade, la première trappe s'ouvrit. La terreur lui glaça le sang quand elle entendit les sons étranglés du premier de leurs hommes à rencontrer son destin. Le suivant tomba à son tour. Pendant un long moment, ou peut-être juste quelques secondes, la corde grinça sous le poids de l'homme qui se débattait. Le suivant tomba avec un cri de surprise, le cou instantanément brisé à cause de son poids. Dans le sinistre silence qui suivit, Lael les entendit essayer d'ouvrir la trappe sous Broc, car le bois était gonflé et coincé.

Elle ferma les yeux. De chaudes larmes menaçaient de couler. Nenni ! Elle refusa de pleurer. Elle avait choisi cette voie, et parbleu, si on lui donnait une autre chance, elle le referait. Elle se força à ouvrir les yeux, pour rencontrer la mort avec dignité, tandis que le bourreau se tenait devant Broc. Sa gorge se serra, menaçant de lui couper le souffle avant que le nœud coulant ne fasse son propre travail.

— S'il vous plaît, supplia Broc à son côté. Laissez la jouvencelle en vie. Je vous prie... Laissez-la aller... Je mourrai volontiers à sa place !

— Comme si t'avais le choix ! ricana l'homme de main de David. Ils vont pas tarder à se chier dessus tous les deux, tu crois pas ? demanda-t-il en se tournant vers son voisin.

Puis il grogna avec mépris. L'autre homme poussa un gloussement distant et hideux, qui parvint à peine au cerveau embué de Lael.

Ses oreilles sifflaient, mais les moindres sons résonnaient dans sa tête comme s'ils étaient amplifiés. S'armant de courage, elle chercha Broc Ceannfhionn du regard, espérant prêter à son ami les dernières bribes de sa force pour l'accompagner dans l'au-delà.

Ses yeux bleus rencontrèrent les siens un instant, remplis de tristesse. Puis dans un cri étranglé, il tomba et disparut de son champ de vision. Les larmes inondèrent ses yeux. Elle étouffa un autre sanglot, mais elle ne suivit pas Broc du regard, refusant de voir son visage passer au cramoisi ou ses boyaux se relâcher au moment de sa mort.

Que les dieux aient pitié ! N'importe quel dieu. Tous les dieux. Elle ne semblait pas pouvoir vivre cet instant avec dignité.

Son regard se reposa sur le Boucher, assis comme la Faucheuse sur son destrier noir.

Son cœur battait à tout rompre. Les rires parvenaient à ses oreilles. Les bavardages, du haut des murailles.

— Pardonne-moi, Aidan, murmura-t-elle.

L'homme de main était finalement en face d'elle, retirant les solives de sous ses pieds. Elle avait à peine conscience du corps de Broc luttant à ses côtés pour un dernier souffle. Soudain, un fracas du diable retentit. Le démon vêtu de noir se précipita vers l'estrade, son épée levée pointant vers la tête de Lael. Ses yeux gris-bleu comme l'acier croisèrent les siens un bref instant. Puis il brandit sa lame massive. Une longue cicatrice lui barrait le front. La marque du diable. Lael déglutit avec difficulté. Comme un signe du destin, ce visage fut la dernière chose qu'elle vit avant de fermer les yeux.

CHAPITRE 3

J'aime oublia tout et se précipita dans la cour. Il dégaina son épée en se ruant vers l'estrade.

S'ils pendaient une femme, quelles autres injustices avaient-ils commis au nom de David mac Maíl Chaluim ?

Dans un cri étranglé, le bourreau s'éloigna comme une flèche de la potence. Jaime brandit furieusement son arme et trancha la corde du pendu situé à côté de la jeune fille. C'était trop tard pour les autres, mais le robuste géant blond tomba à terre.

Regardant fixement Jaime dans les yeux, la jeune fille se tenait devant lui, prête à accepter le sort qu'il choisirait pour elle. Elle le transperça de son regard émeraude rempli de dégoût, mais tout à son honneur, elle ne dit pas un mot. Il coupa sa corde. Elle tomba à genoux. Il se détourna pour taillader les cordes de ceux qui avaient déjà succombé. Leurs corps sans vie vinrent rejoindre celui du géant blond. Après avoir fini, Jaime parcourut la cour du regard. Son cheval s'ébrouait sous lui.

— Pourquoi tout ça ? demanda-t-il d'une voix assez forte pour que tout le monde l'entende.

— Cette chienne de dún Scoti est coupable de trahison ! cria un homme du haut des murs.

Jaime chercha des yeux l'homme qui avait pris la parole. Il savait d'instinct qu'il s'agirait d'un homme nommé par le roi David pour garder ce domaine avant son arrivée.

Accusée de trahison, la femme restait à genoux. Elle leva le regard vers Jaime. Ses yeux verts étincelaient de rancune. Puis l'homme gisant à côté d'elle se mit à tousser. Les yeux écarquillés, elle se précipita vers lui, dégringolant de l'estrade avec l'agilité et la vitesse d'une chatte. Elle enfouit son visage dans le cou du géant blond, comme une louve prête à dévorer. C'est seulement après qu'elle ait levé les yeux vers Jaime, derrière ses cheveux noirs en bataille, qu'il réalisa qu'elle tenait le nœud coulant de l'homme entre ses dents, tentant de le desserrer.

Jaime descendit de sa selle.

— Libérez-les ! exigea-t-il.

Il alla au secours de la femme et l'aida à enlever la corde autour du cou de l'homme, s'attendant à moitié à ce qu'elle le morde. Il glissa sa main entre eux et tira sur la corde pour la desserrer. Au même moment, le magistrat se précipita pour aider à défaire les liens qui retenaient les poignets de la femme.

— Lael, dit l'homme d'une voix rauque, s'étranglant avant même que ses yeux bleus embués aient retrouvé leur clarté.

Par chance, la corde n'avait pas eu le temps de finir son œuvre. Un coup sur sa poitrine ramena l'air de force dans ses poumons. Ses compagnons étaient loin d'être aussi chanceux. Ils avaient fait dans leurs braies, Jaime le sentait de là où il se tenait. Mais il leur prit quand même le pouls pour être sûr. Constatant qu'ils étaient bien morts, il leva le regard vers l'homme qui avait parlé du haut des murailles.

— À quoi peuvent servir ces morts ? Je vous avais explicitement demandé d'attendre mon arrivée !

— Mais nous avons attendu, mon lord, rétorqua l'homme, utilisant le mot anglais comme pour rappeler à Jaime qu'il était l'étranger. Cette sorcière dún Scoti a plongé un poignard dans le cœur de mon homme, ajouta-t-il en pointant du doigt vers des cadavres entassés de façon lamentable et sans respect.

De là où se tenait Jaime, il était difficile de dire qui était pour lui ou contre lui.

Le visage de la femme se tordit de colère.

— Je l'ai poignardé parce qu'il a essayé de me violenter, cracha-t-elle.

Toujours à genoux, les cheveux en pagaille et le visage sale, elle avait néanmoins l'allure d'une reine.

Jaime n'aurait pas su dire pourquoi, mais il la croyait.

Il repensa à sa propre mère, à la sœur qu'il avait à peine connue. Il espérait que si elles avaient fait l'expérience d'une telle injustice, elles aussi avaient eu assez de courage pour étriper le misérable. Mais il chassa cette terrible idée de son esprit. Ce n'était ni le moment ni le lieu de penser à cela.

Il se tourna vers son écuyer et lui fit signe de s'approcher. C'était un fils du seigneur de son père, même si maintenant les rôles étaient inversés et le fils de Fitz-Stephen était le vassal de Jaime. À dix-sept ans, Luc était encore trop jeune pour être mis à l'épreuve sur le champ de bataille. Quoique Jaime ait lui-même versé son sang pour la première fois quand il avait seulement seize ans. Tous les hommes n'étaient pas faits pour la guerre. Malheureusement, en ces temps troubles, la jeunesse et la vieillesse étaient des luxes que tous ne pouvaient pas se permettre, homme ou femme.

Il essaya de croiser le regard de la jeune fille aux yeux verts, mais elle se détourna.

Il entendait bien enquêter davantage sur cette affaire, mais pour l'instant il était fatigué, il avait soif et mal au derrière pour avoir chevauché trop longtemps.

Il remit son épée dans son fourreau.

— Faites le nécessaire pour que ces hommes obtiennent une sépulture décente, et mettez celui-ci dans une cellule appropriée, commanda-t-il en jetant un coup d'œil au géant blond, toujours en train de s'étouffer.

Il balaya du regard le château pour évaluer ses options.

— Gardez la jeune fille en sécurité quelque part dans la tour. Laissez-la avec deux de *mes* gardes, puis venez me faire rapport.

Ses ordres donnés, Jaime s'éloigna, résistant à l'envie de se retourner pour regarder la louve toujours à genoux. Du moins c'est ce à quoi elle ressemblait. *Parbleu !* Il n'avait pas besoin de s'assurer que ses commandements soient respectés, mais il finit par succomber à la curiosité et se retourna assez longtemps pour en donner un autre, se surprenant lui-même :

— D'abord, ordonna-t-il à Luc, donnez un bain à cette fille !

❧

Donnez un bain à cette fille ?

De tout ce qu'il aurait pu dire, c'était la dernière chose à laquelle Lael s'attendait du Boucher.

Donnez un bain à cette fille ?

Enfermée dans la tour, elle était presque décidée à défier le Boucher et à refuser le bain. Mais la baignoire, remplie à ras bord d'eau chaude, était pour l'instant plus attrayante que des sacs pleins d'or. Beaucoup plus. Elle n'avait que faire de l'or.

Après être restée debout pendant des heures dans la

brume glaciale, un nœud coulant autour du cou, elle ressentait une fièvre à laquelle elle n'était pas du tout habituée. Elle hésita pourtant. Partagée, elle vérifia la température de l'eau.

Ils traînèrent Broc vers les geôles. Au moins, il était encore en vie.

Cependant, cela lui serra le cœur de savoir que simplement parce qu'elle était née femme, ils lui avaient donné un bain chaud. Et à Broc Ceannfhionn une cellule froide et humide.

Il n'aurait fallu que quelques secondes de plus et ils auraient été tous deux envoyés *ad patres*. Mais le Boucher les avait sauvés. Cependant, la reconnaissance associée au nom du Boucher lui laissait en quelque sorte un goût amer dans la bouche.

Les sourcils froncés, Lael leva les yeux de la baignoire pour inspecter la pièce, se demandant à qui elle pouvait appartenir. Elle n'était ni grande ni luxueuse. Le vent sifflait à travers les fissures des pierres anciennes.

Le *laird* de ce domaine était mort, tué au combat par Aidan. Rogan MacLaren avait été cruel. Il avait torturé et menacé son propre neveu, le fils de Lìli. Puis il avait forcé Lìli à épouser Aidan dans le but de le tuer. Manigance apparemment approuvée par David. Aux yeux de Lael, ce seul fait aurait dû pousser Aidan à tirer son épée pour défendre Keppenach. Mais son frère avait choisi de ne pas le faire. Pour la première fois en vingt ans, ils avaient emprunté des voies divergentes.

Jamais de sa vie Lael ne s'était sentie aussi seule qu'à cet instant.

Le mur nord était percé d'une seule fenêtre, étroite et avec des barreaux. Les volets étaient fermés, mais la pièce était pleine de courants d'air. Il n'y avait pas de meubles, hormis un lit en bois. Le matelas était vieux et rempli de paille bouillie. Au moins, il y avait un matelas. Elle aperçut un coffre dans un coin et le reconnut, à sa grande surprise.

Elle alla l'inspecter et constata qu'il s'agissait en effet du même coffre ornementé qu'Aveline de Teviot-dale avait apporté à Dubhtolargg quand elle avait accompagné Lìli en tant que servante. Avec toute la pompe d'une reine et plus de coffres que Lìli elle-même. Plus tard, ils avaient appris qu'Aveline était la maîtresse de Rogan, envoyée espionner Lìli pour son amant. Mais au lieu de reconnaître sa chance de se trouver loin du tyran, l'idiote avait pleuré à chaudes larmes jusqu'à ce qu'Aidan l'autorise à repartir pour mettre au monde le bébé de Rogan ici à Keppenach. Puis elle s'était volatilisée – où ? Personne ne le savait. On savait juste qu'elle avait disparu parce que son père avait envoyé des cavaliers pour chercher à savoir ce qui lui était arrivé. Hélas, personne à Dubhtolargg ne l'avait vue depuis que les hommes l'avaient laissée aux portes de Keppenach. C'était une preuve supplémentaire qu'elle était bien arrivée. Son coffre était là. Le coffre à cause duquel elle avait failli frapper la main de Sorcha, qui l'avait juste touché. Heureusement pour Aveline, elle ne l'avait pas fait. De très mauvaise humeur ce jour-là, Lael lui aurait tranché les poignets pour cette insulte. Ce ne pouvait pas être de bon augure pour Aveline que tous ses biens soient là, mais pas elle.

Lael se releva et examina la pièce avec des yeux nouveaux.

Était-ce la prison d'Aveline ?

Mais pourquoi ? La jeune fille avait été l'esclave de Rogan. Elle aurait fait tout ce que le rustre lui aurait demandé. Ne l'avait-elle pas encouragé, après tout ?

Désormais plus curieuse, Lael se pencha pour ouvrir le coffre d'Aveline. Elle le trouva rempli de vêtements et de babioles. Un autre, appartenant probablement aussi à Aveline, était également plein de bagatelles et de rubans. Elle y vit aussi une brosse, un peigne et un miroir.

Lael passa les doigts sur les bords du peigne et du miroir, testant le tranchant du métal. Dépouillée de tous ses poignards, cela pourrait lui être utile. Elle saisit le miroir et fendit l'air avec. Les muscles de son avant-bras se contractèrent tandis qu'elle estimait la force avec laquelle elle devrait frapper pour percer la peau de quelqu'un. Les bords étaient beaucoup trop émoussés pour infliger beaucoup de dégâts, mais elle pourrait au moins arracher un œil.

Reposant les armes dans le coffre criard d'Aveline, elle referma le couvercle et se releva pour inspecter le reste de la pièce, observant le moindre recoin. Elle n'était pas du genre à négliger les détails. Elle regarda sous le lit et trouva une petite boîte en bois cachée dans le coin. Mais le lit était trop bas, elle ne pouvait pas se glisser dessous. Ne pouvant pas atteindre la boîte, elle décida de la laisser pour plus tard. Elle se releva et essuya ses mains poussiéreuses sur ses vêtements.

Pendant ce temps, dans son dos, l'eau était toujours aussi attrayante, la vapeur se dissipant dans la pièce froide. De toute évidence, ils ne lui faisaient pas suffisamment confiance pour lui laisser un brasier. Ils étaient intelligents. Lael était en effet prête à n'importe quoi pour retrouver sa liberté, y compris à brûler le donjon.

Donnez un bain à cette fille ?

Hum !

Elle n'était pas crédule. Elle avait remarqué *ce* regard dans les yeux gris acier du Boucher quand il l'avait observée, à genoux. Pourquoi aurait-il commandé qu'on lui prépare un bain et qu'on envoie Broc en geôle, sinon dans l'espoir de jouir de son corps ? Sûrement pas par bonté d'âme.

Certes, elle devait bien admettre qu'il n'était pas

sans attrait. En fait, avec ce regard perçant, ce visage ciselé et cette mâchoire féroce, on ne pourrait jamais le prendre pour un gamin. Le voir arriver vers elle sur son cheval, l'épée levée et ce regard noir dans ses yeux gris acier l'avait épouvantée. Et pourtant, pour une raison étrange, elle ne l'avait pas vraiment craint, pas même quand il avait balancé sa lame gigantesque vers sa tête. C'était comme si une voix intérieure l'avait rassurée que tout irait bien.

Malgré tout, elle ne s'y trompait pas et n'allait pas croire que l'homme avait une once de gentillesse. S'il s'imaginait un instant pouvoir poser un doigt sur elle sans sa permission, il faisait une grave erreur.

Réfléchissant à la raison qui l'aurait poussé à la faire conduire dans cette pièce, elle ressortit le miroir en argent du coffre et le glissa sous le matelas. Il pourrait lui servir d'arme, si nécessaire. Par les dieux de ses ancêtres, elle se promettait de ne pas être une victime consentante.

Ignorant délibérément le bain, elle ouvrit les volets et examina les barreaux, mesurant l'espace entre eux. Hélas, il était impossible de s'échapper par cette fenêtre. À moins qu'elle ne puisse se transformer en vapeur comme celle finissant de s'élever de son bain.

Si elle attendait plus longtemps, l'eau serait froide.

Exaspérée, elle referma les volets en les claquant. Elle regarda le bain avec envie. Par égard pour les serviteurs qui avaient transporté l'eau chaude seau après seau, elle succomba finalement à la tentation. Si elle ne prenait pas de bain maintenant, elle gaspillerait leurs efforts et leur temps. De plus, ses articulations étaient endolories et elle se sentait meurtrie. Elle se déshabilla rapidement et découvrit quelques coupures, ce qui expliquait le sang sur ses vêtements. Elle soupira et secoua la tête en voyant dans quel état elle était. Puis elle laissa tomber ses vêtements sales et se glissa dans la baignoire, grimaçant sous la douleur causée par ses blessures.

❧

LUTTANT pour empêcher ses pensées de divaguer vers la prisonnière, Jaime était néanmoins déterminé à finir une inspection rapide des lieux. La sécurité de ses hommes était primordiale. Il n'allait pas risquer inutilement leur vie. Avant de se retirer pour la nuit, il devait être certain que Keppenach était sûr.

Après une inspection superficielle, il se demanda si les dégâts étaient récents ou dus à la négligence. Les bâtiments brûlés l'avaient été durant le siège, si on pouvait parler de siège. Quant aux fissures dans la courtine, elles auraient difficilement pu être le fait des armes employées ici hier soir. Rien de plus que des flèches incendiaires, des épées et des haches.

Pour autant qu'il puisse en juger, les dégâts causés par le feu à l'intérieur du donjon lui-même étaient beaucoup moins étendus qu'à l'extérieur, l'amenant à croire que le feu venait de l'intérieur. Les dégâts à l'intérieur étaient étrangement disproportionnés. Une partie des bâtiments sous les parapets avaient pris feu, mais le reste de la cour semblait intact. D'après son expérience, même les flèches incendiaires les plus précises ne faisaient pas de discrimination. Si les attaquants avaient lancé des projectiles incendiaires, toute la cour porterait des traces de l'incendie. Mais ce n'était pas le cas ici. En fait, c'était presque comme si un incapable avait fait une fausse manœuvre avec son arme sur les parapets et laissé tomber une flèche enflammée sur le chaume en dessous.

Il tourna son attention vers les portes. Il semblait y avoir peu de preuves d'effraction. D'après les témoins à qui il avait parlé, les assaillants s'étaient introduits par les tunnels situés sous le donjon. Une tentative ratée, lancée sans préparation. Ce qui amenait Jaime à croire que s'emparer précipitamment du château n'avait pas été leur première intention. Ils avaient dû avoir vent de l'approche de Jaime et s'étaient alors rués à l'intérieur pour agir. Ce n'étaient manifestement pas des guerriers bien entraînés. C'étaient tout simplement des hommes.

Qui était la fille ?

Il voulait le savoir. Mais se rendant compte que ces Highlanders étaient bornés, irascibles et opportunistes, il décida de concentrer son attention sur des questions plus pressantes. Ils n'allaient pas volontiers *donner* cette forteresse à David, ni céder tant qu'ils ne la lui arracheraient pas des mains. Mais Jaime n'était pas stupide au point de rendre sa personne ou Keppenach vulnérables. Dès qu'il en aurait l'occasion, il inspecterait les tunnels. En attendant, il renforcerait la garde avec ses propres hommes.

Considérant l'ampleur de la tâche, il poussa un profond soupir. Il balaya les parapets du regard. Une muraille dentelée tournée vers le ciel comme le sourire d'un vieillard édenté.

En presque tous points, Keppenach était un donjon insignifiant pour lequel cela ne valait pas la peine de se battre. Mais Jaime comprenait sa valeur. Situé à la base des *corries*, au sommet d'une colline nichée contre la montagne, son terrain descendait en pente douce vers une vallée entourée de pinèdes. C'était un emplacement idéal : il offrait à son *laird* la protection des montagnes et des bois ainsi que de riches terres agricoles.

Ce bastion était autrefois solide et Jaime avait l'intention de lui redonner son mérite de jadis.

Il examina la fondation, de presque deux mètres d'épaisseur par endroits. Séculaires, les pierres romaines étaient fort supérieures au bois cimenté rudimentaire ajouté par la suite. Jaime entendait bien tirer parti de cette découverte. Il reconstruirait petit à petit la courtine et le donjon. Il avait également l'intention de faire un certain nombre de modifications, notamment et non des moindres, creuser un fossé à la base de la colline. Les défenses les plus fragiles d'un château étaient à l'entrée. Celui-ci ne faisait pas exception à la règle.

Son écuyer le trouva en train d'inspecter les portes. Il examinait le bois et chaque boulon.

— Mon seigneur, dit-il. Les prisonniers sont en lieu sûr.

Jaime se pencha pour passer les doigts sur le bois pourri le long du bas des portes.

— Bien, dit-il de façon distraite.

La herse elle-même était en fer, mais le mécanisme était vieux, rouillé et avait besoin d'être huilé. En fait, les boulons de tout le dispositif devaient être remplacés. Il pourrait aussi traiter les planches pour préserver le bois. Avec assez d'hommes et du beau temps, la tâche ne devrait pas prendre plus d'une journée. Vu leur état actuel, les portes ne semblaient pas pouvoir résister à un bélier. Heureusement que l'ennemi était en petit nombre. Face à une plus grande armée, le château aurait pu rapidement être envahi.

— Mon seigneur, insista Luc. Je me suis permis de réquisitionner les appartements du *laird* pour vous. Que puis-je faire d'autre pour vous ?

Jaime se rendit compte que le jeune homme se donnait du mal, en l'absence de son commandant en chef, pour montrer ce dont il était capable. Il leva les yeux vers le garçon.

— Comment a réagi l'intendant de MacLaren ?

— Il ne s'est pas plaint, mais vu la tête qu'il faisait, je peux vous garantir que ça lui est resté en travers de la gorge.

Jaime se rappela son expression d'arrogance sur les murailles et il resta froid.

— Tant pis pour lui, mais de toute façon, il n'était pas en droit de revendiquer la demeure du *laird*.

— Allez dire ça à Maddog, mon seigneur. Ces Scots sont une bande de hargneux et de présomptueux.

Jaime se leva et s'essuya les doigts sur ses braies. Il haussa un sourcil, mais se retint de souligner que lui aussi était Scot de naissance. À moitié Scot. Il était assez facile pour ses hommes de l'oublier, probablement parce qu'il ne se sentait pas Scot lui-même.

— *Mad dog* ? Chien enragé ? C'est son nom ?

— Si fait, mon seigneur, répondit Luc en acquiesçant de la tête. Apparemment.

— Quelles sont ses affiliations ?

— Je les ignore. Il est né ici, il a servi Rogan et son frère avant lui, et leur père avant, mais c'est tout ce que je sais. Il semblait espérer monter en grade et servir David, maintenant que les MacLaren sont tous morts.

Jaime ignora la sensation de joie qu'il ressentit à cette simple vérité. Les petits-fils de Donnal n'étaient pas vraiment responsables des péchés de leur ancêtre.

— C'est bon à savoir. Combien d'hommes de Mac-Laren reste-t-il ?

Son regard se leva automatiquement vers les murailles d'où une meute de gardes de MacLaren le regardaient, l'air sérieux. Pour l'instant, ils se tenaient à l'écart de ses hommes. En petits groupes, ils attendaient de voir ce que Jaime allait faire. Ses propres renforts, menés par Kieran, son capitaine depuis de nombreuses années, étaient au moins à une journée derrière lui. Il devrait donc conseiller à ses hommes de se tenir sur leurs gardes s'ils ne voulaient pas se retrouver avec un poignard dans le dos.

— Quarante-trois, en comptant les enfants, les servantes de cuisine et le forgeron, qui semble boiter.

— Et combien sont aptes au combat ?

— Une trentaine peut-être, répondit Luc en haussant les épaules.

Jaime soupira de nouveau. Il était las. Voyant son souffle dans l'air, il était sûr que les pluies qui les avaient tourmentés tout au long de leur chemin tourneraient bientôt à la neige. Quel foutu froid dans ces Highlands !

— Alors, on a trente hommes, plus vingt et soixante-dix autres en route ?

Une lueur d'admiration brilla dans le regard triste du garçon.

— Si fait, mais nous avons le Boucher avec nous, et certains disent qu'il est aussi fort et rusé que dix soldats, reprit-il en souriant.

Jaime résista à l'envie de lui passer la main dans les cheveux.

— La flatterie te mènera nulle part avec moi, jeune loup.

Ce n'était pas précisément la vérité, et les deux le savaient. À bien des égards, Luc était le petit frère que Jaime n'avait jamais eu. À un moment donné, leurs pères avaient aussi été comme des frères. Le simple fait que le père de Luc était âgé et entouré de trop de filles et que le sien était décédé de nombreuses années auparavant aurait dû provoquer de l'envie chez Jaime, mais ce n'était pas le cas. Weston FitzStephen en avait presque autant fait que David pour aider Jaime à servir Henri. Jaime retournerait la faveur pour son fils unique. Le caractère du jeune homme facilitait la tâche : Luc était naturellement fier, intrépide et loyal. Parfois, cela rendait Jaime fier. Parfois, cela mettait sa patience à l'épreuve.

Comme la jeune fille dans la tour.

Elle n'avait même pas cligné des yeux en le voyant lever son épée. Cela piquait la curiosité de Jaime. Dès l'instant où il l'avait fait emmener, il s'était retenu pour ne pas monter les escaliers de la tour et aller découvrir qui elle était et ce qu'elle faisait en compagnie de ces hommes. Elle lui faisait penser à Boadicée, la reine de la tribu des Icènes au temps jadis, qui avait organisé la révolte contre les Romains. Le beau visage de la jeune fille à l'esprit, il mit fin à son inspection des portes et se dirigea vers le donjon, agacé par sa soudaine incapacité à se concentrer sur autre chose que la jouvencelle.

Luc le suivit.

— Où est-ce que tu as mis le géant aux cheveux jaunes ? lui demanda Jaime, ne voulant pas que le jeune homme devine combien la jeune fille occupait ses pensées.

— Dans les geôles, mon seigneur, comme vous l'avez ordonné.

Jaime balaya la cour du regard. Il aperçut deux des hommes de MacLaren en train de discuter près de la potence.

— Et la jeune fille ?

— Je l'ai aussi mise là où vous avez demandé... à côté de la chambre du *laird*, précisa-t-il avec une pointe de sourire dans la voix.

Jaime lui lança un regard réprobateur, mais Luc se contenta de cligner des yeux, imperturbable. Parbleu, le garçon avait hérité de l'irrévérence de son père ! Mais Jaime refusa de mordre à l'hameçon. Seuls ses pas lourds dans la boue gelée trahirent sa réaction.

Il avait espéré que l'inspection le tranquilliserait. En réalité, elle lui donnait à réfléchir. Le simple fait que personne n'avait revendiqué ce château tant de mois après la mort de MacLaren prouvait combien il était devenu vétuste. Après tout, il n'était guère en bien meilleur état que son propre domaine. Au moins, Dunloppe n'avait plus de donjon à raser. Malgré tous ses discours sur la gloire passée de Keppenach, David lui avait donné une forteresse avec peu d'éléments en sa faveur.

— Est-ce que je peux faire autre chose pour vous, mon seigneur ? lui demanda Luc, sur un ton bien trop serviable pour plaire à son humeur du moment.

— Si fait, répondit Jaime sur un ton brusque. Occupe-toi des chevaux, vérifie que les écuries sont assez solides pour résister aux intempéries, et fais démonter la potence.

— Et quoi d'autre ? s'enquit le jeune homme d'une voix chantante.

— Va te faire pendre ailleurs, ronchonna Jaime.

Le jeune homme pouffa de rire.

— Bien, mon seigneur, répondit-il avec bonne humeur.

Puis il s'éloigna en direction de ce qui restait des écuries, laissant Jaime seul avec ses pensées indisciplinées.

CHAPITRE 4

Cameron MacKinnon leva la tête et examina les alentours à travers ses cils collés par son propre sang.

Chreagach Mhor était encore trop loin. Mais de toute façon, la jument n'allait pas dans cette direction. Aux pieds sûrs et gracieuse comme une danseuse, elle appartenait à Lael du clan dún Scoti. Il s'en était emparé parce que la sienne était morte, abattue par un projectile enflammé reçu en pleine tête. S'il atteignait le grand âge, ce qui était peu probable vu l'état dans lequel il se trouvait, il n'oublierait jamais son terrible hennissement de douleur et de terreur.

Assoiffé et épuisé, il s'écroula sur le garrot de sa monture tenace, s'agrippant à la crinière trempée de sang pour faire face à un nouveau vertige. Il avait le corps brûlant malgré la bourrasque de neige. Ses blessures saignaient abondamment, le vidant de sa vie. Il n'avait plus la volonté de persévérer. Heureusement pour lui, la jument gris argenté savait exactement où aller. Elle poursuivit vaillamment son chemin sur les sommets recouverts de neige des *Am Monadh Ruadh*. Comme un fidèle pigeon voyageur rentrant chez lui.

Ses forces déclinant, il leva les yeux vers le ciel couvert. Le soleil avait disparu, tout comme son énergie et sa détermination.

Il avait du mal à comprendre ce qui était arrivé. Ils avaient fait entrer sept hommes par la porte dissimulée pour déverrouiller les portes de Keppenach. Jusque-là, personne ne semblait même s'être rendu compte qu'ils avaient lancé un siège dans la pluie verglaçante, car à ces heures-là, les hommes s'affairaient normalement à s'engraisser le ventre pour se préparer à un rude hiver. En silence, ils avaient envoyé le reste des villageois de Keppenach dans les collines, puis congédié les chariots, isolant la garnison de David en attendant des renforts… qui n'étaient jamais venus. Quand la nouvelle de l'approche du Boucher arriva, Broc lança l'attaque.

Mais la bataille avait pris fin avant d'avoir commencé.

Après un seul cri leur intimant de se montrer, les flèches fusèrent des murailles, toutes dirigées vers l'endroit où se cachaient leurs hommes. Comme si les archers de MacLaren savaient exactement où viser. En quelques minutes, les huttes des villageois étaient en feu. Les hommes qui avaient été épargnés furent obligés de battre en retraite, laissant les blessés sous le feu incessant de projectiles brûlants. Laissé pour mort sous le poids de son cheval gris, Cameron rampa hors de la ligne de tir, puis courut vers le bosquet.

Comme une gargouille peinte en rouge et aux membres disloqués, il grimpa sur la jument de Lael. Il ne voyait pas ses hommes. Il prit alors la fuite, sans prendre le temps de s'occuper de ses blessures. Il se rendit compte que ç'avait été une erreur, mais il avait eu peur. Il aurait dû rester et se battre comme un homme. Il n'était pas sûr maintenant de ce qui allait advenir de lui.

Peut-être méritait-il de mourir ?

Il avait déçu son cousin.

— La guerre est point un jeu, résonna la voix de Broc dans sa tête, un avertissement que Cameron n'avait pas été prêt à écouter.

Puis il avait abandonné Cameron à son orgueil démesuré.

La mort ne lui était pas étrangère. Son père et sa mère étaient décédés quand il était encore enfant. Cameron n'était pas non plus candide. Il avait vu de mauvais hommes faire des choses terribles à des innocents. Il s'était même joint à eux, à son grand regret. Mais il n'avait jamais vu la guerre de près. Il regrettait maintenant d'en avoir fait l'expérience. Toutes ses vantardises et son orgueil mal placé résonnaient comme un blasphème à ses propres oreilles.

— Broc, murmura-t-il d'une voix rauque entre ses lèvres fendues.

Puis il s'effondra sur la jument de Lael qui partit au petit galop. À chaque pas de l'animal, il ressentait comme des poignards dans ses os.

En réponse, il entendit le tonnerre gronder. Comme si les cieux en colère le condamnaient.

L'obscurité l'attendait.

Miséricordieuse et silencieuse.

Pourtant, Cameron refusait de l'accueillir. S'il fermait les yeux, il craignait de ne plus jamais les rouvrir. Contrairement à l'homme qu'il pensait être autrefois, il n'éprouva pas de honte quand le petit garçon en lui se mit à pleurer.

❧

COMBIEN Y AVAIT-IL DE MORTS, *à part les cinq dont il était sûr ?*

Quelle que soit la réponse, Broc se savait responsable de la perte de chacun d'entre eux. C'est lui seul qui avait lancé cette guerre.

Les yeux enflés à cause des coups reçus après avoir été descendu de la potence, il étudia l'espace où il était prisonnier.

Vu les alentours, son informateur semblait dire la vérité. Les geôles de Keppenach servaient rarement. Humides, sombres et pleines de détritus, les cellules étaient vides, sauf celle dans laquelle il se tenait. Vides, hormis la carcasse ballonnée d'une martre qui s'était introduite dans la cellule voisine.

Connaissant la réputation de MacLaren, il était assez facile de croire que l'homme avait pendu tous les coupables plutôt que de les garder là en attendant un procès. Son intendant avait rapidement suivi son exemple, organisant leur exécution quelques heures à peine après leur capture. Maintenant séquestré sous le donjon, il éprouvait une véritable torture à savoir que la liberté ne se trouvait qu'à une centaine de mètres de lui, par des tunnels à moitié oubliés.

Même si Broc était seulement un petit enfant quand il avait vu cet endroit pour la dernière fois, il s'en souvenait encore de par ses rêves. C'est comme cela que la vieille Alma l'avait emporté en secret de Keppenach après que Donnal MacLaren et ses fils impitoyables se soient emparés du château. Il savait que ses parents étaient morts. Il avait vu leurs corps brutalisés gisant par terre. Mais on ne lui en avait pas dit plus. Envoyé vivre avec des parents éloignés, il oublia les images, les chassant de son esprit. Mais dès qu'il avait aperçu Keppenach au loin, tous ses souvenirs lui étaient revenus en force.

À un bout des tunnels, non protégée et dissimulée par des fougères qui avaient poussé au fil des ans, se trouvait la porte extérieure conduisant aux tunnels de Keppenach. En bois et longtemps négligée, elle était entourée de chênes recouverts de lichen et d'ormes noueux dont les racines s'entassaient devant.

À l'autre extrémité, le tunnel conduisait à une chapelle envahie de toiles d'araignée. Elle avait été construite par son père pour apaiser le père de David, Malcom mac Dhonnchaidh. Curieusement bâtie à part, elle se dressait à l'arrière de la cour, très près du puits. Elle passait facilement inaperçue, sauf aux yeux de ceux qui venaient chaque jour puiser de l'eau.

Les deux entrées du tunnel avaient soi-disant été scellées après le départ de Broc, mais le bois était véreux et aisé à détruire. Trois générations entières de MacLaren avaient péri en moins de quarante ans, mais la trahison venait toujours de l'intérieur. On avait donc négligé les tunnels. Durant toutes ces années, ils étaient restés inutilisés et ignorés. Sous le commandement provisoire de Maddog, y ouvrir une brèche aurait dû être facile. Mais quelqu'un avait pris le temps de desceller la porte intérieure et d'installer un nouveau cadenas à la fois à la porte conduisant aux tunnels et à celle de la chapelle. Une grave erreur de calcul qui avait éveillé l'attention des gardes lors de leur tentative de percer les défenses du château.

Il était maintenant enchaîné, les pieds dans la boue qui puait le purin. Rongé de culpabilité, il avait la tête baissée. Après tout, son erreur avait non seulement coûté la vie à de bons hommes, mais lui et Lael se retrouvaient maintenant prisonniers. Il avait aussi perdu l'épée des rois.

Cela en valait-il la peine ?

La réponse était certainement non.

Le prix qu'il avait payé était beaucoup trop élevé.

Son estomac se retourna à la pensée de ses amis pendus à ce nœud coulant : Lang Gil avait une épouse. Elle avait besoin de ses bras forts pour travailler les champs. Son garçon Wee Glen, plus vraiment un enfant et plus grand que la plupart, était plus jeune que Cameron. Le père et son fils étaient maintenant morts tous les deux. Chaque père redoutait de voir son fils mourir avant lui.

Oserait-il songer au sort de Cameron ?

Broc rendit grâce à Dieu que le Boucher ait interrompu le déroulement des événements avant que ne vienne le tour de pendre Lael. Même s'il semblait peu probable qu'il se retrouve un jour face à son frère pour répondre de son incapacité à assurer la sécurité de la jeune femme. Mais peut-être demanderaient-ils une rançon pour elle ? Il ne pensait pas qu'Aidan dún Scoti abandonnerait un membre de sa famille, quelle qu'ait été l'ampleur de sa colère.

Parbleu, il avait perdu l'épée !

La portée de cette perte commençait finalement à s'insinuer dans son esprit fatigué. En perdant l'épée de son père, une épée que le premier roi Alpin avait maniée, il avait déshonoré sa famille.

Sola Virtus Nobilitat.

Seule la vertu ennoblit.

C'était la devise de son clan. Combien de fois son père lui avait-il dit qu'on ne régnait jamais légitimement par la force ? Au nom du Ciel, qu'est-ce qui lui avait fait croire qu'il pourrait diriger des hommes ? N'avait-il jamais rien appris du Mackinnon ou de son père ? Aucun de ces grands hommes n'avait jamais cherché à se battre.

— Regarde ! Il va pleurnicher comme un petiot, railla l'un des gardes en s'éloignant du mur où il s'appuyait.

Comme si l'odeur de pisse n'était pas assez forte dans cette caverne moisie, le garde s'avança d'un pas nonchalant vers la cellule de Broc. Il souleva son *breacan*, saisit son attribut, puis se mit à uriner devant Broc.

Broc était peut-être vaincu, mais il ne renoncerait

jamais ni à son orgueil ni au combat. Le visage endolori, il esquissa néanmoins un sourire narquois.

— J'ai vu de plus gros pendeloches sur des nourrissons, le nargua-t-il.

Une dent manquante sur le devant, le garde sourit en secouant vigoureusement son sexe.

— Véritelment ? Eh bien, voyons si tu pourras refaire ça un jour, se vanta-t-il. Je te garantis que tu vas te pisser dessus pendant longtemps.

Et sans prendre le temps de réfléchir, il essuya ses mains éclaboussées d'urine sur son *breacan* aux couleurs des MacLaren.

Broc fit une moue de dédain. *Espèce de cochon.* L'idiot avait beau être un comparse Highlander, il aidait et soutenait l'ennemi. Qu'ils aillent au diable, lui et David mac Maíl Chaluim ! En poussant un grognement, Broc tira brusquement sur les chaînes qui le retenaient, grimaçant à la douleur qu'il venait de s'infliger. Parbleu, les murs pleuraient tellement ici que ses chaînes étaient rouillées et rugueuses. Hélas, aussi épaisses que ses bras, elles étaient beaucoup trop solides pour s'en défaire. Elles lui coupaient la chair.

Ayant peu à craindre d'un homme enchaîné et enfermé dans une cellule, les deux gardes ricanèrent et pouffèrent de rire.

Broc refusa de leur donner satisfaction. Il se tut, mais il avait envie de savoir ce qui était arrivé à son cousin, à Cameron. Avait-il survécu à la nuit ? Le jeune homme était peut-être en âge de se battre, mais il était bien trop jeune pour mourir. Puis il pensa à Elizabet, sa douce épouse, et à leur jolie fille. Il retint des larmes qu'aucun homme ne devrait jamais avoir à verser.

Elizabet attendait un bébé qu'il ne connaîtrait jamais... Un garsoncel, ou une deuxième fille ?

Se sentant vaincu, il s'affala contre le mur de tout son

poids, laissant le métal rouillé lui couper les poignets. Il était très grand, mais les chaînes étaient quand même accrochées trop haut sur le mur, lui interdisant de se détendre. Il pensa avec horreur à ce que pourrait ressentir un homme, ou une femme, de plus petite taille. Il pria silencieusement, reconnaissant que Lael ait été envoyée à la tour au lieu de ces geôles. Elle n'était pas aussi petite que sa femme, mais elle n'aurait jamais pu endurer les chaînes.

Un des gardes péta, puis se mit à rigoler. Mais quelqu'un ouvrit brusquement une lourde porte et interrompit son rire grossier. Quatre nouveaux gardes pénétrèrent dans le tunnel.

— Vous pouvez disposer, annonça l'un des nouveaux arrivants.

Broc releva la tête, espérant que le renvoi lui soit adressé. Hélas, ses espoirs s'évanouirent aussitôt.

— Nenni ! protesta le garde de MacLaren. Maddog a dit que...

— Je me fous de ce que ce bâtard de Maddog a pu dire ! C'est plus l'intendant de Rogan qui commande. Vous devez désormais obéir au nouveau *laird* de Keppenach.

— Le Boucher ? cracha le garde de MacLaren comme si c'était une insulte.

— Appelez-le comme vous voudrez, il est maintenant votre nouveau *laird*. Et au fait, si vous voulez vous plaindre, adressez-vous à votre roi. Mais pour le moment, prenez congé.

Marmonnant dans leur barbe, les deux gardes de MacLaren s'éloignèrent tandis que deux autres hommes du Boucher arrivaient dans les tunnels et s'engageaient dans le couloir sombre vers l'entrée située dans les bois. Un moment plus tard, deux autres entrèrent d'un pas nonchalant, en maugréant eux aussi. Puis ils disparurent par la porte de la chapelle. Broc se retrouva seul une fois de plus. Ses deux nouveaux gardes ne le raillaient pas. Ils lui prêtaient à peine attention.

❧

S'ATTENDANT à ce que quelqu'un fasse irruption dans la pièce, Lael se lava précipitamment. Dans ces circonstances, se prélasser dans la baignoire, même si cela pouvait être merveilleux, semblait mal avisé.

Ses vêtements étaient sales. Une fois baignée, elle fouilla donc de nouveau dans les coffres d'Aveline pour voir ce qu'elle pourrait y trouver à se mettre.

La plupart des robes de la jeune fille semblaient beaucoup trop... *délicates.*

Levant le sourcil à la vue des tissus diaphanes, elle rejeta les deux premiers vêtements sans prendre la peine de les déplier. Elle choisit une robe violette et modeste en laine douce et épaisse. Elle se rappelait être plus grande qu'Aveline. Son souvenir se trouva confirmé : la robe lui arrivait bien au-dessus des chevilles. Tortillant ses orteils froids, elle fronça les sourcils à la vue de ses pieds nus.

Par le bon œil de Cailleach, si elle était assez vaine pour s'en soucier, elle pourrait être tentée de défaire l'ourlet. Mais peu importait l'allure de sa robe, du moment qu'elle la couvrait entièrement.

D'un autre côté, même si elle avait horreur de l'avouer, ses cheveux étaient une tout autre chose. Elle sortit le peigne de la malle d'Aveline et se mit à démêler son épaisse chevelure noire, sa « grande fierté », comme disait son père. Le souvenir de sa voix rauque la remplit de tristesse. Elle pouvait à peine se rappeler son visage, ni celui de sa mère en fait. Après tout, elle avait neuf ans quand son père était mort et dix quand sa mère l'avait suivi dans la tombe. C'était pour ainsi dire son frère Aidan qui l'avait élevée, et elle-même avait élevé ses sœurs et son plus jeune frère. Ensemble, ils étaient forts. Divisés, elle commençait à se rendre compte qu'elle était faible.

Que ferait Aidan maintenant ?

Elle l'ignorait. Elle était juste certaine qu'à sa place, il ne se serait jamais battu. Il aurait préféré le pardon à la vengeance.

Cela faisait-il d'elle une horrible femme amère ?

Elle avait vécu avec une sombre masse de haine sur le cœur qu'elle pouvait à peine supporter. Mais elle était maintenant partagée : même si elle ne pouvait toujours pas pardonner la manière cruelle dont son père avait été trahi, la vengeance ne semblait pas apaiser son âme.

En fait, elle lui laissait un sentiment de perte et de regret.

Et pourtant... Son père avait été un homme bon, et qu'est-ce que cela lui avait valu à la fin ? Il avait invité ses alliés scots pour célébrer à Dubhtolargg. Et tout comme Kenneth MacAlpin l'avait déjà fait aux fils de sept nations pictes, ces bâtards de Scots avaient assassiné les membres de la famille de Lael pendant qu'ils buvaient. Sous leur propre toit, en plus ! Lael se rappelait les rires et les festivités. Et puis ces cris à vous glacer le sang, ses propres cris aussi.

Retenant ses larmes, elle endurcit son cœur, se souvenant de David mac Maíl Chaluim. Suivant l'exemple de ses ancêtres Alpin, lui aussi avait dormi sous leur toit. Au lieu de les égorger, il avait kidnappé sa sœur Catrìona directement dans son lit, l'emportant vers le sud dans l'intention de la livrer aux Anglais en tant que pupille de leur odieuse cour. Il avait ainsi pour but de forcer Aidan à accepter une alliance qu'il ne pourrait autrement pas accorder. Et comme si cela ne suffisait pas, c'était également David qui avait approuvé le projet de marier Aidan à Lìleas MacLaren, dans le seul dessein de la forcer à assassiner son promis, éliminant ainsi la menace que représentait Aidan pour la couronne de Scotia.

Ah, comme elle détestait David mac Maíl Chaluim ! Si un jour elle posait de nouveau les yeux sur lui, ce serait *elle* qui verserait son sang. Elle n'avait pas besoin de couteaux pour prendre la vie de cet homme. Sa haine était aussi aiguisée qu'une lame. Mais si elle le pouvait, elle lui arracherait le cœur.

Les cheveux tressés, elle s'assit, se demandant pourquoi le feu de la colère qui brûlait en elle ne suffisait pas à réchauffer la pièce. Parbleu ! Sans brasier, elle était glaciale.

Elle se releva pour récupérer ses bottes boueuses et y enfila ses pieds propres. Puis elle retourna vers le lit, se demandant combien de temps s'écoulerait avant que le Boucher n'apparaisse. Elle s'était attendue à ce qu'il vienne bien plus tôt.

Avait-il l'intention de demander une rançon pour elle ?

Peut-être. C'était certainement logique, même si Lael était en droit de se demander si son frère accepterait de payer pour son retour, vu qu'il lui avait très clairement déconseillé de ne pas intervenir. Elle voulait croire qu'il le ferait, mais elle ne l'avait jamais vu autant en colère. Ses yeux verts, si semblables aux siens, avaient transpercé son âme. La simple possibilité qu'il ne lui pardonnerait peut-être jamais lui pesait maintenant lourdement sur le cœur. D'autant plus que son entreprise avait complètement échoué. Leur tentative de prendre Keppenach avait été un effort futile.

Lael entendit soudain des cris retentir depuis les murailles. Elle se releva aussitôt du lit, comprenant que quelqu'un avait dû arriver. Elle pria les dieux que ce soit Aidan.

MOITIÉ PLUIE, moitié glace, le crachin de l'après-midi les pénétrait jusqu'aux os. Du haut de sa monture, l'un des cinq cavaliers armés cria au garde d'ouvrir les portes.

— Qui va là ? répondit le gardien de Keppenach.

— Vous êtes aveugle, mon jouvenceau ? Je porte l'étendard de votre roi !

Ajustant sa visière pour empêcher la bruine de lui entrer dans les yeux, le portier observa le lion rampant avec méfiance. Même s'il était fort possible que ce soit le roi, le Boucher leur couperait la tête s'ils laissaient quelqu'un s'introduire à Keppenach maintenant qu'il était sécurisé. N'importe qui pouvait s'emparer d'une bannière et prétendre être quelqu'un d'autre. La crainte du Boucher finit par l'emporter sur toute inquiétude de faire attendre le souverain de la Scotia, même s'il allait être trempé jusqu'aux os le temps qu'on appelle le nouveau *laird*. Tandis que les cavaliers attendaient l'arrivée du Boucher, l'étendard doré du roi dansait dans le vent capricieux, son lion rampant d'un rouge sang.

Ayant entendu le raffut, Jaime était déjà en route vers l'enceinte. Il découvrit David mac Maíl Chaluim en selle, portant son propre étendard.

Le roi était accompagné de seulement quatre cavaliers. Il ne portait pas de vêtements allant avec sa position, mais on ne pouvait le méprendre pour un autre, même du haut des murailles, avec son maintien, ses longs cheveux noirs et ses traits anguleux.

S'il y avait une chose que Jaime pouvait dire au sujet de David, c'est qu'il n'était pas porté à la prétention. Henri se serait déplacé avec tout un entourage, mais David préférait une petite escorte. Le fait qu'il porte son propre étendard était peut-être une ruse pour détourner les soupçons ou tout simplement la façon de David de faire fi de sa propre autorité.

Un sourcil levé, Jaime regarda le portier, puis il donna aussitôt l'ordre de lever la herse et d'ouvrir les portes. Secouant la tête, il descendit les marches et se précipita pour accueillir le roi de Scotia, qu'il attendait de revoir depuis longtemps.

Les portes étaient à peine ouvertes quand Jaime y arriva, mais David, toujours impatient, était déjà en train de se faufiler à l'intérieur, son cheval renâclant comme un taureau. Jaime poussa un soupir. Si l'homme avait hérité d'un peu plus de patience pour accompagner son dégoût de répandre le sang, ses machinations politiques ne lui auraient pas gagné autant de mécontentement chez les tribus des Highlands. Au lieu, son empressement à régler les problèmes l'amenait parfois à échafauder des plans à la hâte qui lui faisaient faire un pas en avant, deux pas en arrière. Heureusement qu'il s'inspirait d'Henri. David écoutait au moins la voix de la raison, et ceux qui le connaissaient le mieux lui resteraient fidèles jusqu'à leur mort. Quant à Jaime, il serait le premier à se rallier à la défense de son roi. Et s'il le fallait, il était aussi prêt à donner sa vie pour lui.

— Parbleu ! s'écria David sur un ton maussade. Où diable t'ai-je envoyé, Steorling ?

— Certains diraient au diable, à ma place, répondit Jaime avec le sourire.

De sa monture, David s'esclaffa, sa nature plaisante retrouvée avec très peu d'effort, mais son rire se transforma en quinte de toux. Jaime soupçonnait qu'il était peut-être en train de tomber malade à cause du mauvais temps.

— Morbleu ! Il n'y a rien ici, hormis un tas de pierres misérables, se plaignit le roi en étudiant la cour. Rappelle-moi d'apporter mon lit la prochaine fois. Je doute de pouvoir trouver ici un bon lit sans puces, expliqua-t-il en essorant sa barbe ruisselante de pluie.

— Vous ne prenez même pas la peine de venir complètement armé, rétorqua Jaime, une étincelle dans les yeux. Comment pourriez-vous apporter un lit, Votre Majesté ?

David pouffa de rire en descendant de cheval, ses bottes s'enfonçant dans une flaque de boue. De la terre noire et humide lui éclaboussa les jambes. Il rencontra Jaime à mi-chemin et le serra dans ses bras comme un frère perdu depuis longtemps. Jaime lui rendit son salut, ignorant le haubert glacial du roi à travers sa tunique gelée qui lui servait à dissimuler son habit normand aux yeux de ces Highlanders nus. Cela ne servirait pas à grand-chose de se déplacer avec une modeste escorte pour se laisser trahir par son armure brillante.

— Bravo, bien joué ! fit le roi en donnant à Jaime un grand coup dans le dos.

Son large sourire était sincère. À quarante-deux ans, David mac Maíl Chaluim avait maintenant le même âge que le père de Jaime à sa mort. Il avait les cheveux grisonnants aux tempes et son front luisant amena Jaime à froncer les sourcils.

— Je ne mérite pas ces louanges, Votre Majesté. La bataille était finie avant mon arrivée, avoua-t-il. Hier soir, les hommes de MacLaren ont saisi sept hommes en train d'essayer d'ouvrir les portes.

Plus précisément, six hommes et une femme.

— Où sont maintenant ces bâtards ?

— L'un d'entre eux est mort pendant l'escarmouche. Un autre a été torturé, il est mort aussi, nous en reparlerons, si vous le permettez. Trois autres ont fini sous le nœud du bourreau.

— Il en reste deux, reprit David, lançant un regard interrogateur à Jaime.

— J'en ai mis un en geôle, poursuivit Jaime. L'autre… je l'ai envoyé à la tour, ajouta-t-il après une pause, pas pour insister, mais pour se donner le temps de déterminer la meilleure façon de révéler le reste à David.

— À la tour ? demanda David en élevant la voix.

Il s'arrêta et se tourna vers Jaime, précisément ce que Jaime espérait éviter, car il ne voulait pas que d'autres entendent la suite.

— Je demande votre clémence, mon seigneur, le pria Jaime. J'ai beaucoup à vous dire, mais je préférerais vous éclairer une fois que nous serons seuls.

— Hum, fit David, à voix basse cette fois. La situation semble sérieuse.

Sa bonne humeur sembla s'aigrir à l'idée.

— Mais tu as les choses en main, n'est-ce pas ?

— Absolument, le rassura Jaime. Bien mieux que vous, me semble-t-il, poursuivit-il en chuchotant. Votre Majesté, êtes-vous indisposé ?

— Peut-être un peu affamé, répondit David à voix basse. N'aie point peur. Un bon repas et une bonne nuit me feront du bien. Je repartirai demain.

— Vous êtes arrivé juste à temps. Nous sommes tous plutôt affamés après cette longue marche vers le nord. En fait, nous venons tout juste d'arriver. Venez, invita-t-il le roi en le conduisant vers le donjon.

— Où est Kieran ? Il est arrivé lui aussi ?

— Nenni. Il arrivera probablement demain, avec soixante-dix hommes, dont quelques-uns de la maison de Moray et d'autres de MacBeth.

David le regarda, un sourcil levé, tandis qu'ils se dirigeaient vers l'intérieur.

— Nous verrons. MacBeth, ce misérable, n'a jamais tenu parole. Dommage que je ne puisse pas le confondre pour trahison, je le traiterais comme il a traité mon grand-père.

Jaime était conscient de la rancune, justifiée, entre David, Moray et MacBeth. Ensemble, les deux avaient mené une rébellion qui avait mis fin à la vie de son grand-père malade. Jaime pensait qu'il plairait peut-être au roi de savoir que Moray avait promis un certain nombre de ses hommes à Keppenach, mais le roi semblait prédisposé à la rancœur. Il abandonna donc le sujet.

— Je vais ordonner qu'on vous prépare un bain avant le dîner, promit Jaime tandis qu'ils entraient dans la grande salle.

David retrouva son sourire.

— Comme tu es bon ! Je le jure, je ne me ferai jamais au climat nordique. Il me cause toujours une fièvre impitoyable dans les os.

Habituellement, on ne détournait pas aussi facilement l'attention du roi, mais Jaime était néanmoins soulagé du répit provisoire. Sachant que Luc aurait maintenant fini de préparer la chambre du *laird*, il le conduisit vers la pièce de la tour qu'il avait l'intention d'occuper lui-même. Il était certain que c'était la seule chambre dans tout le château assez propre pour leur roi. Pour l'instant, il irait dans un autre lit. Et maintenant qu'il avait promis à David un repas copieux, il espérait pouvoir produire quelque chose d'approprié avec les réserves de Keppenach.

Quand ils passèrent devant la pièce d'à côté, gardée par deux hommes, le roi haussa un épais sourcil noir. Par chance, il ne dit rien. Jaime ouvrit la porte de la chambre du *laird* et entra en premier pour s'assurer que tout était prêt. Keppenach était peut-être assez sûr pour le moment, mais il sentait un cancer persistant dans ces murs. Il ne prendrait aucun risque pour son seigneur et roi.

À l'intérieur, Jaime retint son souffle. L'état des lieux le surprit. Après avoir traversé les couloirs en désordre, il était plus qu'un peu choqué de trouver cette chambre, non seulement propre, mais bien mieux aménagée que toute autre pièce du château. Même la grande salle, où ils divertiraient les invités, semblait pâlir en comparaison. L'intendant de MacLaren n'avait pas dû trop se soucier de l'entretien des autres pièces, mais la chambre du *laird* était richement ornée de tapisseries et d'un grand lit, bien bâti, aussi grand qu'il aurait pu accueillir la moitié du village. Et parbleu, s'il avait jugé le reste du château dépourvu d'art, cette chambre en débordait, comme si tout était entièrement entassé ici.

David se gratta le menton, manifestement aussi abasourdi que Jaime.

— Je vais demander qu'on vous prépare tout de suite un bain, annonça Jaime, sans expliquer que ce ne serait pas trop long, étant donné que la baignoire se trouvait actuellement dans la chambre voisine.

Qui que soit cette fille, elle n'était pas timide. Jaime éprouva soudain de l'appréhension à placer David si près de sa chambre. Mais il ne s'attarda pas plus, de peur que David ne décide de le presser de questions. Il serait toujours temps de répondre plus tard, une fois que Jaime aurait déterminé qui était cette jeune fille au juste et que faire d'elle.

Avec l'intention de découvrir son identité, il laissa le roi et alla à la recherche de l'intendant de Rogan pour lui parler directement. Pour l'instant, Maddog semblait avoir toutes les réponses. Jaime était déterminé à comprendre pourquoi la moitié du château était empilée dans la chambre du *laird*.

CHAPITRE 5

𝒞ntendant des voix dans la cour, Lael se précipita vers les fenêtres et ouvrit les volets. Hélas, à son grand désarroi, les barreaux métalliques étaient beaucoup trop rapprochés les uns des autres pour pouvoir bien voir à travers.

Elle détestait se sentir si impuissante, et l'attente la rendait folle.

Avec un petit grognement de dégoût, elle secoua les barreaux et les trouva en parfait état. La porte de la chambre était robuste et verrouillée de l'extérieur. Les murs étaient mal cimentés, mais néanmoins solides. Il n'y avait aucun moyen de sortir de cette prison boudoir.

Et pourtant, il doit bien y avoir une solution !

Elle était assez rusée pour déjouer ces hommes et elle n'avait pas peur de le faire. Si seulement elle arrivait à ôter un barreau ! Un seul suffirait. Elle essaierait peut-être de s'évader de nuit. Mais si elle ratait son coup, elle se retrouverait quinze mètres plus bas, le crâne fracassé. Elle referma violemment les volets contre le vent glacial, souhaitant une mort prématurée au Boucher.

Comme Aidan le faisait parfois quand il cherchait à

résoudre un problème, elle arpenta la chambre, prête à tout pour retrouver sa liberté.

Quelques minutes plus tard, elle entendit des voix dans le couloir. Ils s'approchaient de sa porte. Des hommes. Des Anglais. Mais elle ne parvint pas à distinguer clairement de quoi ils discutaient. Elle entendait leurs pas lourds sur le plancher. Des rires. Puis elle entendit la porte de la pièce voisine de la sienne s'ouvrir et se refermer. Leurs voix étaient tout d'abord étouffées, mais elle entendit les mots suivants beaucoup trop clairement pour que le son ait traversé la pierre.

Le Boucher s'adressait à son hôte nouvellement arrivé : « Je vais demander qu'on vous prépare tout de suite un bain ». Elle regarda la baignoire par-dessus son épaule, se rendant compte qu'ils allaient venir la chercher. Il était peu probable qu'ils en aient une autre. Elle regrettait de ne pas pouvoir la remplir d'acide. Que ne donnerait-elle pas pour partager les connaissances de Lìli en alchimie ! Ou d'Una d'ailleurs, même si leur prêtresse rusée l'abreuverait sans doute de sages paroles pour lui avoir simplement demandé.

Surprise d'entendre clairement l'échange des deux hommes, Lael se tourna vers le mur ouest. Puis, curieuse de connaître l'identité de l'occupant de la pièce d'à côté, elle alla l'inspecter de plus près. Elle découvrit un certain nombre de petits trous dans la pierre là où il semblait y avoir jadis eu une équerre. Sur la pointe des pieds, elle passa les doigts sur la pierre abîmée, trop haute pour qu'elle puisse l'examiner sans grimper sur quelque chose. Elle se tenait là, réfléchissant au poids du lit lorsque quelqu'un frappa à sa porte. Elle eut à peine le temps de s'éloigner du mur. La porte s'ouvrit en grand. Elle se tourna et vit le même jeune homme aux cheveux d'or qui l'avait amenée dans cette chambre. Le visage trop angélique pour être celui d'un laquais anglais, il entra d'un pas nonchalant, suivi de deux autres gardes. Lael était sûre que le garçon était à peine plus vieux que sa sœur Cailin. Une partie d'elle voulait le gronder et le renvoyer chez lui pour le souper.

Quelle idiote je suis, pensa-t-elle. *C'est mon ennemi, pas mon enfant.*

— Mon seigneur veut vous parler, annonça-t-il en baissant timidement les yeux, même si Lael était habillée et ses cheveux tressés.

Elle ne confondit pas son attitude avec du respect. C'était simplement un enfant, trop peu sûr de lui devant une adulte. À vingt-trois ans, Lael en était assurément une, malgré les protestations de son frère.

— Où donc est votre *laird* ? lui demanda-t-elle en soulevant un sourcil. S'il veut me parler, pourquoi envoyer un garsoncel à sa place ? Croit-il que je vais jeter un coup d'œil à votre doux visage et vous épargner ma colère ?

Les mots sortirent de sa bouche avant qu'elle ne puisse les arrêter.

Son frère avait raison : un jour, sa bouche causerait sa perte.

En vérité, elle ne goûtait guère la perspective de rencontrer le Boucher pour la première fois en privé dans ces appartements, où il pourrait la traiter à son gré. Elle n'était pas faible, mais pas assez forte néanmoins pour affronter l'homme avec lequel elle s'était retrouvée face à face à la potence.

Le garçon rougit et leva un doigt vers ses lèvres, comme pour la faire taire.

— Mon seigneur demande qu'on vous conduise à la salle de réception.

Lael plissa les yeux d'un air soupçonneux. Dans la chambre d'à côté, elle entendit soudain une chanson paillarde. Elle crut reconnaître la voix. Ce n'était pas celle du Boucher, elle n'était pas près de l'oublier. Mais elle connaissait bien cette intonation, sans néanmoins pouvoir l'identifier.

Elle ouvrit la bouche pour parler, mais le jeune homme porta de nouveau un doigt tremblant à ses lèvres. Elle eut l'impression immédiate qu'il voulait qu'elle garde le silence. Qui que soit l'homme qu'ils avaient placé dans la chambre voisine, ils souhaitaient clairement ne pas le déranger. Pour cette même raison, Lael voulait d'autant plus l'incommoder. Avec un peu de chance, ce pourrait être quelqu'un ayant le pouvoir de la libérer. Elle ouvrit la bouche et poussa un cri. Le garçon recula, mais pas les gardes qui l'accompagnaient. Ils s'approchèrent d'elle, plus silencieusement et rapidement qu'elle aurait pu s'y attendre pour des hommes de leur taille et de leur corpulence. Une brute lui asséna violemment une main sur la bouche. L'autre lui saisit les bras et les tordit. Son cri de douleur fut étouffé par une main calleuse, à la chair salée. Ils lui lièrent de nouveau les poignets. Elle essaya de mordre le doigt de l'homme, mais il le retira à temps et sortit une lame. Il n'eut pas besoin de la porter à son cou pour la faire taire. Après tout, elle n'était pas stupide.

— Voulez-vous me suivre ? lui demanda le jeune garçon avec un sourire contrit.

Lael souleva un sourcil noir, le regard fixé, non sans respect, sur la lame finement aiguisée dans la main du garde. Elle s'y connaissait très bien en couteaux et elle n'avait pas l'intention de découvrir si l'homme savait aussi bien couper avec qu'il semblait le manier.

— Est-ce que j'ai le choix ? demanda-t-elle.

Le garçon fit non de la tête.

Lael lui adressa un faux sourire, puis concéda :

— Alors, bien sûr, vous êtes bien aimable de me le proposer.

Et elle lança à tous un regard aussi tranchant que la lame du garde.

Dans la chambre d'à côté, l'homme entonna un refrain paillard, complètement inconscient de son auditoire. Lael se creusa la cervelle pour essayer de se rappeler où elle avait déjà entendu cette voix.

❧

C'ÉTAIT l'épée du *Ard rí.*

Il avait reconnu la *Claidheamh-mor* dès qu'il avait posé les yeux sur elle.

Les histoires sur cette lame en acier, finement polie et à l'inscription dorée, avaient été transmises de génération en génération. C'était l'épée des rois, perdue depuis des siècles dans le clan des Alpin. Certains affirmaient qu'elle avait été jetée dans les flammes de l'enfer après la trahison de MacAlpin. Mais elle était là, posée sur sa table, enveloppée dans du cuir gras.

L'homme passa avidement un doigt sur le métal gravé. On racontait que celui qui maniait cette ancienne épée en acier de Damas, forgée par des maîtres, pouvait semer la destruction comme le diable. Le cuir enroulé autour de la poignée semblait être d'origine. Il était noirci par l'âge, mais bien conservé. L'arme était plus lourde qu'il ne s'y attendait. C'était une grande épée à deux tranchants, baptisée par la sueur du premier roi de Scotia et consacrée par le sang de ses ennemis. Et elle se trouvait *là,* la lame sacrée de Kenneth MacAlpin, celle-là même avec laquelle il avait tué les rois de sept nations pictes. Avec cette lame, il avait sacrifié leurs fils au nom de l'unité, pour que la Scotia devienne une nation plus puissante.

Il parcourut des yeux la longueur de l'épée, du pommeau à la pointe. Plus d'un mètre de métal aux reflets bleus, dans le style des vieilles lames vikings. C'était une arme incomparable, au pouvoir largement supérieur à son tranchant fortement aiguisé. On disait en effet que tout chef au sang légitime qui la manierait et qui s'assiérait sur la pierre de Scone régnerait sur des terres unifiées.

Cnuic `is uillt `is Ailpeinich.

Il passa l'index sur l'impressionnante inscription, savourant la sensation du métal froid contre sa chair presque insensible, brûlée par trop de flammes. On ne pourrait trouver art plus fin chez les forgeurs d'épées de son temps. Et maintenant, l'arme était à lui. Il pouvait s'en servir comme bon lui semblait.

Un sourire adoucit soudain la dureté de son visage.

Que devrais-je faire avec ?

Peut-être devrait-il l'offrir à David mac Maíl Chaluim ? Ce dernier pourrait juger bon de le récompenser grassement. À moins qu'il ne la vende à quelqu'un qui n'était pas lié aux queues de diable. Après tout, il pouvait maintenant faire ce qu'il voulait avec, un trésor à offrir ou à garder s'il le voulait.

Y avait-il la moindre possibilité qu'un homme comme lui puisse se servir de cette épée pour améliorer sa vie ? Pour s'asseoir lui-même sur la pierre de Scone ? Pour s'élever au-dessus des autres et gouverner une nation flambant neuve ? Une qui serait fondée par des Highlanders comme lui ?

Personne n'aimait David mac Maíl Chaluim. L'homme avait passé beaucoup trop d'années avec sa famille anglaise. Sa femme aussi était Anglaise, une femme au visage sévère, et David jurait désormais fidélité au roi anglais pour ses terres et ses titres. Comment un homme pouvait-il plier le genou devant un autre homme et continuer à servir son peuple qui lui se considérait libre de toute obligation envers ce dernier ? Non, d'après lui, ce n'était pas possible. David n'était rien d'autre que la marionnette d'Henri. La Scotia avait besoin de quelqu'un de plus apte à délivrer leur nation agitée du joug anglais.

Réfléchissant à ce dilemme, il renveloppa la lame avec soin pour la protéger des regards indiscrets.

L'épée est précieuse.

Pour le moment, il devait trouver un endroit où la cacher, où personne ne pourrait la trouver avant qu'il ne décide de sa destinée. Il était peut-être un homme commun, mais comme il était grisant de détenir un tel pouvoir ! Hélas, pour la gloire de la Scotia, pour l'amour des siens, il ferait ce qui était le mieux pour son peuple, même si cela signifiait donner l'épée à David mac Maíl Chaluim.

Collines et ruisseaux et MacAlpin. Hum ! Il avait une nouvelle devise pour l'épée : *Cha togar m' fhearg gun dìoladh. Nul ne me provoque impunément.* Comme le chardon. Celui qui essaie de l'arracher se retrouve avec des douleurs lancinantes dans les mains.

Cha togar m' fhearg gun dìoladh.

Cette phrase sonnait bien à ses oreilles.

Une voix le fit sortir de sa rêverie. Il sursauta.

— Le *laird* nous invite à nous joindre à lui pour le souper.

Le forgeron se précipita pour couvrir la lame.

— J'ai point faim, déclara-t-il à l'écuyer apparu à la porte de son atelier à moitié brûlé.

— Vous êtes attendu, reprit fermement le garçon, sur un ton plus arrogant qu'un Sassenach n'avait le droit d'employer. Nous soupons ce soir en l'honneur du roi. Il est ordonné à tous d'être présent.

David mac Maíl Chaluim était arrivé.

C'était peut-être un présage, et ses pensées n'étaient que des rêves fantaisistes.

— Très bien, céda le forgeron.

Il ôta sa blouse recouverte de suie et la jeta rapidement sur sa table de travail par-dessus l'épée.

Le jeune homme était trop occupé à fouiner autour de l'arsenal en ruine pour réaliser qu'Afric avait quelque chose à cacher. À part son fils, il lui restait peu de biens. Les murs avaient partiellement disparu et le toit avait brûlé.

— Vous avez reçu un coup à la jambe ? demanda le garçon quand il vit Afric boiter vers la porte.

— Une vieille blessure, répondit Afric sur un ton bourru.

— Ah, je pensais qu'elle était peut-être récente.

L'écuyer s'attarda à la porte, puis il frappa le chambranle de sa paume ouverte.

— Soyez sans crainte, mon bon. Nous vous aiderons à reconstruire aussitôt, le rassura-t-il avant de s'éloigner.

❧

LAEL DESCENDIT les marches en chancelant.

Avec des airs de roi, le Boucher était assis à la table du *laird*. Des tapisseries décolorées étaient pendues au mur derrière sa chaise. Elle redressa les épaules, leva le menton et ignora le courant d'air froid sur ses chevilles.

Célébraient-ils leur victoire ? L'arrivée du nouveau laird ? Dommage que la cause de leur réjouissance ne soit pas les funérailles de David.

Tous les yeux se tournèrent vers elle.

Jamais de sa vie n'avait-elle été entourée de tant d'hommes. Gros, chauves, maigres, édentés, aux cheveux hirsutes, petits, grands. Sans servantes pour nourrir ces roteurs.

Des brutes sans savoir-vivre.

Encore une fois, elle regretta de ne pas avoir ses couteaux. Au moins un. Elle se sentait nue sans eux, sans défense, vulnérable.

Perdant presque son sang-froid, elle hésita sur la dernière marche, détestant se sentir si infortunée et totalement inaccoutumée au regard béat de ces hommes.

Chez elle, il était rare que viennent souper des hommes qu'elle ne connaissait pas depuis le jour de sa naissance ou de la leur. Si par hasard quelqu'un l'admirait, ce n'était jamais de manière si irrespectueuse.

Certes, les regards qu'elle était forcée d'endurer n'étaient pas tous appréciatifs. Elle sentit là une présence malveillante pas seulement due au fait qu'ils avaient failli la pendre le matin même. Elle se demandait amèrement combien de ces hommes avaient observé la scène depuis les murailles, espérant la voir rendre son dernier souffle. Si certains avaient trouvé injuste que l'intendant de Rogan ait l'intention de les pendre sans même un procès, personne n'avait jugé bon de l'ouvrir pour prendre leur défense.

Un seul homme était intervenu.

Elle le chercha du regard.

Il leva un instant les yeux, puis retourna à son assiette, l'air profondément désintéressé, alors qu'elle avait été amenée là à sa demande. C'était sans doute sa façon de faire comprendre à Lael le peu d'importance qu'elle revêtait.

L'un des hommes la poussa impatiemment dans le dos. Lael prit une profonde inspiration et descendit la dernière marche en trébuchant. Deux gardes vinrent se placer à ses côtés et trois autres la suivaient.

La salle se tut tandis qu'elle s'approchait du dais.

Elle regrettait tellement que ses mains ne soient pas libres. Elle les aurait tous giflés au passage, ces hommes au sourire narquois. Comment osaient-ils la faire défiler dans cette salle comme si elle était le trophée du Boucher !

Mais ne le suis-je pas ?

Son regard revint se poser sur le nouveau maître proclamé du domaine : *le Boucher du diable*. Bien que né d'une mère scot, il avait renié son sang scot et suivi son Sassenach de père pour aller servir la couronne anglaise, un mercenaire pour son vrai seigneur : Henri d'Angleterre d'après certains, le diable lui-même selon d'autres. On disait en effet qu'il avait vendu son âme et en portait la preuve sur le front. Une longue entaille reçue durant la bataille le jour où il avait brûlé son donjon. Il aurait dû mourir ce jour-là. Lael avait entendu dire qu'on lui avait fracassé le crâne avec une énorme pierre précipitée du haut des murailles. Ravagé et en sang, il se releva tel un monstre, le visage déformé, et lança une torche sur la motte, brûlant tous ceux qui se trouvaient à l'intérieur. D'autres affirmaient qu'il avait reçu une flèche en pleine tête, lancée par Donnal Mac-Laren lui-même.

Le simple fait qu'il servait maintenant David mac Maíl Chaluim était de peu d'importance, vu que David lui-même n'était guère plus que le pion d'Henri. Et pourtant, d'après son apparence, son seigneur devrait prendre garde : le Boucher pourrait se dresser comme une vipère et frapper quand on s'y attendait le moins.

Ignorant délibérément l'approche de Lael, il était assis dans le fauteuil du seigneur, comme s'il était sien de naissance, ses longs cheveux noirs flottant autour de son visage, ses yeux gris acier regardant ailleurs, ne révélant aucun de ses secrets. Lael sentit néanmoins son regard sur elle.

S'il y avait une chose qu'elle savait avec certitude, à la seule vue de cet homme, c'est qu'il avait l'habitude d'obtenir ce qu'il voulait. Eh bien, par les dieux, quoi qu'il veuille d'elle, Lael se jura de le lui refuser.

CHAPITRE 6

La jeune dún Scoti surprit Jaime. Il ne s'était pas attendu à ce que la sale furie aux yeux verts se nettoie aussi... *bien*.

Sa robe, beaucoup trop courte pour sa taille élancée, enveloppait sa silhouette svelte comme un amant avide, dansant autour de ses chevilles et révélant de longues jambes gracieuses qui ne semblaient jamais hésiter. Elle fit une pause au pied de l'escalier, mais sans crainte dans le regard. Non, elle prenait seulement le temps de jauger la pièce, comme le ferait tout combattant aguerri.

Était-elle venue pour livrer bataille ?

La pensée l'amusa.

Son sexe se tendit spontanément à la vision soudaine de son corps emmêlé dans ses draps. Il fronça les sourcils et repoussa cette pensée importune, se convainquant qu'elle ne lui était pas destinée.

C'était une prisonnière de guerre, point une promise à troquer.

Il s'autorisa néanmoins un moment secret d'admiration pour la fille qu'ils appelaient dún Scoti. En vérité, s'il n'avait rien su d'elle, s'il avait ignoré la réputation féroce de son frère, il aurait pu la prendre pour la reine dún Scoti, car il était clair qu'elle ne se soumettait à aucun homme.

Fière. Dangereuse. Courageuse. Belle. Tels furent les mots qui lui vinrent à l'esprit tandis qu'elle s'avançait dans la salle. Il regretta brièvement qu'une fois proche de lui, horrifiée à sa vue, elle détournerait sans doute son regard. C'est ce que faisaient certaines femmes, quand elles apercevaient le cadeau d'adieu laissé par Donnal MacLaren. Habituellement, cela lui était égal. Il en était même reconnaissant, car la cicatrice lui permettait de se concentrer sur ce qui importait. Elle l'empêchait d'aspirer à ce qu'il ne pouvait pas avoir.

Le silence envahit la salle tandis qu'on conduisait la femme devant la table du *laird*. Elle s'arrêta et lui lança un regard de défi absolu.

Mais sans détourner les yeux.

Une chaleur inattendue se répandit dans ses veines tandis que la couleur montait aux joues de la femme. Pourtant, il ne se leurrait pas sur la cause : elle était manifestement furieuse. Il reconnut sa colère à ses épaules droites et à l'éclat de ses yeux vert clair. Les reflets violets de sa robe faisaient d'autant plus rayonner sa peau dorée. Ses cheveux, noirs comme une nuit sans lune, étaient nattés en une simple tresse, drapés comme de la soie sur une épaule délicate. Délicate dans le sens où elle avait la grâce et le maintien d'un ange. Car il n'y avait rien de fragile chez cette femme. Elle avait les bras nerveux, minces et forts. Ses épaules se dressaient avec une arrogance rivalisant celle de l'impératrice, la fille d'Henri. À quatorze ans, elle avait été couronnée dans la basilique Saint-Pierre et mariée à l'empereur des Romains lui-même. Comme Mathilde, la femme qui se tenait devant lui n'avait jamais eu l'esprit brisé.

Avait-elle connu un homme ?

Jaime ne le pensait pas. Il ne connaissait pas beaucoup d'hommes qui pourraient aimer une telle beauté ardente sans succomber au besoin de la plier à sa volonté. En vérité, il n'était pas sûr de pouvoir être cet homme lui-même. Il savait juste que voir en elle autre chose que ce qu'elle semblait être était un péché plus grand que tous ceux qu'il avait déjà commis.

Hélas, ses péchés étaient nombreux.

Pendant tout ce temps, elle ne s'était toujours pas détournée. Elle le regardait droit dans les yeux, clignant seulement quand nécessaire.

Jaime avala un peu de sa bière et se racla la gorge.

Au côté de la fille, Luc lui toucha le bras. Sans doute pour lui rappeler doucement ses manières, car Luc comprenait quelque chose qu'elle ne pouvait pas saisir. Peu importe le penchant de son cœur, Jaime ferait le travail pour lequel on l'avait envoyé là : avant tout pour faire en sorte que ces Highlanders plient le genou devant David mac Maíl Chaluim. Il ne pouvait pas se permettre de laisser une jouvencelle saper ses efforts. Pourtant, il se surprit à sourire quand elle se dégagea de Luc et lança au jeune homme un regard funeste.

— Bienvenue à Keppenach, Lael du clan dún Scoti.

— C'est *point* mon nom, cracha-t-elle. Je suis point Scot, ni des collines ni des vallées.

Il se pencha en arrière sur sa chaise et porta une main à son menton, comme pour la jauger.

— Nenni ?

— Nenni !

— Alors, comment veux-tu que je t'appelle ?

— Lael.

— Juste Lael ?

— Si fait, juste Lael, répondit-elle, ses yeux le transperçant comme des poignards au métal pur. C'est mon nom et j'ai un plaisir sans fin à l'oïr.

La salle éclata d'un rire nerveux.

Petite impertinente.

Elle plaisait à Jaime, malgré les alarmes qui sonnaient dans sa tête, car il ne convenait guère qu'il s'attache à cette femme maintenant. Elle ne lui était pas destinée. Selon son comportement, soit il la renverrait à son frère, soit il serait forcé d'avoir sa tête. Il préférait la première solution, mais elle était en lice pour la seconde. Jaime lui rendit son regard, refusant de détacher ses yeux d'elle. Elle lui lança un sourire hautain, présentant ses poignets pour montrer ses liens.

— Dites-moi, *laird*, c'est ainsi que vous accueillez vos *invités* ? avança-t-elle avec une douceur feinte.

Elle n'avait pas évoqué son titre dans l'intention de lui faire honneur. Elle s'étouffa presque en prononçant le mot. Mais il était bien plus amusé par la façon dont elle se désignait elle-même. Une invitée ? *Jouvencelle narquoise.* Elle avait pénétré dans l'enceinte par la force, avec l'intention d'ouvrir les portes et de renverser le château, et elle avait l'audace de se dire invitée ?

— La plupart du temps, répondit Jaime après un moment.

Mais c'était la première fois qu'il était assis dans la chaise d'un seigneur. C'était même la première fois qu'il recevait un domaine pour paiement. Cependant, étant donné qu'elle était sa première *invitée*, homme ou femme, sa réponse était assez juste pour une question si insolente.

En réponse, elle pencha un peu la tête, comme une reine bienveillante.

— Oh, comme c'est aimable à vous.

Elle lui fit un beau sourire. Spontanément, le cœur de Jaime se mit à battre plus vite. C'était loin d'être un sourire sincère, mais il était néanmoins ravissant. *Diantre*, il avait vu ses couteaux, tous ses couteaux, des armes mortelles destinées à attaquer le cœur d'un homme, mais pas aussi facilement que ce sourire.

Lael se prépara mentalement contre la mauvaise humeur du Boucher.

Elle ne comprenait pas ce qui lui avait pris : son frère n'avait pas élevé une idiote, mais apparemment, elle avait oublié aujourd'hui tout ce qu'elle avait appris. Elle était entourée d'hommes uniquement loyaux au Boucher, ou pire encore, à Rogan MacLaren, et pourtant elle semblait incapable de tenir sa langue.

Dans le silence grandissant, Lael entendit le jeune garde déglutir à côté d'elle. Puis pas un bruit. Aucune coupe reposée bruyamment sur la table, aucun poignard contre les écuelles. Personne n'osait même se racler discrètement la gorge.

Sers-toi de ta cervelle, Lael, se dit-elle avec insistance. *Sers-toi de ta cervelle.*

Il y avait un temps pour les muscles et un temps pour la raison. Elle comprenait instinctivement qu'elle n'obtiendrait rien par la force aujourd'hui. Ni par son impertinence. Seul son esprit rusé pourrait lui être utile. Mais maintenant que le silence avait perduré si longtemps, un frisson de peur la saisit.

Et pourtant... elle était comme hypnotisée par le visage de l'homme. La cicatrice que les hommes contaient n'était guère plus qu'une fine ligne blanche sur son front, du haut de son nez jusqu'à son sourcil noir à gauche, le coupant en deux au-dessus de son œil gris acier.

— Je suis mortifié par ta gratitude, lança le Boucher sur un ton acerbe. Qui pourrait croire que tu sois reconnaissante après être restée debout pendant des heures avec un nœud coulant autour du cou ?

Sa voix semblait douce, mais Lael ne s'y trompa pas. C'était un mercenaire pour son roi. La profondeur du silence dans la salle témoignait de la crainte qu'il instillait chez les hommes.

Mais un homme pouvait-il ne pas réagir positivement à la flatterie ?

— Je vous demande pardon, dit-elle doucement en

contrôlant son humeur et en serrant les dents derrière un sourire.

Un sourire copié sur d'autres femmes, car l'amabilité ne lui venait pas facilement. Mais la duplicité non plus. Son ton mielleux lui retourna l'estomac.

— Vous avez ma gratitude, je vous assure, reprit-elle en battant ses longs cils noirs. Mais pour sûr vous ne craignez point une jouvencelle, ajouta-t-elle sur un ton contestataire. J'ai entendu tant de contes de vos prouesses, même jusqu'à Dubhtolargg. En fait, on raconte que vous pouvez déchirer un homme en deux à mains nues.

Il la regarda, un petit sourire aux coins de ses lèvres pleines.

— Et quand je pète, je fais se lever un féroce vent du nord, ajouta-t-il, probablement pour se moquer d'elle.

Surprise, Lael cligna des yeux. Elle parvint à se retenir de rire.

— Bien sûr, rétorqua-t-elle rapidement. De quoi d'autre devraient parler les hommes le nez dans leur coupe, sinon du souffle du vent ?

Le Boucher ricana, la surprenant par son prompt humour.

— Si fait, je te l'accorde. Nous semblons être naturellement préoccupés par le derrière, celui des hommes comme celui des femmes, ajouta-t-il, ses yeux gris acier toujours rieurs.

Lael résista à l'envie de regarder le sien, se sentant soudain bête et gênée dans cette robe. Le Boucher semblait vraiment de bonne humeur, mais elle fronça les sourcils. Elle ne voulait pas l'apprécier.

C'était malheureusement trop tard : devant ses yeux, son visage se transforma. Ce n'était plus celui d'un démon, mais celui d'un homme… beaucoup plus beau que la plupart. Il avait un grain de beauté au coin de son œil droit, qui semblait se soulever quand il souriait – chose qu'elle n'appréciait guère remarquer. Et sa cicatrice de démon disparut presque à ses yeux. Elle la voyait à peine maintenant.

Mais pour gagner sa liberté, elle serait prête à battre des cils devant le diable lui-même. Elle tendit ses mains en avant.

— Que dites-vous ? Votre salle est pleine de guerriers et je ne suis qu'une simple fillotte sans arme à ma portée. À moins, bien sûr... que vous ayez peur... de moi, finit-elle par dire, ne pouvant se retenir.

Elle laissa la question en suspens.

C'était un défi flagrant, lancé devant une salle pleine d'hommes. Et Jaime ne pouvait pas savoir si tous lui étaient loyaux. Tous observaient pour voir ce qu'il allait faire. Les yeux verts de Lael brillaient d'une animosité évidente, malgré la douceur de son ton.

Une simple fillotte, hein ?

Sans arme à sa portée ?

Aucune de ces affirmations n'était vraie. Jaime n'avait jamais autant ressenti la présence d'un intellect derrière une paire d'yeux. Par les plaies du Christ, elle avait des armes finement aiguisées sur sa propre personne et elle savait les manier avec dextérité. Tout chez cette jeune fille trahissait une intelligence et une sensualité féroces. Elle était consciente de sa valeur et se servait habilement des dons qui lui avaient été accordés. Même si elle s'était retrouvée la tête dans un nœud coulant très serré pas plus tard que ce matin, elle était loin d'être une femme vaincue. Elle ne semblait pas non plus spécialement reconnaissante qu'il l'ait sauvée de la potence, bien qu'elle lui assure le contraire. Toutefois, elle disait la vérité : elle était entourée dans cette salle et Jaime bondirait sur la table avant qu'elle ne puisse cligner des yeux si elle osait faire un faux mouvement. Sous son air rusé, il percevait un esprit vif. Il savait instinctivement qu'elle ne commettrait pas d'imprudence.

Elle ne perdrait pas son sang-froid sans qu'on la provoque. Mais cela ne voulait pas dire qu'il ne devait pas rester sur ses gardes, car il était tout aussi certain qu'elle saisirait la première occasion venue. Elle n'était peut-être pas téméraire, mais elle n'était pas non plus stupide. Toutefois, ses liens étaient inutiles pour le moment.

Il fit signe à Luc :

— Retire-les.

Il essaya d'ignorer sa taille minuscule révélée par sa modeste robe. Il pourrait aisément l'entourer de ses deux mains. Il pourrait aussi la soulever et l'asseoir sur lui, puis la regarder lui faire l'amour avec désinvolture. L'homme qui gagnerait sa confiance et son cœur trouverait une femme passionnée dans son lit. Il le sentait.

Luc haussa un sourcil, presque imperceptiblement, mais Jaime ignora sa requête silencieuse et se tourna de nouveau vers sa belle *invitée*.

Luc se précipita pour défaire ses liens.

— Merci, dit-elle, lui adressant un autre de ses sourires séduisants, une fois ses poignets libres.

Le cœur de Jaime réagit immédiatement et cogna contre ses côtes. Pendant un moment, il s'oublia lui-même : l'espace d'un instant, il la prit presque pour quelqu'un qu'il avait invité à souper. En fait, il fut à deux doigts de lui proposer de venir prendre siège à côté de lui pour qu'elle puisse partager son écuelle, même si cela semblait ridicule. Surtout compte tenu du fait que la chaise était réservée pour son seigneur et roi.

— Tu as faim ? se surprit-il à lui demander.

Les mots sortirent de sa bouche avant qu'il ne puisse les retenir. Il se rassura, se disant que c'était une question tout à fait naturelle. On devait offrir un dernier repas même à un condamné.

Il essaya en vain de se représenter la jeune fille debout devant lui comme la garce brandisseuse de couteaux que lui avait décrite Maddog. Elle ressemblait plutôt à une femme prévenante, avec une grâce qui dépassait la valeur de ses années.

— Je suis affamée, répondit-elle aussitôt. J'ai presque point mangé depuis deux jours. Broc non plus, ajouta-t-elle dans un même souffle.

Jaime surprit brièvement une autre étincelle de colère dans ses yeux émeraude. C'était la première fois qu'elle mentionnait son ami blond, mais il ne pouvait oublier son regard affolé quand elle avait essayé de libérer l'homme du nœud coulant.

Étaient-ils amants ?

Quelle autre raison pourrait pousser une femme à risquer sa vie en se battant aux côtés d'un homme ? C'est pour lui qu'elle avait combattu. Elle était aussi probablement prête à offrir sa vie pour lui.

— Donnez une écuelle à la femme, ordonna Jaime.

Deux servantes se précipitèrent pour exécuter son ordre sans rencontrer son regard.

— Ton *ami*... Broc... est nourri, lui assura-t-il.

Et c'était vrai. Quelques instants avant l'arrivée de Lael dans la salle, il avait ordonné qu'on apporte un repas copieux au prisonnier retenu dans les geôles, et aussi qu'on lui retire ses chaînes. Jaime n'avait passé que quelques minutes dans ces tunnels, mais c'était déjà trop long. Que l'homme soit coupable ou non, Jaime ne pouvait supporter l'idée de séquestrer un homme dans une telle misère. Dès qu'une autre cellule serait prête, il avait l'intention d'y faire mettre le prisonnier. Les tunnels en dessous du donjon ne convenaient ni aux hommes ni aux bêtes.

Lael regarda le Boucher d'un air dubitatif.

Avait-il vraiment envoyé un repas à Broc ?

Elle s'était préparée à répondre du tac au tac aux insultes qu'il lui lancerait. Mais depuis qu'elle était entrée dans sa salle de réception, il s'était montré aimable envers elle. Ses actions étaient clairement en désaccord avec sa réputation.

Lui offrait-il véritelment de souper ?

Perplexe, elle regarda le siège vide à côté de lui, considérant la possibilité. Elle n'arrivait pas à comprendre qu'il puisse l'inviter à dîner comme une hôte d'honneur, quand ils avaient été déterminés à la pendre quelques heures auparavant. Cependant, elle supposait qu'il pouvait se permettre de faire preuve d'une certaine bienveillance. Il y avait peu de chance que sa générosité soit interprétée comme une faiblesse. C'était vrai : même jusqu'à Dubhtolargg, la réputation du Boucher le précédait. Il était le Boucher, après tout.

— Ah ! tonitrua une voix, interrompant grossièrement le calme de la salle, comme l'aurait fait un verre brisé.

Lael se raidit visiblement.

— Que ne ferait un bain pour apaiser l'âme d'un homme, n'est-ce point vrai ?

C'était la même voix qu'elle avait entendue à côté de sa chambre. Mais cette fois, elle la reconnut aussitôt. Le temps sembla se ralentir. La voix de l'homme se déforma dans sa tête pour ressembler au rugissement d'une bête. Par tous les dieux de ses ancêtres ! Son calme disparut entièrement. *Cette voix* n'appartenait à nul autre qu'au roi David de Scotia. Elle la reconnaîtrait dans son sommeil. Combien de fois avait-elle rêvé de le rencontrer face à face pour lui enfoncer une lame dans son cœur froid et calculateur ?

C'était à cause de David qu'elle se tenait là maintenant !

C'était lui l'auteur de ses misères !

C'était lui la raison de la mort de tant d'hommes !

Sa famille voulait vivre en paix, mais il avait rouvert de vieilles blessures, rappelant à Lael ce terrible jour qu'elle craignait de ne jamais pouvoir oublier. S'il y avait un homme qui méritait son inimitié, un seul homme, c'était lui, lui qui se disait le *mac na h-Alba'*, le dernier véritable fils de Scotia. *Cet* homme ne se souciait nullement des conséquences de ses actes. Lael se jurait de le tuer à mains nues !

Elle agit aussitôt, sans réfléchir. Elle se retourna brusquement et frappa le jeune garde à côté d'elle d'un coup de poing à la gorge qui le fit battre en retraite, l'haleine coupée. Prenant les trois autres gardes au dépourvu, elle bondit entre eux vers le grand homme ventru qui venait tout juste d'entrer.

— Vous ! hurla-t-elle.

David mac Maíl Chaluim écarquilla les yeux.

— Toi ! rétorqua-t-il, sans reculer.

Il tint ferme tandis que Lael se jetait sur lui, se servant des seules armes à sa disposition : ses mains.

Jaime en croyait à peine ses yeux.

Personne de sensé, homme ou femme, n'oserait attaquer le roi. Il n'aurait jamais pu prévoir la réaction de la fille.

Bondissant par-dessus la table, il se jeta en avant. Les hommes s'écartèrent précipitamment devant lui. Avant qu'aucun n'ait le temps de comprendre ce qui se passait, Jaime était derrière la fille, la retenant pour l'empêcher d'infliger plus de dégâts. Mais pas avant qu'elle n'ait asséné une gifle magistrale à David sur la joue. Le bruit retentit dans la salle et ses doigts maigres laissèrent une longue marque sur son visage rubicond.

Quant à lui, David ne frapperait jamais une femme. Il se contenta donc d'essayer de la retenir et la poussa avec reconnaissance vers Jaime, tandis que les gardes venaient enfin à son secours.

— Par le cœur Dieu ! rugit le roi. Diantre !

Il rougit et passa au pourpre, comme frappé d'apoplexie.

Jaime se rendit compte qu'il serrait violemment les bras de la fille. Sa colère éclata comme une bête hurlante. Il devait la chasser de sa vue, tout de suite, avant d'être tenté de lui arracher la tête, ici et maintenant. Avec un grognement de dégoût, il la poussa fermement vers son écuyer.

— Conduis-la dans la geôle. Enferme-la, et si tu la laisses sortir, j'aurai aussi ta tête.

La bonne humeur qui régnait habituellement entre eux avait disparu. Blême, le jeune homme répondit :

— Si fait, mon seigneur.

Abasourdie par sa propre réaction, Lael les laissa s'emparer d'elle tandis que David tentait de retrouver son sang-froid. La salle, dans laquelle régnait un silence de mort quelques minutes auparavant, éclata de bavardages horrifiés.

Lael cligna des yeux. Jamais de sa vie n'avait-elle réagi si impulsivement. Elle ne pouvait expliquer son geste. Une rage noire l'avait envahie comme jamais elle n'en avait ressenti. *Mais ils ne cherchèrent pas à comprendre.* Ils lui lièrent de nouveau les mains avec une corde, presque au point de lui couper la circulation dans les poignets.

Toute sa colère, toute sa peur, tous ces nombreux mois de furie avaient été dirigés contre David. Et il se trouvait là, en chair et en os. Le fléau de son existence. La calamité de son peuple.

— J'ai essayé de vous dire qu'elle était dangereuse ! cria une voix qu'elle identifia comme celle de Maddog, le chien galeux. Elle a plongé un couteau dans le ventre de mon homme, comme je vous ai dit. L'instant d'avant, elle était douce comme le miel…

— Ferme-la ! gronda le Boucher.

Lael ne put entendre la suite, car à cet instant même, ils la traînèrent hors de la salle.

CHAPITRE 7

Calée sous le bras d'Una, la *keek stane* brillait d'une faible lueur verte. Cette lumière permit à Una de descendre l'échelle pour rejoindre la grotte. Arrivée au bas, elle frappa avec son bâton à travers la brume, cherchant le sol.

On n'est jamais trop sûr, se dit-elle avec un sourire entendu.

La réalité était une question de perception. Le temps n'était qu'une illusion. Hier pouvait sembler à des centaines d'années d'elle, et demain disparaître en un clin d'œil. Même si elle était toute courbée et ridée comme une vieille prune, elle avait parfois l'énergie d'un nouveau-né. *Mais point aujourd'hui, point aujourd'hui.* Pour l'instant, elle ressentait le poids de chacune des secondes de chaque jour qu'elle avait passé sur cette terre. Bien trop pour que sa vieille âme puisse les compter, même si elle n'était pas vaniteuse.

Elle ricana doucement. Comment pourrait-elle même songer à être vaniteuse avec ce visage ancestral ? C'était un rappel insistant, même si elle était dans la peau de Bhrìghde. Bhrìghde qui régnait avec bienveillance dans la lumière du soleil et dont le sourire ravissant pouvait faire surgir de tendres arbrisseaux par sa glorieuse chaleur.

Mais c'était l'hiver qu'elle préférait, car il parlait en versets empreints de vérité, dépouillés des masques qui dissimulaient tous les mensonges. La saison où même le paysage était réduit à des branches noueuses, où la terre nue s'agenouillait sous la pleine lune, où les gens se soutenaient les uns les autres parce qu'ils le devaient. En vérité, ils le devaient toujours, se dit-elle en ronchonnant intérieurement. Pourtant, ils ne semblaient pas s'en rendre compte, pas quand les charmait le sourire estival.

Elle savait tout cela, car hélas, c'était vrai. Elle était Cailleach, la Mère de l'Hiver, la protectrice de tous les Highlands. Mais en été, on la connaissait comme Bhrìghde. Pour un temps, on l'avait aussi appelée Beira. Maintenant, ceux qui l'aimaient le plus l'appelaient simplement Una. C'était ce nom obscur qu'elle préférait, car il lui permettait d'oublier ses fardeaux.

La brume froide se sépara devant elle tandis qu'elle s'avançait dans son antre, ses os grinçant comme de vieilles portes.

Oh, comme elle souhaitait dormir, peut-être pour rêver au jour où elle ne serait plus obligée de porter un masque ! Ce temps allait bientôt venir, et plus vite encore pour ceux qui mesuraient les heures en saisons plutôt qu'en grains de sablier.

Elle se sentait fatiguée aujourd'hui, épuisée, plus âgée même que les *Am Monadh Ruadh*. Avant la fin du jour, ce serait pire encore.

Elle pénétrait rarement dans la partie la plus profonde de cette grotte. Mais pour la tâche qu'elle devait accomplir, elle devait être plus proche de *Clach-na-cinneamhain*, la pierre du destin.

Imprégnée de pouvoirs dépassant de loin la foi qu'elle instillait chez les hommes, la pierre de basalte, aux veines sombres, était posée sur un autel de pierre au centre de la grotte, entourée de la brume qui s'élevait d'endroits invisibles comme de la fumée. Là, sous la pierre, clouée à l'autel, se trouvait une plaque en métal finement gravée, aux lettres usées par les années mais clairement lisibles, même pour les vieux yeux d'Una :

> À moins que s'égarent les destinées
> Et que la voix du prophète soit vaine
> Où que se trouve cette pierre sacrée
> Le sang d'Alba règne.

Hélas, ce n'était plus le cas. Pour le bien de l'humanité, Una elle-même avait apporté la pierre du destin dans cette tombe, à l'abri pour toujours du sourire estival. Car par le pouvoir conféré à cette pierre, les hommes étaient condamnés à commettre les actes les plus abjects au nom de l'Alba. Una ne le savait que trop bien : elle avait été témoin du pire. Hélas, c'était vrai. Elle en avait vu bien plus avec un bon œil que la plupart des gens avec deux yeux. Quel dommage.

Posant sa boule de cristal avec précaution sur la pierre du destin, elle respira profondément et se prépara pour le rite. Le seul fait d'y penser l'épuisait, car chaque regard dans le cristal la vidait de sa force vitale. Il s'agissait pourtant de moments sensibles où les destinées des hommes pouvaient changer en un clin d'œil.

Elle positionna soigneusement la boule devant ses seuls yeux, de sorte que le côté plus concave ne soit pas orienté face à l'entrée, juste au cas où. Pour la plupart, la *keek stane* n'était rien d'autre qu'une jolie boule de cristal, mais pour ceux doués du don de vision, elle révélait parfois trop de choses. Des événements à venir, d'autres déjà écoulés, et d'autres encore situés pour le moment dans un entre-deux crépusculaire. C'étaient surtout ces visions nébuleuses qu'Una recherchait, car elles seules révélaient des voies qu'elle pourrait encore modifier. Mais il était difficile de les distinguer des autres. Pour cela, elle avait besoin de deux pierres aux pouvoirs divergents.

— Una ! entendit-elle Sorcha appeler au-dessus d'elle, sans doute de son atelier.

Una ne répondit pas.

Elle savait instinctivement que l'enfant ne se hasarderait pas à descendre : c'était interdit à tous, sauf à Una et à Aidan, en tant que chef de son clan. Un jour, les os fatigués d'Una y reposeraient. Avant ce temps-là, elle choisirait un disciple pour perpétuer les anciennes coutumes. Jusqu'alors, cette pièce était sacrée. Personne n'oserait la déranger ici, pas même la jeune Sorcha de nature précoce. Una attendit donc que la jeune fille s'éloigne avant de poser son bon œil sur la *keek stane*. Elle se retrouva momentanément transportée dans un autre temps. Hélas, elle n'avait pas besoin du cristal pour observer le passé, il défilait derrière ses paupières comme des rêves récurrents.

Sang. Trahison. Mort.

Ici dans ce lieu, il y avait bien longtemps, mais pas si longtemps pour Una, Kenneth MacAlpin avait convoqué les rois de sept nations pictes : Cat, Fidach, Ce, Fotla, Cirig, Fortrenn et Fib, représentés par de grands hommes comme Talorg et Drest. Chacun était issu de nobles lignées, mais tous les sept étaient prêts à se soumettre à Kenneth MacAlpin. Una se le reprochait, car c'était elle qui les avait convaincus de le faire. La mère de MacAlpin avait été une princesse picte et son père descendait d'une longue lignée de rois dalriadiques. Aux yeux d'Una, c'était lui, en tant qu'enfant de deux nations, qui devrait unir les clans. Mais elle avait été aveuglée par l'espérance.

Sang. Trahison. Mort.

Passant sa main ridée sur la froide pierre du destin, elle se rappela...

Le cœur rempli d'espoir, elle avait béni *Lia Fáil*, la pierre du destin, la proclamant comme le siège des futurs rois. Pas simplement pour les Gaels qui l'avaient apportée par l'Irlande, mais pour tous les clans de sa bien-aimée Alba. Lors d'une cérémonie en présence d'une nation remplie d'espoir, ils avaient couronné MacAlpin sur cette dalle en pierre. Quelle fête ç'avait été ! Ce jour-là, MacAlpin avait juré par l'épée du *Ard rí* et les clans s'étaient adonnés aux réjouissances pendant une semaine entière, célébrant la paix tant attendue.

Mais voilà, Una avait oublié l'inconstance des hommes. Une fois dessoulés, une fois les animaux mangés, leurs carcasses n'ayant plus que des os tordus, les vanités et les caprices des hommes reprirent le dessus.

MacAlpin, craignant que sa place sur le trône ne soit contestée, convoqua les pères et les fils des sept nations, ici à Dubhtolargg. Il les invita à souper, sous prétexte de discuter des limites de certains fiefs. Cependant, une fois les hommes arrivés, il attendit qu'ils soient enivrés et occupés à plaisanter et à rire aux éclats. Il dévoila alors sa trahison, les faisant tous tomber dans des fosses parsemées de lames meurtrières, creusées sous leurs sièges. Ceux qui ne succombèrent pas aux lames, il les assassina du haut des fosses, jusqu'au dernier. Il pilla leurs corps et vola leurs trésors. Telle avait été la trahison de MacAlpin. Una avait été impuissante à l'empêcher. Après tout, que pouvait faire une vieille femme contre une armée d'hommes ?

Mais comme elle avait pleuré ! Et tout en pleurant, elle était allée siéger sur la pierre du destin, la maudissant ce jour-là, de sorte que celui qui s'assiérait dessus indûment serait pour toujours destiné à guerroyer contre sa propre famille. Ce que MacAlpin avait fait aux Pictes, ses descendants en souffriraient à leur tour.

Justice. Du moins cela y ressemblait, sur le moment. Mais c'était juste un acte inspiré par le chagrin, ni plus ni moins. Maintenant, la malédiction ne pouvait être annulée. Et la véritable tragédie était que la Scotia était condamnée avec ou sans la pierre. Tout ce qu'Una pouvait faire maintenant était d'essayer de minimiser les dégâts. La pierre du destin se trouvait donc ici, et elle y resterait pour toujours. Quant à Aidan et son clan ? Ces pauvres gens étaient-ils destinés à revivre sans cesse la même trahison jusqu'à leur disparition ?

Le cœur rempli d'un chagrin séculaire, Una se rappela l'acte hardi de trahison perpétré par Padruig mac Caimbeul, semblable à celui de MacAlpin. Elle ne pouvait pas savoir avec certitude s'il avait eu l'intention de se moquer de ces gens par sa trahison, mais Padruig était lui aussi venu en ami et reparti avec du sang sur les mains. Le sang du père d'Aidan et de beaucoup des siens. Longtemps après leur départ, Una avait découvert la pauvre Lael agrippée au cadavre de son père sous la table, barbouillée de sang et poussant des cris comme un bébé. Pas même les doux et tristes roucoulements de sa mère ne purent détacher l'enfant des membres raides de son père.

Les yeux d'Una se remplirent de larmes. Elle chassa ses souvenirs et reconcentra son regard sur la pierre, l'admirant tristement. Las ! même la magie la plus bienveillante tournait parfois mal pour les hommes.

Mais assez de rêvasseries pour aujourd'hui.

Une fois certaine que Sorcha était repartie, elle appuya son bâton contre la pierre du destin pour poser les mains sur la *keek stane*, enfin prête à commencer. Semblable d'abord à un murmure, sa voix envahit ensuite la grotte :

Coulent les sables par le verre,
Comme sans fin coule le temps,
Révèle-moi un autre endroit à cet instant,

Mais aux autres ne donne aucun repère !

LA BRUME se rassembla dans la pièce, formant comme un nuage orageux devant l'autel. La *keek stane* émit une lueur plus verte, projetant sa lumière pâle sur la masse nébuleuse. Des visages apparurent dans la nuée, scrutant Una d'un autre temps.

Des yeux verts, tristes. Le visage de Lael. L'épée du *Ard rí*. Brandie par une main ensanglantée. Un tas de morts. Una émit un cri de surprise.

Sang. Trahison. Mort.

Le cœur battant, la prêtresse agita une main tremblante pour dissiper la brume comme par un coup de vent invisible. De ses doigts osseux, elle serra le poing en un geste de supplication.

— Épargnez l'enfant, implora-t-elle avant de fermer les yeux, revoyant Lael à l'âge de onze ans.

Elles se tenaient ensemble près de la tombe de sa mère, sous le sorbier.

— Una, chuchota l'enfant à la mémoire d'Una. Un jour, je les tuerai *tous*.

Una sentit la présence du spectre à son côté, comme si elle était là, ici et maintenant. Les larmes lui piquèrent les yeux, elle les sentait même envahir son œil blessé. Le soleil brillait sur le dirk dans sa main fantomatique, le dirk de son père. Una se sentit obligée de l'avertir :

— Prends garde, mon enfant. La vengeance est une lame à double tranchant.

&.

— AH ! Lael, qu'as-tu fait, ma fillotte ?

Comme l'avait dit le Boucher, Broc était en train d'avaler ses victuailles quand ils la traînèrent dans les tunnels sous le donjon. Inquiet, il mit son écuelle de côté et se leva, s'approchant des barreaux pour la regarder.

Elle n'arrivait pas à retrouver sa voix, pas encore.

Elle ne savait même pas exactement ce qui l'habitait pour le moment. Pas un sentiment de triomphe, ni même de justification. Si au moins elle l'avait fermé et avait gardé la maîtrise de ses mains, elle aurait peut-être pu négocier non seulement sa propre libération, mais aussi celle de Broc. Au lieu, on l'avait envoyée dans les geôles avec Broc. Ils pourriraient ici tous les deux pour le reste de leurs jours. David n'obligerait jamais son vassal à leur accorder sa miséricorde, pas après ce qu'elle avait fait.

Son frère avait toujours affirmé que c'était une furie, mais de toute sa vie, elle ne s'était jamais comportée de façon si irrationnelle. Elle avait accusé David d'être calculateur, mais elle avait agi bien plus délibérément qu'il ne le ferait jamais. Cependant, contrairement à David, elle était poussée par son sens de l'honneur. Même maintenant, aucun mot aimable ne lui venait à l'esprit pour décrire le roi de Scotia. Pourtant, malgré ce qu'elle savait de lui, malgré toutes les atrocités qu'il avait commises contre le peuple qu'elle aimait, David s'était tenu immobile, à la regarder bouche bée, sans même se défendre. À cause de cela, elle s'en voulait terriblement. Et elle était horrifiée du regard que lui avait lancé le Boucher, comme s'il la croyait folle.

Et peut-être que je le suis.

Les hommes la traînèrent au-delà de la cellule de Broc. Devant la suivante, pendant que l'un d'eux déverrouillait la porte, deux autres la retenaient avec brutalité. Il ne lui restait aucune force pour se débattre, mais ils ne pouvaient pas le savoir.

— Aïe, se plaignit-elle, vous me faites mal !

— Fallait y penser avant d'attaquer ton roi !

Entendant la nouvelle, Broc laissa tomber son front contre les barreaux.

— Las ! Ah, Lael ! se contenta-t-il de répéter, sans rien ajouter en présence des hommes du Boucher.

— C'est point *mon* roi, insista Lael, retrouvant un peu de courage. Mon peuple ne plie point le genou devant les fils de MacAlpin. Je ne viens point de Scotia !

— Ah ? répondit l'un de ses gardiens en ouvrant la cellule et en la poussant à l'intérieur. Et diantre, à quel peuple tu appartiens donc ? demanda-t-il en claquant la porte derrière elle. Tu viens peut-être du pays des fées ?

Les autres gardes s'esclaffèrent.

— Sinon, insista l'homme, si t'es née dans ces Highlands, alors t'es autant Scot que moi, espèce de chienne enragée !

À ses mots, Lael aurait pu se jeter contre la porte, excepté qu'elle avait décidé de ne plus se comporter de façon coléreuse et irrationnelle.

— Nenni, je le suis *point*.

Elle voulait qu'ils le sachent : elle était issue d'une lignée aussi vieille que les collines des Highlands. Son peuple avait jadis fui pour garder sa liberté. Ils avaient survécu aux vagues répétées des pillards venus du nord et aux incessantes manigances politiques des tribus après le retour en Irlande des fils d'Aed et de Constantin, deux siècles auparavant. Les siens étaient les derniers des « hommes peints », les Pictes, comme les appelaient les Romains. Ils ne reconnaissaient ni la Scotia ni aucun de ses rois. C'étaient des survivants, et ils n'abandonneraient *jamais* les anciennes coutumes. Elle garderait sa foi jusqu'à son dernier souffle, car elle était une enfant de l'Alba, une sœur du vent, une fille de la forêt. De plus, les hommes de son clan étaient les gardiens de la véritable pierre du destin, cachée dans les profondeurs des collines rouges. Elle n'était point une chienne enragée !

— Lael, intervint Broc, essayant de la calmer.

Elle se tourna vers son ami, sentant une amère solitude l'envahir. Elle était si loin des siens. Il la suppliait des yeux. Mais il ne la connaissait pas non plus. De chaudes larmes lui piquèrent les yeux. La présence réconfortante et protectrice de son frère lui manquait. Broc, aussi fort soit-il, ne pouvait lui venir en aide maintenant, pas plus qu'à lui-même. Non, elle avait échoué et les avait déçus tous les deux.

— Ils savent point qui je suis, Broc Ceannfhionn, murmura-t-elle d'une voix brisée. Et toi non plus.

CHAPITRE 8

pparemment, cela ne lui suffisait pas qu'ils aient été à deux doigts de la pendre le matin même. L'idiote s'en était prise au seul homme qui aurait pu lui pardonner.

Le visage cramoisi, de colère ou de fièvre peut-être, David quitta la salle, grommelant quelque chose à propos de sa tunique abîmée.

Jaime ne pouvait maintenant plus faire grand-chose pour la jeune fille.

Son sort était entre les mains de David.

Jaime était tenu par serment de faire respecter la loi de David. Mais si à tout hasard cela pouvait faire une différence, il envoya le dîner à la chambre du *laird*. Un repas copieux pourrait contribuer grandement à apaiser la colère du roi. Le plus tôt serait le mieux. Mais Jaime se demandait bien pourquoi il se sentait tellement obligé de sauver la garce quand elle cherchait clairement à se faire tuer. Elle avait beau être sa prisonnière, la pensée de son sang sur sa lame lui retournait l'estomac.

Une fois l'ordre revenu dans la salle, il gravit les marches de la tour pour aller trouver David. Heureusement pour la fille, il savait que le roi était juste. Si Jaime lui accordait un peu de temps, pas trop, et lui remplissait le ventre de bière et de nourriture, cela pourrait suffisamment apaiser sa colère pour qu'il envisage de demander une rançon à la famille de la fille, accompagnée peut-être d'une promesse d'allégeance. Par chance, le temps que Jaime arrive et frappe à sa porte, la voix du roi était déjà beaucoup plus douce.

— Entrez, dit-il.

Jaime ouvrit la lourde porte en chêne. Il trouva le roi assis devant un brasier à côté d'une petite table recouverte de victuailles. La main en l'air, le roi attendit que Jaime entre et referme la porte avant de porter sa chope de bière à ses minces lèvres. Il avait l'air fatigué, soucieux et beaucoup plus âgé que ses quarante-deux ans. Les deux dernières années à elles seules semblaient l'avoir bien plus vieilli que les dix précédentes. Une fois certain que Jaime était seul, il s'exclama :

— Cette cinglée, elle a perdu la tête !

Jaime acquiesça et lui adressa un sourire sinistre :

— Si fait, elle est véritelment folle, admit-il.

Puis, redoutant la discussion qui allait venir, il se dirigea vers le lit du *laird* et examina les lourdes fourrures sous le regard de David.

Hormis un rapide coup d'œil depuis la porte, c'était la première fois que Jaime entrait dans la chambre du *laird*. Il la trouva opulente par rapport à la plupart des chambres. Les couvertures étaient épaisses et bien cousues. Elles lui tiendraient certainement chaud pendant l'hiver, contrairement à ses prisonniers dans cette cellule au sous-sol. Le froid pourrait à lui seul leur briser les os.

Si fait, elle avait sans doute perdu la tête. À moins qu'elle n'ait des raisons d'être en colère contre David. Jaime considéra un instant cette possibilité. Il soupçonnait que ce puisse être le cas.

Elle semblait en effet connaître David, et David lui

aussi semblait savoir qui elle était. Jaime était loin d'être au courant des relations de David avec tous les gens qu'il cherchait à gouverner.

— La chambre est bien aménagée, remarqua le roi, ne comprenant pas ce que Jaime avait en tête. Je me doutais que MacLaren menait la belle vie à mes dépens.

— Je le connaissais point, répondit Jaime en haussant les épaules.

En fait, il n'avait jamais rencontré le plus jeune petit-fils de Donnal MacLaren. Il le connaissait seulement de réputation, ce qui ne suffisait pas pour lui jeter la pierre.

Le roi poussa un profond soupir. Si profond qu'il sembla perturber l'air de la pièce. Les bougies vacillèrent désespérément sur leurs supports, menaçant de s'éteindre.

— Je regrette de l'avoir connu, avoua le roi.

Jaime reposa les fourrures sur le lit, se demandant à quel point le roi connaissait Rogan MacLaren. David n'était pas toujours aussi communicatif que Jaime l'aurait souhaité. Le roi avait un grand projet, mais il n'était pas particulièrement enclin à le partager. Cependant, connaissant son caractère, Jaime avait depuis longtemps placé sa foi en lui. Il ne se contentait pas de le servir. Il lui faisait confiance, il le respectait, et par Dieu, il l'aimait bien.

En fin de compte, il avait réalisé que contrairement à certains, tout ce que faisait David, il le faisait parce qu'il croyait que cela apporterait la paix à ceux qu'il gouvernait. En fait, Jaime était certain qu'on le canoniserait, car sa patience et sa bienveillance seraient beaucoup plus évidentes avec le recul du temps. En attendant, le petit-fils de Malcom mac Dhonnchaidh était contraint de subir l'animosité de ceux qui ne le comprenaient pas.

Dehors, on voyait la neige s'amonceler sur le rebord

de la fenêtre de la tour. Une fenêtre en verre de style romain, rare luxe pour un domaine. Jaime n'avait jamais rien vu de pareil en dehors des chambres du roi à Londres ou des anciens monastères romains. C'était quelque chose qu'on ne s'attendait certes pas à trouver si loin au nord et dans une si petite propriété. Il essaya un instant de se rappeler si les autres fenêtres étaient ornées de la même manière.

— Viens, l'invita David. Assieds-toi et bois un coup, ajouta-t-il en désignant la chaise vide et en toussotant discrètement, pas aussi fort qu'auparavant.

Ayant toujours la jeune fille à l'esprit, Jaime vint néanmoins prendre place à la table. David poussa une chope vide vers lui et la remplit, de bière probablement.

— J'ai donné des sacs pleins d'or à ce crétin, confessa David. Et voilà ce qu'il a fait avec, expliqua-t-il en désignant la pièce de la main, apparemment dégoûté. Le reste du donjon est aussi négligé que le cul d'un âne, grommela-t-il. Il est clair que l'homme ne pensait qu'à lui.

— Au moins, il avait ses priorités, rétorqua Jaime avec un petit sourire aux coins des lèvres.

— Quel rapace ! renchérit David.

Il avala sa chope et s'en versa une autre.

— Son grand-père a bien mérité ce que tu lui as donné, n'en doute jamais.

Jaime grimaça, les yeux fixés sur sa coupe.

— Dans le même ordre d'idées, j'espère que le frère de Lael a embroché Rogan et l'a laissé pourrir sur place.

Lael.

Jaime remarqua que David connaissait son nom, mais il n'était pas là quand elle le lui avait révélé.

— J'en conclus que vous la connaissez bien ?

David le regarda, un sourcil noir levé.

— Bois ! lui ordonna-t-il en évitant la question.

Pas vraiment l'esprit aux libations, Jaime saisit

néanmoins sa coupe, réalisant que David avait quelque chose de difficile à dire. Lui pensait avant tout au fait qu'il avait réussi à sauver le cou de la jeune fille, mais que finalement sa tête ensanglanterait son épée. Mais enfin, pourquoi se souciait-il de ce qui allait arriver à la jouvencelle ? Le sort de la garce ne le regardait pas.

— Je te fais confiance, lança David. Plus à toi qu'à la plupart, certainement plus qu'à Montgomerie, ce fichu renégat !

Jaime acquiesça de la tête, l'air sérieux. Piers de Montgomerie était l'un des premiers barons envoyés par David vers le nord pour prendre la Scotia en main. Il était alors difficile de savoir où se situait la loyauté de l'homme. Apparemment, il avait disparu pour épouser une fille du clan Brodie, puis s'était levé contre le roi, se rangeant aux côtés de ses beaux-frères. C'était hélas un risque que David devait prendre à chaque fois qu'il envoyait un chef puissant vers le nord. Personne ne pouvait garder ces terres sans penser d'abord aux siens.

— Cela me plaît grandement de voir que tu reçois ton dû, ajouta le roi après un certain temps.

— Et pour cela, je vous remercie, Votre Majesté, dit Jaime en levant sa chope.

David rejeta sa gratitude d'un geste de la main.

— Pas besoin de formalités ici entre nous, reprit-il avec insistance. Dehors peut-être, mais ici mes pets sont aussi odorants que les tiens, dit-il en plaçant une main sur son ventre. Surtout après un plat de mauvais haggis.

Jaime se rappela les paroles de Lael et se mit à rire.

— Un toast au souffle du vent ! lança-t-il en levant sa coupe.

Il avala une bonne rasade et s'étouffa, la gorge soudain en feu, surpris par la force de la boisson. Il jura vertement et recracha le liquide rance dans sa coupe.

— Par Dieu ! s'exclama David. Je t'ai vu essuyer du

sang et des tripes de tes lèvres en grimaçant à peine, et tu peux point avaler un petit verre.

Il s'esclaffa, puis toussa de nouveau discrètement.

Jaime était sur le point de lui demander ce qu'il avait, mais il fut distrait par le liquide. Il le voyait maintenant fumer sous son nez.

— Diable, que m'avez-vous donné à boire ? Une potion de sorcière ?

— De l'*uisge beatha*, de l'eau de vie, répondit le roi en souriant. Une vieille femme au sud de Dundee m'a dit que cela me guérirait de ma fièvre. Mais tu es autant Scot que moi, Jaime. Tu as oublié notre breuvage ?

Jaime était sûr de n'en avoir jamais goûté une gorgée. Sinon, elle aurait pu lui faire pousser des cheveux sur la langue.

— Les seigneurs frontaliers se considèrent point Scots, rappela-t-il à son roi.

Et c'était vrai. Aux côtés de Donnal MacLaren, son grand-père avait pillé les Scots tout comme les Anglais. Jaime se considérait en général Anglais, mais il n'était pas prêt à discuter ce point.

David leva sa chope :

— À la santé des *reivers* ! s'exclama-t-il. Et même si ce sont des incapables, les seigneurs frontaliers sont les premiers à être venus à mon aide.

— Quand ça les arrangeait, soutint Jaime.

À son humble avis, si quelqu'un n'était pas pour le roi, il était contre lui. Les seigneurs frontaliers avaient tendance à être loyaux envers celui qui avait le plus gros sac d'or. Pour la plupart, ils étaient comme des rois eux-mêmes, redevables à personne, pas même à leurs amis. Dès que son grand-père avait passé l'arme à gauche, Donnal MacLaren avait mis simplement une semaine avant de se soulever contre lui. Le temps nécessaire pour rassembler des hommes et seller les chevaux.

— Mon père était Anglais, comme votre mère, avança Jaime, préférant s'aligner sur les relations qui comprenaient le sens de la loyauté.

David reposa sa coupe sur la table.

— Fi ! T'as connu ton père qu'un jour. Ta mère était Scot, affirma-t-il, avant de remplir de nouveau sa chope. Je t'ai choisi pour cette tâche, Jaime, parce que t'es un fichu Scot. Il est temps que tu te rappelles comment en être un !

Même si Jaime voulait contester, il ne le pouvait pas. Il avait en effet rencontré une seule fois l'homme qui l'avait engendré. À l'âge de six ans. Une rencontre embarrassante après laquelle sa mère lui avait avoué la vérité. À bien des égards, David était beaucoup plus un père pour Jaime que le sien ne l'avait été. Néanmoins, il ne se sentait pas Scot. Les souvenirs plaisants qu'il avait étaient tous associés à la tutelle de David et d'Henri.

David avala son *whisky*. Il lorgna la coupe pleine que Jaime tenait toujours à la main.

— Finis de boire ! ordonna-t-il de nouveau.

— La merci Dieu ! jura Jaime.

Il appréhendait le goût du *whisky* rance, quoique pas autant que le retour inévitable à la discussion sur la jeune fille retenue dans sa geôle. Son instinct lui disait que David avait décidé quoi faire d'elle dès qu'elle l'avait giflé dans la salle. À contrecœur, il avala une autre gorgée. Cette fois, elle descendit plus facilement.

— Bravo, mon grand ! dit David en lui lançant un sourire.

Jaime le lui rendit. Il était contraint de reconnaître, de s'avouer au moins à lui-même, que la chaleur qui l'envahissait n'était pas entièrement due à la libation. Avec un peu de chagrin, il devait admettre que les mots doux de David le faisaient se sentir comme un gamin, une impression qu'il avait presque oubliée en tant qu'homme.

David sembla deviner ses pensées :

— Ton père aurait été fier de toi, Jaime, ta mère aussi. Elle était amie avec ma Maude, est-ce que je te l'ai jamais dit ? ajouta-t-il en regardant Jaime par-dessus sa coupe.

Jaime fit oui de la tête. Il avala une autre gorgée et fit tourner le *whisky* dans sa bouche. Après tout, ce n'était pas si mauvais. En fait, la boisson laissait un goût plutôt agréable sur sa langue.

— Elle a assisté à notre mariage, poursuivit David, en lui racontant une nouvelle fois l'histoire, malgré le fait que Jaime l'ait déjà entendue plus de fois qu'il ne pouvait compter.

Le roi plissa les yeux, tandis qu'il se laissait emporter par ses souvenirs.

— On avait ton âge. Exactement vingt-neuf ans, mais j'aurais pu tout aussi bien en avoir seulement dix. Sacre Dieu ! C'est point une tâche facile d'épouser une jeune fille à la forte volonté. Hélas, comment n'aurait-elle point pu l'être ? C'était l'héritière de Huntingdon et aussi de Northampton.

Jaime porta un toast à la reine :

— Et de peur que vous oubliiez... petite-nièce du Conquérant lui-même. Avec une lignée comme celle-là, elle ne pouvait que devenir l'épouse d'un grand roi.

David fronça les sourcils.

— Me flatte point, Steorling ! C'est point ton genre et j'ai rencontré assez de lèche-cul pour toute une vie. Tu sais ce que je préfère ? lui demanda-t-il après avoir toussé un peu pour se racler la gorge.

Jaime ouvrit la bouche, mais le roi poursuivit sans attendre sa réponse :

— Je préfère les hommes, et les femmes, qui vivent selon leur cœur. Je le comprends.

Il rota et reposa sa chope, l'air maintenant grave.

— En vérité, la fille dans ta geôle en fait partie...

À la mention de Lael, les cheveux de Jaime se hérissèrent soudain sur sa nuque.

— Elle a perdu la tête, comme tu l'as dit, continua David, inconscient de la bataille qui se livrait dans l'esprit de Jaime. Elle et son frère viennent d'un clan lié à MacAlpin. Si nos destins avaient été légèrement différents, Aidan dún Scoti aurait pu porter le lion rampant à ma place. Point étonnant que la jouvencelle soit orgueilleuse comme une reine.

Une pensée vint soudain à Jaime. Si c'était vrai qu'elle était de sang royal, alors Lael était plus un risque pour David que Jaime ne l'avait imaginé. Se rendant compte que David ne radotait pas, qu'il avait pris une décision et qu'il n'était pas près de changer d'avis, vu le temps qu'il prenait à s'expliquer, Jaime porta la chope à ses lèvres et avala une longue gorgée en attendant la sentence du roi.

S'il décrétait la mort de la fille, Jaime n'aurait aucun argument raisonnable pour la sauver. Elle avait effectivement combattu au côté d'un traître de la couronne, puis elle s'était défoulée sur le roi. Le moins que Jaime puisse faire était de lui couper la tête lui-même, car il n'appréciait pas la possibilité qu'elle souffre sous la lame d'un autre. Le *whisky* lui brûlait la gorge comme les flammes de l'enfer, une chaleur bienvenue en fait, car la seule pensée de répandre le sang de la fille le glaçait.

David jeta un autre coup d'œil à sa chope.

— Si fait... C'est pour cela que j'ai décidé que tu épouseras la jouvencelle, annonça-t-il.

Jaime s'étrangla une seconde fois avec son *whisky*. Il éloigna rapidement la coupe de ses lèvres.

— Qu'avez-vous dit ?

David avait l'air parfaitement sérieux.

— J'ai dit que j'ai décidé que tu épouseras la jouvencelle, répéta-t-il calmement.

Jaime avait du mal à penser rationnellement, et cela n'était pas dû à la boisson fermentée.

— Votre Majesté ? avança-t-il. Ces Scots ont des mœurs différentes... Elle a le droit de refuser.

— Si fait, mais elle ne le fera point. Plutôt, elle refusera peut-être au premier abord, mais elle acquiescera pour Broc Ceannfhionn. Ne crains point, les dún Scoti pensent point à leur chasteté comme nous.

David voulait qu'il épouse cette fille, une traîtresse reconnue, plutôt que de la mettre à mort. Sa perplexité modéra son soulagement.

— Votre Majesté, même si nous la forçons à obéir, elle peut répudier l'union à tout moment. Que pouvons-nous espérer gagner en fin de compte ?

D'un geste de la main, David rejeta la protestation de Jaime.

— Si fait. C'est pour cela que nous allons garder Broc Ceannfhionn prisonnier jusqu'à ce que tu mettes un bébé dans le ventre de la fille. Elle s'est battue pour cet idiot. Elle écartera les jambes pour le sauver aussi. Et d'après ce que je sais d'elle, elle y réfléchira à deux fois avant d'abandonner son enfant.

— Sacre Dieu ! cracha Jaime.

Il voulait vraiment sauver la vie de la fille, mais *l'épouser* ? Il avait vu ses couteaux, tous ses couteaux. Elle n'était pas le genre de femmes à qui il pouvait faire confiance dans son lit, ni où que ce soit d'ailleurs !

Son visage pâlit à la pensée qui lui vint à l'esprit. Il aimait son attribut et ne souhaitait pas le perdre.

David continuait de rabâcher :

— J'ai déjà envoyé chercher mon prêtre, je l'ai laissé dans un camp à proximité.

Puis il changea aussitôt de sujet :

— Par Dieu, je connais l'importance de la mission de cet homme de Dieu, mais j'ai du mal à supporter ses sermons qui n'en finissent pas. J'envisage parfois de le renvoyer à Rome. J'étais sûr qu'il allait perdre sa tête à Dubhtolargg.

Puis il grommela. Jaime ne comprit pas ce qu'il disait. Il était estomaqué, l'esprit toujours fixé sur Lael et ses couteaux.

— Et si elle refuse quand même ?

Le regard du roi s'assombrit. Il plissa les yeux. Il reposa sa chope sur la table, l'abandonnant complètement cette fois.

— Ne t'y méprends point, Jaime, je ne préfère point cette conséquence, le rassura-t-il. Mais si Lael refuse, on leur coupera la tête demain, *à tous les deux*. Broc d'abord, pour qu'elle sache avec certitude que je suis sérieux. Et puis ce sera à son tour.

Jaime but le reste de son *whisky*. Il reposa sa coupe sur la table, digérant non seulement la boisson, mais aussi les propos du roi.

David observa sa réaction.

— As-tu une objection ?

— Et si j'en avais une ? demanda-t-il en haussant un sourcil.

Le roi fronça les sourcils et rétorqua, l'air grave :

— Alors aiguise ta lame.

David connaissait assez Jaime pour savoir qu'il insisterait pour être le bourreau. Et il était assez intelligent pour lui donner le choix. Mais en fait, il n'y avait pas de choix du tout. Jaime avait déjà pris sa décision.

— Très bien. J'épouserai la fille, consentit Jaime.

David retrouva le sourire.

— Comme tu es bon ! s'exclama-t-il, en tendant la main vers sa chope. Laisse-la réfléchir aux conséquences de ses actions cette nuit, puis amène-la-moi dès potron-minet. Si je peux point forcer la paix selon mes termes, j'enverrai un message très clair à Aidan dún Scoti.

CHAPITRE 9

— *M*ange, Lael ! Sinon, tu finiras comme cette martre.

— J'ai point faim, insista-t-elle.

Morose, elle se rassit dans la boue, le dos contre le mur humide et sale, les yeux fixés sur le cadavre d'une pauvre martre maigrichonne qui avait rampé dans la cellule et était morte plus d'une semaine auparavant, à en juger par l'odeur. À propos d'odeur, c'était bien la peine de prendre un bain, se dit-elle ! Elle fronça le nez en regardant l'horrible corps gonflé de l'animal, à moitié noir et pourri maintenant.

— Ils auraient au moins pu retirer cette bestiole de ma cellule. Comment est-ce que tu peux manger dans une telle puanteur ? demanda-t-elle à Broc, bien qu'il ne soit pas en train de manger.

Sachant qu'elle n'avait rien avalé, il avait rapproché son écuelle des barreaux pour que Lael puisse aussi l'atteindre. Pour des raisons évidentes, elle avait peu d'appétit et supportait mal l'idée de porter quoi que ce soit à ses lèvres, surtout avec cette terrible odeur autour d'elle. De temps en temps, Broc se penchait en avant pour saisir un morceau de nourriture non identifiable. Lael frissonna, pensant que cela ressemblait étrangement à la martre morte, affreusement proche de ses pieds. Fi ! Il pouvait bien tout manger s'il le voulait.

— Estime-toi heureuse qu'ils t'aient pas mise dans les fers, dit-il en lui montrant ses poignets ensanglantés, la chair à vif.

Encore plus apparente était la marque de la corde autour de son cou, un collier rouge sang rappelant à Lael qu'ils avaient été à deux doigts de mourir.

— Bâtards ! lança Lael, et elle le pensait vraiment.

Le cœur brisé, elle refusa néanmoins de pleurer. C'était peut-être une bonne chose, car avec leur humidité, ces murs maudits pleuraient plus qu'Aveline de Teviotdale.

Broc pointa un doigt vers elle, le bout recouvert de graisse de viande, visible même dans la pénombre.

— Je t'ai jamais vu en robe. Ça te va bien, dit-il, changeant de sujet comme s'ils étaient ensemble pour déguster de l'*uisge* et de la tarte.

Lael haussa les épaules.

Ses vêtements habituels, elle les portait pour des raisons que Broc ne pouvait comprendre. Pour que les hommes ne puissent jamais la saisir par la robe, ni par les cheveux. Elle repoussa le souvenir de la façon dont les hommes de Padruig avaient maltraité les femmes de son clan. Après avoir vu de telles atrocités, elle s'était entraînée toute sa vie pour être une guerrière. En vérité, elle se rappelait à peine la dernière fois où elle avait porté ses cheveux détachés ou une robe ample. Néanmoins, elle se dit que c'était gentil de sa part de lui dire cela. Elle se demanda négligemment ce que le Boucher avait pensé de sa robe, puis repoussa cette pensée à l'instant même où elle lui traversa l'esprit. *Peu importe ce qu'il en pensait.*

— Hélas, je la porterai peut-être le jour de ma pendaison, lança-t-elle gaiement, en souriant un peu.

Broc secoua la tête.

— Prends courage, ma fille. Je me dis que s'il voulait nous pendre, il l'aurait fait il y a longtemps.

Lael lui lança un regard éloquent.

— Il a peut-être changé d'avis, renchérit-elle.

— Ah ? fit Broc en soulevant un sourcil. Alors... vas-tu te décider à me dire pourquoi ils t'ont amenée ici ? Je crois que je devrais être au courant.

Lael se tourna vers le visage barbu de Broc. Dans la pénombre, sa barbe dorée ressemblait un peu à de la poudre de fée. Elle haussa les épaules, gênée.

— J'ai giflé quelqu'un.

— Quelqu'un ?

— David.

Il fronça les sourcils, ne comprenant toujours pas.

— David ?

— Mac Maíl Chaluim, précisa-t-elle.

Pendant un instant, il sembla trop choqué pour parler. Puis il écarquilla les yeux et éclata de rire, ce qui leur valut des regards noirs des gardes.

— Ah, nenni ! s'écria-t-il en s'allongeant, se tenant les côtes de rire.

Il riait si fort qu'il reniflait.

— Ah, nenni Lael, me dis point que tu as fait ça !

— Mais si, c'est vraiment ce que j'ai fait, insista-t-elle.

Elle ramassa un petit caillou dans la boue et le jeta à la martre morte. Que la Mère de l'Hiver lui vienne en aide ! Elle ne voyait rien d'humoristique dans ce qui semblait tant amuser Broc. Toutefois, s'ils étaient maintenant tous les deux destinés à se retrouver sous terre, elle était au moins parvenue avant sa mort à gifler l'homme qui le méritait le plus. Mais le simple fait que David puisse désormais être celui qui rirait le dernier limitait le plaisir que son geste lui avait procuré.

Les épaules de Broc étaient toujours secouées d'un rire sans retenue. À tout autre moment, Lael se serait jointe à lui. Il ne fallait pas grand-chose pour la faire rire. Entendre quelqu'un d'autre s'esclaffer suffisait à la faire pouffer. Pas cette fois.

— Ah, par Dieu ! s'exclama-t-il. C'est une histoire pour les petits-enfants !

Puis il se redressa et reposa la tête contre le mur humide, reprenant son souffle.

— C'est dommage, je pourrai jamais la raconter, ajouta-t-il plus gravement en se frappant la poitrine.

Comme si le fait de réaliser cela était hilarant en soi, il éclata de rire une fois de plus.

— Ils vont nous couper la tête, reprit-elle d'un air renfrogné, au cas où il aurait oublié.

— Je sais, ma fillotte, je sais, dit-il tout en continuant à rire, reniflant comme un cochon se vautrant dans la boue, exactement comme elle se sentait.

— C'est point drôle, renchérit-elle.

— Oh, si fait ! contesta-t-il. Par le cœur Dieu, Lael, tu dois bien y voir un peu d'humour !

— Nenni, fit Lael en secouant obstinément la tête.

Pour elle, ce qui était drôle, c'était les pitreries de son frère Keane et de sa sœur Cailin. Ces deux-là étaient toujours à manigancer quelque chose. Durant le mariage de son frère Aidan avec Lìli, ils avaient failli faire sauter les fûts. Regarder le stupide prêtre de David faire dans ses braies et les hommes de MacLaren se ruer pour se mettre à l'abri, *cela* pouvait être considéré comme drôle. Mais partager une cellule avec une bestiole à moitié pourrie tandis qu'elle attendait sa propre peine de mort, non, elle ne trouvait pas cela amusant.

— Tu es un homme très étrange, Broc Ceannfhionn.

Son rire se calma enfin.

— C'est bien ce qu'on m'a dit, fillotte. Mais je donnerais quand même mon dernier repas pour te voir gifler David mac Maíl Chaluim de mes propres yeux.

Elle observa l'assiette qu'il avait placée près des barreaux.

— Tu renoncerais point à grand-chose, le rassura-t-elle en lui lançant un sourire en coin, à contrecœur. Mais ça m'a fait du bien, avoua-t-elle, au moins un instant.

— J'en suis sûr !

Les deux retombèrent dans le silence. Lael décida qu'il était temps d'enterrer la pauvre bête avec laquelle elle était contrainte de partager sa cellule. Tout en soupirant, elle repoussa un peu de boue. L'odeur empira.

— Diable ! dit-elle en grimaçant. On dirait que les excréments suintent des murs.

Elle remarqua des taches brunes sur les murs et frissonna.

Broc leva les yeux vers le plafond détrempé.

— Il y a un mauvais puits quelque part au-dessus de nous… Ma fillotte, est-ce que tu regrettes ce que tu as fait ?

Lael le regarda d'un air interrogateur.

— Gifler David ?

— Nenni, reprit Broc, plus sérieux maintenant, même si une étincelle de joie brillait toujours dans ses yeux. Je voulais dire… combattre à mes côtés.

Lael fit non de la tête, mais elle se détourna. Elle ne pourrait jamais regretter sa décision simplement parce qu'ils avaient perdu la bataille. Mais il y avait une chose qu'elle regrettait : d'avoir défié son frère. Dans l'état actuel des choses, elle ne reverrait probablement jamais Aidan et n'aurait pas l'occasion de lui demander pardon.

Elle serait condamnée à emporter ses regrets dans la tombe. Le dernier souvenir que son frère aurait d'elle serait ce terrible jour dans leur salle de réception, les deux se fusillant du regard. C'est cela qu'elle regrettait amèrement. Mais elle ne pouvait pas partager ses pensées avec Broc, elle ne voulait pas lui imposer ce fardeau.

— Je le referais, avoua-t-elle, espérant que ses mots apaisent son ami. Je crois en toi, Broc, lui dit-elle sincèrement.

Elle regarda le géant blond et lut l'anxiété dans ses yeux bleu clair. Elle comprit qu'il s'inquiétait en partie pour elle. Il devait se blâmer de l'avoir laissée se joindre à sa lutte.

— Je crois *toujours* en toi, insista-t-elle.

Il tourna la tête, toute trace de rire envolée maintenant. Il poussa un profond soupir.

— Eh bien... moi, je peux point dire que je le referais.

Lael n'avait pas besoin de lui demander pourquoi. Elle comprit qu'il devait en partie ressentir ce qu'elle ressentait. Sauf qu'il devait s'estimer entièrement responsable pour tous ceux qu'il avait conduits dans cette croisade. Il n'y avait aucun moyen de savoir ce qui était arrivé au reste de leur bande. Mais elle savait, et Broc aussi, qu'ils avaient torturé un de leurs hommes et ainsi découvert où se cachaient les autres. La nuit dernière, elle et Broc, enchaînés, avaient regardé impuissants les flèches voler, mettant le ciel en feu. Parmi ceux qu'ils avaient laissés à l'extérieur des portes se trouvaient Cameron, le jeune cousin de Broc, et les membres de son clan les plus proches de lui. Malgré son courage, Cameron n'avait jamais participé à une bataille auparavant. À part tailler du bois, il savait à peine quoi faire avec sa lame.

Aidan n'aurait jamais permis à Keane de se mettre en danger de cette manière, surtout s'il avait été si ignorant des choses de la guerre ou si mal équipé. Comme il s'était battu pour empêcher Lael de rejoindre la bataille ! Et elle était beaucoup plus habile avec ses couteaux qu'Aidan lui-même. Mais bien sûr, il n'avait pas passé chaque minute de chaque jour à pratiquer comme elle l'avait fait. En tant que chef de leur clan, il ne pouvait pas se permettre de nourrir de la rancune. Lael avait donc compris que c'était à elle de les venger.

Ne sachant quoi dire d'autre à Broc, elle se tut.

Elle avait fini de creuser un petit trou quand elle réalisa combien elle avait été plongée dans ses pensées. Elle espérait que son silence n'avait pas blessé son ami. Elle devait trouver un moyen de le soulager.

— Je suis certaine que les autres s'en sont mieux tirés que nous, Broc, avança-t-elle, en ayant du mal à croire ses propres paroles.

Broc fit oui de la tête. Elle insista :

— Je dois croire qu'ils ont survécu à la nuit.

Elle tourna les yeux vers les gardes. L'un était à moitié endormi, l'autre observait bêtement l'eau goutter du plafond au-dessus de sa tête. Elle se demanda pourquoi il ne bougeait pas. Puis elle l'oublia et se remit à creuser, regardant de temps en temps la martre, s'interrogeant sur la meilleure manière de déposer l'animal dans le trou une fois sa petite tombe terminée. Elle n'avait certainement pas l'intention de toucher l'horrible créature, même si elle ne voulait plus la voir ni la sentir.

Regardant les gardes du coin de l'œil, elle se dépêcha, car il lui vint soudain à l'esprit que dès que les gardiens la verraient faire, ils l'empêcheraient de continuer, pour être sûrs qu'elle ne creuse pas de tunnel sous la cellule. En vérité, si elle y arrivait… s'ils ne s'apercevaient de rien, si le second s'endormait aussi… peut-être trouverait-elle un moyen de creuser sous les barreaux et de rejoindre les longs tunnels par où ils étaient venus. C'était certainement possible.

Fronçant les sourcils, Broc la regarda creuser son trou, pensant peut-être à la même chose qu'elle. Il tourna prudemment son regard vers les gardes, puis parla à voix basse pour être sûr qu'ils ne l'entendent pas.

— Tu y crois ?

Lael le regarda par-dessus son épaule, les nerfs tendus.

— Qu'ils ont survécu ? Si fait, Broc, j'y crois. De toute façon, ton cousin est beaucoup trop maigre pour être une cible. Les flèches lui ont sûrement sifflé autour des oreilles en le manquant, ajouta-t-elle avec le sourire, pour le bien de Broc.

— Si fait, même s'il apprécierait point de savoir que tu as dit ça sur lui, commenta Broc en riant doucement. Je crois qu'il t'aime bien.

— Non, il aime Cailin. Il me l'a dit lui-même.

— Ta sœur ?

Lael fit oui de la tête et se mit à creuser un peu plus vite, se demandant si elle pourrait vraiment creuser un trou pour s'évader. Mais ses doigts rencontrèrent soudain quelque chose de solide, enseveli sous la boue. Son cœur se serra à la pensée qu'il pourrait s'agir d'un plancher, construit dans le seul but d'empêcher les prisonniers de s'enfuir. Exactement ce qu'elle aurait aimé faire. Elle racla un peu plus de boue et passa les doigts sur le bord de ce qui ressemblait à une boîte en bois.

— Qu'est-ce que c'est ?

Lael haussa les épaules. Elle donna un coup de poing sur le bois. Il émit un son creux.

— Je sais point, murmura-t-elle, manœuvrant habilement ses doigts pour trouver un autre coin de la boîte.

Elle continua d'enlever la terre en silence, glissant la main autour de la boîte, exposant une partie de plus en plus grande avant que les gardes ne se hasardent à l'espionner.

Broc se taisait, la regardant et se demandant de quoi il s'agissait. Il changea de position, de sorte que son corps imposant la cache aux yeux des gardes. Lael retint son souffle et continua à travailler, un sentiment d'horreur l'envahissant... car elle commençait à comprendre ce qu'elle avait découvert. Malgré le fait que son clan n'avait enterré qu'une seule femme de cette façon... *Sa propre mère.* Quand Lael avait onze ans. Ce souvenir l'envahit et l'étourdit. Elle continua malgré tout à déblayer la boue.

Le tunnel humide était plongé dans le silence, un silence rempli d'attente et de crainte...

Lael revoyait en esprit le doux visage de sa mère derrière le couvercle de la boîte. Elle prit une profonde inspiration.

Elle se mit alors à creuser sérieusement, sans se soucier du bruit qu'elle devait faire. Un petit trou apparut dans la boîte. Elle y mit un doigt, repoussant la saleté, puis elle regarda à travers. La puanteur qui s'en échappa la fit suffoquer. Pire encore que celle de la martre. Elle s'agenouilla, travaillant fiévreusement.

— Lael, siffla Broc pour l'avertir.

— Il y a quelqu'un là-dedans, répondit-elle.

— Hé ! cria aussitôt l'un des gardes.

Remarquant enfin les mouvements dans la cellule, l'homme bondit de sa chaise branlante et se précipita vers la porte, tout en appelant l'autre gardien.

— Hé ! Que diable es-tu en train de faire ?

C'est un cercueil.

Lael en était sûre.

Dans tous ses états, elle était maintenant incapable de s'arrêter.

Elle tâtait les bords détrempés de la boîte en bois, en essayant de glisser les doigts entre le couvercle et la base inférieure. Elle se repositionna sur la boîte, se décalant vers l'arrière, réalisant que la boîte s'étendait davantage au-dessous d'elle. Humide et pourrie, elle la sentait maintenant s'affaisser sous son poids.

L'autre garde se précipita, les clefs à la main. Il faillit les faire tomber et elles tintèrent bruyamment.

— Diable, que se passe-t-il ? demanda-t-il.

À cet instant, Lael fourra ses doigts sous le couvercle et tira vers l'arrière de toutes ses forces, grognant sous l'effort, réalisant qu'il ne lui restait plus beaucoup de temps. La clef tourna dans la serrure. *Clic-clic.* L'un de ses genoux passa soudain à travers le bois, le couvercle humide et vermoulu se brisant de façon inattendue. L'effort la propulsa en arrière et elle se heurta la tête aux barreaux métalliques. Le bruit résonna dans ses oreilles et elle resta un instant immobile, sonnée.

— Diable ! s'exclama un garde.

— Par le cœur Dieu ! s'écria l'autre.

Broc gémit, puis tout à coup, de façon inattendue, il vida ses tripes.

Momentanément étourdie par le coup sur sa tête, Lael se redressa et regarda l'intérieur du cercueil en bois. Puis elle fit ce qu'elle n'avait jamais fait de toute sa vie : elle se mit à hurler comme une petite fille.

Au bout du compte, dix-neuf corps se retrouvèrent sur le bûcher, y compris ceux qu'ils avaient récupérés à l'extérieur des portes. Tout homme méritait une fin digne. Jaime comprenait que même ceux qui avaient combattu pour Broc Ceannfhionn avaient tout simplement obéi aux ordres.

Tous les hommes qui restaient étaient rassemblés dans la cour. Les siens et ceux de MacLaren. Amis et ennemis se préparaient à rendre hommage à leurs morts, mais des doutes s'étaient insinués dans l'esprit de Jaime.

Sur son ordre, Luc alluma une torche et la mit sur la

pile de bois au centre de la cour. Il fallut un instant avant que le feu prenne, mais soudain les flammes se propagèrent au tas comme un feu de broussailles. Le bois froid et humide siffla en signe de protestation, crépitant et crachant des cendres incandescentes dans le vent capricieux.

David dormait, sachant qu'il devait partir tôt le lendemain matin, peu préoccupé par la nouvelle troublante qu'il avait annoncée à Jaime. Pendant ce temps, Jaime regardait les flammes s'élever vers les corps empilés. Quelque part en haut des murailles, quelqu'un soufflait un air mélancolique dans un roseau. Le refrain obsédant jaillissait et retombait avec la brise. Il redoutait la puanteur à venir. Elle lui retournait l'estomac et lui faisait mal à la poitrine.

Mais c'était la première fois dans son histoire militaire qu'il n'était pas déjà en train d'élaborer quelque stratégie pour un retrait imminent. Habituellement, c'était sa tâche de récupérer les bastions de David, de sécuriser les lieux, puis de s'assurer que les bénéficiaires des libéralités de David, quels qu'ils soient, héritent d'un siège que personne ne contesterait. Un quelconque seigneur ventru, dont les jours sur le champ de bataille étaient peu nombreux, mais dont les poches étaient assez profondes pour rallier les hommes à la cause de David. Pas cette fois. Cette fois, c'était au tour de Jaime de rester. Cette fois, c'était lui qui devait gagner la confiance de ces hommes, pas seulement leur reddition. Ce qui le préoccupait avant tout, c'était de trouver un moyen d'unir tous les hommes dont il avait la charge. Pour commencer, il était déterminé à éliminer toutes les traces de la bataille menée ici avant que le soleil ne se lève de nouveau sur Keppenach.

Il ordonna à certains de ses hommes de démanteler la potence, une structure élaborée et apparemment permanente envoyant un message clair que Jaime ne souhaitait plus cautionner. À d'autres, il commanda d'enlever les débris carbonisés. Il était trop tard dans l'année pour rassembler du nouveau chaume pour les toits. Il demanda donc aux hommes d'utiliser le bois qu'ils pouvaient retirer de la potence pour réparer les toits décimés. Ils devaient vider ce qui restait des bâtiments endommagés et transporter ailleurs les provisions qui n'avaient pas été ruinées. L'atelier du forgeron serait le premier à être reconstruit. Aucune bonne armée n'était viable sans un forgeron décent et Jaime avait été le témoin direct de l'excellent travail que celui-ci était capable de faire. Il souhaitait le garder à résidence et satisfait. La première tâche qu'il lui avait confiée était de fabriquer des boulons pour les portes.

Maddog se tenait de l'autre côté de la cour, les bras croisés. Jaime sentit le regard de l'homme posé sur lui, mais il s'efforça de l'ignorer. Il se dit que sa mère lui avait donné un nom approprié : avec ses bajoues épaisses et ses yeux noirs globuleux, il ressemblait un peu à un mastiff. S'il forçait Jaime à le saluer, cela ne serait pas de bon augure pour l'homme, car Jaime était d'humeur hargneuse, au mieux.

Quant au travail à faire, Jaime avait envie de retrousser ses manches et d'aider, mais il se rendait bien trop compte de l'importance de s'imposer d'abord comme *laird*. Il n'avait pas l'habitude de se mettre à part, mais il savait néanmoins qu'il ne pourrait baisser sa garde que lorsque ces hommes auraient compris sa place parmi eux.

Heureusement, au cours de la journée, la plupart des hommes de MacLaren s'étaient déjà joints à lui sans protester. Seuls Maddog et quelques-uns de ses acolytes étaient encore récalcitrants, se mettant à la tâche seulement quand ils en recevaient l'ordre. Si nécessaire, Jaime savait comment leur faire plier le genou. Pour le moment, il faisait preuve de retenue, sachant très bien qu'il en tirerait beaucoup plus d'eux par la clémence. S'il y avait une chose qu'il comprenait bien chez les vaincus, c'était que l'orgueil n'était pas aussi facilement brisé que le dos et que ces Highlanders étaient nés beaucoup plus fiers que la plupart.

« *Je t'ai choisi pour cette tâche... parce que t'es un fichu Scot. Il est temps que tu te rappelles comment en être un !* »

Même la langue de Jaime était l'anglais maintenant. Son patois scot était presque oublié... comme les Pictes qui avaient jadis traversé cette terre sauvage. Il percevait parfois un accent dans ses mots, surtout quand il avait trop bu, mais c'était rare. Il était pour ainsi dire Anglais, de naissance et d'éducation, élevé par des hommes qui étaient plus Anglais que Scots, David inclus. Et même si le roi avait des raisons de retourner à ses racines, Jaime en avait tout autant d'oublier les siennes.

L'odeur de la chair brûlée vint finalement agresser ses narines. Elle conjura des images d'un passé qu'il détestait se rappeler. Cette fois, il n'y avait pas de cris pour remplir la nuit d'effroi. Mais cela ne suffit pas pour améliorer son humeur. Ni le fait de savoir que sa future épouse était retenue prisonnière dans sa geôle insalubre. Une tournure des événements qu'il n'aurait jamais pu imaginer.

Par le cœur Dieu ! Il lui arrivait de remettre en question la sagesse de David. Parfois, il ne saisissait pas ce que faisait le roi, mais finalement, que Jaime soit d'accord ou non, il comprenait ce qui poussait David à prendre chacune de ses décisions, une raison contre laquelle Jaime ne pouvait pas argumenter : *le bien de tous.* Dans l'ensemble, David mac Maíl Chaluim était un homme bon, essayant presque en vain d'unir un peuple qui semblait incapable de coordonner deux mains pour enfiler un pantalon. C'est sans doute pour cela qu'ils portaient des jupes.

Que diable faisait-elle parmi ces combattants ?

La question le tourmentait plus qu'elle ne devrait. Surtout maintenant qu'elle allait devenir sa femme. Quel homme digne de ce nom permettrait à une femme de prendre les armes ? Pourtant, il se réprimanda à l'instant même où il se posait la question, car si elle était certes aussi belle qu'une fleur, il n'y avait quasiment rien de doux chez la jeune fille.

Lael.

Elle s'appelle Lael.

Lael, tout simplement.

Par décret du roi, elle n'était plus une prisonnière destinée à être oubliée. Son nom n'allait pas non plus rester *tout simplement* Lael. Quand bien même, il n'aurait jamais pu l'oublier, avec ses yeux verts troublants, si brillants que leur couleur lui rappelait les premiers brins d'herbe au printemps.

Il regarda fixement les flammes s'élever et eut une vision de Lael à la tête d'une armée, fièrement montée sur un cheval blanc, telle une princesse guerrière à la chevelure d'ébène et aux yeux si envoûtants qu'un homme mourrait pour combattre à ses côtés.

Il dut se rappeler qu'elle s'était battue pour que le siège revienne à Broc Ceannfhionn, et non l'inverse. C'était une trahison dans les deux cas. Pour le récompenser de ses loyaux services, David l'avait uni à une perfide mégère. *Qu'il aille au diable !* Si David souhaitait sa mort, il aurait dû ordonner une décapitation rapide, plutôt que de le condamner à s'endormir nuit après nuit avec l'inquiétude de se réveiller avec une lame sur son cou. Ou de ne pas se réveiller du tout.

— Est-ce qu'il y a de la place pour un de plus ? demanda Luc, apparaissant à son côté.

Jaime était inhabituellement distrait.

— Un de plus ?

Le jeune garçon lui sourit.

— Sur le bûcher, expliqua-t-il en désignant la fournaise de la tête.

Jaime lança un regard menaçant au jeune homme pour sa bonne humeur sans limites. Celui-ci eut le bon sens de prendre un air contrit. Ce n'était ni le temps ni le lieu pour les plaisanteries.

— Est-ce que par hasard tu as envie de te joindre à eux ? demanda-t-il en haussant un sourcil.

— Non, mon seigneur, reprit Luc, mal à l'aise.

Jaime le laissa se tortiller un bref instant, pour qu'il apprenne à se tenir. Après tout, c'était désormais leur *maison*, parmi des hommes qui souhaitaient leur mort à tous les deux. Certes, leurs pères avaient été amis et Jaime appréciait le garçon. Mais ce n'était pas une raison suffisante pour le laisser risquer sa vie ou celle d'autres personnes à cause d'un manque de retenue.

— C'est juste que… ils ont découvert… un corps… dans les geôles, balbutia le jeune homme.

Jaime supposa que l'un des assaillants était tombé après la bataille de la nuit dernière et qu'on venait seulement de le trouver.

— Apporte-le et pose-le sur le bûcher, commanda-t-il avant de se retourner pour évaluer le feu.

Les flammes gagnaient lentement.

— Il est encore temps, ajouta-t-il.

— Euh… ce n'est point un homme, reprit Luc.

Jaime se retourna brusquement vers son écuyer. Un frisson de terreur lui parcourut les veines. Il craignit aussitôt pour Lael et l'imagina soudain embrochée par les gardes, sans doute à cause de sa langue acerbe.

Il n'attendit pas d'en entendre plus. Il se précipita vers la chapelle, laissant Luc bouche bée près du bûcher.

<h1 style="text-align:center">CHAPITRE 10</h1>

C'était le corps d'Aveline de Teviotdale.

La découverte la plus horrible que Lael ait jamais faite. Elle avait justement pensé à la jeune fille quelques moments auparavant, presque comme si elle avait senti sa présence avant même de trouver son corps.

Tachées de sang, c'étaient bien les armoiries de Teviotdale qui figuraient sur le manteau dans lequel Aveline gisait enveloppée. Trop décomposée pour déterminer précisément comment ou quand elle était morte. Une boule de chiffon avait été bourrée dans sa bouche, maintenant figée dans un cri atroce. Elle avait les mains noueuses, les doigts repliés comme des griffes, comme si elle avait succombé en essayant de sortir de sa boîte maudite. En fait, il y avait des marques de griffures désespérées le long du couvercle de son cercueil et des taches de sang sur le bois.

Rogan avait-il enterré la fille vivante ?

La possibilité horrifia Lael.

Avant de creuser avec ardeur, ils avaient fait sortir Lael de sa cellule et l'avaient poussée dans celle de Broc. Mais même si elle ne souhaitait pas assister à l'exhumation macabre, elle n'avait pas vraiment le choix. Seuls les hommes chargés de déterrer le corps avaient une meilleure vue. Lael se cramponnait à Broc dans le coin le plus reculé de sa cellule. Malgré son sentiment d'horreur, elle ne pouvait pas se résoudre à regarder ailleurs. Même quand Broc essaya de lui détourner la tête, elle refusa.

— On sait maintenant pourquoi les portes de la chapelle étaient fermées, fit remarquer l'un des deux hommes.

Une demi-douzaine de spectateurs étaient entassés dans le tunnel pour regarder l'excavation.

Quelques mois auparavant – combien exactement ? – Aveline avait été leur invitée à Dubhtolargg. Même si Lael n'avait pas beaucoup aimé la pleurnicharde, et avait désiré son départ en vérité, elle n'aurait jamais, au grand jamais, pu souhaiter une fin si terrible pour la pauvre fille. Aveline avait supplié Aidan de la renvoyer à Rogan. Elle était venue trouver son frère en pleurnichant, ou plutôt en le suppliant, pour qu'il la libère de ses responsabilités en tant que servante de Lìli, car elle voulait désespérément accoucher ici à Keppenach... près du père de l'enfant. Lael supportait mal l'idée qu'elle ait pu jouer un rôle dans la disparition macabre de la fille, car elle avait elle-même presque supplié Aidan de laisser Aveline retourner chez elle.

Elle réalisait seulement maintenant que Rogan était encore plus monstrueux que ce qu'on pouvait imaginer. Oh, ils savaient bien qu'il n'était pas particulièrement bon, mais *ça*... c'était un péché bien pire que tous ceux dont Lael aurait pu l'accuser.

Elle se rappela la nuit où il était mort aux mains de son frère et se réjouit qu'Aidan ait laissé les loups ronger ses os. Le bâtard arrogant avait presque tué Lìli et son fils. C'était au moment où Lael avait perçu la peur dans les yeux du jeune Kellen, tandis qu'il courait pour échapper à Rogan, qu'elle avait accueilli de tout cœur la nouvelle famille de son frère.

Mais elle ne savait pas ce qui était advenu à Aveline à ce moment-là.

Apparemment, Rogan l'avait agressée peu avant cette nuit-là, puis l'avait enterrée vivante, là où personne ne pourrait entendre ses cris angoissés. Et pour être sûr que personne ne tombe sur l'objet de son crime, il avait cadenassé les portes de la chapelle, empêchant ainsi que quelqu'un pénètre dans l'église et dans les tunnels cachés.

Pas étonnant en effet que les portes aient été fermées.

— Seigneur ! elle a un bébé, annonça un des hommes qui creusaient.

Lael eut un haut-le-cœur, même si elle savait que la jeune fille attendait un enfant. Finalement, incapable d'en supporter plus, elle enfouit sa tête contre l'épaule de Broc et essaya de bloquer les sons. Le Boucher apparut à cet instant précis. Elle sentit sa présence avant de le voir. Dès qu'il passa la porte. Il était grand, presque autant que Broc. Sa tête frôlait le plafond du tunnel. Ses hommes s'écartèrent devant lui comme des arbres fléchissant sous le vent. Sans un mot, il lui jeta un seul regard, noir, avant de l'ignorer.

Lael retint sa respiration et s'appuya sur Broc. Elle avait le vertige et mal au cœur. Le Boucher passa devant elle et regarda dans la cellule voisine. Malgré elle, Lael l'observa un instant, sans qu'il s'en aperçoive. Il déglutit en découvrant la scène et s'approcha pour examiner la tombe. Alors seulement posa-t-il de nouveau son regard sur Lael.

Elle ressentit des picotements, comme s'il l'avait touchée.

— Qui l'a trouvée ? demanda-t-il aux hommes.

— La donzelle dún Scoti, répondit l'un de ses laquais. William a dit que la garce essayait de s'échapper.

Son bras s'élança si vite que Lael le vit à peine bouger, mais il avait soudain saisi le bras de l'homme qui avait parlé, l'empêchant de creuser. Il marmonna quelque chose qu'elle ne put entendre. Elle se sépara de Broc.

— Je voulais juste enterrer la martre. Ils l'ont laissée ici dans ma cellule, expliqua-t-elle en montrant du doigt la bête que l'un des hommes avait repoussée du pied pour ne pas marcher dessus.

Une fois de plus, le Boucher évita son regard. La sensation était purement physique. Il se tourna pour lancer un regard noir à l'homme dont le bras était immobilisé par sa poigne d'acier.

Jaime se sentit irrité pour Lael.

C'était une chose de l'enfermer, c'en était une autre de la maltraiter et de la traiter de garce. Il avait déjà averti ses hommes de traiter Broc Ceannfhionn avec humanité. À ses yeux, quoi qu'il puisse être d'autre, il n'en restait pas moins un homme. Même David, qui avait tant à perdre dans ce conflit, ne laisserait pas maltraiter un autre être humain au nom de la paix.

Par le cœur Dieu ! S'ils étaient mêlés à cette campagne, c'était en partie parce que David préférait la politique à la guerre.

Malheureusement, la politique du roi pourrait bien aussi être la raison pour laquelle une fille gisait maintenant sous terre, réduite à l'état d'os.

Tandis que le serviteur de Jaime lui décrivait le corps gonflé de la morte, les yeux de Lael s'adressèrent à lui dans un langage qu'il ne comprenait que trop bien. Elle était l'ennemie, bientôt sa femme, mais rien d'autre qu'une jeune fille effrayée à cet instant. Il percevait dans son regard une vulnérabilité dont elle ne semblait pas tout à fait consciente elle-même. À son côté, le géant blond plaidait silencieusement en sa faveur.

Sont-ils amants alors ?

Cela expliquerait beaucoup de choses.

S'efforçant de rester concentré sur la découverte macabre dans la cellule voisine, Jaime se sentit néanmoins soulagé de trouver Lael non seulement vivante, mais en forme, à en juger par sa langue. Il avait craint le pire, pensant qu'elle avait fini par pousser un de ses gardes trop loin. Il la parcourut du regard pour s'assurer qu'elle n'était pas blessée. Dieu merci, elle était indemne, quoique de nouveau aussi sale qu'une gamine des rues.

Il resta immobile, écoutant à moitié son serviteur expliquer ce qui s'était passé. Il n'arrivait à penser qu'à une chose : son soulagement d'avoir trouvé sa promise saine et sauve.

— Assez !

— Mon seigneur ?

— Déverrouillez la cellule, ordonna Jaime. Renvoyez Lael à la tour !

N'étant pas tout à fait sûrs d'avoir bien entendu, ils hésitèrent.

— *Maintenant !* reprit-il, les yeux plissés.

Deux hommes se précipitèrent en même temps pour exécuter son ordre. Un autre demanda :

— Que devons-nous faire avec le corps, *laird* ?

S'obligeant un instant à laisser Lael de côté, Jaime regarda plus longuement dans la cellule voisine. Il examina les preuves qu'ils venaient de déterrer.

Un corps, ratatiné et noir, gisait tordu dans une position inhabituelle, comme si la pauvre fille avait lutté pour se faufiler par la moindre fissure. Elle avait la bouche grande ouverte, le cou tordu en arrière, de sorte que ses orbites vides étaient fixées sur le coin de son petit tombeau sombre. Sa robe vert pâle était tachée, probablement par son propre sang. Une pelle était posée près de sa taille. Sa robe déchirée révélait encore une autre forme, petite mais distincte.

Sans crier gare, la bile monta à sa gorge. Sur le champ de bataille, il avait vu bien plus de sang et d'horreurs que la plupart, mais pas de mort aussi grotesque que celle-là. Celui qui avait enseveli cette fille avait l'esprit tordu et malade.

Pour une raison ou une autre, il pensa à l'intendant de Rogan. Mais la jeune fille était bien trop décomposée pour avoir été enterrée récemment. Cependant, Maddog avait encore beaucoup de comptes à rendre. Notamment, et non des moindres, sur la raison de son appropriation de la chambre du *laird*. Heureusement pour lui, l'outrecuidance était loin d'être la même chose que le meurtre, et Jaime en était pratiquement certain : quelqu'un l'avait intentionnellement enterrée vive.

Il poussa un profond soupir en repensant à Teviotdale. Le père de la fille était un *reiver* grossier, mais personne ne méritait de voir sa fille périr de cette façon. Mieux valait lui offrir la dignité d'un bûcher funéraire.

— Assurez-vous que rien d'important ne reste dans la boîte. Enlevez-lui son manteau pour qu'on le renvoie à son père. Puis prenez toute la boîte et placez-la sur le bûcher.

— Si fait, mon *laird*.

Ses hommes se remirent à creuser. Jaime se tourna brusquement vers Broc Ceannfhionn.

— Quelles sont tes relations avec Lael ?

Les deux hommes se regardèrent pendant un long moment inconfortable. Broc serra visiblement la mâchoire, le jaugeant de ses yeux bleus.

— Si vous touchez à un seul de ses cheveux, *Boucher*, je causerai votre perte, dans ce monde ou dans l'autre.

— J'ai aucune intention de lui nuire, mais j'attends une réponse à ma question.

Sa demande se heurta au silence.

— Qu'est-ce que ça peut vous faire, *Boucher* ? demanda l'homme, ses yeux bleus brillant de malice.

Un sentiment de jalousie inexplicable envahit Jaime à la pensée des mains de Broc ou d'un autre homme sur celle qui allait bientôt devenir son épouse. Il comprenait en partie que Broc cherche avant tout à protéger la jeune fille, mais grand Dieu ! il n'allait pas expliquer ses raisons à un prisonnier de guerre, et sûrement pas à celui-là ! Broc avait déjà de la chance que Jaime lui ait épargné la potence.

Ils se regardèrent droit dans les yeux, comme des taureaux dans une arène.

Cependant, heureusement pour Broc, Jaime ne vivait pas par son épée. Il vit l'inutilité de se livrer à un bras de fer avec Broc. Il reconnut la force têtue dans le regard de l'homme. Sa mort serait une fin inévitable et Jaime n'était pas prêt à prendre cette décision. Pas encore.

Bâtard vaniteux.

Jaime soutint son regard un moment de plus avant de céder.

— Tu ferais bien d'espérer qu'elle partage ton dévouement, lança-t-il, puis il tourna les talons et laissa le blond sur cet avertissement.

Que l'homme médite sur sa menace et se demande ce qu'il avait voulu dire.

Quant à lui, Jaime était absolument furieux qu'un simple décret inattendu de David le force soudain à faire face à des sentiments nouveaux et entièrement indésirables – pas tous liés à sa promise dún Scoti.

Il voulait soudain beaucoup plus qu'une femme soumise.

Il voulait une maison.

Il voulait ce que son père n'avait jamais eu.

En vérité, il voulait être le nouveau *laird* de Keppenach.

— Je suis le roi !

— Sûrement point, nenni !

— Vlan ! Prends ça ! Je suis roi en vertu de cette épée ! Prends encore ça !

Feignant de se battre avec son adversaire anglais, le fils du forgeron brandissait la *claidheamh-mor* dorée, immensément heureux de pouvoir manier la massive épée à deux tranchants. Néanmoins, la lourde lame plongea vers le sol, et sa pointe se retrouva couverte de saleté et de cendres.

Il n'était pas aussi grand que la plupart des garçons, mais il était fort parce qu'il aidait son père dans son travail si important. Un forgeron était en effet un ouvrier très respecté. Un jour, il en deviendrait un lui aussi.

Pour l'instant, il était fatigué de tenir la *claidheamh-mor*. Il alla reposer l'épée ancienne sur l'établi, avec l'intention d'essuyer ses empreintes et toute la saleté avant que son père ne découvre qu'il avait touché à l'épée malgré son interdiction.

Avec un profond grognement, il leva l'arme et la poussa par le pommeau sur le cuir gras. Son père était allé récupérer sa pierre à aiguiser, une pierre viking rare qu'il avait héritée de son propre père, pour pouvoir mieux aiguiser l'épée des rois. C'était tout à fait approprié, avait-il dit, puisque la pierre avait elle-même appartenu à un puissant roi guerrier qui avait navigué avec ses guerriers vikings loin sur la mer du Nord gelée.

Sautant sur l'établi, le garçon se mit à polir la lame. Elle était presque propre, juste à temps, car son père était probablement sur le chemin du retour.

— Qu'est-ce que c'est, Baird ?

Surpris, le garçon sauta de la table de travail de son père.

L'intendant de Rogan surgit à la porte, sa silhouette obscurcissant la pièce déjà sombre. Le toit de l'atelier de son père avait presque disparu. Les poutres du plafond avaient été noircies par l'incendie de la veille. La pièce sentait encore le feu, longtemps après que les dernières flammes tenaces aient été éteintes. Dans le coin, on distinguait le ciel crépusculaire. Il projetait une lumière brune sur le sol recouvert de cendres. Mais ce côté de la salle avait été épargné, et son père y avait déjà déplacé ses outils et toutes les armes et armures récupérables. Le reste était maintenant empilé sous la partie de la cabane qui n'avait pas de toit, attendant d'être fondu pour l'acier. Derrière lui, la nouvelle épée luisait sous les derniers rayons du jour.

— C'est rien, répondit le garçon.

Lui lançant un regard noir et soupçonneux, Maddog s'avança dans la pièce à moitié brûlée.

— Me dis point que c'est rien, Baird. Je vois bien que tu caches quelque chose. Qu'est-ce qu'il y a derrière toi ?

Baird n'aimait pas l'intendant de Rogan. Il parlait fort, il était méchant et ses dents étaient aussi sales que sa barbe. Il semblait toujours avoir de la nourriture accrochée à ses longs poils en bataille. Certains disaient que c'était le frère de Rogan. Cela n'aurait pas étonné Baird, car les deux avaient beaucoup de points en commun, même s'ils ne se ressemblaient pas physiquement.

Hélas, un garçon seul ne faisait pas le poids contre le méchant Maddog, personne d'ailleurs. Baird s'éloigna donc de l'établi, espérant que son père ne revienne pas maintenant et tente d'arrêter Maddog. Son père était tout ce qui lui restait au monde et il avait vu Maddog tuer des hommes pour beaucoup moins que le trésor posé sur la table de son père.

Le regardant bizarrement, Maddog traversa la pièce d'un pas nonchalant et s'approcha de l'établi.

Baird arrondit le dos, l'air défait.

Depuis la mort de MacLaren, Maddog gouvernait Keppenach avec une poigne de fer, thésaurisant si avidement les réserves que la plupart étaient secrètement heureux que le Boucher de David soit venu à leur secours. On s'attendait à un long hiver et Maddog était bien plus méchant que MacLaren l'avait jamais été. Un jour, Maddog avait même giflé Baird qui passait devant lui. Peu s'étaient étonnés que MacLaren lui laisse les commandes chaque fois qu'il quittait Keppenach, car Maddog exécutait les ordres sans pitié. On disait que MacLaren lui avait promis une parcelle de terre comme récompense pour ses loyaux services. Mais tous les MacLaren étaient maintenant morts. Dommage pour Maddog.

— Mon papa a dit de point y toucher, osa dire le garçon.

Maddog ne l'écouta pas, tout comme il avait lui-même ignoré l'ordre de son père. L'homme posa ses gros doigts graisseux sur la lame brillante, l'examinant de près et laissant ses empreintes sur le métal aux reflets bleutés que Baird venait juste de nettoyer. Puis il jeta un regard accusateur à Baird par-dessus son épaule :

— C'est rien, hein ?

Baird haussa légèrement une épaule.

— Mon papa a dit de point y toucher, répéta-t-il.

Maddog se tourna brusquement vers lui.

Sous son regard noir et froid, Baird fit un pas vers la porte et se précipita vers la liberté.

Maddog l'attrapa sur le seuil.

— T'inquiète point, dit-il d'un ton bourru, posant une main sale sur la bouche de Baird. On va point lui dire.

Puis il ricana, tandis que Baird essayait de se libérer.

&a.

Pour la deuxième fois en deux jours, on apporta la baignoire à la tour et on la remplit. Les serviteurs arrivèrent avec le double de gardes. Aucun ne resta. Mais cette fois, ils laissèrent des serviettes propres.

Lael avait du mal à comprendre ce que tout cela voulait dire. Elle s'attendait aux gardes bien sûr, mais pas à être de nouveau reconduite à la tour, à recevoir un second bain, avec de quoi s'essuyer, sans parler d'un espace privé où se prélasser. Cela n'avait aucun sens. Elle était prisonnière, pas invitée, non ?

Bien que le Boucher semble incapable de la regarder autrement qu'avec de la rancune, ses actions ne correspondaient pas à l'inimitié qu'elle lisait dans ses yeux.

Quant à Aveline... ç'avait dû être la dernière prison de la jeune fille. Au moins jusqu'à ce que Rogan juge bon de disposer d'elle. Il l'avait probablement cachée ici pour dissimuler son ventre qui grossissait de plus en plus. Son sort final avait été le pire dont Lael ait jamais entendu parler : enterrer une femme vivante avec son enfant. Lael frissonna. Son cœur se serra. Elle ne pouvait s'empêcher d'imaginer la pauvre Aveline, terrifiée, confinée dans ce minuscule cercueil, essayant en vain de respirer. Lìli serait sans nul doute peinée de l'apprendre, car malgré la paresse d'Aveline et son caractère épuisant, la femme de son frère semblait tenir à la fille.

Lael se demanda sombrement si elle aurait un jour la possibilité de réconforter la chère et douce épouse de son frère. Ou si elle allait suivre Aveline dans la tombe. On donnait parfois un dernier repas aux prisonniers. C'était peut-être son *dernier bain* ?

Incapable de se débarrasser de ses sombres pensées, elle se hâta de faire sa toilette, puis retourna ouvrir le coffre d'Aveline.

Soudain, les larmes lui montèrent aux yeux. Non parce qu'Aveline était une amie, mais parce qu'aucune femme ne méritait une fin si horrible. Et maintenant, tous ses effets allaient disparaître, toutes les choses que la jeune fille avait chéries, toutes ces babioles qui ne signifiaient rien pour Lael, car elles appartenaient à un genre de vie qu'elle ne comprenait pas. On les enverrait peut-être à une femme qui ne connaîtrait jamais leur histoire.

Lael soupira et sortit la première robe du coffre. Celle qu'elle avait rejetée la veille parce que le tissu semblait beaucoup trop précieux. Cette fois, elle la déplia et l'inspecta de plus près. Probablement une robe de mariée, car elle était très ornée et n'avait apparemment jamais été portée, vu son état parfait. En soie peut-être, avec des motifs géométriques, des losanges et des carrés. Les manches étaient belles et larges, évasées sous les bras, un peu comme des ailes de fée. Elle essaya d'imaginer Aveline portant la robe. Elle aurait certainement été ravissante.

L'air triste, elle mit la robe de mariée de côté, la pliant soigneusement et la posant sur le lit. Elle ne pouvait pas porter cela. Elle saisit la robe qui se présentait ensuite. D'une certaine manière, cela lui semblait de mauvais goût de fouiller dans les affaires d'une morte.

Cette robe était en laine douce, semblable à celle qu'elle portait maintenant, sauf que la nouvelle était propre et verte, une couleur pour laquelle Aveline semblait avoir une prédilection. En l'honneur de la jeune fille qu'elle avait à peine connue, et qu'elle ne connaîtrait jamais, elle choisit donc la robe verte, ne se souciant pas qu'elle lui arrive aussi au-dessus des chevilles. Elle était en train de l'enfiler quand elle entendit quelqu'un traîner les pieds devant sa porte...

CHAPITRE 11

*P*lus que toute autre chose, c'est l'inquiétude qui poussa Jaime à monter les marches de la tour. Mais une fois devant la porte de la chambre de Lael, il hésita, se sentant aussi maladroit qu'un jeune imberbe en présence de ses gardes.

Il jeta un coup d'œil vers la chambre du *laird*. Il n'y avait pas lieu de déranger David pour le moment. Il ne pouvait rien faire de plus pour l'instant. Demain serait assez tôt pour informer le roi de leur découverte macabre dans les geôles.

En vérité, il ne savait pas pourquoi il était venu.

Peut-être pour s'assurer que sa promise n'était pas en détresse ? Mais c'était absurde : bien sûr qu'elle était en détresse. Elle était prisonnière, récemment revenue de la potence, pour passer directement à une empoignade avec David avant d'assister à l'une des exhumations les plus macabres que Jaime ait jamais vues. Elle était probablement sur la défensive et en colère, peut-être même endeuillée si elle connaissait aussi la jeune fille morte.

Et pourtant, sachant ce qu'il savait, Jaime devait trouver un moyen d'aplanir la discorde entre eux. S'il pouvait faire en sorte qu'elle voie l'homme en lui, au lieu de son conquérant ou son ennemi... Mais s'il n'était pas une brute, ses paroles n'étaient pas spécialement douces et personne ne l'avait jamais accusé d'être gentil. Il commandait des hommes. Il était donc d'abord un soldat. Et avant cela... il ne pouvait tout simplement pas se rappeler. Le garçon qu'il avait été avait complètement disparu, depuis le jour où on avait balancé le corps de sa sœur par-dessus les murailles de Dunloppe.

Kenna aurait dix-neuf ans aujourd'hui.

Il posa la main sur la porte, prêt à frapper. Mais il hésitait encore.

Après toutes ces années, il éprouvait toujours une culpabilité cuisante pour avoir laissé sa sœur sans protection. Il avait été négligent envers elle. Par la suite, il s'était juré de ne jamais accepter la responsabilité de s'occuper de quelqu'un.

Non pas qu'il n'ait pas le sens du devoir. Son engagement envers son roi et son pays était inébranlable. Mais ses obligations n'étaient tout simplement guère compatibles avec la prise en charge d'une femme et d'enfants. Et pourtant, en quelques heures, depuis qu'il avait été informé du plan de David, il était déjà passé par de multiples sentiments. Il n'avait jamais eu l'intention de se marier. Il ne savait que faire d'une épouse non plus, mais au fond de lui, il était reconnaissant que Lael ait été épargnée, même si cela voulait dire que c'était maintenant à lui de s'en occuper.

Allait-elle éprouver la même chose ?

Ou préférer mourir plutôt que de devenir la femme du Boucher ?

Il allait bientôt le découvrir.

Enfin résolu, il frappa à la lourde porte. À sa grande surprise, elle s'ouvrit aussitôt. Lui lançant un regard soupçonneux et venimeux, elle lui bloqua l'entrée.

— Quel plaisir de vous voir, dit-elle sur un ton

amer. Vous êtes venu pour me donner mon bain, *Boucher* ?

À sa question, Jaime se sentit rougir, une expérience étrange et peu familière.

— Ma dame... un mot ?

— Je suis point une *dame*, et sûrement point vôtre, répliqua-t-elle, les yeux plissés. En tout cas, *Boucher*, j'ai aucune envie de vous parler, ni maintenant ni jamais.

L'épithète commençait à lui porter sur les nerfs.

C'était une chose de l'entendre murmurée derrière son dos et une autre d'avoir sa promise la lui cracher au visage à tout moment. Il poussa la porte.

— Néanmoins, reprit-il calmement, je dois te parler en privé, et comme je vois que tu n'es plus souffrante, tu *dois* m'accorder cette grâce.

— Je dois ?

Elle lâcha la porte avant sa réponse. S'il avait été moins coordonné, il se serait affalé à ses pieds. Il hésita un peu et ravala sa colère, sachant qu'elle ne le conduirait nulle part. Se rappelant une nouvelle fois la proximité de David, il entra et referma la porte derrière lui, très surpris de découvrir une chambre si pauvrement aménagée.

Si proche de celle du *laird*, elle était pourtant presque dépourvue de meubles, hormis un lit et quelques coffres. Luc avait dû les inspecter et en retirer tous les objets que Lael aurait pu utiliser pour l'attaquer. À part cela, la pièce était vide. Elle l'avait apparemment toujours été. Les coins étaient couverts de toiles d'araignée. La seule fente qui servait de fenêtre était fermée par des volets rudimentaires.

— Je suis point venu pour te faire du mal, la rassura-t-il.

Lael leva le menton et s'enfonça dans la pièce. Sa robe trop courte lui arrivait au-dessus des chevilles.

Jaime la suivit.

— J'ai point peur de vous, déclara-t-elle en se redressant de toute sa hauteur.

Une seule fois dans sa vie avait-elle reculé devant les hommes. Plus jamais.

Il pourrait prendre sa vie, mais pas sa volonté, jamais. Ni briser son orgueil. Elle était fille de rois pictes. Il n'était rien qu'un boucher, un incapable.

Il haussa ses sourcils de diable. La mince cicatrice blanche de son front disparut, mais Lael perçut un petit sourire aux coins de ses lèvres. Perplexe, elle lui lança un regard réprobateur.

C'était l'homme qui avait brûlé son propre donjon, à ce qu'on disait. Son sauveur et son ravisseur. Il la regardait parfois avec colère, parfois d'une manière qu'elle n'arrivait pas à interpréter. Il sembla la jauger un instant, puis il examina la pièce, curieux. Son regard se posa sur la croisée aux volets fermés. Il ouvrit la bouche pour parler, puis la referma et se dirigea vers la fenêtre. Lui tournant le dos, il ouvrit les volets. De la neige pénétra dans la pièce, tandis qu'il secouait chacun des barreaux, vérifiant la solidité de certains deux fois.

Irritée par le subtil rappel qu'elle était toujours sa prisonnière, pas son invitée, quel que soit le nombre de bains qu'il lui accordait, Lael le rassura :

— Je les ai tous essayés. Alors vous donnez point tout ce mal. Ils sont très solides.

Il devait comprendre qu'elle n'accepterait jamais facilement son sort. Si une chance de s'échapper se présentait, elle prévoyait de sauter dessus sans hésitation.

Il jeta un coup d'œil par-dessus son épaule. Lael retint son souffle en percevant la lueur argentée de ses yeux. Malgré son calme apparent, il était manifestement tendu. Son seul regard lui donnait l'impression qu'elle allait servir de repas.

Il se tourna de nouveau vers la fenêtre. Lael regarda le matelas, se demandant si elle serait assez rapide pour récupérer le miroir qu'elle y avait caché. Mais elle ne bougea pas. Quelque chose dans les épaules du Boucher lui donnait l'impression qu'il avait des yeux derrière la tête. Et de toute façon, même si elle pouvait saisir le miroir avant qu'il ne l'arrête, puis le lui plonger entre les omoplates, elle savait que des gardes étaient postés devant sa porte. Même s'il n'y en avait pas, où pourrait-elle aller ? Les issues étaient sans doute toutes surveillées. Et elle ne pouvait pas abandonner Broc Ceannfhionn.

Ce n'était pas exactement la peur qui la tenait clouée sur place. Cela n'avait rien à voir non plus avec sa curiosité invétérée. Elle ne souhaitait aucunement savoir ce que l'homme attendait d'elle. Pourtant, son silence l'énervait, bien plus que sa présence. Elle le regardait avec méfiance, se demandant ce qu'il voulait. Plus il se tenait là, immobile, plus elle perdait son calme. C'était un homme, à l'évidence, et ils étaient seuls dans une pièce *avec un lit*. Et pourtant, inexplicablement, malgré tous les problèmes qu'elle lui avait causés depuis son arrivée, et en dépit de la situation qui l'avait conduite ici, elle ne se sentait pas directement menacée par lui. Mais quand même...

Il regardait par la fenêtre en silence. Lael osa faire un pas de plus vers le matelas...

Il la sous-estimait et elle n'était pas opposée à l'idée d'en tirer parti. S'il pensait que ce n'était pas une adversaire rusée du simple fait qu'elle soit une femme, son erreur serait fatale. Il allait finir avec un miroir planté dans le dos et se demander ce qui avait bien pu arriver. Elle trouverait un moyen de s'occuper des gardes après.

Avant qu'elle ait eu le temps de tendre la main vers le miroir, il referma les volets et se tourna vers elle. Lael se figea sur place, à quelques centimètres seulement du lit. Il dirigea son regard argenté vers la couche. Elle craignit un instant qu'il ait lu ses pensées... Mais peut-être allaient-ils simplement s'aventurer *sur un autre terrain*.

C'était un homme, après tout. Ses bas instincts étaient sa nature même.

Son cœur se serra. Chez elle, aucun homme n'osait poser un doigt sur elle. Son frère l'embrocherait. Mais cet homme était *laird* de son propre domaine. Il n'avait de comptes à rendre à personne, sinon à David. Et elle n'était même pas sûre qu'il le fasse, car il ne semblait pas être du genre à se conformer à la volonté des autres. Quoi qu'il en soit, le roi de Scotia ne prendrait jamais sa défense contre son précieux Boucher, elle en était certaine.

— Que voulez-vous ? finit-elle par lui demander.

Il lui répondit par un silence et tourna de nouveau son regard vers le lit.

Des images assaillirent Lael, involontaires et inquiétantes. Elle se voyait sur ce lit, en train de l'embrasser. Les volets pourtant clos, elle frissonna, se disant que c'était juste à cause de l'air frais de la nuit. Repoussant ces images charnelles, elle le regarda droit dans les yeux.

L'eau du bain avait refroidi depuis longtemps, mais la baignoire était toujours au centre de la pièce, attendant d'être vidée. Un rappel que quoi qu'on dise sur le caractère du Boucher, il ne l'avait encore maltraitée en aucune façon. En vérité, il n'avait pas non plus fait de mal à Broc. En fait, depuis l'arrivée du Boucher à Keppenach, leur condition s'était considérablement améliorée. Ils semblaient surtout ne plus être en danger immédiat d'être pendus.

— Vous voulez demander une rançon pour moi ?

Il fit non de la tête.

Elle fut gagnée par la panique.

— Pourquoi point ? insista-t-elle.

Il la regarda comme si elle suscitait chez lui une curiosité morbide, puis répondit à sa question par une autre question :

— Dis-moi, Lael... Qu'est-ce qui peut pousser une belle jeune fille à risquer sa vie en se battant aux côtés d'un traître... à trahir son pays et les siens ?

Lael cligna des yeux. *Il me trouve belle ?*

Cela n'avait pas d'importance. *C'est ton ennemi !* Elle posa une main sur sa poitrine, complètement stupéfiée par sa question.

— Vous me posez cette question, *à moi ?*

Il souleva les sourcils.

— Tu vois peut-être quelqu'un d'autre dans cette pièce ?

— On doit faire des hypothèses ? demanda-t-elle, atterrée. C'est ça que les Anglais font à leurs prisonniers ? Ils leur donnent des bains et puis ils les torturent par la raison ?

Il se mit à rire, la surprenant une fois de plus par sa voix rauque.

Mère de l'Hiver, pitié ! Se tenait-elle vraiment là à discuter avec le Boucher, et lui qui riait ? C'était lui, l'homme dont on disait qu'il avait détruit et brûlé son propre donjon ?

Son haubert noir enlevé, il ne portait pas d'armes visibles sur sa personne. Heureusement pour lui, car Lael avait désarmé des hommes de bien moindre envergure. Que pouvait-il savoir sur elle ? David avait dû lui remplir les oreilles sur son compte.

— Si c'est de moi que vous parlez, ajouta-t-elle après un moment, j'ai point de pays à trahir, comme j'ai déjà dit. J'ai point d'amour pour la Scotia, et c'est point mon pays.

Hélas, elle ne pouvait pas prétendre ne pas avoir trahi les siens. Cela, elle l'avait fait. C'était certainement ce que son frère croyait.

— Comme je vous ai déjà dit... je plie point le genou devant David, qu'il se proclame dieu ou roi.

Il examina son visage, à la recherche de quelque chose.

— Et Broc ? Tu plies le genou devant lui ? lui demanda-t-il après un moment.

La question la prit complètement par surprise.

— Nenni, bien sûr !

— Mais tu t'es battue pour lui ?

— Keppenach lui revient de droit, soutint Lael, sans se soucier que cela puisse insulter le Boucher.

Cette terre n'était pas à lui. Selon elle, David n'avait pas non plus le droit de la donner à un autre.

— Hein ? De quel droit ?

— Le droit de l'Épée !

— Quelle épée ? demanda-t-il en penchant la tête.

La question surprit de nouveau Lael. Puis il lui vint soudain à l'esprit qu'il n'avait pas encore posé les yeux sur l'épée des rois. Elle ne savait trop qu'en penser, mais elle n'avait pas l'intention d'être celle qui lui révélerait l'affaire. L'épée appartenait à Broc, pas à David, ni à son boucher.

— *Son* épée, répondit-elle rapidement.

Ce n'était pas la vérité, mais ce n'était pas non plus un mensonge.

Le visage du Boucher s'obscurcit devant ses yeux. Il redevint soudain le démon qu'elle avait aperçu quand il avait franchi les portes du domaine en trombe.

— *Son* épée ? demanda-t-il. Tu veux peut-être parler de celle qu'il a entre les jambes ?

Lael cligna des yeux, puis elle comprit et se rapprocha du lit. Les doigts lui démangeaient de saisir l'acier froid qu'elle y avait dissimulé.

— Je me bats pour ce qui est juste, l'informa-t-elle, les dents serrées tandis qu'elle passait ses doigts sur les draps.

Il fit un pas vers elle. Surprise, elle recula.

— Broc est un traître, dit-il furieusement. En vérité, tu ne te dis peut-être point de Scotia, mais lui, si, et David est *son* roi légitime.

Retrouvant son courage, Lael refusa de faire même un seul autre pas en arrière. S'il osait la toucher, elle trouverait cette lame improvisée et la lui planterait entre les dents.

— Keppenach appartient à Broc Ceannfhionn. Donnal MacLaren a volé les terres de MacEanraig !

Il esquissa de nouveau un sourire, vicieux cette fois.

— Nenni, *ma dame*, tu te trompes. Keppenach est à moi, annonça-t-il. Et toi aussi.

Les épaules de Lael se soulevèrent de leur propre gré et elle lui lança avec certitude :

— J'appartiens à personne !

Il ne s'approcha pas d'elle, mais Lael était prête à plonger la main sous la couche pour y récupérer son arme. Il se tenait immobile, à la regarder, l'air sombre et furieux. Ses lèvres pleines étaient serrées de mécontentement et la colère jaillissait de ses yeux. Puis il se retourna soudain, se dirigea vers la porte et l'ouvrit en grand.

— Veillez à ce qu'elle n'ouvre point cette porte d'un millimètre ! aboya-t-il aux gardes. Nous verrons devant qui tu t'inclineras demain, *ma dame*, dit-il en se tournant vers elle.

Puis il claqua la porte derrière lui, laissant Lael se demander ce qu'il avait voulu dire.

&a.

PRÈS DU SOMMET, les prairies étaient recouvertes d'une fine couche blanche. Parsemant la vallée, des touffes de bruyère perçaient la neige fraîchement tombée. De cette hauteur, elles ressemblaient à des hommes coincés dans les glaces, leurs petites têtes brunes se hissant au-dessus du sol gelé.

Espérant la voir revenir, presque tous les jours depuis le départ de leur sœur aînée, Cailin et son frère Keane grimpaient au sommet de la falaise pour observer le col qui conduisait à Dubhtolargg. Hélas, maintenant que les premières neiges étaient tombées, le chemin serait bientôt infranchissable jusqu'au printemps. Son frère Keane ne semblait nullement découragé par ce fait : pour lui, Lael était invincible. Il chassa ses inquiétudes et descendit vers la cascade en courant.

— Ni le vent ni la neige m'empêcheront de nager ! lança-t-il, en se frappant la poitrine comme une bête.

Il s'arrêta un instant au bord du bassin de Caoineag, rejeta la tête en arrière pour pousser son hurlement de loup, puis plongea tête la première.

Cailin n'avait pas d'autre choix que de le suivre.

Un centimètre de neige n'était pas assez pour l'empêcher de prouver qu'elle était aussi intrépide que son frère aîné.

Ils atterrirent dans l'eau avec force éclaboussures, manquant de peu l'affleurement contre lequel Keane s'était heurté la tête l'automne dernier.

L'accident avait laissé son frère inconscient. Sans les tendres soins de Lìli, il en serait mort. Ils avaient beaucoup de chance de l'avoir parmi eux. Cailin n'avait jamais vu son frère Aidan si heureux, hormis ses problèmes actuels avec Lael.

Même si Cailin répugnait à se l'avouer, elle enviait secrètement ses deux sœurs aînées, car elle n'était jamais sortie de cette vallée.

Keane ressurgit, repoussant l'eau glacée de son visage.

— Tu plonges point aussi loin que moi, la nargua-t-il.

Cailin fronça les sourcils.

Leurs rivalités se révélaient de moins en moins en sa faveur. Au cours de l'été, Keane était devenu presque aussi grand et large qu'Aidan. Elle regarda autour d'elle, prête à le contredire, mais l'endroit où elle avait touché l'eau était loin du sien.

— T'as triché, affirma-t-elle.

Et elle en venait à le croire, car Keane n'avait jamais atterri aussi loin d'elle auparavant. Ses jambes n'étaient pas aussi longues que celle de son frère, mais habituellement son poids plus léger jouait toujours en sa faveur. Après avoir plongé, il avait dû rapidement nager jusqu'à l'endroit où il se tenait maintenant.

— Tricheur ! répéta-t-elle.

Keane ouvrit la bouche pour protester, mais le beuglement d'un cor de berger l'arrêta.

Trempés, Cailin et Keane se précipitèrent vers leurs vêtements et grimpèrent la colline en courant et en trébuchant pour voir qui était arrivé. Deux coups signifiaient des intrus, mais le second avait fini en son déformé, comme une note amère pour saluer le crépuscule.

Le frère et la sœur se figèrent à la vue d'un cheval solitaire descendant la colline au trot. De là où ils se tenaient, la jument blanche ne semblait pas avoir de cavalier.

Plus haut, Fergus se précipita de son poste pour rejoindre l'animal. Il s'empara de ses rênes, s'attarda un instant, puis se tourna pour le conduire au bas de la colline. Il courait, serrant fermement les rênes et criant pour appeler Aidan. Restant à leurs postes assignés, le reste des gardes se levèrent, le regardant les bras croisés.

Cailin reconnut presque aussitôt la démarche du cheval de sa sœur. Ils n'y avaient pas prêté attention en grimpant la montagne.

— C'est Loup ! s'écria-t-elle.

Cela n'avait aucun sens de donner à un cheval le nom d'une autre bête, mais Lael avait insisté, à cause de la couleur jaune de ses yeux. On ne pouvait s'y tromper, malgré la fatigue de l'animal. Loup arrivé à mi-pente, Cailin avisa la forme sombre affaissée sur le cheval.

Keane et Cailin se lancèrent un regard épouvanté, puis se précipitèrent vers la jetée où Fergus se dirigeait avec la monture.

Ils l'atteignirent presque en même temps que lui. À bout de souffle et boiteux, le Loup de Lael titubait derrière Fergus. Mais son cavalier n'était clairement pas Lael.

La jument, aux flancs blancs comme la colombe, était tachée de sang. L'homme avait la tête affalée sur le garrot de l'animal. Ses cheveux blonds et ses vêtements étaient recouverts de sang séché.

Sans attendre qu'on lui demande, Keane se précipita pour aider Fergus à descendre le corps inerte de la monture.

— Elle est blessée ? demanda Cailin, inquiète pour la jument.

— Nenni, répondit Fergus, c'est le sang de l'homme.

De carrure solide, le capitaine d'Aidan descendit le cavalier et le déposa rapidement par terre.

Reconnaissant soudain son visage, Cailin tomba à genoux à côté de lui.

— Cameron, murmura-t-elle, le cœur serré.

Ils ne s'étaient rencontrés que deux fois, mais malgré les ecchymoses, son visage boursouflé, toute la saleté et le sang, elle ne pourrait jamais le prendre pour un autre. Il lui avait fait les yeux doux un jour qu'il était ivre, et elle avait pensé que c'était un beau jeune homme. Pour l'instant, il semblait fragile et guère plus qu'un gamin.

Qu'était-il arrivé à sa sœur ? se demanda Cailin, inquiète. Elle leva les yeux vers le cheval que Fergus était en train d'inspecter de la tête aux sabots. Puis elle croisa le regard de son frère, un sentiment d'horreur l'envahissant.

— Et Lael ? osa-t-elle demander.

Personne ne lui répondit. Qui pouvait savoir ? L'animal était revenu sans elle, trouvant instinctivement son chemin.

— Il est mort ? demanda Keane.

Cailin tint son oreille contre la poitrine de Cameron et posa fermement la main sur son ventre, cherchant à percevoir les battements de son cœur. Elle n'entendait presque rien avec les voix s'élevant autour d'elle, Sorcha arrivant en courant de la prairie enneigée avec le reste des enfants. Mais si, son cœur battait... Elle secoua la tête en réponse à la question de Keane et leva les yeux vers sa sœur cadette.

— Va chercher Lìli et Una !

— Les deux ? demanda Sorcha.

— Oui, les deux, confirma Cailin.

Si Cameron avait la moindre chance de passer la nuit, il aurait besoin de toutes leurs connaissances en guérison. Et Una devinerait peut-être ce qui était arrivé à sa sœur.

Sorcha fit oui de la tête.

— Qu'est-ce que je dois leur dire ?

— Dis-leur d'apporter leur magie de fée, ordonna-t-elle sinistrement à Sorcha, qui disparut aussitôt en courant.

C'était du moins ce à quoi leur médecine ressemblait aux yeux de Cailin qui n'y connaissait rien aux herbes. Elle n'avait pas non plus le tempérament doux et chaleureux de Sorcha, ni le penchant de Lael pour la guerre, ou l'instinct maternel de sa sœur Catrìona. Et elle pouvait à peine supporter la vue du sang. Elle ne comprenait pas exactement ce qui la retenait de s'enfuir en courant et en hurlant.

— Aide-moi ! commanda-t-elle à son frère. On va l'emporter dans ma chambre.

— Nenni, répliqua Keane. Attends Aidan.

— Me contredis point alors que ce garsoncel est mourant, Keane !

Ce n'était pas le moment pour son sens des convenances. S'il ne voulait pas l'aider, elle le ferait sans lui. Elle passa la main derrière la tête de Cameron et le prit par les bras, se préparant à le porter toute seule si nécessaire.

Aidan apparut soudain à son côté, penché au-dessus d'eux, le visage figé.

— Par les péchés de Sluag !

— Il est arrivé sur le dos de Loup, expliqua Fergus, sur un ton austère.

— Et Lael ? demanda Aidan.

Fergus secoua la tête.

Une expression peinée passa rapidement sur le visage de son frère aîné. Puis, sans un mot, il se pencha pour saisir Cameron MacKinnon par les bras et l'emporta dans le *crannóg*.

Cailin bondit sur ses pieds et se précipita derrière lui.

ESPÈCE DE BÂTARD ARROGANT, lèche-cul des Sassenachs.

Longtemps après que le Boucher ait quitté sa chambre, Lael resta allongée à ruminer dans le noir, les yeux fixés sur la fenêtre aux volets clos.

Non seulement ils avaient refusé de lui laisser un brasier, mais ils ne lui avaient même pas donné une seule bougie pour repousser les ombres du soir. De faibles rayons de lune passaient par les volets, projetant comme des coups de couteau sur le plancher devant son lit. Ses propres couteaux lui manquaient. Bien qu'ils soient de piètres compagnons, ils lui auraient sûrement permis de se sortir de ce pétrin.

Pour être honnête, on lui avait au moins laissé une couverture épaisse en fourrure, si grande qu'elle aurait pu tenir chaud à une demi-douzaine d'hommes. Lael se demanda combien d'animaux on avait tué pour le confort du *laird* de Keppenach. Enfin, le *laird* précédent, qui lui déplaisait tout autant que le nouveau.

Au moins, elle s'en tirait mieux que Broc. Elle répugnait à penser à son ami dans la geôle, grelottant dans la boue près de la tombe d'Aveline.

Keppenach est à moi.

Et toi aussi.

Ses paroles continuaient de la rendre furieuse.

Qu'avait-il bien pu vouloir dire ? Avait-il l'intention de la garder comme esclave ? Comme prisonnière dans sa tour odieuse ? Après ces mots, il était tout simplement reparti, sans lui en dire plus. Il l'avait laissée avec cette simple menace : *Nous verrons devant qui tu t'inclineras demain.*

En effet. « Nous verrons », chuchota Lael pour elle-même. Mais qui d'autre pourrait l'entendre ? Le roi, dormant dans la chambre d'à côté ? Elle pouvait percevoir ses ronflements à travers les épais murs de pierre. *Gros cochon.*

Mais le sommeil lui échappait et la solitude était une étrangère pour elle.

À la maison, elle avait rarement un moment pour elle. Elle se cachait souvent derrière le bassin de Caoineag où personne ne pouvait la trouver. Elle restait assise là pendant des heures, à aiguiser ses couteaux. Il y avait quelque chose d'apaisant dans le fait de s'asseoir avec une pierre à aiguiser et de la passer sur ses lames parfaitement affûtées. Celui lui apportait toujours un sentiment de paix.

Elle se demandait si elle reverrait jamais ce bassin, si

elle y entendrait les pleurs de Caoineag. Certains prétendaient que quand elle gémissait, la mort venait visiter le clan. La Pleureuse pleurait-elle en ce moment ? À moins qu'il n'y ait pas de pleurs pour Lael maintenant qu'Aidan l'avait reniée ?

Cela n'a pas d'importance.

De toute façon, la Pleureuse n'existait pas. Les vents étaient inconstants à cette période de l'année et Lael ne l'avait jamais aperçue malgré toutes ses années passées dans la vallée.

Et Una n'était pas vraiment non plus la Mère de l'Hiver. Même si elle paraissait avoir cent ans quand Lael était enfant et qu'elle avait l'air tout aussi âgée maintenant, la vieille prêtresse était tout bonnement en chair et en os, avec tous les problèmes normaux d'une créature ayant un corps. Un jour, elle mourrait elle aussi.

Tout le monde mourait.

Certains avant leur temps.

Peut-être que le Boucher avait changé d'avis et qu'il la reconduirait à la potence demain ? Sur cette pensée morbide, Lael remonta la couverture au-dessus de sa tête. Une vague de tristesse inattendue l'envahit.

« Que dois-je faire ? » demanda-t-elle en s'adressant de loin à Una. Elle espérait de toutes ses forces que les rumeurs soient vraies, qu'Una soit bel et bien la *Cailleach Bheur*, la gardienne de son peuple. Alors, cette vieille prêtresse rusée pourrait peut-être exercer les pouvoirs qu'elle possédait pour libérer Lael. Hélas, elle n'y arriverait pas toute seule. Frissonnant sous la couverture, elle écouta un instant sa propre respiration. Puis elle finit enfin par s'endormir.

CHAPITRE 12

*L*e roi siégeait sur le fauteuil de Jaime à la table du *laird*. Il tripotait le tissu sale dans lequel la misérable forme d'Aveline de Teviotdale avait récemment été enveloppée. Le manteau de laine ensanglanté, soigneusement plié, était posé sur la table, la licorne blanche paraissant défraîchie sur la laine vert foncé.

— J'ai rencontré son père l'été dernier, révéla David. Il a assisté à l'un de mes conseils. Cela m'a paru bizarre qu'il envoie sa fille unique, *vierge*, partager le lit de Mac-Laren, comme une sale catin.

Jaime écouta. Il avait réalisé longtemps auparavant qu'il glanait beaucoup plus d'informations en présence de David quand il tenait sa langue. Et comme David aimait parler et pas Jaime, l'arrangement lui convenait bien.

— La pauvre idiote, se lamenta David. Son père est un imbécile, sans héritiers maintenant, vu que son fils préfère la compagnie des hommes. Depuis combien de temps est-elle morte ? poursuivit-il en poussant un long soupir.

— Un an, peut-être plus, répondit Jaime en haussant les épaules.

Ils avaient lavé son manteau, mais les taches de sang n'étaient pas parties. David avait néanmoins l'intention de le renvoyer au père d'Aveline. Malgré la malheureuse tournure des événements, si Teviotdale nourrissait l'espoir de retrouver sa fille en vie... Au moins, l'affaire serait close.

Quant à celui qui avait mis la pauvre fille dans la boîte... Il n'y avait tout simplement aucun moyen de le savoir. Même depuis la tombe, Rogan MacLaren jetait une ombre sur sa garnison. De toute sa vie, Jaime n'avait jamais rencontré d'hommes aussi récalcitrants. Ils auraient pu chercher à s'attirer les bonnes grâces de Jaime et du roi. Au lieu, ils se taisaient et ne révélaient rien. Comme s'ils croyaient que MacLaren n'était pas mort ou qu'il pourrait peut-être se relever de sa tombe et leur couper la langue s'ils en disaient trop. Jaime se dit que c'était parce que personne n'avait vu de ses yeux le cadavre de MacLaren.

David, quant à lui, était tout à fait certain de la mort de l'ancien *laird*. Il était peut-être en désaccord avec le chef dún Scoti, mais il semblait croire Aidan sur parole.

Pour sa part, Jaime était intrigué par cet homme qui avait permis à sa sœur de se laisser impliquer dans une bataille dont elle ne pouvait pas sortir victorieuse, aussi douée soit-elle avec ses couteaux. S'il en avait eu l'occasion, il aurait fait tout son possible pour protéger Kenna. Les hommes de Broc étaient condamnés à perdre. Et même si leur petite bande de rebelles avait réussi à arracher le donjon à Maddog, ils n'auraient jamais pu le conserver. Apparemment, Broc ne jouissait même pas du soutien de MacKinnon. Tandis que David, avec celui de l'Angleterre, occupait les terres et avait l'allégeance des hommes au sud du fleuve Forth, ainsi que celle de groupes de partisans dans le nord. Peu à peu, la Scotia tombait sous sa coupe, à contre-cœur ou non.

Jaime pensa spontanément à sa promise, enfermée dans sa tour. Il se demandait si elle aussi finirait par se mettre au pas ou si elle se battrait jusqu'à son dernier souffle.

Les bras croisés, il observait la foule maintenant rassemblée derrière les grandes portes de la salle de réception. La plupart des plaintifs espéraient probablement que Jaime écouterait leurs griefs pendant que le roi David était encore en résidence. Malheureusement pour eux, David semblait ne s'intéresser qu'à la jeune fille de Teviotdale et aux vœux pas encore prononcés entre Jaime et sa *reine* dún Scoti. À cette fin, ils semblaient passer leur matin à ne rien faire, sinon à attendre ce fainéant qu'était le prêtre de David. Le roi, pourtant impatient de s'en aller, voulait s'assurer que Jaime obéirait à son décret. Apparemment, il croyait assez en Jaime pour lui confier la moitié de la Scotia, mais pas assez pour quitter Keppenach sans voir les vœux prononcés.

— Son enfant était innocent, se lamenta David. Leurs corps auraient dû être déposés en terre consacrée. Je crains que mon prêtre ait beaucoup à dire à ce sujet, dit-il en agitant un doigt en direction de Jaime.

Jaime refusait de se préoccuper des bavardages du prélat de David.

— Si loin au nord, le sol est presque gelé, rétorqua-t-il, offrant à David une excuse qu'il avait préparée.

Évidemment, ce n'était pas tout à fait vrai, mais ce le serait bientôt. C'était déjà assez que Jaime soit forcé de prendre pour épouse une femme choisie par David. Il n'était pas d'humeur à supporter un sermon de son prêtre.

— En tout cas, Votre Majesté, il a plus urgent à faire, n'est-ce pas ?

Un petit sourire se dessina sur les lèvres de David, le premier signe de bonne humeur depuis que Jaime l'avait réveillé pour l'informer de la découverte dans les geôles.

— Si je ne te connaissais pas, reprit-il, je soupçonnerais que tu es impatient de voir l'affaire conclue.

Jaime fronça les sourcils. L'affirmation l'agaçait, surtout parce qu'elle était justifiée.

— La route vers le nord a été longue, avança-t-il pour s'excuser. Si fait, j'aimerais en finir au plus vite avec cette question pour mieux me concentrer sur la reconstruction de ce domaine.

S'il se réjouissait, se dit-il, c'était uniquement parce qu'il n'aurait pas à enlever le sang de la jeune fille de sa bonne épée.

David l'observa un long moment, puis pointa un doigt tordu vers lui.

— Sous-estime point la jeune fille, l'avertit-il. J'ai fait cette erreur avec sa sœur Catriona. Ça a empoisonné les relations avec Iain MacKinnon et les Brodie. Comme tu peux imaginer. Et elle était point moins rusée que celle-ci.

— Votre Majesté, vous pouvez être certain que je…

Une bagarre détourna leur attention vers la porte. Deux gardes barraient l'entrée de la salle à un homme trapu. Jaime reconnut aussitôt le forgeron. La veille, il avait pris le temps de parler avec lui après avoir inspecté les portes pour lui passer une commande de nouveaux boulons. Les portes étaient sa principale préoccupation pour le moment. Si le MacKinnon venait après tout, il était impossible que ces portes, dans leur état actuel, l'empêchent d'entrer. Mais Jaime ne se rappelait pas le forgeron comme un homme si coléreux. Quelque chose était manifestement arrivé entre temps.

— Attends ton tour ! lui hurlèrent les gardes.

— Nenni ! cria le forgeron. Je dois le voir.

Il essaya une fois de plus de pénétrer de force dans la salle. Costaud comme il était, il faillit y arriver.

Jaime prenait sa responsabilité envers ces gens au sérieux. Dès qu'il résoudrait leurs problèmes, il ramènerait l'ordre à Keppenach. Il jeta un coup d'œil à David pour être certain qu'il était prêt à juger. Préoccupé par le manteau, le prêtre et les épousailles de Jaime, David se contenta de hausser les épaules. Jaime fit donc signe aux gardes.

— Lâchez-le, leur ordonna-t-il. Entrez ! dit-il à l'homme.

Le forgeron lança un regard noir au garde qui l'avait retenu et se dégagea d'un coup d'épaule pour s'avancer dans la salle. Il se dirigea directement vers l'estrade, d'un pas déterminé. Mais Jaime ne perçut que de l'inquiétude sur son visage.

— C'est à propos de mon fillot, déclara-t-il. Baird a disparu !

David se pencha par-dessus la table, fronçant soudain les sourcils.

— C'est pour *ça* que tu interromps ton *laird* et ton roi ?

Se reprenant en voyant la mine renfrognée de David, l'homme lança un regard suppliant à Jaime.

— Ton enfant est peut-être juste allé voir les geôles ? suggéra le roi. Les garsoncels aiment l'intrigue.

Inquiet, le père secoua la tête.

— Nenni, répondit-il, oubliant de s'adresser correctement à David, ce qui ne servit qu'à accroître la fureur de ce dernier.

Elle était gravée sur son visage, mais le forgeron ne sembla pas la remarquer.

— J'ai dit à mon garsoncel de point bouger, et je connais mon fillot, ajouta-t-il plus frénétiquement tandis que le roi se levait de son siège.

— Sacre Dieu ! explosa David en donnant un coup de poing sur la table en bois.

Le bruit résonna dans toute la salle. Si David insistait pour qu'il n'utilise jamais de formalités quand ils étaient seuls, Jaime savait que le roi s'offensait du manque de respect de ces Highlanders grossiers. Toute sa jeunesse, il avait encouru l'absence de respect de la part de Guillaume le Roux, frère d'Henri, et vu son frère Edgar endurer encore pire, même une fois roi, car Guillaume accordait rarement aux Scots le respect qui leur était dû.

— Si c'est point une chose, c'en est une autre, lança le roi avant de se mettre à tousser. Steorling, s'il te plaît ! supplia-t-il.

Jaime quitta la table, réalisant que David était à peine reposé et beaucoup trop irritable pour faire face à quoi que ce soit. Il se dirigea vers le forgeron irrespectueux, espérant le faire sortir avant que David ne puisse l'envoyer à la potence.

— Mon *laird*, le prêtre du roi est arrivé.

— Enfin ! déclara David. Faites-le venir, faites-le venir !

L'air entièrement soulagé, le roi se rassit.

Jaime prit le père inquiet à part.

— Viens, l'invita-t-il. Dis-moi où tu as vu ton vagabond pour la dernière fois.

Apparaissant encore plus désemparé, le père avança en traînant les pieds. Il ouvrit la bouche pour parler, semblant trouver ses mots avec difficulté. Il baissa la tête et regarda par terre.

— Voyez-vous... je... euh... eh bien, j'ai trouvé... quelque chose, dit-il.

Puis rencontrant le regard de Jaime, il hésita à continuer.

Jaime attendit patiemment d'entendre ce que l'homme avait à ajouter. Mais à cet instant, le prêtre entra, l'air nonchalant, dans toute la pompe de sa gloire divine. Jaime repensa soudain à Lael et oublia le forgeron.

À son grand soulagement, l'intendant de Rogan s'avança, d'une manière beaucoup moins bourrue qu'avant.

— Vous inquiétez point, *laird*, dit-il. Je vais aider Afric à retrouver son fillot.

Reconnaissant pour l'aide de Maddog, Jaime s'écarta.

— Merci, dit-il, et il confia le forgeron à Maddog.

🙷

— Viens ! ordonna le garde à Lael, en l'invitant d'un geste de la main à quitter la pièce.

Par chance, elle avait dormi tout habillée. Le visage impassible et évitant son regard, ils la conduisirent dans le couloir. Ils descendirent une volée de marches, puis une autre, sans répondre à la question qu'elle ne cessait de leur répéter :

— Où m'emmenez-vous ?

Seul le bruit de leurs pas dans les couloirs vides interrompait le silence.

— Ah ! s'exclama-t-elle, puisse votre langue pourrir dans votre bouche !

Elle commençait à se rendre compte que Keppenach était un endroit très sinistre.

Même si la tour ne ressemblait pas du tout aux tunnels du donjon, elle était néanmoins loin d'être fastueuse. Il n'y avait ni tapisseries ni fourrures accrochées aux murs des couloirs. Les sols n'étaient pas recouverts de joncs, ni sales ni propres. Il n'y avait pas beaucoup de meubles et très peu de fenêtres pour faire entrer la lumière. Elle regarda autour d'elle avec dégoût, se demandant comment sa belle-sœur avait pu vivre là.

Pour certains, Dubhtolargg pouvait sembler rudimentaire en comparaison, avec son ancienne salle de réception en bois et ses huttes environnantes, mais chez elle, il n'y avait pas une pièce ou une maisonnette qui ne soit imprégnée de chaleur et d'amour. Ici, rien n'y était propice.

— Où m'emmenez-vous ? redemanda-t-elle.

Une fois de plus, sa question rencontra un silence obstiné. Elle se dégagea en se débattant quand l'un des gardes lui toucha l'épaule pour la guider dans les escaliers.

— Imbéciles de Sassenachs, murmura-t-elle.

Le donjon était bien trop silencieux. Elle avait les nerfs à vif. En cet instant, elle préfèrerait même entendre la voix hautaine de David.

Une fois arrivée dans la salle de réception, elle comprit enfin pourquoi le château semblait si diablement calme : toute la population de Keppenach attendait dehors, sans doute pour assister à sa condamnation.

Lael leva néanmoins la tête et tint sa langue tandis qu'on la conduisait dans la grande salle. Elle remarqua que le roi équivoque de la Scotia trônait déjà dans le fauteuil du *laird*. Quant au Boucher, il se tenait debout devant la table à côté du prélat de David. Ce même prêtre maladroit qu'il avait envoyé l'été précédent pour le mariage officiel de Lìli et de son frère. Elle reconnut le chauve simplet. Il tenait en mains sa sainte croix et un ruban.

Ses cheveux se dressèrent sur sa nuque.

Le cœur de Jaime bondit à la vue de la fille. Elle ignorait toujours qu'elle allait devenir son épouse.

Il sentit le regard de David posé sur lui, mais prit soin de l'ignorer. Il refusa tout autant de reconnaître le petit frisson qui le parcourut. Il essayait de se convaincre qu'il faisait simplement son devoir, mais au fond, il savait bien que ce n'était pas entièrement vrai. Il lui aurait suffi de dire « nenni ». David ne l'aurait pas forcé. Le roi était assez sage pour réaliser qu'il devait apaiser ses barons, surtout ceux sur qui il comptait pour mettre au pas les habitants turbulents du nord.

Il la regarda avancer fièrement dans sa salle. Il éprouva à cet instant un désir irrésistible d'apprivoiser son cœur sauvage. À la seule pensée de la tenir dans ses bras, son sang chantait dans ses veines.

Vêtue d'une robe en laine vert tendre qui lui arrivait au-dessus des chevilles, elle la portait néanmoins comme une reine païenne. Ses longs cheveux noirs lustrés flottaient dans son dos, mais ils étaient retenus par de petites tresses à ses tempes. Ses yeux verts brillants dans un visage finement sculpté lui donnaient l'apparence d'une effigie des dieux. Elle était plus belle que toutes les femmes qu'il lui avait été donné de voir... même quand elle le transperça de ses yeux verts méprisants.

Le roi fut le premier à s'adresser à elle :

— Je crois que tu sais pourquoi je ne me lève point pour te saluer, chère Lael.

Elle détacha son regard de Jaime pour faire face à David de Scotia. Jaime en ressentit une séparation quasi physique et se rendit compte alors à quel point elle l'affectait.

Elle sourit sereinement au roi, en contradiction avec la lueur vicieuse dans ses yeux brillant comme des joyaux. Puis elle baissa la tête et regarda ses mains, liées une fois de plus devant elle comme en un geste de prière.

— Et je pense que vous savez pourquoi je vous ai point arraché votre cœur de Sassenach, répliqua-t-elle avec grâce.

Jaime essaya de ne pas sourire devant son courage,

mais ses lèvres le trahirent et il se détourna, se raclant la gorge pour dissimuler un rire inattendu. Elle était belle comme une rose et deux fois plus épineuse. Il le voyait clairement. Par le cœur Dieu, elle avait failli être pendue et avait passé deux jours dans sa geôle, et cela ne l'avait pas adoucie, pas le moins du monde ! Plus encore que Keppenach, elle représentait un défi, mais il le relèverait avec un immense plaisir.

À sa réponse, le visage de David s'empourpra de colère. Mais, à son honneur, il resta assis, repoussant de côté le manteau d'Aveline avec un air de dégoût.

— Assez avec ces amabilités, fit-il. Tu es ici pour une raison et une seule, lança-t-il avec un regard furieux, en fait, tu es *en vie* pour une raison et une seule, par mes bonnes grâces.

Pour créer de l'effet, Lael se balança sur ses talons.

— Les vôtres ? demanda-t-elle, osant jeter un coup d'œil au Boucher.

Chose incroyable, le démon souriait, mais pas avec ses lèvres. La gaieté brillait dans ses yeux.

— Je le crois point, reprit-elle, retournant son regard vers David. À moins que mes yeux m'aient trompée, c'est point vous qui avez franchi ces portes sur votre cheval comme un ange démoniaque. C'est votre boucher.

Elle se retint de le regarder de nouveau, troublée par le sourire dans son regard ombrageux. Qu'il s'amuse s'il en avait envie. Lael refusait de partager quoi que ce soit avec lui. Il n'était ni son ami, ni son allié. Et elle ne voulait pas sourire avec lui.

David serra visiblement la mâchoire.

— Néanmoins. Comme tu le dis, c'est *mon* démon de boucher, qui soutient ma cause et donc qui chevauche en *mon* nom, admit-il avec ridicule. C'est donc moi, en vérité, qui t'ai épargné cette potence, ne te méprends point, Lael dún Scoti.

Il la regardait d'un air suffisant, penchant la tête sur le côté, de cette manière autoritaire qui réussissait toujours à l'irriter. Puis il ajouta, en tapotant un doigt sur la table :

— Si je lui demandais de te pendre, ici et maintenant, que ferait-il à ton avis ?

À cette possibilité, un frisson de peur lui parcourut le dos. Lael haussa néanmoins les épaules et lui jeta un de ses regards belliqueux que son frère détestait.

— Je sais point, répondit-elle doucement. Pourquoi point lui demander ?

Puis elle regarda le Boucher en face pour voir ce qu'il allait dire.

Pour son plus grand agacement, il se tenait immobile, l'observant avec une nouvelle lueur dans son regard d'acier.

Quand elle se retourna vers David, il avait un sourire narquois aux lèvres.

— Il est clair que tu ne m'apprécies point plus que je t'apprécie, reprit-il, alors arrivons-en au fait. Tu es intelligente, alors voici ce que je propose : épouse ton ange démoniaque et je libérerai Broc Ceannfhionn.

Un bref instant, Lael n'était pas certaine d'avoir bien entendu. Cependant, un regard vers le Boucher lui assura qu'elle ne s'était pas trompée. Il se tenait là à la regarder, un sourire dessiné sur ses lèvres diablement belles.

— Vous voulez que j'épouse le Boucher ? demanda-t-elle, pour être sûre.

— Il y en a qui l'appellent ainsi, si fait, répondit le roi en haussant les épaules.

Lael ouvrit la bouche pour parler. Elle regarda soudain le prêtre, comprenant tout à coup sa présence. Lui aussi arborait un air suffisant. Il se balançait sur ses talons comme s'il se retenait de faire une danse de la victoire. Le pressentiment qu'elle avait eu en entrant dans la salle de réception devenait clair. Ils l'avaient amenée dans les fers à son propre mariage !

— Je l'épouserai point ! déclara-t-elle.

— Si fait, rétorqua David sur un ton calme.

Puis il fit un geste de la main à quelqu'un qui se tenait derrière elle. Lael se retourna et vit quatre hommes bien armés conduisant Broc Ceannfhionn dans la salle. Sale et enchaîné, ils le forcèrent à s'agenouiller juste à l'entrée de la salle. Ils se placèrent alors autour de lui, la main sur la poignée de leur épée. Il était bâillonné, mais il secouait fermement la tête, l'invitant sans un mot à ne pas se soumettre. Miséricorde ! Il ne pouvait pas savoir ce qu'ils lui demandaient de faire. Sinon, il se rendrait compte qu'elle ne pourrait jamais se pardonner si elle le laissait mourir pour sauver sa propre fierté. Hélas, c'était tout ce qui était en jeu, car elle n'avait pas besoin de rester mariée au Boucher, même après la prononciation des vœux. Selon la loi, elle avait le droit de le quitter quand elle le voulait.

— Alors tu acceptes, sinon je le décapite, répéta David en hochant la tête pour renforcer ses propos. Ensuite... je couperai la tienne et je l'enverrai à ton frère sur une targe.

Derrière elle, elle entendit Broc se débattre, mais les bruits furent presque aussitôt étouffés.

N'arrivant pas à croire la tournure des événements, Lael jeta un regard incrédule au nouveau *laird* de Keppenach.

— Vous êtes prêt à épouser une femme qui veut point de vous ?

Le visage du Boucher était impassible. Pendant un long moment, il ne répondit pas.

— En vérité, nenni, dit-il enfin, la surprenant par sa réponse. Mais, ma dame, tu as le choix, n'est-ce point vrai ?

Le roi David sembla encore plus satisfait de lui-même, si cela était possible.

— Alors, quelle est ta décision ? insista-t-il.

Derrière elle, Broc Ceannfhionn continuait à protester. Elle l'entendait essayer de se relever. Elle se retourna et vit l'un des gardes le frapper dans le dos pour le forcer à se remettre à genoux. Le même homme tira son épée et la posa sur le cou de Broc. Un autre le saisit par ses cheveux blonds et lui tint la tête baissée.

Le cœur de Lael se serra. Elle se réfugia dans la colère. Son cou se raidit. En bonne conscience, elle ne pouvait pas dire « nenni », mais elle les verrait regretter ce jour.

— *Si* j'accepte de *l'*épouser, elle ne pouvait même pas prononcer son épithète, vous libérerez Broc, ici et maintenant ?

Le roi esquissa un faible sourire.

— C'est point si facile, ma chère. Tu dois d'abord épouser le nouveau *laird* de Keppenach, lui donner un bébé... et après, nous libérerons Broc. Alors, as-tu décidé ?

Épouser ce diable de Boucher ou voir Broc mourir devant ses yeux, et aussi le rejoindre sur le bloc du bourreau. *C'était à elle de choisir.*

Toute sa vie, elle s'était entraînée à se battre comme un homme, à s'élever au-dessus de sa condition de femme. Pour en arriver là finalement ?

Elle ne pouvait pas *le* regarder, elle refusait de croiser son regard entendu.

— Je préfèrerais le mettre au défi pour ma liberté, insista-t-elle. S'il soutient votre cause, laissez-le choisir une arme et je me battrai avec lui, ici et maintenant.

La salle éclata de rire. Lael se sentit aussitôt découragée. Elle égalait ces hommes à l'épée, et pourtant ils ne voyaient en elle qu'une possession. En vérité, ils étaient déjà Anglais, et la Scotia n'était rien qu'un nom, ils avaient tous oublié d'où ils venaient. Leurs ancêtres étaient des femmes et des hommes forts qui estimaient ce qu'ils pourraient apporter à un clan. Son propre peuple n'oublierait jamais et son frère ne la dévaluerait jamais de cette façon.

Le sourire de David disparut.

— C'est toute l'estime que tu as pour la vie de Broc ?

La colère envahit Lael.

— Qu'est-ce qui vous fait croire que je perdrais ? Accepteriez-vous par chance de parier sur votre héros et point sur vos paroles ? Détachez mes mains et donnez-moi une épée, et je gagnerai ma liberté et celle de Broc Ceannfhionn ! À moins qu'il ait peur ? ajouta-t-elle en jetant un coup d'œil, comme un gantelet, vers le Boucher.

Le silence tomba, si rapidement que Lael put aussitôt percevoir la respiration de chaque homme dans la salle, à l'exception d'un.

Le Boucher resta silencieux, imperturbable.

David tapota sur la table. Tout le monde se taisait, attendant la réaction du roi et de Jaime.

Le souverain jeta un regard méfiant au Boucher, mais les yeux de ce dernier restaient fixés sur Lael. Après un moment, il prit la parole :

— Je vais point tirer mon épée contre une femme.

La joie avait disparu de sa voix, ce qui donna un petit sentiment de victoire à Lael.

— Je l'ai emporté sur de meilleurs soldats que vous, osa-t-elle dire en relevant le menton.

Elle lut la fureur dans son regard. Il aurait semblé calme aux yeux de la plupart, mais elle vit les muscles de ses avant-bras se contracter et son poing se serrer à son côté.

— Ah ? Et tu en as occis combien ? demanda-t-il sèchement, sa voix à peine plus haute qu'un murmure même si elle sembla résonner dans toute la salle. Combien d'hommes as-tu combattus face à face, les yeux dans les yeux, pour ensuite leur enfoncer ton épée dans le cœur ?

La salle parut devenir encore plus silencieuse. David cessa son tapotement.

En vérité, la réponse était très peu, et pas de façon délibérée. En fait, avant la nuit où MacLaren avait pénétré dans leur vallée, elle avait eu peu de raisons de répandre le sang, car son frère les avait toujours gardés en sécurité.

Mais elle pourrait le faire, et elle l'avait déjà fait...

Et pourtant, elle comprit bien ce qu'il voulait dire, même sans l'exprimer : lui ne pouvait plus compter le nombre de ceux qu'il avait tués.

Il n'en dit pas plus, mais la menace était claire.

La salle resta calme. L'expression farouche du Boucher trahit son silence, car il n'y avait rien de complaisant chez l'homme. Elle sentit alors que tout ce qu'elle donnerait librement, il le prendrait, et que *jamais* il n'accepterait de la libérer.

David fit un signe aux gardes derrière elle. Ils amenèrent Broc Ceannfhionn jusqu'à un banc près de la table où elle pourrait mieux le voir, le forçant à se pencher par-dessus. Cette fois, Lael vit que Broc ne se débattit pas. Comme elle s'y attendait. Un seul mot d'elle et celui qu'elle en était venue à respecter ne souffrirait plus aux mains de ces hommes. Il mourrait en martyr pour sa cause. Les jongleurs chanteraient son courage et feraient de lui un symbole de la lutte pour la liberté de la Scotia.

Mais il laisserait aussi une femme et des enfants, et des champs qui resteraient en friche sans ses fortes mains pour les travailler. Toute chance qu'il se dresse avec l'épée légitime serait anéantie d'un preste coup. Pour l'instant, David n'était pas au courant pour l'épée des rois. Mais si Broc repartait libre... s'il pouvait revenir avec beaucoup d'hommes... il aurait peut-être encore une chance de s'emparer du trône légitime... celui-là même où siégeait David mac Maíl Chaluim en ce moment.

— Alors, ta décision ? insista David.

Si fait ou nenni.

En vérité, le choix était le sien.

— Je dois juste prononcer quelques mots ?

— Et avoir un bébé, lui rappela le roi avec un clin d'œil et la bouche en cœur.

Plus que tout, Lael voulait le gifler. Quant à l'homme qui allait devenir son époux, elle ne pouvait toujours pas le regarder, pas maintenant.

En vérité, ils l'avaient sous-estimée, c'était clair. Alors d'accord, elle prononcerait les mots odieux qu'ils voulaient lui faire dire. Mais elle avait plus d'un tour dans son sac. Elle se servirait de ses ruses pour les libérer, elle et Broc.

Ce n'est pas la fin de l'histoire.

— Très bien. J'accepte vos conditions, mais si vous acceptez la mienne : si Keppenach doit être ma maison et moi la véritable maîtresse de ce domaine, je refuse d'être tenue captive. Je dois être libre d'aller et venir.

— Tu n'es point en position d'exiger quoi que ce soit, répliqua le roi.

— Néanmoins, insista Lael, ce sont mes conditions.

Quelque chose dans le regard du roi dit à Lael qu'il s'était attendu à une telle réaction de sa part et qu'il n'allait pas céder.

— Dois-je te rappeler que si tu refuses, je vous couperai la tête à tous les deux sur-le-champ ?

Son frère avait toujours dit qu'elle était têtue.

— Si vous avez l'intention de prendre ma liberté... vous n'avez qu'à me tuer maintenant.

Le roi poussa un long soupir.

— Très bien. Vos têtes donc. Emmenez-les, ordonna-t-il en les congédiant d'un geste de la main.

— J'accepte ses conditions, dit le Boucher d'une voix forte, couvrant celle du roi.

David se tourna brusquement vers lui, mais Jaime n'avait jamais quitté Lael du regard.

— Que dis-tu, Steorling ?

— J'ai dit que j'acceptais ses conditions, répéta-t-il, le regard orageux. Mais elle devrait savoir que si elle passe ces murs, je n'hésiterai pas à couper la tête de son amant.

— C'est *point* mon amant.

Jaime avait déjà compris cela, mais il avait besoin de l'entendre dire de sa propre bouche. Une seule chose pouvait l'empêcher de se marier avec Lael : il n'accepterait jamais de prendre pour épouse l'amante d'un autre.

David ne s'était pas encore prononcé, mais Jaime savait qu'il céderait, car il avait sauvé la fierté du roi. Ce dernier ne souhaitait pas plus que Jaime voir la tête de Lael détachée de son corps.

Après un moment inconfortable, David se remit à tapoter sur la table. Il était clairement contrarié, mais prêt à céder, car il était assez sage pour savoir que Jaime ne capitulerait pas maintenant qu'il avait pris sa décision. Aucun des barons du roi n'était docile à l'excès. David ne cherchait pas non plus à ce qu'ils le soient, car il était assez intelligent pour comprendre que la force avait un prix. Ce prix pour le roi de Scotia était que ses barons disent ce qu'ils pensent et écoutent leur cœur. Mais il se trouvait que Jaime avait plus d'estime pour David que pour lui-même.

Debout près de la table haute, Lael regarda d'abord Jaime, puis David, et de nouveau le Boucher, les jaugeant. Quand elle reprit la parole, elle s'adressa à Jaime, pas à David, car elle avait rapidement déterminé que le silence de Jaime n'était pas un signe de faiblesse.

Point bête, la fille.

— Après une année, si notre union ne produit point d'enfant, j'exigerai aussi ma liberté, osa-t-elle ajouter.

— Je crois que la loi prévoit un an et un jour, rétorqua-t-il, avant que David n'ait l'occasion de réagir.

— Très bien. Un an et un jour.

— Ainsi soit-il, décréta Jaime.

Leur traité lui convenait assez. Il n'avait pas l'intention de garder une épouse contre son gré. Ni de lui laisser le temps de changer d'avis, pour son bien comme pour celui de Broc Ceannfhionn.

Il descendit de l'estrade, à côté du prêtre, ignorant la voix lui disant avec insistance que ses motivations étaient purement égoïstes.

— Ma dame ? l'invita-t-il avec le sourire, retenant son souffle en attendant sa réponse.

Elle hésitait toujours.

— Un an, répéta-t-il avant de lui tendre de nouveau la main.

Le monde entier sembla retenir son souffle tandis qu'elle pesait sa décision, puis le relâcher rapidement lorsqu'elle accepta sa main.

CHAPITRE 13

*D*avid mac Maíl Chaluim quitta Keppenach un peu en colère. Il avait obtenu ce qu'il voulait, mais pas précisément sous ses conditions.

Jaime et Lael prononcèrent rapidement leurs vœux, en présence de quelques témoins, dont Broc Ceannfhionn. Puis ils sortirent dans la cour pour que Jaime puisse présenter son épouse aux membres de son domaine nouvellement acquis.

— La nouvelle maîtresse de Keppenach, déclara-t-il, levant la main de Lael pour leur montrer le ruban de mariage.

On fit sortir Broc Ceannfhionn de la salle, toujours enchaîné, et on le reconduisit à la geôle sans même un regard.

Une acclamation peu enthousiaste s'éleva de la cour.

Lael jeta un coup d'œil empreint d'ennui à Jaime. Elle le laissa leur montrer les liens qui les unissaient, mais elle fit ensuite retomber sa main mollement, obligeant ainsi Jaime à la soutenir. Elle détourna son visage pour regarder Broc disparaître.

Ils n'avaient même pas échangé de vraies paroles. Ils ne s'étaient pas non plus coupés pour mêler leur sang. Tout cela n'était qu'apparence, rien de plus.

— Souris, lui ordonna Jaime. C'est aussi ton peuple maintenant.

Ses lèvres esquissèrent un bref sourire, mais elle se pencha pour lui murmurer à l'oreille :

— Ni le vôtre ni le mien, soutint-elle sans le regarder. Vous feriez mieux de point l'oublier.

Il serra sa main plus fortement, la retenant le long de son corps.

— Oublie point que la plupart de ces hommes sont *les miens*, lui rappela-t-il. Et contrairement aux incapables de MacLaren, ils n'obéissent qu'à moi, même avant d'obéir au roi.

Jaime traitait ses hommes comme des frères et il se savait aimé d'eux. Aucun ne tolérerait qu'il soit trahi. Il avait choisi chacun d'entre eux et s'était occupé de leur bien-être comme s'ils étaient de sa famille. Et maintenant, ils l'étaient vraiment.

— Nous verrons, répondit-elle sur un ton neutre, puis son sourire s'élargit.

Aussi faux soit-il, son éclat rivalisait avec le soleil de midi, et Jaime s'oublia un instant. Il passa son pouce sur le dos de la main de Lael, elle était douce comme du velours. Elle essaya de retirer brusquement sa main, mais ils étaient liés par un ruban.

Et leur célébration s'arrêta là. David rassembla sa petite escorte et prit congé.

Leurs poignets toujours joints, pour que les choses soient bien claires, Jaime emmena son épouse avec lui pour faire ses adieux au roi. Le manque d'intimité de la situation empêcha David de s'exprimer librement. Ses lèvres pincées manifestant son mécontentement, il les félicita néanmoins.

— Souviens-toi de mon conseil, somma-t-il Jaime.

Puis, le visage fermé, il quitta Keppenach avec ses hommes.

Jaime n'avait pas l'intention de sous-estimer son

épouse. Il attendit le départ de David et la fermeture des portes avant de retirer le ruban qui leur liait les poignets. Puis il ordonna à Luc de rester au côté de Lael.

— La quitte point une minute, commanda-t-il au jeune homme décontenancé.

Si de simples regards pouvaient tuer, Jaime était certain qu'elle l'aurait embroché.

— Nenni, refusa-t-elle en secouant la tête. Vous avez juré de me laisser libre cours à Keppenach, lui rappela-t-elle, comme si Jaime pouvait l'avoir oublié.

— Si fait, tu as libre cours, ma charmante épouse, mais j'ai jamais dit que tu pourrais vaquer seule.

Elle posa ses deux mains sur ses hanches, semblant royalement énervée. Jaime se retint avec effort de la prendre dans ses bras et de l'emporter dans son lit.

Elle avait le teint éclatant. Jaime avait envie de défaire ses tresses lustrées et de sentir ses cheveux fins comme la soie caresser son corps nu. Mais il avait d'autres affaires à régler pour le moment. Et par Dieu, s'il restait ne serait-ce qu'une seconde de plus en sa présence, il aurait bien du mal à respecter ce qu'il s'était secrètement promis de faire. Elle était certes son épouse, mais il ne la forcerait pas à satisfaire ses désirs. Cette décision devait venir d'elle et d'elle seule. Sans rien ajouter, il la laissa aux soins experts de Luc.

PLUS HAUT DANS LES COLLINES, la tempête fit rage toute la nuit et la matinée entière, recouvrant la vallée de plus de soixante centimètres de neige étincelante, puis une pluie fine continua à tomber. Le col de montagne était désormais infranchissable.

Aidan arpentait la salle du *crannóg*, maudissant Broc Ceannfhionn et même le *laird* MacKinnon pour avoir permis à son féal de contester le droit du roi David sur Keppenach. Depuis plus de deux cent cinquante ans, la forteresse avait été aux mains d'hommes jurant fidélité à la couronne de Scotia. Et ils ne s'en étaient souciés qu'en de rares occasions durant tout ce temps.

Les *dún Scoti*, comme on les appelait, étaient tout ce qui restait des sept tribus pictes. Ils s'efforçaient de préserver leur héritage. Pour la plupart, les membres de son peuple évitaient de se mêler aux affaires politiques de la Scotia. De son côté, la Scotia restait à l'écart de leur vallée. Il ne servait à rien d'attirer l'attention sur Dubhtolargg... Pour aucune raison, et surtout pas pour la pierre cachée dans leur *ben*.

Suite à l'assassinat du roi Aed en 878, par son conseiller et ami le plus proche, le clan d'Aidan s'était réfugié ici pour protéger la relique maudite dont personne ne semblait avoir remarqué la disparition. À sa place, ses ancêtres avaient laissé une réplique que même les prêtres de Scone avaient été incapables de différencier de la pierre authentique. On disait que la malédiction ne serait levée que lorsqu'un véritable enfant des deux nations se présenterait. Et son peuple étant presque éteint, tout espoir d'une nation pacifique était perdu. Lael, plus que tous, comprenait ce qui était en jeu, et pourtant elle l'avait défié.

Et maintenant ?

Le jeune MacKinnon était arrivé dans leur vallée sur le cheval de Lael. Aidan connaissait bien cet animal. Loup n'aurait jamais abandonné sa cavalière... à moins qu'elle ait... disparu.

Était-elle morte ?

Cette douloureuse possibilité s'installa comme un poids sur sa poitrine.

Contrairement à ce que certains disaient de lui, Aidan ne s'estimait pas patient tandis qu'il attendait que Cameron MacKinnon se réveille et lui dise exactement ce qui était arrivé au cours de la bataille pour Keppenach. Si l'homme finissait par se réveiller, car il dormait comme une souche pour le moment.

Malgré le froid croissant, le sol se réchauffait sous ses pieds. Il continua à marcher, car il savait au fond de lui que sa sœur avait besoin de lui à cet instant. Pris au piège, il se sentait irascible et regrettait de l'avoir laissée partir. Il aurait dû se méfier. Même s'il n'était pas du genre à faire la loi comme un despote, il avait désespérément voulu lui ordonner de rester chez eux et de laisser Keppenach à ceux qui bénéficieraient le plus de sa reconquête.

Sa femme Lìli était assise à la longue table, berçant leur jeune fille dans ses bras. Elle le laissa à ses pensées, comprenant mieux que quiconque à quel point il s'en voulait.

Una, quant à elle, arpentait la pièce en face de lui, suivant un tracé parallèle au sien, tout en le réprimandant pour sa colère.

— Il n'y a rien que tu puisses faire, lui assura leur prêtresse. C'était son droit de partir.

Aidan gardait le silence. Il savait qu'elle avait raison, que cela lui plaise ou non. Mais ses paroles n'apaisèrent pas sa colère, ni n'arrêtèrent ses pieds d'user le plancher. Keane était assis à côté du foyer. Sorcha et Cailin avaient déjà fui la salle et veillaient le MacKinnon.

Si le soleil se lève, je pourrais partir dans la matinée...

— À quoi bon ? insista Una, comme si elle avait lu ses pensées.

Aidan lui lança un regard noir de mécontentement, l'envoyant au diable ou partout ailleurs où se retrouvaient les lutins quand ils n'étaient pas sur terre en train de harceler les bonnes gens.

La vieille femme s'immobilisa enfin au centre de la pièce, se reposant avec lassitude sur son bâton. Ses articulations étaient aussi blanches que le bois de frêne usé qu'elle tenait à la main.

— Aidan, murmura-t-elle.

Ce seul mot lui fit l'effet d'un baume. Il sentit sa tension se relâcher un peu à la caresse de sa voix. Magie de fée peut-être, mais plus probablement parce que c'était elle qui l'avait élevé. Sa voix douce s'adressait à l'enfant en lui. Avec un soupir, il s'arrêta de marcher et s'assit.

Una fit un signe du menton à Keane. Il alla rapidement chercher une chope et une pinte et les posa sur la table. Il versa une portion généreuse dans la coupe d'Aidan qui le remercia, la vida d'un trait, la reposa et en demanda une autre.

— Elle a raison, avança Lìli, maintenant qu'il était un peu plus calme. Il n'y a rien que tu puisses faire avant la fonte des neiges. Qui pourras-tu aider si tu trouves la mort dans le froid et le vent ?

Aidan acquiesça de la tête. Il appuya son menton sur sa main et poussa de nouveau sa chope vers Keane. Son frère la lui remplit une fois de plus, puis vint s'asseoir à côté de lui. Derrière eux, le feu crépitait dans la cheminée.

Una se dirigea vers lui d'un pas tranquille. Il regarda son ombre s'approcher de lui, mais ne se tourna pas vers elle.

— J'ai vu son visage dans ma *keek stane*, le rassura-t-elle. Elle est en vie, Aidan. La vraie question est de savoir si tu pourras lui pardonner.

Aidan fronça les sourcils. Bien sûr qu'il lui pardonnerait ! Il l'avait déjà fait. Dès qu'il avait aperçu le jeune MacKinnon couvert de son propre sang, respirant à peine, il avait pardonné à Lael sur-le-champ. Et peut-être même avant. Mais il ne semblait pas prêt à l'admettre, têtu qu'il était.

Lìli le regarda. Il fronçait les sourcils, inquiet. Heureusement, Kellen était endormi, ainsi que le bébé dans ses bras, leur enfant. *Un enfant de deux nations*, se dit-il d'un air distrait avant de rejeter cette pensée. Par Dieu, il enfermerait Ria à clef dans sa chambre, ou la garderait emmurée dans la grotte avec cette maudite pierre, bien avant de lui permettre de siéger sur le trône de Scotia ou d'épouser un homme de ce nid de vipères. Edgar, le propre frère de David mac Maíl Chaluim, avait arraché les yeux de son oncle pour l'empêcher de voler son trône. Et David mac Maíl Chaluim n'était guère mieux, s'alignant avec l'Angleterre et imposant sa volonté sur des hommes prêts à arracher leurs propres yeux plutôt que de se voir placés sous le joug de David.

Mais bien sûr, Aidan ne retiendrait jamais Ria : comme tous les chefs de clans avant lui, il avait la ferme conviction que chaque personne était libre de poursuivre son propre dessein. Et quoi qu'il arrive, on devait subir les conséquences soi-même. Où qu'elle soit, Lael payait les conséquences de ses propres choix.

La salle était maintenant plongée dans le silence. Quand Una reprit la parole, Aidan se rendit compte qu'il avait été perdu dans ses pensées :

— *Cha d'dhùin doras nach d'fhosgail doras*, dit-elle en gloussant. *Aucune porte ne se ferme sans qu'une autre ne s'ouvre.*

Les sourcils froncés, Aidan la regarda.

— Sais-tu quelque chose que tu m'as point révélé, vieille femme ?

Il savait qu'elle avait un sens mystérieux des choses à venir, mais elle gardait en général cette connaissance pour elle. Toute la journée, elle regardait dans sa fichue pierre de voyance, mais partageait rarement ce qu'elle y percevait.

Le feu dans l'âtre sembla soudain se raviver, pourtant la salle s'obscurcit. L'ombre d'Una passa sur la table et sur le mur du fond.

— Ce que je sais, tu le sais déjà, dit-elle de façon

énigmatique. Ce que je puis point voir, tu le permets point.

Aidan était fatigué, c'était vrai, mais ce n'était pas le moment pour les énigmes usantes d'Una et il le lui dit.

— Assez, vieille femme !

— Tu m'as posé une question, Aidan, répondit-elle en secouant la tête. Je t'ai simplement donné la réponse que tu cherchais.

— Ah, va-t'en maintenant ! lui ordonna-t-il. Va voir le MacKinnon. Tu ne fais rien d'autre que me tourmenter.

Elle soupira avec gravité, sans rien dire, mais elle obéit à Aidan et s'éloigna.

— *An làmb a bheir, 's i a gheibh*, grommela-t-elle en frappant le sol de son bâton. *La main qui donne est celle qui reçoit*, dit-elle.

Dès qu'elle quitta la salle, le feu faiblit et Aidan eut un terrible pressentiment de catastrophe imminente. Il plaça une main sur l'épaule de son frère et le regarda longuement.

Keane était de carrure étroite, pas encore un homme, mais plus un enfant. Une fois les neiges fondues, l'un d'eux devrait rester et l'autre aller à la recherche de Lael. Mais ces temps étaient incertains et Keane n'était pas encore prêt à remplacer Aidan dans l'exercice du pouvoir. Et que se passerait-il si Aidan venait à tomber ? D'un autre côté, son frère était trop jeune pour aller en guerre. À peine plus jeune que Cameron, Keane pourrait être ce corps immobile allongé juste derrière ces portes. Pas encore un homme et pourtant plus tout à fait un enfant, il avait connu si peu de printemps, mais il ne verrait peut-être pas un autre lever de soleil.

La gorge serrée par l'émotion, Aidan secoua l'épaule de son frère.

— Va voir tes sœurs, lui dit-il doucement. Assure-toi que Cailin et Sorcha dorment à tour de rôle et ne les laisse pas seules avec ce garçon.

Keane acquiesça de la tête.

— Tu vas te reposer aussi ? lui demanda-t-il, l'inquiétude gravée sur son jeune front.

Aidan sourit et lui fit oui de la tête avant de lancer un coup d'œil las vers son épouse, qui souriait maintenant elle aussi.

Keane fit un large sourire et quitta son siège.

— T'inquiète point pour moi, *bhràthair*, dit-il aussitôt. Tu peux compter sur moi.

Aidan acquiesça, priant les dieux que ce soit vrai, car une fois les neiges fondues, peu importe quand… l'un d'eux devrait rester et l'autre partir.

CHAPITRE 14

S'affairant dans le donjon avec une ardeur renouvelée, pas tout à fait comme une châtelaine, Lael acquit les clefs du domaine, au grand dam de Luc.

Le tout jeune homme ne faisait guère le poids contre Lael, et malheureusement pour lui, son *laird* arrogant avait placé son écuyer à sa merci.

— Je suis point certain que mon *laird* approuve, avança Luc, inquiet et se mordillant la lèvre inférieure comme une petite fille quand elle lui demanda les clefs.

Les ayant arrachées à l'intendant précédent, il les portait sur sa personne, attachées à sa ceinture en place d'une épée. Aux yeux de Lael, il était de toute façon beaucoup trop mignon pour être guerrier. Elle tendit la main, attendant qu'il lui obéisse.

— *Ton laird ?* demanda-t-elle gentiment. Est-il point également *mon laird* maintenant, et plus encore, c'est aussi mon époux, et m'a-t-il point donné libre cours dans ce donjon ?

Luc réfléchit un long moment, se mordillant la lèvre au point que Lael craignit qu'il ne la fende avec ses incisives. Ses doigts la démangeaient de toucher le métal froid des clefs, même si c'était un piètre substitut pour ses fidèles lames.

— Bien sûr, ma dame, céda-t-il. Je suppose qu'il l'a fait.

Il tripota sa ceinture et en enleva les clefs du donjon. Lael s'en empara dès qu'elle le put.

— Voici, ma dame, dit-il.

Lael sourit, au moins pour elle-même. Si elle prétendait détester le son du titre anglais sur les lèvres de Luc, savoir qu'il lui donnait une certaine autorité la remplissait d'un sens aigu de satisfaction. En une journée, elle était passée du statut de prisonnière à celui de maîtresse de tout le donjon. Et elle avait bien l'intention d'en profiter pour chercher des moyens de se libérer de cette parodie de mariage et de faire sortir Broc Ceannfhionn de sa cellule.

Son frère serait horrifié, et elle aussi ! Un *bébé* ? se dit-elle. Un *bébé* ? Par les péchés de Sluag ! Elle n'accepterait pas plus de mettre au monde un petit innocent avec un démon pour père qu'elle n'abandonnerait sa propre famille. Ce n'était *pas* et ne serait jamais sa maison. Mais pour son bien, il fallait que son boucher de mari croie qu'elle avait embrassé son rôle.

En attendant, il devait y avoir un meilleur moyen de se servir de sa position dans ce donjon, et elle était déterminée à le découvrir.

Cette décision prise, elle déambula dans la propriété, aussi jolie qu'on peut l'imaginer, faisant cliqueter les clefs à son côté pour que tout le monde les entende. L'écuyer du Boucher la suivait pas à pas, comme un fléau.

— Je pense point qu'il aimerait cela, répéta-t-il, quand elle s'arrêta pour inspecter les réserves de nourriture et se mit à changer les choses de place. Il a point encore fait l'inventaire, ajouta le garçon, inquiet.

C'est *son problème*, se dit Lael. Pour l'instant, après

des semaines sans un repas copieux, la seule chose qui comptait pour elle était de se nourrir et de trouver un moyen d'envoyer un bon repas à Broc.

Estimant ce qui était disponible, elle fourra des morceaux de pain dans sa bouche, mesurant à peine à quel point elle était affamée.

Luc se contenta de la regarder, l'air tellement consterné qu'elle se mit presque à rire. *Presque.* Si elle n'était pas autant enflammée par sa mission.

Elle remarqua qu'il n'y avait pas assez de grains pour durer un long hiver. Rien n'avait été fumé. Il leur restait peu de bétail et plus du tout d'*uisge*. Cailleach, prends pitié, ils ne pourraient survivre à l'hiver sans cela !

Quant aux filles de cuisine, il en restait trois, trois seulement ! Elles se tenaient sur le côté, regardant Lael avec des expressions qui traduisaient à la fois l'inquiétude et l'allégresse. Étrange combinaison, se dit-elle.

Elle apprit qu'elles s'appelaient Mairi, Ailis et Kenna. Les trois étaient apparemment restées pour la simple raison qu'elles n'avaient nul autre endroit où aller. Mairi, l'aînée, avait toujours été là, d'aussi loin qu'elle se souvienne. Ailis aussi était plus âgée que Lael. Kenna était plus jeune, semblait-il, mais la jeune fille ne connaissait pas précisément son âge. Lael pensa qu'elle devait avoir à peu près l'âge de sa sœur Catrìona.

Catrìona avait épousé un Brodie près de *Chreagach Mhor*, un grave péché aux yeux d'Aidan, mais pas assez pour la renier comme il l'avait fait avec Lael.

Elle soupira, se résignant à la réalité. Son frère ne viendrait pas à son secours. C'était donc à elle de trouver un moyen de s'en sortir. Elle y parviendrait. En attendant, elle s'efforça de se faire quelques alliés.

Au cours de la journée, elle découvrit que de nombreux habitants de Keppenach étaient partis après avoir appris la nouvelle de la mort de MacLaren. Certains étaient restés, dans l'espoir de tirer quelque profit de l'autorité d'un nouveau *laird*, car Rogan MacLaren avait été terriblement avare, donnant peu et prenant beaucoup. Certains se disaient qu'un nouveau *laird* pouvait difficilement faire pire, tandis que d'autres n'étaient tout simplement pas enclins à recommencer avec un autre. Ils étaient donc partis avec les leurs dans d'autres régions où ils avaient de la famille éloignée. Un autre exode arriva quand ils eurent vent de l'approche du Boucher. Quand Lael et son groupe arrivèrent, peu de maisons étaient encore occupées à l'extérieur des murailles de Keppenach. Broc avait secrètement encouragé les derniers des villageois à chercher refuge ailleurs, au moins jusqu'à ce que la question de Keppenach soit réglée. Maintenant, le village lui-même était rasé, pas par eux. Ceux qui n'avaient pas de place permanente où dormir dans le château s'en allaient ou étaient déjà partis. En fait, bon nombre de ceux qui attendaient à la porte de la salle de réception quand Lael était arrivée pour prononcer ses vœux de mariage, à son insu, étaient là pour demander la permission de s'en aller maintenant que les portes étaient étroitement gardées.

Si Lael était vraiment la maîtresse de ce domaine, elle aurait pu leur promettre de meilleures circonstances s'ils restaient, mais elle ne l'était pas et prévoyait de s'échapper dès que possible. Quoique, à bien y réfléchir...

Elle pourrait peut-être trouver un moyen d'aider ces gens tout en servant ses propres intérêts ? En fin de compte, elle décida qu'avec l'aide de Mairi, Ailis et Kenna, elle pourrait rétablir de l'ordre à Keppenach, même si cela signifiait travailler à contre-courant de son mari. En fait, si tel devait être le cas, cela lui procurerait d'autant plus de plaisir. Elle passa donc la journée à remettre les cuisines en état et à faire le point sur les jardins.

Lael n'avait pas autant de connaissances sur les herbes qu'Una ou Lìli, mais elle en avait un peu, et elle avait géré la maison de son frère après la mort de leur mère. Elle donna aux femmes des instructions pour nettoyer les lieux et pensa à toutes les choses qu'elle envisageait de faire avant de partir : rassembler le troupeau restant, s'assurer qu'on en prenne bien soin, agrandir le poulailler et le préparer pour l'hiver, désherber le jardin, vérifier les silos, nettoyer les latrines et vérifier l'eau du puits. C'était quelque chose qu'ils avaient appris à la dure à Dubhtolargg, car en un rien de temps, une demi-douzaine d'hommes, de femmes et d'enfants avaient péri d'une maladie mystérieuse. C'est seulement plus tard, grâce à la nouvelle femme de son frère, qu'ils avaient découvert la raison : la présence d'excréments dans l'un des puits.

Et pendant qu'elle y était, elle planifia le repas du soir. Une célébration de mariage, se dit-elle, même s'il n'y avait guère cause de se réjouir. Néanmoins, ces bonnes gens méritaient un bon repas. Broc y compris. Qu'on essaie donc de l'empêcher de faire porter un repas dans les geôles. Elle n'avait pas besoin de ses couteaux pour remettre ces Sassenachs à leur place.

À ce sujet, elle refusait de laisser Broc dans la boue. Elle ne pouvait pas le libérer de sa cellule, mais elle pouvait au moins les forcer à la nettoyer. Elle ordonna la livraison de joncs pour recouvrir le sol sale et de couvertures pour l'empêcher de mourir de froid. Il faisait beaucoup plus chaud dans les tunnels que ce à quoi elle s'était attendue, mais s'il passait l'arme à gauche, tout aurait été en vain.

— Je pense point que mon *laird* Jaime va aimer ça, dit Luc quand elle tendit à Broc l'énorme couverture en fourrure qu'on lui avait donnée la nuit précédente.

C'était donc son nom ? Jaime ? Elle préférait *démon*. Ou *Boucher*.

— Nenni ? demanda-t-elle, regrettant que le garçon ne la laisse pas tranquille. Pourquoi tu vas point lui dire ? suggéra-t-elle.

Le jeune homme secoua la tête, les lèvres pincées, et resta à côté d'elle comme un chiot à l'air maussade. Elle était presque désolée pour lui, mais pas tout à fait.

Broc haussa un sourcil blond et secoua la tête.

— Quelque chose me dit que le Boucher va regretter sa décision de t'épouser avant le coucher du soleil, prédit-il.

— Bien, répondit Lael tandis qu'elle sortait de la cellule de Broc et que Luc verrouillait rapidement la porte derrière elle.

Elle aurait voulu en dire plus, mais il y avait trop d'oreilles, celles des gardiens et de son petit chien de garde.

— Je te ferai envoyer le dîner sous peu, le rassura-t-elle, fronçant le nez en voyant le cadavre de la martre toujours dans un coin. Te remplis point le ventre de rats.

— Prends garde à toi, Lael, l'avertit Broc. Pour point te retrouver ici une fois de plus, ou pire encore.

— Hum ! fit-elle en guise de réponse.

S'il pensait un instant pouvoir lui faire peur au point qu'elle accepte son sort comme une petite fille timide, alors Broc ne la connaissait pas du tout.

La première erreur du Boucher avait été de la laisser en vie. Sa seconde, de la sous-estimer. Sa troisième, et probablement sa dernière, de la laisser gérer le domaine. Elle pourrait ainsi inverser le cours de cette bataille après tout, et peut-être en fin de compte, trouver toute seule un moyen de remettre les clefs à son maître légitime.

— *Garde la foi*, dit-elle à Broc en s'éloignant rapidement.

Deux gardes ouvrirent la porte de la chapelle et elle

y entra, en évitant les innombrables toiles d'araignée qui avaient en quelque sorte survécu aux multiples intrus de ces deux derniers jours.

— Alors, vous êtes chrétienne ? demanda Luc quand ils arrivèrent dans le petit vestibule.

Agacée, Lael ignora sa question.

La foi n'était pas exclusivement chrétienne. En fait, ce n'était pas du tout un trait pieux. La foi revêtait en effet de nombreuses formes. Par exemple, elle avait foi en elle-même, mais elle n'allait pas s'agenouiller pour s'adresser des prières à elle-même.

Le jeune homme la suivit sur les talons à travers la nef.

— David emmène son prêtre avec lui partout où il va. On dit qu'il a une dispense spéciale pour mener à bien l'œuvre de Dieu.

À la simple mention du nom de David, Lael se plut à s'imaginer en train de fourrer le visage de Luc dans la boue glacée.

— C'est une bonne chose qu'on ait une chapelle, reprit-il en passant dans une toile d'araignée. Parbleu, c'est aussi sale que dans les geôles ! s'écria-t-il, agitant les mains pour se libérer des fils.

Elle se dit que cela demanderait beaucoup de travail pour remettre cette chapelle en état. Dommage qu'elle ne soit pas chrétienne, sinon elle pourrait trouver un moyen de passer du temps plus près des tunnels... À un moment donné, quelqu'un, quelque part, allait faire une erreur. Elle saisirait l'occasion et libérerait Broc. Elle cligna des yeux et s'arrêta tout à coup, se tournant vers le garçon.

Le prêtre était parti maintenant, avec David. Il n'y avait plus personne à Keppenach qui pouvait savoir à quel point elle était restée fidèle aux anciennes croyances, pas même Broc.

— Est-ce que le Boucher est pieux ? demanda-t-elle.

— Nenni, et il aime point ce nom-là, lui répondit-il aussitôt. Mais il prétend que son âme est damnée.

— Et c'est bien possible, reprit-elle, en se parlant presque à elle-même.

Lael ne connaissait pas le dieu chrétien et ses règles, mais quiconque pouvait brûler un donjon rempli de personnes devait sûrement être damné.

— Ma dame ?

Elle tendit la main pour tapoter l'épaule de Luc comme elle l'aurait fait avec Keane.

— Ça ne fait rien. Nettoyons la chapelle, proposa-t-elle.

Le jeune homme fronça les sourcils en l'observant longuement.

— Pour vous ? demanda-t-il. Je suis désolé, ma dame, mais il est peu probable que mon seigneur *Jaime* s'en serve, sinon comme passage pour venir dans les geôles.

Lael sourit.

— Si Dieu le veut, il changera peut-être d'avis, suggéra-t-elle. Pourquoi ne point commencer demain ?

— Très bien, dit-il pour exprimer son accord.

Lael sourit, l'humeur plus radieuse qu'elle ne l'avait été depuis des semaines.

❧

DEUX CORPS, cela pose un problème.

Maddog n'avait que trop bien exercé ses fonctions pour MacLaren. Pour ses efforts, il avait juste récolté un lit chaud et la méfiance de son clan. Maintenant, il n'avait même plus le lit, puisque le Boucher l'en avait chassé, lui laissant le soin d'en trouver un autre, comme n'importe quel imbécile. Malheureusement, il n'avait même pas eu la possibilité de vider la chambre du *laird* de quelques objets spéciaux qu'il voulait garder. Il n'avait maintenant ni argent, ni objets de valeur. Après quasiment vingt-trois ans de service, il était obligé de se contenter d'une paillasse dans la salle commune, avec le reste des sales bougres du donjon.

Au moins, il avait l'épée.

Il ne savait pas précisément pourquoi cette lame ancienne était si précieuse. Le métal était ébréché par endroits, et à peine assez aiguisé pour couper ses vêtements, mais il était persuadé qu'elle devait être précieuse. Afric l'avait aussi compris et le forgeron allait la garder pour lui. Jusqu'à ce que son fils disparaisse avec sa précieuse épée. Maddog était certain qu'Afric allait en parler au nouveau *laird*. Il ne pouvait pas permettre cela.

Réfléchissant à ce qu'il allait faire de la lame, il la mit précieusement de côté, afin que personne ne puisse apercevoir sa lueur. Dans un coin sombre de l'entrepôt, il cacha avec une certaine appréhension le cuir gras à côté du gros sac de blé qui contenait le fils du forgeron. Quant au forgeron lui-même... eh bien, il était au fond du puits. « Un malheureux accident », diraient la plupart si un jour on trouvait par hasard le corps de l'homme.

Pour détourner les soupçons, Maddog avait déjà répandu une rumeur : la dernière fois qu'il avait aperçu le fils du forgeron, il était en train de descendre dans le puits, comme il avait l'habitude de le faire. Et bien sûr, Baird n'était pas là, mais le forgeron ne pouvait pas le savoir. Et qui pourrait dire que la bosse sur la tête d'Afric n'avait pas été causée par sa chute ?

Il pouvait toujours entendre le bruit comique qu'Afric avait fait en tombant dans le puits. Cela le fit rire. Il ricana doucement, se retenant d'abord, puis il finit par éclater. Une grosse morve lui atterrit sur le bras. Il fronça alors les sourcils.

Si les dieux étaient bons, cela prendrait du temps

avant que quelqu'un ne trouve le corps du forgeron. La dernière fois qu'on l'avait vu, c'était dans la salle de réception. Alors juste pour être sûr, il avait fait en sorte que certains le voient aller son propre chemin après avoir quitté la salle, mais pas avant de remplir la tête d'Afric d'inquiétude pour son garçon, en lien avec le puits. Puis quand tout le monde était occupé par ce qui se passait dans la salle, il s'était approché d'Afric par derrière, tandis qu'il regardait dans le puits. Et voilà. Afric ne pourrait plus l'inquiéter.

De toute façon, le puits était de mauvaise qualité. Quand on y puisait de l'eau, il fallait la filtrer puis la faire bouillir, sinon elle n'était pas bonne. Même leur bière était noire.

Heureusement qu'ils l'avaient construit dans un coin reculé derrière l'église. Une heure s'était écoulée depuis, et personne n'avait encore sonné l'alarme.

Mais... deux corps, cela pose un problème.

Au départ, il avait eu l'intention d'y jeter aussi l'enfant, mais il ne pouvait pas le faire maintenant et prendre le risque que les deux apparaissent dans un seau. Quelles étaient les chances que cela arrive ? Mais il devait y avoir une autre solution, il n'avait qu'à réfléchir pour la trouver.

En attendant, il restait très peu de serviteurs. L'épée serait en sécurité dans la réserve jusqu'à ce qu'il puisse aller la reprendre. Il ne savait pas encore ce qu'il allait en faire, mais il était certain qu'une occasion se présenterait.

Le roi allait peut-être revenir et il lui offrirait en cadeau ? Et en échange, peut-être obtiendrait-il finalement la gérance de Keppenach ? Il était le dernier héritier de Donnal MacLaren, après tout. Un frère bâtard de Dougal, mais personne ne semblait s'en souvenir. Mais il pourrait le prouver... Kenna connaissait la vérité.

Kenna n'était qu'une enfant quand son frère avait quitté Dunloppe. Elle ne se rappelait pas plus son visage que son propre nom. Lorsque Donnal s'était emparé du donjon de son grand-père, la petite fille aux cheveux couleur cuivre avait séduit le cœur de Donnal, avec ses boucles serrées et son nez en bouton. Il l'avait donc silencieusement envoyée vivre à Keppenach pendant qu'il tenait Dunloppe sous sa domination, empêchant le retour du frère de Kenna. L'enfant que Donnal avait jeté ce jour-là par-dessus le mur n'était qu'une petite paysanne sans valeur, mais il n'avait pas compté sur la fureur du Boucher quand il avait aperçu le corps de l'enfant gisant à terre.

Maddog n'en avait pas été témoin, mais on disait que le rugissement du Boucher avait résonné dans toute la lande. Un à un, il avait brûlé les bâtiments extérieurs. Même leurs archers les plus habiles avaient été impuissants à arrêter son châtiment. Les flèches volèrent en abondance. Elles l'avaient toutes raté, sauf une, qui avait failli lui crever un œil. D'où la cicatrice qu'il avait maintenant sur le front.

Heureusement pour Maddog, il avait été choisi pour escorter la jeune Kenna chez elle ce jour-là. Si la jeune fille ne se souvenait ni de son frère ni de sa mère, elle savait bien d'où elle était venue. Maddog ne la laisserait *jamais* oublier qui l'avait sauvée de la tragédie de Dunloppe, un enfer qui avait brûlé pendant presque trois jours, comme le chantaient les bardes.

Quant à son sang MacLaren, il n'en avait pas vraiment de preuve, mais il savait que le vieux *laird* conservait des annales faisant remonter leur lignée à Domnall mac Alpin, le frère de Kenneth, et comprenant les enfants bâtards. Le sang des rois coulait donc aussi dans les veines de Maddog. Dans un certain sens, Keppenach lui revenait de droit autant qu'à tout autre. Cachée quelque part dans ce donjon, il y avait une petite boîte contenant les documents de son grand-père. Une fois qu'il la trouverait, il obtiendrait son dû, d'une façon ou d'une autre, sinon par la loi et la raison, alors par son épée. *L'épée des rois.*

Tout à ses pensées et souriant, il traîna un lourd sac de grains devant le cuir gras, le plaçant légèrement devant l'autre, puis un autre, de sorte qu'ils ressemblent simplement à trois gros sacs de grains l'un à côté de l'autre. Puis il brossa ses vêtements, donna un coup de pied dans le sac contenant le garçon pour faire disparaître une bosse et sortit.

CHAPITRE 15

Se frottant les tempes, Jaime se pencha sur les livres de comptes. Rien n'y était encore inscrit, mais au cours des semaines suivantes, il remplirait chaque page.

Il avait appris cela du Conquérant, qui ne s'emparait jamais d'un domaine sans noter chaque sac de grain, chaque tête de bétail, chaque poule et le moindre objet de valeur avant de s'installer pour gérer le domaine.

Mais il fallait commencer par le commencement : régler les griefs de ceux qu'il voulait gouverner. Ainsi, il avait passé la majorité de la journée à écouter des procès et avait renvoyé quelques mécontents. Hormis deux personnes sous son toit, il n'avait aucune intention de garder les gens contre leur gré. Ce ne serait pas le meilleur moyen de commencer son administration du donjon. Il avait déjà assez à faire pour changer la mauvaise atmosphère créée par MacLaren.

Apparemment, certains villageois s'étaient réfugiés à l'intérieur des murs, mais beaucoup d'autres avaient fui. Au printemps, il faudrait entièrement reconstruire le village, jusqu'à la moindre hutte. Si nécessaire, Jaime enrôlerait plus d'hommes. Mais l'hiver serait maigre, et il devait acheter de la nourriture et des provisions.

Il savait très bien que si une seule chose avait été différente, il ne siègerait pas en tant que *laird* dans sa propre salle de réception en ce moment même. David voulait Keppenach sous sa coupe, mais s'ils avaient été en retard ne serait-ce que d'une semaine, ils auraient été forcés d'attaquer le château avec un plus grand nombre de soldats.

Quant à MacKinnon, Jaime espérait vivement que le chef se contiendrait et le laisserait se concentrer sur les besoins de son peuple, ou le peu qui en restait.

Le dernier homme quitta enfin la salle. Il espérait que ce soit également la dernière requête pour quitter ce lieu. Il leur restait maintenant moins de cent hommes, femmes et enfants, alors qu'un an auparavant, c'était un village prospère de plus de mille âmes.

Pour l'instant, les portes étaient ouvertes sur la cour. La salle était vide, mise à part une jeune fille aux cheveux couleur cuivre, occupée à balayer le sol. Elle était jolie, avec un doux visage. Mais quelque chose en elle lui rappelait Lael, même si rien chez Lael ne pouvait être décrit comme étant doux. Pourtant, le fait est que son épouse l'intriguait, telle qu'elle était. Une vraie furie avec une flamme dans le regard et un caractère prêt à rivaliser avec les dieux.

Mettrait-elle un peu de cette passion de côté pour son lit ?

Il avait entendu parler de l'amour libre des dún Scoti... Cela voulait-il dire qu'elle avait de l'expérience ? Il n'appréciait pas particulièrement cette idée, mais là encore, si elle savait manier ces *armes* aussi bien que ses couteaux... Un agréable frisson le parcourut à cette pensée. Même s'il n'était pas certain de le découvrir cette nuit-là, la possibilité lui réchauffa le sang.

Tout à coup, la simple pensée de retourner aux livres de comptes lui répugna. Il ne pouvait pas plus se concentrer sur les chiffres qu'essayer d'ignorer le monstre qui s'agitait sous la table.

Sacre Dieu.

Le beuglement d'une corne de bélier sur les murailles lui épargna l'effort. Il sourit, car il sut aussitôt que ce devait être Kieran. Luc était rempli de bonnes intentions, mais le jeune homme ne pouvait l'aider comme Kieran. Son capitaine maintiendrait la garnison en ordre pendant que Jaime règlerait des questions... *ailleurs.*

Entendant saluer Kieran et laisser les comptes de côté un instant, il se leva, s'étira et frotta son cou tendu. Puis il aperçut son épouse en train de se disputer devant les portes de la salle.

— Mais, ma dame, disait Luc, en courant derrière elle sur le parvis.

Ils disparurent de sa vue, et il descendit de l'estrade, se demandant s'il devait se donner la peine de la poursuivre alors qu'il devait informer Kieran.

Kieran était le bon choix, vu tout ce qu'ils avaient à accomplir. Cependant, ses pieds n'obéirent pas à sa raison.

❧

— Ai-je point libre cours en tant que maîtresse de ce donjon ? demanda Lael pour la énième fois.

— Si fait, ma dame, mais...

— Si fait, un point c'est tout, soutint-elle. Aujourd'hui, je suis une jeune mariée, et la coutume de mon peuple est de célébrer cette *joyeuse* occasion.

— Si fait, mais...

— Donnerais-tu une célébration appropriée à ta nouvelle maîtresse à contrecœur ? Ou même à ton *laird*, d'ailleurs ?

— Nenni, répondit le jeune homme, l'air néanmoins accablé.

Une fois de plus, Lael s'apitoya presque sur lui.

Presque. Son époux l'avait nommé son gardien. Il valait mieux qu'il se rende compte dès le début qu'elle n'avait pas besoin de gardien. Et qu'elle n'en accepterait pas. Elle avait bien l'intention d'avoir sa fête, aussi modeste soit-elle. Si elle s'était mariée chez elle, on lui aurait accordé une célébration semblable à celle de son frère. Et Lael avait des rêves. Elle comptait en profiter d'une façon ou d'une autre. Après tout, une fille ne se marie qu'une fois.

Luc se tenait immobile, clignant des yeux, ses cheveux roux ébouriffés. Il repoussa des mèches de son visage.

— Tu as quel âge, Luc ? demanda Lael, les mains sur les hanches.

— Dix-sept ans en décembre.

— Dernier ou prochain ?

— Prochain, répondit-il.

— Ah ! s'exclama-t-elle. Mais tu n'es qu'un garsoncel.

— Nenni, ma dame, je le suis point !

En vérité, il était seulement cinq ans plus jeune qu'elle, mais elle n'avait pas l'intention de le lui révéler. Elle se sentait beaucoup plus vieille que son âge.

— Ah ! répéta-t-elle, frustrée, car elle ne voulait pas se laisser aller à aimer le garçon.

Son visage avenant cachait très peu de choses et elle pouvait facilement lire ses pensées.

— Qu'est-ce qui se passe ici ? demanda une voix rauque.

Lael n'eut pas besoin de se retourner pour savoir qui avait parlé.

Mon époux le Boucher.

Il devait bien finir par l'attraper tôt ou tard. Et comme il était maintenant bien après l'heure de sexte et presque none, elle supposait qu'il était grand temps.

Désorienté par la tournure des événements, Luc ne dit rien. Ni pour la dénoncer ni pour la défendre. Il restait juste planté là, à regarder Lael, l'air perdu.

Se préparant à se justifier, Lael se tourna vers son *époux* :

— J'ai point eu un bon repas depuis des semaines, expliqua-t-elle en exagérant, et puisque je suis maintenant la *dame* de ce donjon, j'apprécierais un souper copieux. C'est le moins que vous puissiez faire pour m'honorer le jour de notre *mariage*, puisque vous m'avez forcée à accepter cette parodie, puis rejetée comme un morceau d'abats dans votre assiette !

Jaime cligna des yeux.

Il regarda Luc puis Lael.

Anxieux, Luc dansait d'un pied sur l'autre.

— *Laird*, je lui ai dit que vous aviez point encore eu le temps de faire l'inventaire, mais elle aimerait organiser une fête pour célébrer.

La première réaction de Jaime fut la surprise, suivie de près par la suspicion. Il rencontra le regard de sa femme et haussa un sourcil.

Elle pencha la tête comme pour le défier.

— Vous m'avez donné libre cours, lui rappela-t-elle. Vous avez conclu un marché avec moi. Si vous voulez que je vous sois dévouée, vous feriez mieux de vous comporter en mari dévoué, à commencer par tenir votre parole.

Derrière lui, les portes s'ouvrirent pour laisser entrer Kieran. Jaime essaya en vain de deviner ce que Lael manigançait. Il ne pouvait rien lire sur son visage. C'était peut-être vrai qu'elle avait grand besoin d'un bon repas. Qui sait combien de temps la bande de Broc était restée en embuscade avant d'ouvrir une brèche dans les murs. Pour autant qu'il sache, elle avait peu mangé depuis son arrivée.

Elle était sale, avec les cheveux ébouriffés. Elle avait une tache de graisse sur le menton, mais il n'osa pas tendre la main et la toucher, de peur qu'elle ne le rabroue en présence de Luc. Mais elle était quand même jolie. Était-il possible qu'elle ait l'intention de prendre ses vœux de mariage au sérieux ? De devenir une épouse dévouée ?

Quelque part au fond de lui, la possibilité le ravit et son sexe se raidit à l'idée. L'idiot. Elle était sûrement en train de préparer un mauvais coup... En même temps, il pouvait difficilement lui refuser un bon repas le jour de son mariage.

À moins que ?

Tandis que Jaime avait les yeux fixés sur sa jolie épouse, le son croissant de bavardages lui parvint depuis les portes. Kieran amenait avec lui soixante-dix hommes, sans doute tous autant affamés que Lael. Demain serait assez tôt pour faire l'inventaire des réserves.

— N'épargne rien, convint Jaime avec le sourire. Assure-toi que mes hommes soient bien nourris et qu'on envoie une assiette dans la geôle.

Lael pâlit. Elle le regarda avec surprise. Elle entrouvrit ses jolies lèvres, mais sembla incapable de parler. Jaime lutta contre le désir irrésistible de l'embrasser sur-le-champ. Elle était si ravissante avec son air sidéré. Et docile pour une fois. Les traits anguleux de son visage s'adoucirent un instant et elle baissa les yeux.

— Merci... Boucher, dit-elle, mais pas méchamment.

Jaime faillit s'étrangler. Pour une fois, l'épithète ne fit que l'amuser, car il sentait qu'elle ne l'avait pas dit avec malice. Elle était juste perplexe et ne savait plus comment l'appeler maintenant qu'ils étaient mariés.

C'est un début, se dit Jaime.

Sous peu, il l'entendrait prononcer son nom pendant qu'il la caresserait. Cette pensée à elle seule lui mit le sourire aux lèvres.

— Je t'en prie, dit-il.

Puis il s'éloigna pendant qu'il avait l'avantage et se dirigea tout droit vers les portes pour accueillir son capitaine et ami.

CHAPITRE 16

N'épargne rien ?

Véritelment ?

Lael ne savait que penser de son boucher de mari.

Dans sa « prison boudoir », comme elle l'appelait, elle examina la délicate robe de mariée qu'Aveline avait rangée dans son coffre. Elle était belle, certes, mais le simple fait qu'elle souhaitait maintenant la porter l'agaçait.

N'épargne rien, avait-il dit.

Elle ne s'était pas attendue à cela de la part du Boucher.

Mais pourquoi vouloir porter une belle robe juste pour lui ?

Et elle la trouvait belle en effet, plus que tout ce qu'elle avait jamais porté. Elle était délicate et très féminine. Une robe digne d'une mariée.

La cérémonie avait été rapide et à la pointe de l'épée, mais c'était néanmoins le jour de son mariage.

Malgré ses efforts, elle ne pouvait s'empêcher de penser aux noces de son frère. Une célébration si agréable. Glenna avait donné un tartan tout neuf à Lìli, et quand Aidan avait aperçu son épouse gravir la colline, entourée de toutes les femmes, ornée de rubans, il en avait eu le souffle coupé. À cet instant-là, Lael avait envié son frère de tout son cœur, car elle ne pensait pas qu'elle se marierait un jour. Et maintenant, malgré tous les soupçons et la colère, Aidan et Lìli étaient heureux ensemble. Peut-être la même chose se produirait-elle pour Lael ?

Lael ne s'était même jamais imaginée mariée. Elle n'avait jamais connu d'homme auquel elle avait désiré se lier. Elle n'avait jamais non plus vraiment aspiré à être une épouse. Pas plus maintenant. Mais cela comptait-il ? Ils avaient échangé leurs vœux. Elle n'en était pas moins l'épouse du Boucher du seul fait qu'elle ne le voulait pas.

Un an, avait-il dit. *Un an. Et un jour.*

Ce devrait être le paradis. Mais ce pourrait être l'enfer.

Soupirant avec mélancolie, elle pensa au nouveau-né d'Aidan et s'imagina avec un enfant à elle. Pourrait-elle être une mère aimante ? Saurait-elle même comment ? Elle avait passé tellement de temps à penser à la vengeance et à essayer de devenir une véritable guerrière qu'elle n'était pas tout à fait certaine de comprendre ce que cela signifiait d'être une douce jeune fille.

Son boucher de mari voulait une chose d'elle, mais si elle la lui donnait, elle serait liée à lui pour toujours, car elle ne pourrait jamais mettre son enfant au monde, puis tout simplement s'en aller. Nenni, si elle lui donnait le bébé qu'il désirait tant, ou plutôt que David voulait tant, elle était certaine d'une seule chose : elle ne pourrait jamais quitter cet endroit et retourner chez elle.

Cette pensée lui brisa le cœur.

Réfléchissant à ce dilemme, elle alla récupérer le miroir qu'elle avait caché sous le matelas et le posa sur le rebord de la fenêtre, en équilibre précaire pour mieux se regarder à distance. Elle se recula pour jauger, puis inclina un peu plus la glace, tout en se maudissant de prendre soin de son apparence.

Pourquoi s'en préoccuper ? Le Boucher s'en fichait certainement. Lael ne se faisait pas d'illusion, ce n'était rien qu'un mariage politique, qui apparemment ne réjouissait pas plus son mari qu'elle. Il l'avait laissée de côté juste après avoir prononcé ses vœux. Une seule fois depuis avait-il pris le temps de venir voir ce qu'elle faisait. Et il l'avait croisée par hasard en allant vers les portes. Soit dit en passant, il n'avait pas pris la peine de lui demander de venir saluer leur invité en tant que son épouse. Mais il avait quand même pris sa défense contre Luc et lui avait dit de donner un repas à Broc. Au moins maintenant, elle n'aurait pas besoin de le faire en cachette.

Malgré sa résistance, quelque chose s'apparentant à de la reconnaissance fit son chemin dans son esprit. Sinon de la gratitude, du moins *quelque chose* qui affaiblissait son animosité. Parbleu, comment pouvait-elle détester un homme qui avait sauvé son cou de la potence, puis qui l'avait promptement épousée et lui avait remis les clefs de son domaine ?

S'il ne lui avait pas exactement tendu ses clefs, du moins il ne les lui avait pas encore reprises. Et il devait être au courant maintenant. Le petit mouchard le lui avait sûrement dit.

Tout aussi bien, elle ne souhaitait pas non plus avoir de l'affection pour Luc !

Tous ces sentiments étaient assez pour lui aigrir éternellement l'humeur. Comme si elle n'avait pas déjà assez d'amertume à la seule pensée que David la force à se marier contre son gré. Et maintenant, cela semblait être le mariage le plus triste de l'histoire humaine. Elle n'avait pas de membres de sa famille. Pas de femmes pour l'aider à s'habiller. Pas de chants ni de danses. Pas d'*uisge*. Pas de rires.

Hélas, vu les circonstances, pouvait-elle espérer plus ?

Quelque chose de mieux, se dit-elle.

Se contentant de sa propre compagnie, et peu familière avec les rituels des femmes, elle se déshabilla toute seule. Elle n'avait pas besoin d'une stupide servante. Seule, elle prépara la robe qu'elle allait porter. Seule, elle prit un bain. Seule, elle peigna ses cheveux. Et seule, elle pensa aux heures à venir, car la nuit venue, il allait sûrement se souvenir de ses vœux de mariage. C'était un homme, après tout.

Serait-il fidèle à sa réputation ? Allait-il la violenter et ruiner sa féminité ? Probablement, conclut-elle, car il était à moitié Anglais. Et cette moitié semblait la plus forte, pour autant qu'elle puisse en juger. Il marchait et parlait comme un Anglais. Il s'accouplait probablement comme un Anglais aussi. Si c'était le cas, il avait trouvé son égale, car Lael n'était pas du style à rester les bras croisés et à laisser un homme n'en faire qu'à sa tête. Elle n'avait peut-être jamais été honorée par un homme avant, mais elle savait assurément comment en étriper un.

Un petit sourire satisfait aux lèvres, elle enfila la fine robe couleur ivoire par la tête. Elle voulait que son nouvel époux voie ce qu'il ne pourrait *jamais* posséder, car si elle avait signé un marché pour son corps, elle ne lui avait jamais promis son cœur.

Elle fut ravie de constater que cette robe était plus longue que les autres, car l'ourlet n'avait pas encore été cousu. Manifestement, Aveline n'avait pas eu le temps de la terminer. « La pauvre fille », se dit-elle, déplorant son sort. Puis elle alla se placer devant le petit miroir, pour voir si la robe lui allait.

Le verre était trouble et son image déformée. Elle se

retrouva face à face avec une *brollachan*, une monstrueuse créature de la nuit, aux yeux exorbités et au large nez avec d'énormes trous en guise de narines.

— Pauvre mari ! dit-elle, le prenant malgré tout en pitié.

Il avait probablement l'habitude d'avoir des femmes vêtues de soie venant de l'Orient, aux cheveux dorés comme le miel et aux traits délicats et ravissants. Ses pommettes à elle étaient beaucoup trop proéminentes, ses yeux trop profonds, ses cheveux trop noirs. Fronçant les sourcils, Lael attrapa le miroir et le jeta sur le lit. Puis avec une autre bordée de jurons, elle alla rejoindre son époux pour la fête qu'elle avait organisée.

❧

KIERAN ÔTA ses gants et les jeta sur la table.

— Point étonnant que tu sois vitement tombé sur ce donjon. Il est pratiquement abandonné. Les hommes de MacLaren ont probablement pissé dans leurs guêtres.

Il ajusta l'épée dans son fourreau, puis prit place à la table haute, manifestement pas exténué au point de leur épargner ses plaisanteries aux dépens de Jaime.

Leur histoire était compliquée. Les deux, presque égaux en compétences et en force, avaient grandi sous la tutelle d'Henri. Mais Jaime avait reçu des éloges à la fois de David mac Maíl Chaluim et de Weston FitzStephen. Les relations comptaient autant que les capacités au combat.

Néanmoins, Jaime vouait une confiance sans bornes à Kieran. En fait, c'était le *seul* homme en qui il croyait avec une telle certitude. Ils étaient presque comme des frères.

— L'étendard du roi n'a jamais quitté les tourelles, rétorqua Jaime.

— Comme toujours, mon ami, tu es modeste, lança

Kieran en souriant. Mais c'est ce qu'il a dit, on l'a rencontré en route vers Teviotdale. Il nous a assuré que tu avais le donjon bien en main. Alors on lui a offert trois cavaliers pour l'accompagner vers le sud.

Il poussa ses gants sur le côté, regardant autour de lui avec intérêt.

— Il voulait point accepter, tu sais, mais on les lui a quand même donnés. Six autres sont retournés à Londres pour relayer les nouvelles à Henri. Je suis certain que le roi Henri sera heureux d'apprendre que son *protégé* a fait une nouvelle incursion dans le Nord rebelle. Tu as gagné là une belle salle, malgré les murs délabrés, remarqua-t-il avec un signe approbateur de la tête. Si tu peux empêcher la vermine d'entrer, on y passera un hiver bien au chaud.

— La vermine pourrait bien nous tenir chaud, avec tous les courants d'air dans ce donjon, dit Jaime en haussant un sourcil. Tu as amené combien d'hommes avec toi ?

Kieran compta en se grattant le front :

— Quarante-neuf, répondit-il après un moment. On attendait MacBeth, qui avait annoncé qu'il se joindrait à nous avec une vingtaine d'hommes, mais il est tombé malade.

— Tu crois ça ?

— Peu importe, dit-il en haussant les épaules. David l'emportera, j'en doute point.

Jaime lut dans le regard noir de Kieran ce qu'il n'exprima pas.

— C'est point ce que je t'ai demandé.

Kieran sourit.

— C'est une bonne chose que l'un de nous vaille vingt d'entre eux, hein ?

— La chance est du côté des forts, rétorqua Jaime, reconsidérant leur nombre.

Il est vrai que ses guerriers étaient beaucoup plus

habiles que la plupart. Mais une centaine d'hommes et de femmes pouvaient difficilement défendre un donjon contre une armée de mille ou plus. Ils avaient réussi à garder Keppenach, mais c'était plus une question de précipitation que de force. Il avait chevauché à bride abattue vers le nord, laissant la moitié de ses hommes le rejoindre plus tard, car il avait réalisé que le château n'avait plus qu'une toute petite garnison. S'il n'était pas arrivé aux portes de Keppenach avant MacKinnon, la bataille pour reprendre le domaine aurait exigé de verser plus de sang que ce que David était prêt à sacrifier. Par chance, les hommes de MacKinnon n'étaient pas encore arrivés et le climat pourrait leur accorder un sursis, mais Jaime connaissait la réputation du chef et il savait que MacKinnon tiendrait parole. Tôt ou tard, il allait venir. La question était : *Quand ? Et avec combien d'hommes ?*

Néanmoins, la guerre n'était pas imminente. La paix ne venait jamais de l'absence de conflit, on y aboutissait par des résolutions pacifiques. Le dilemme était maintenant de décider quelles conditions présenter à MacKinnon pour l'empêcher d'entrer en guerre. Et s'ils devaient prendre les armes pour protéger Keppenach, Aidan dún Scoti se joindrait-il maintenant au combat pour sauver sa sœur ? Jaime savait très bien que forcer Lael à accepter cette union pouvait orienter le dún Scoti d'un côté ou de l'autre.

Cependant, ce qui intriguait le plus Jaime était cette simple question : pourquoi un chef aussi respecté que MacKinnon, qui s'était en bonne partie tenu à l'écart des conflits politiques, et qui jusqu'à présent ne s'était jamais opposé à David... pourquoi prêterait-il son épée pour venir en aide à un simple féal qui, au dire de tous, n'avait rien de recommandable ? C'est ce que Jaime voulait savoir.

Et puis... pourquoi Lael s'était-elle sentie obligée de

prendre les armes et de se battre aux côtés de Broc, quand son frère avait clairement refusé de le faire ?

Broc Ceannfhionn avait jadis hérité de Keppenach, Jaime savait cela. Plus de trente ans plus tôt, son patrimoine avait en effet été volé par Donnal et Dougal MacLaren, le père et le fils, sous la bannière d'Alasdair mac Maíl Chaluim, le frère de David et roi du Nord, avant sa mort. Ensemble, Donnal et Dougal avaient rasé Keppenach, tuant le chef MacEanraig et laissant ses fils et filles pour morts. À l'époque, David gouvernait seulement sur les terres au sud du fleuve Forth. Les deux frères s'étaient amèrement battus pour garder leurs frontières. D'après ce que Jaime avait compris, il restait très peu de membres du clan de MacEanraig après la mort du vieux chef. Broc avait apparemment passé toute sa vie sous la domination de MacKinnon, satisfait de son sort. Puis il avait épousé une jeune Anglaise, une cousine éloignée de Piers de Montgomerie, un féal de David dont la loyauté était maintenant douteuse.

Au grand regret de David, il avait envoyé Montgomerie vers le nord quelques années auparavant pour s'emparer de terres adjacentes à *Chreagach Mhor*, le siège du gouvernement de MacKinnon. Montgomerie avait-il joué un rôle dans la trahison de Broc ? Envisageait-il aussi de se joindre à MacKinnon ? Les réponses à ces questions détermineraient si Keppenach resterait sous la direction de David, et plus précisément sous celle de Jaime. Mais maintenant qu'il en avait pris possession, Jaime risquerait la mort pour le garder, surtout alors qu'il y avait tellement plus en jeu.

J'ai une épouse.

Il pensa à Lael et ses lèvres s'incurvèrent naturellement vers le haut.

Elle était jolie et pleine de courage, comme aucune autre femme qu'il ait jamais connue. Sans même demander sa permission, elle avait saisi les clefs de Luc et s'était mise à régner sur son domaine comme si c'était quelque chose d'inné.

— En tout cas, déclara Kieran, je suis heureux que tu aies accepté ce fief, Jaime. Mieux vaut qu'il te revienne à toi plutôt qu'à un autre. Celui qui refuse de participer aux jeux politiques finit trop souvent par être régi par ses inférieurs.

C'était une étrange remarque de la part de Kieran.

— Tu regrettes de me servir, mon vieil ami ?

Kieran cligna des yeux et fit non de la tête, réalisant soudain comment ses propos avaient pu sonner aux oreilles de Jaime.

— Non, jura-t-il. Je parlais de toi, mon ami. Deux fois j'ai cru qu'Henri allait te récompenser avec une baronnie, mais tu semblais point intéressé et elles ont été données à des hommes comme de Ros et Mowbray, qui ont tous deux déjà reçu leur juste part. Et qui sont point aussi fidèles que toi.

— C'étaient des baronnies anglaises, répliqua Jaime.

— Mais tu as jamais prétendu être moins que cela, reprit Kieran avec un clin d'œil.

Jaime lui lança un regard interrogateur. C'était là ce qui les différenciait, car la mère et le père de Kieran étaient tous deux Anglais. Mais il prit la remarque de Kieran comme une plaisanterie.

— Est-ce moins bien d'être Scot, mon ami ?

Kieran sourit.

— Alors, c'est donc vrai ? David affirme qu'il fera de toi un Scot, même si c'est la dernière chose qu'il doit faire. Et vu l'état de cet endroit, il a déjà presque réussi si tu as accepté Keppenach plutôt que tout le reste, ajouta-t-il d'un air conciliant.

Jaime se mit à rire.

— Aussi Scot que David, concéda-t-il. Si l'occasion se présente, j'aimerais aussi te voir hériter d'un fief, ajouta-t-il sur un ton plus sérieux.

Kieran acquiesça de la tête.

— Si l'occasion se présentait, je la saisirais, dit-il. Même un manoir en ruines comme celui-là.

Jaime rit encore. Il connaissait très bien son ami. Dans ses yeux noirs, il savait qu'il avait déjà évalué les possibilités ici, dans le Nord venteux. Tant qu'il y avait du travail à faire, Jaime se sentait déjà chez lui. Et Kieran le connaissait assez pour le savoir aussi. Cependant, il ne souhaitait pas s'attarder plus sur cette pensée, se demandant néanmoins dans quelle mesure son nouveau sentiment de triomphe était dû à la terre... ou à sa ravissante épouse.

Un peu aux deux, soupçonna-t-il.

Pendant leur longue conversation, la salle de réception s'était transformée. Il était satisfait de savoir que Lael avait joué un rôle dans l'organisation du repas du soir. Il aperçut une variété de plats, y compris des tourtes de porc, préparées avec des restes de rôti, des hochepots, un pâté, aussi à base de porc et de riz, et du blanc-manger, un dessert fait de poulet, de riz et de lait d'amande. En somme, un repas créatif et tout à fait inattendu. Il en conclut qu'il ignorait beaucoup de choses sur son épouse dún Scoti et les siens.

Les racontars sur son clan hantaient souvent les cauchemars des enfants. Seuls des hommes aussi sauvages et impitoyables que les Highlands elles-mêmes pouvaient survivre si longtemps dans les profondeurs de la Mounth. On disait que les membres de cette tribu étaient à peine plus évolués que les Pictes et les hommes du Nord qui avaient jadis parcouru ces terres indomptables. Mais d'après ce que voyait Jaime, la jeune fille savait bien mieux se débrouiller dans un château que la plupart des femmes délicates du Sud.

La nourriture elle-même ne parvint pas à distraire Kieran de leur discussion.

— Tu es inquiet à l'idée que MacKinnon vienne ?

Jaime huma l'air quand l'une des servantes passa avec une tourte toute chaude. Il n'avait pas réalisé à quel point il était affamé.

— Je m'inquièterais plus pour la nation s'il venait point, répondit-il avec honnêteté. Et quand il viendra, on a Broc Ceannfhionn.

Kieran lui jeta un regard éloquent.

— Broc est donc la caution que David t'a laissée et dont j'ai entendu parler. Il semblait tellement sûr que MacKinnon se contiendrait.

Apparemment, personne n'avait parlé à Kieran du mariage de Jaime. Il était sur le point de le faire, quand Lael apparut soudain en haut de l'escalier. La mâchoire lui en tomba.

Un peu hésitante, Lael descendit les marches.

La salle était bondée d'inconnus. Il manquait de tables pour accueillir les hôtes nouvellement arrivés.

Pour être sûre que tout le monde mange à sa faim pendant cette fête, la célébration de son mariage, Lael avait ordonné de préparer deux fois plus de nourriture que ce qu'elle aurait habituellement fait. Heureusement, car elle n'avait eu qu'une vague idée du nombre de bouches à nourrir. Tout en descendant l'escalier, elle examina les tables, s'assurant que les mets étaient bien répartis, pas tous empilés sur la table du *laird* puis distribués à partir de là. À Dubhtolargg, tous les hommes étaient traités de manière égale. Son frère serait le premier à appliquer cette règle, un fait qui avait apparemment consterné le roi David quand il avait été invité chez eux. Mais qu'il aille au diable maintenant ! Ils ne vivaient pas pour plaire à David mac Maíl Chaluim !

Inconscient du chaos qui l'entourait, son boucher de mari, assis sur son trône, bavardait avec son hôte.

Sous le dais, les tables étaient positionnées de sorte à recevoir le plus grand nombre possible d'hommes.

On tirait et poussait des bancs. Dès que Lael apparut, la cacophonie cessa. Tout le monde s'immobilisa aussitôt.

Embarrassée par l'attention, elle vérifia l'ourlet de sa robe et se rendit compte que le vêtement avait déjà légèrement raccourci. Elle le tira donc une fois de plus vers le bas et releva la tête, entrant dans la salle avec autant d'assurance qu'un homme.

Dans le silence assourdissant, l'invité de son mari, un guerrier d'une trentaine d'années à la chevelure léonine, se leva brusquement, repoussant bruyamment son siège sur le plancher de l'estrade. Sa main se porta aussitôt au pommeau de son épée.

Instinctivement, Lael fit le même geste, pour ne trouver que du vide là où aurait dû être son épée bien-aimée. Elle s'immobilisa aussitôt, s'attendant presque à ce que l'homme plonge par-dessus la table comme l'avait fait son mari. Mais il se contenta de la fixer des yeux. Revêtu de son armure, il était imposant, mais une seule flèche bien placée le ferait tomber en un clin d'œil. Cette idée la fit sourire d'un air satisfait. Ces hommes avaient beau se croire invulnérables, couverts de leurs heaumes d'argent et de leurs tuniques, elle pourrait facilement prouver qu'ils ne l'étaient pas.

Au diable ses vœux ! Si elle trouvait le moyen de s'extirper de cette parodie de mariage, elle saisirait l'occasion. Malheur à l'homme qui lui ferait obstacle.

Quant à *son époux, le laird…* le regard qu'il lui lança la fit frissonner. Elle maudit Broc Ceannfhionn de lui avoir conseillé de porter une stupide robe – que Cailleach le tourmente ! Elle ne se reconnaissait pas dans cet accoutrement. Plus son mari la regardait, plus ses joues brûlaient, et plus encore quand elle réalisa que tous les autres avaient aussi les yeux braqués sur elle. Pendant un instant déstabilisant, elle se demanda même si elle portait vraiment un vêtement, car elle se sentait nue et exposée sous leurs regards.

CHAPITRE 17

— Ciel ! qui est cet ange ?

— C'est la caution de David, répondit Jaime à Kieran, se levant, le souffle court face à la beauté de sa femme.

Il sentit les yeux de Kieran se tourner vers lui, mais il ne put se résoudre à détacher son regard de son épouse.

Elle fit une pause avant de rejoindre l'estrade. Jaime ne manqua pas de remarquer le mouvement brusque de sa main vers le côté, cherchant le seul réconfort qu'elle semblait connaître. Il sourit d'un air entendu, car malgré sa jolie robe, c'était une guerrière dans l'âme.

— Par le cœur Dieu ! siffla Kieran, qui avait fini par se lever.

Jaime se souvint alors qu'il devait respirer.

Avec sa robe couleur ivoire pâle, Lael ressemblait en tout à une jeune mariée, pas à une furie ni à une guerrière. Elle était complètement métamorphosée en fait. Comme une vision de pureté. Un ange aux cheveux d'ébène et à la peau dorée. Ses yeux, d'un vert étincelant, étaient fixés sur lui seul. Il avait le sentiment, aussi incroyable que cela puisse être, que c'était pour lui qu'elle s'était habillée ainsi.

La robe elle-même était en soie chatoyante, avec des manches qui descendaient presque à terre comme des ailes diaphanes. Le surcot, en velours et frangé d'hermine, épousait chacune des délicieuses courbes de son corps. Il était serré autour de sa taille par une ceinture d'or assortie au bandeau dans ses cheveux. Jamais de sa vie n'avait-il vu de femme si ravissante, à lui couper le souffle. Et elle était sienne... cela le remplit de... *stupeur*. Même s'il savait qu'elle se contentait de jouer un rôle.

À l'instant même, sans doute aucun, il prit conscience qu'il voulait beaucoup plus qu'une femme de nom. Il aurait son cœur, son âme... ou bien il la libérerait. Elle viendrait à lui de son plein gré ou pas du tout, il se le jura.

— Bouge-toi, ordonna-t-il à Kieran.

Quoi qu'il advienne, le siège à côté de lui revenait ce soir à son épouse. Ce fait lui procura un frisson inattendu. Kieran ne bougeant pas assez vite, Jaime lui donna un rapide coup de coude.

Tiré de son ébahissement, Kieran faillit trébucher en poussant l'homme qui se tenait près de lui. Tous se levèrent ensuite et se déplacèrent d'un cran, créant comme une marée humaine dans la salle.

Surpris de se trouver soudain épris de son épouse, Jaime tira la chaise pour elle. Son cœur se mit à danser quand elle reprit sa marche vers lui.

— Ma dame, la salua Kieran comme elle approchait.

— *Mon épouse*, corrigea Jaime, de peur que Kieran ne la galantise.

Ce fut au tour de Kieran de rester bouche bée.

Habillée ainsi, Lael se sentait tout à fait stupide.

Ce n'était ni sa maison ni son peuple. Ce sentiment était une preuve suffisante qu'elle n'était pas à sa place ici.

— Vous allez gober une mouche si vous fermez point votre bec, lui suggéra-t-elle, se sentant tout à fait décontenancée par l'attention soutenue qu'elle recevait, et plus encore par le regard de son époux qui en disait beaucoup trop.

— Pardonne-lui sa grossièreté. Cet homme est mon capitaine depuis de nombreuses années, expliqua son mari.

— Kieran, annonça-t-il lui-même, avant de tendre la main vers elle, la paume tournée vers le ciel, comme s'il attendait que Lael lui offre quelque chose, un petit cadeau peut-être ?

Elle avait entendu dire que les Sassenachs faisaient parfois des dons lors de leurs festivités pour symboliser leur amitié. C'était peut-être quelque chose comme ça ? Après tout, c'était censé être une célébration. À défaut de mieux, elle retira une épingle de ses cheveux et la plaça dans la main de l'homme.

Il fixa son cadeau du regard, puis relevant son visage vers elle, il cligna des yeux comme s'il la croyait folle. Il rejeta soudain sa tête en arrière et éclata de rire. De la main qui tenait son épingle, il se frappa la poitrine sur sa cotte de mailles. Lael ressentit une irrésistible envie de reprendre son cadeau.

Pour la première fois de sa vie, elle se sentait en contradiction avec elle-même. Bien trop tard, elle repensa à la façon dont elle avait traité la femme d'Aidan à son arrivée dans leur vallée. Ce n'était pas vraiment la même chose, mais elle ne pouvait guère imaginer pire que de se retrouver épouse au milieu d'étrangers dans un endroit inconnu.

Heureusement, son boucher de mari lui fit signe de s'asseoir. Elle s'exécuta en toute hâte. Les larmes lui vinrent aux yeux quand elle prit place entre son époux et le capitaine.

Par la fichue pierre, si seulement la salle pouvait regarder ailleurs ! Chaque homme la lorgnait maintenant, attendant probablement qu'elle perde son sang-froid comme elle l'avait fait le matin même. Mais elle n'allait pas leur donner cette satisfaction !

Elle *pouvait* se comporter comme une femme si elle le souhaitait. Après tout, elle n'avait rien d'un homme sous sa robe.

Même une fois les hommes rassis, la salle semblait bien trop silencieuse. Lael entendit des murmures le long de la table du *laird*.

Se précipitant avec une coupe, Mairi, un visage rassurant, la posa devant Lael et lui sourit. Puis Ailis vint lui verser un peu d'hydromel.

Reconnaissante d'avoir quelque chose à boire pour faire passer son humiliation et sa déception, Lael saisit la coupe et la but d'un trait. Heureusement qu'Ailis se tenait à proximité. Elle s'avança vite pour la lui remplir de nouveau. Elle regrettait maintenant, trop tard, de ne pas avoir demandé aux servantes de l'aider avec sa robe, car elle s'était manifestement couverte de ridicule. Elle ne supportait pas la façon dont elle se sentait, insignifiante et misérable, surtout parce qu'elle ne souhaitait nullement s'intégrer dans ce lieu qui ne ressemblait en rien à sa maison.

Maintenant qu'elle était assise, les deux hommes près d'elle firent par chance abstraction de sa présence. Le capitaine de son mari parla longuement de ses voyages vers le nord. *Il s'était indiscutablement hâté et avait ignoré toutes les tavernes, sauf une. Au fait, une certaine donzelle du nom de Delilah lui envoyait ses salutations.* Affirmation suivie d'un ricanement qu'elle n'était pas censée remarquer.

À son honneur, le Boucher se contenta de se racler la gorge. Lael l'entendit retenir sa respiration, comme s'il se sentait aussi tendu et mal à l'aise qu'elle.

Le repas se déroula ainsi, sans rien de festif. Et

pourquoi aurait-il dû en être autrement ? Aucun jongleur ne chanta en l'honneur des jeunes mariés. Pas de musique, pas de toasts. S'il y avait des rires, c'était sûrement aux dépens de Lael, car elle n'était rien qu'une *dún Scoti* au milieu de serviteurs de la Scotia.

— Quelle jolie robe ! lui murmura son mari en se penchant sur son épaule. Elle est à toi ?

Pour une raison ou une autre, la question lui parut bizarre. Elle se tourna vers lui et le foudroya du regard.

— Bien sûr. Je l'ai sortie de mon coffre. J'arrive toujours à une bataille avec une robe pour célébrer ma victoire.

Incertaine, elle crut l'entendre pousser un petit rire. Puis elle sentit son souffle près de son oreille. Le ton de sa voix semblait plus critique cette fois :

— Je voulais seulement dire... que je voudrais remercier la fille qui te l'a prêtée.

— Je suppose que vous en aurez jamais l'occasion, répondit Lael sur la défensive.

Avec un sourire aimable, elle porta nerveusement la coupe à ses lèvres et en avala une autre gorgée.

— Hélas, j'ai entendu dire que vous l'avez jetée sur le bûcher.

À côté d'elle, l'invité de son époux recracha ce qu'il avait dans la bouche. Grossier personnage. Lael sentit des gouttelettes lui atterrir sur le bras. Elle se retourna à temps pour les voir arriver dans l'assiette d'un autre homme sur les tables plus basses.

— *Cha deoch-slàint, i gun a tràghadh*, dit-elle, en se portant un toast à elle-même. *Point de santé si le verre est point vidé.*

Mais ce fut la dernière fois qu'elle prit la parole. Elle resta assise en silence près de son mari et se sentit enfin soulagée quand les invités détournèrent leur attention de la table du *laird*. Elle puisa un peu de réconfort dans l'hydromel, une boisson douceâtre qui lui faisait mal aux dents à chaque gorgée. Elle était heureusement presque aussi grisante que l'*uisge* qu'ils faisaient à Dubhtolargg. Elle continua donc à boire et Ailis continua à lui en verser. Mais au lieu de devenir plus gaie, elle broyait du noir en silence, serrant les dents, en colère contre elle-même pour avoir espéré quelque chose de différent.

Avant cet instant, elle n'avait même pas réalisé à quel point elle avait désiré un véritable mariage. Il était plus que jamais évident qu'il s'agissait d'une parodie.

— Imagine mon soulagement de découvrir que les couteaux ne sont pas ton seul point fort, chuchota son époux à son côté.

Elle pouvait entendre l'amusement dans sa voix.

— Ce repas est véritelment une belle surprise.

— Parce que nous sommes des sauvages ? demanda-t-elle timidement.

Il sembla abasourdi par la question. Il pensait bien sûr comme le reste de la Scotia. Que les membres de son clan n'étaient que des montagnards arriérés, peu raffinés et à la tête vide.

— Eh bien, reprit-elle, lui évitant la peine de répondre, je vous assure que je suis *bien* meilleure avec mes lames. Voulez-vous que je vous fasse une démonstration, mon *époux* le *laird* ? lui demanda-t-elle en enfonçant un minuscule poignard, le seul *couteau* qu'elle ait été autorisée à toucher depuis ces derniers jours, dans un morceau de porc.

Elle le leva devant le visage de Jaime.

Déconcerté par son ton véhément, Jaime fronça les sourcils en voyant l'ustensile qu'elle faisait tournoyer. Non qu'il se soit attendu à ce qu'elle change aussi vite, mais quand elle était apparue ce soir ressemblant parfaitement à une mariée, il avait osé espérer.

Alors, pourquoi cette robe ravissante ? Il voulait le lui demander. Avait-elle l'intention de faire étalage de tout ce qu'elle refuserait de lui donner ?

Jusqu'à présent, assis à côté d'elle, il avait en vain essayé de fermer le clapet de Kieran et d'entamer une conversation avec son épouse récalcitrante. Mais il était clair qu'en dépit de la robe et de l'assentiment de Lael, et de ses tentatives pour lui montrer tout le respect qui lui était dû en tant que son épouse, elle ne le traitait qu'avec méchanceté.

— Tu n'es qu'une petite *dún Scoti* à l'humeur changeante, lança-t-il, laissant sa perplexité prendre le dessus.

La petite furie à l'intelligence affûtée qu'elle était comprit la pique. Elle se leva brusquement. Il crut un instant qu'elle avait l'intention de lui plonger le couteau dans l'œil. Mais il se garda bien de reculer. Il savait instinctivement qu'il ne devait pas donner signe de faiblesse sous son œil vigilant. Il ne souhaitait pas non plus, en vérité, mettre à mal son autorité sur ces hommes placés si récemment sous sa commande. Mais elle était clairement contrariée. Il tempéra sa colère et exerça sa patience.

— Je suis *point* Scot ! cracha-t-elle.

Tout le monde les regardait maintenant. Jaime était pleinement conscient de chaque regard tourné vers la table du *laird*. À son côté, il vit Kieran se couvrir la bouche pour dissimuler son hilarité. Son épouse avait les joues en feu et elle fronçait les sourcils d'un air féroce.

— *Tu l'es maintenant,* rétorqua Jaime, le plus patiemment possible. Je suis Scot. En tant que mon épouse, tu dois plier le genou devant ceux à qui je jure allégeance.

Elle sourit en serrant les lèvres, ses yeux verts pétillant de fureur.

— Je voudrais point vous voir essayer de m'y obliger.

La lame du couteau, bien que minuscule, luisait entre eux.

Il voulait lui arracher des mains avec toutes les fibres de son corps, mais il savait que c'était précisément ce qu'elle attendait de lui.

Il était furieux qu'elle lui lance un défi devant ses hommes. Dans la salle de réception par-dessus le marché. Et à un moment aussi incertain. Mais il comprenait aussi son désarroi. Il savait que s'il cédait à sa propre colère, il endurcirait le cœur de Lael pour toujours. En même temps, il ne pouvait pas se permettre de la laisser lui tenir tête de façon si impolie devant les autres. Il lui saisit doucement le poignet et l'attira vers lui comme pour l'embrasser.

— Nenni, je t'obligerai point, lui murmura-t-il à l'oreille. Ma charmante épouse, tu as prononcé des vœux et je souhaite que tu les honores de ton plein gré.

Une lueur d'émotion voilée passa dans les yeux de Lael avant de disparaître aussi vite qu'elle était apparue.

— J'étais point libre de prononcer ces vœux, alors pourquoi les honorerais-je de plein gré ?

— Ah, si fait, ma dame ! Tu as dit les mots... sans que personne ne porte une lame à ta gorge, ajouta-t-il en lui serrant le poignet pour l'inviter à lâcher le couteau.

Lael le regarda dans les yeux, refusant de baisser la tête et de céder.

Il n'avait peut-être pas porté le poignard à *sa* gorge, mais à celle de Broc assurément. Sinon littéralement, du moins par procuration. Il ne lui avait pas fallu longtemps pour oublier l'ultimatum qu'il lui avait donné ce matin même.

La tenant toujours fermement par le poignet, il se pencha en avant pour effleurer sa joue de ses lèvres. Leur incroyable chaleur sembla lui brûler la peau.

— Je vais attribuer ta réaction à la boisson et te pardonner cet affront. Mais si tu m'obliges une fois de plus à te demander de lâcher le couteau, je le ferai d'une façon que tu apprécieras point, *ma dame*.

Lael baissa le regard vers le couteau qu'elle avait toujours en main. Elle envisagea brièvement de l'enfoncer ailleurs, mais reconnaissant qu'elle n'aurait sans doute pas agi si témérairement sans l'influence de l'hydromel, elle prit une profonde inspiration et se rappela que le défier ici et maintenant ne la mènerait nulle part.

Elle lâcha enfin le couteau en jetant un coup d'œil à Kieran par-dessus l'épaule de son mari. Bouche bée, l'homme avait toujours les yeux fixés sur elle. Et ils traitaient les membres de son propre clan d'imbéciles !

— Je demande votre permission de me retirer, dit-elle doucement. Nous avons un invité tout aussi important auquel je dois rendre visite dans la geôle.

— Nenni ! aboya son mari, tout en lui lâchant néanmoins le poignet.

Lael posa ses mains sur ses hanches, élevant la voix même s'il ne l'avait pas fait :

— Vous avez dit que je pouvais !

Il la poignarda du regard avec autant de violence que s'il s'était servi d'une arme, mais il baissa la voix :

— J'ai dit que tu pouvais lui faire envoyer une assiette. Point que tu pouvais aller le voir. J'ai donné l'ordre aux gardes de t'empêcher d'entrer dans la geôle. Notre pacte comprend point le fait de partager mon épouse avec un traître de la couronne.

Lael lui jeta un regard furieux et se réfugia dans sa colère.

— Comme vous voudrez, *mon laird*. Après tout, vous êtes chez *vous*. Ce sera *jamais* ma maison !

Sur ce, elle tourna les talons et sortit d'un pas précipité, sans oser se retourner pour voir qui la regardait. Elle ne voulait pas qu'on aperçoive ses larmes. Des larmes qu'elle refusait de verser, mais qui lui montaient néanmoins aux yeux.

Maudissant son époux, elle se hâta de gravir les marches de la tour, cédant à la volonté de Jaime. Mais s'il croyait qu'elle allait l'attendre dans son lit, il faisait une grave erreur.

CHAPITRE 18

Enflé et meurtri, Cameron MacKinnon dormait paisiblement. Cailin, elle, n'avait presque pas dormi. Elle l'avait veillé de longues heures et la bougie tressée était presque brûlée. Sa lumière vacillante projetait des ombres inquiétantes, déformantes et hideuses sur le visage du jeune homme. Sa peau était toujours couverte de bleus, mais ne semblait plus avoir la pâleur de la mort.

Son sommeil était moins agité, maintenant que Lìli lui avait fait boire une décoction d'écorce de saule blanc et de valériane. Le saule pour soulager sa douleur et la valériane pour le faire dormir pendant que son corps guérissait. Il avait des côtes fêlées et le bras droit cassé, mais la plus grande partie du sang qu'ils avaient trouvé sur lui, sur ses vêtements et sur le cheval de Lael ne lui appartenait pas. Ce qui n'était pas de bon augure pour Lael.

Pensant tristement à la sœur de Cailin, les habitants de Dubhtolargg étaient d'humeur sombre. L'inquiétude était gravée sur tous les visages. La pauvre Una, qui somnolait maintenant sur une chaise à proximité, avait déjà son compte de rides. Pourtant, avec la neige recouvrant la vallée, il n'y avait aucune chance de pouvoir en apprendre plus que ce que Cameron pourrait leur annoncer. Mais il n'avait pas encore dit un seul fichu mot. Cailin se faisait beaucoup de tracas pour sa sœur aînée. Pour Cameron également, même si elle le connaissait à peine.

Son frère avait enfin cessé d'arpenter la salle et était allé se coucher avec sa femme. Mais si Lael mourait, Cailin savait qu'Aidan ne se le pardonnerait jamais. Il n'y avait hélas aucun moyen de savoir où elle était ni ce qui lui était arrivé. Cailleach elle-même n'oserait jamais s'aventurer par un temps pareil. Un seul coup de vent pouvait geler un homme sur-le-champ et le transformer en pierre. Personne ne le retrouverait avant le printemps. Entre temps, les loups se seraient servis et l'auraient rongé jusqu'à l'os. Cailin savait précisément ce que les loups pouvaient faire : après la dernière fonte des neiges, ils avaient découvert les restes de Rogan MacLaren sur la colline.

Hélas, les neiges étaient venues trop tôt cette année.

Des congères de plus d'un mètre les accueillirent à l'extérieur du *crannóg*. Una elle-même n'osa pas retourner à sa grotte sur la montagne. Pour la première fois en dix ans, la vieille femme dormit sous le toit du *crannóg*, en veillant au côté de Cailin. Elle s'était endormie une heure auparavant. Cailin refusait le sommeil, même si elle était obligée de tenir ses paupières ouvertes avec ses doigts.

Cameron se mit soudain à gémir. Il était agité comme au début.

— T'en va point, dit-il, à moitié endormi.

Cailin s'approcha pour mieux l'entendre.

Elle lui passa doucement la main sur la joue, pour sentir s'il avait toujours de la température.

— Cameron, murmura-t-elle quand il ne dit rien de plus. Cameron MacKinnon.

Elle lui tapota tendrement le visage pour le réveiller.

Una grogna.

— Laisse-le tranquille ! lui commanda-t-elle sur un ton cinglant, faisant sursauter Cailin. Laisse le garsoncel se reposer.

— Mais je l'ai entendu parler, se défendit Cailin.

— Pfff ! fit Una. Tu vas le tuer si tu le laisses point en paix. C'est point le moment de languir sur un joli visage.

Cailin se sentit totalement impuissante et coupable. Elle en voulait aussi à Una de s'imaginer qu'elle ne pensait qu'au visage de Cameron MacKinnon. Elle se rassit et le regarda. Le vent sifflait dehors et le *crannóg* gémissait comme une vieille mégère souffrant de la goutte.

— J'entends la *bean sìth*, chuchota Una en se levant.

Elle se précipita hors de la chambre plus vite qu'aucune femme âgée n'aurait pu le faire et revint avec de nouvelles bougies. Elle les plaça tout autour de la pièce et sur la table de chevet, puis les alluma si rapidement que Cailin aurait juré qu'elle les avait toutes allumées en même temps.

— Prépare-toi, ma fillotte, l'avertit Una tandis que la chambre s'illuminait. Quoi qu'ait dit Lìli, j'entends la *bean sìth* se lamenter à notre porte ! Et avant ses gémissements, je l'ai aperçue dans un rêve en train de laver le manteau de ta sœur dans la mare de Caoineag, où les eaux sont devenues rouges.

Un terrible frisson parcourut Cailin. Elle n'avait pas besoin d'être devin pour savoir ce que cela signifiait. Quand la *bean sìth* pleurait dans le vent hurlant, ses cris lugubres annonçaient une seule chose : la mort.

— Cailleach, sauve-nous, murmura-t-elle doucement.

— Ah, mon enfant, elle peut point faire cela, se plaignit Una. Seules les sœurs du destin peuvent intervenir. Maintenant, s'il te plaît, laisse le petiot se reposer.

❧

D'ÉPAIS flocons de neige tombaient doucement d'un ciel meurtri, les derniers rayons de soleil pareils à des coups de poignard dans les nuages glacés. Il faisait de plus en plus froid. Lael ferma les volets et examina la chambre austère.

L'hiver était arrivé si vite.

Même si elle trouvait le moyen de s'évader, elle ne pourrait jamais emprunter le chemin de montagne par ce temps. Jusqu'au printemps, seule la voie vers le sud était ouverte. Et il ne lui réservait rien de bon. Juste d'autres Sassenachs, amis des Scots.

Cependant, à titre d'exemple, s'ils devaient prendre la route du sud et revenir sur leurs pas vers *Chreagach Mhor*, où vivait maintenant sa sœur Cat, elle pourrait se réfugier là-bas jusqu'à la fonte des neiges. Mais il était inutile d'échafauder tous ces plans vu qu'elle était coincée ici, ses vœux n'étant pas l'une des moindres raisons. Même si elle préférait ne pas y penser, elle n'avait pas vraiment le choix. Son frère Aidan disait que la parole d'un homme ou d'une femme était une loi en elle-même. Si elle ne tenait pas sa promesse, même une seule fois, elle perdrait la confiance des siens. Aucune personne digne de ce nom ne manquerait d'honorer sa parole.

Se dirigeant vers le lit, elle étouffa un juron entre ses dents, toujours vexée, même si elle aurait préféré ne pas l'être.

Son époux, malgré toutes ses subtilités, était une canaille et un despote !

Au moins, elle avait un endroit où trouver du répit, aussi infime soit-il, contre son ennemi. Soupirant avec aise, elle s'étira sur le petit lit rudimentaire et observa un dernier rayon de soleil disparaître lentement sur le plafond gris.

Elle regrettait de ne pas avoir gardé le couteau de cuisine, au moins pour viser les ombres. Mais le nez de son mari ferait une meilleure cible.

L'esprit confus à cause de l'hydromel, elle resta allongée à regarder les ombres avancer dans la chambre. Et puis elle se souvint de la boîte sous la couche.

Curieuse de découvrir ce qu'elle contenait, elle sauta du lit et se mit à quatre pattes pour regarder en dessous.

Assez intriguée pour braver les toiles d'araignée, ainsi que les araignées et les moutons de la taille de la *keek stane* d'Una, elle se faufila sous le lit affaissé.

⁊

PARTICULIÈREMENT CONSCIENT DE l'absence de Lael, Jaime quitta la salle et monta les escaliers, désireux de parler à sa femme.

Les circonstances n'étaient peut-être pas précisément à leur goût, mais quoi qu'il arrive pendant cette année, il devrait y avoir une mesure de paix pour le bien de toutes les personnes concernées. Sinon, ce serait un long hiver et la discorde les épuiserait tous.

Qu'elle ait agi par dépit ou véritablement dans l'intention de l'impressionner avec ses compétences de châtelaine, il sentait qu'elle savait gérer un ménage. C'était par ce biais qu'il envisageait de réclamer la paix : en lui donnant un rôle qu'elle pouvait embrasser dans sa maison. Et peut-être qu'avec le temps, elle s'adoucirait assez pour accepter aussi son époux.

Reconnaissant de l'arrivée de Kieran pour l'aider à rétablir l'ordre au château, il avait néanmoins la tête farcie de listes de choses à faire. Pas étonnant que Lael s'emporte si facilement. Ils avaient tous été mis à l'épreuve ici, sa belle épouse tout autant que les autres.

Ces deux derniers jours semblaient avoir raccourci sa vie de quelques années.

Il avait permis à Luc de rester dans la salle de réception. Pour tous ses déboires, le jeune homme semblait épuisé après avoir suivi Lael partout, toute la journée. En fait, il avait menti quand il avait dit à la femme qu'il avait sommé ses gardes de l'empêcher de descendre dans les tunnels. Mais la pensée de la partager avec Broc Ceannfhionn ne serait-ce qu'une minute ne le réjouissait pas. Ça, c'était vrai.

Jaime n'avait jamais été jaloux, mais il y avait quelque chose dans leur amitié qui lui faisait mal aux tripes.

Néanmoins, il lui devait sûrement des excuses... *peut-être*. D'un autre côté, elle pourrait se servir de toute liberté d'action qu'il lui accorderait pour le harceler.

Quelle adorable furie.

Tout autant que son épouse bientôt, l'ambivalence était sa plus récente compagne de lit.

Dans sa hâte de la rejoindre, il sauta les deux dernières marches à la fois. Le cœur incertain, il ouvrit la porte, s'attendant à la trouver en train de broyer du noir dans la chambre du *laird*. Après le départ de David, il était revenu ici préparer la chambre pour sa nuit de noces : même si c'était une union précipitée, il n'avait pas l'intention que leur première nuit soit de pure forme.

La chambre était vide.

Il se dit tout d'abord qu'elle lui avait désobéi et était descendue dans les geôles contre sa volonté, mais c'était impossible. Il avait gardé les yeux constamment fixés sur l'escalier, ne prêtant quasiment pas attention aux paroles de Kieran, dans l'espoir de la voir revenir dans la salle. Elle ne pouvait pas être passée par là sans qu'il la voie, il en était certain.

Il examina la pièce juste pour être sûr. Son regard se posa sur le bain qu'il avait fait préparer pour elle, la chemise propre qu'il avait commandé à une servante d'aller chercher, les gobelets vides et le flacon d'*uisge* à côté. Il faisait encore bon, grâce au feu qu'il avait allumé plus tôt. Mais la chambre était sombre, juste assez claire pour qu'il constate qu'elle était vide.

Il se tourna vers la fenêtre. Le verre était intact, sans signe de dégradation. Il ne la pensait pas assez stupide pour sauter de là. Et pourquoi faire cela quand, en vérité, elle pouvait partir à tout moment... non sans sceller le sort de Broc, certes. Elle était juste prisonnière de sa propre parole, même s'il ne le lui avait pas encore dit en ces termes. Il lui avait donné Luc comme escorte tout autant pour sa protection, car il ne connaissait pas encore ces gens.

Il réalisa soudain où elle devait être et se retourna vers la porte suivante. Préférait-elle passer sa première nuit d'épouse seule, dans l'obscurité et le froid, simplement pour l'éviter ?

— Donzelle rancunière, murmura-t-il entre ses dents.

Puis il se dirigea vers l'autre pièce, avec l'intention de donner à sa femme la place précise qui lui revenait.

CHAPITRE 19

*P*resque... *presque...*

Lael avait presque la main sur la boîte. Elle tendit son bras aussi loin que possible, puis ses doigts, souhaitant qu'ils s'allongent.

— Douce Mère de l'Hiver, murmura-t-elle.

La chambre était plus sombre maintenant, remplie d'ombres, probablement aussi de goules et de *brollachans*. Ses doigts passèrent dans des toiles d'araignée qui lui collaient obstinément à la peau. Elle essaya en vain de les repousser plus loin sous le lit. Elle jura doucement entre ses dents. Au moins, l'hydromel avait un peu perdu de son effet.

La boîte n'était rien qu'une tache noire dans le coin, mais Lael savait qu'elle était là, même si elle pouvait à peine la voir maintenant. Elle avait sûrement été placée là par un enfant, quelqu'un d'assez petit pour se glisser sous le vieux lit déformé. Le fils de Lìli peut-être ?

Elle savait que Lìli avait jadis été maîtresse ici. Cette chambre à côté de celle du *laird* aurait été idéale pour un enfant. Modeste, mais assez proche de l'oreille d'une mère, et avec des fenêtres grillagées pour l'empêcher de tomber. Sans parler du lit lui-même, trop petit pour qu'une adulte y dorme confortablement. Après la mort de Stuart MacLaren, Rogan avait très probablement changé Lìli de chambre et elle avait dû se retrouver là. Cette pensée horrible la fit frissonner, car elle n'avait pas envisagé la possibilité que Lìli aussi ait eu à supporter l'oppression de cette prison boudoir.

Les traverses du lit la comprimaient et son derrière l'empêchait d'aller plus loin. Sa robe ivoire se trouva noircie par la saleté du sol tandis qu'elle essayait en vain de se faufiler encore plus loin sous le lit. Elle avait déjà tenté de déplacer le lit. Il était assez petit, mais pour une raison ou une autre, on l'avait cloué au plancher, comme pour le garder à cet emplacement précis.

Du bout des doigts, elle atteignit enfin la boîte en bois. Mais la porte de sa chambre s'ouvrit d'un coup et elle s'immobilisa, terrifiée, se demandant qui cela pouvait être.

Un silence de mort régnait toujours dans la chambre.

— Que diable fais-tu sous le lit ?

Soulagée de reconnaître la voix de Jaime, la colère de Lael reprit le dessus.

Elle ne *voulait* pas lui dire ce qu'elle faisait ! En fait, elle refusa de répondre. Quoi que contienne cette boîte, elle souhaitait être la première à le découvrir. Et seule. Elle n'arrivait pas à comprendre pourquoi, mais il y avait maintenant si peu de choses qu'elle pouvait considérer comme son bien propre. Ce serait son petit secret. En outre, elle y trouverait peut-être quelque chose qui l'aiderait à s'échapper. La clef d'une porte oubliée ? S'il y avait une porte cachée à Keppenach, il pourrait bien y en avoir un autre.

À son grand désarroi, elle ne voulait pas penser à *lui* en l'appelant par son nom, ni se sentir soulagée d'entendre sa voix.

Elle attendit un instant avant de répondre, irritée par ses propres pensées.

— Je me cache à mon *boucher* de mari ! répondit-elle finalement d'un ton sec. Quoi d'autre pensez-vous que je fasse ?

Cela le mit en mouvement. Il traversa la pièce, hurlant des mots qu'elle ne comprenait pas vraiment. Puis il l'attrapa par les chevilles et se mit à la tirer de dessous le lit.

— Espèce de balourd, de cochon aux doigts empotés ! Vous pouvez point me toucher sans ma permission ! cria Lael, se débattant pour rester sous le lit.

Les toiles d'araignée lui collaient au nez. Il la tira vers lui, puis la jeta sans trop d'effort par-dessus son épaule comme un vulgaire sac de farine.

— Si tu te comportes comme une gamine, je te traiterai comme une gamine, rétorqua-t-il.

Lael hurla d'indignation tandis qu'il la transportait dans la chambre du *laird*. Et si elle n'avait pas eu le souffle coupé en la découvrant, elle aurait continué de hurler au point de percer les tympans de Jaime, se plaisait-elle à imaginer. Vexée et dégoûtée, elle essuya son visage pour se débarrasser des toiles d'araignée offensantes. Il ferma la porte d'un coup de pied et porta Lael vers le lit, où il la jeta sans autre forme de procès.

— En tant que mon épouse et maîtresse de ce donjon, c'est *ici* que tu dormiras, précisa-t-il en montrant le lit du doigt.

Puis il se détourna d'elle. Lael se serait volontiers précipitée vers la porte, mais elle ne se sentait pas menacée par lui. La surprise et la curiosité la laissèrent clouée sur le lit.

La chambre du *laird* ne ressemblait à rien de ce qu'elle avait pu voir auparavant.

Le lit lui-même était énorme, drapé de soie vert pâle. La baignoire avait retrouvé sa place ici. Lael jeta un coup d'œil à son époux, se disant qu'il était sûrement obsédé par la propreté, car elle n'avait jamais vu autant de savon de sa vie.

Le brasier était allumé, remplissant la pièce d'une agréable chaleur qui lui fit aussitôt oublier le froid hivernal. Quant à la fenêtre... c'était la première fois qu'elle voyait quelque chose comme cela, avec un joli verre peint.

L'air renfrogné, son mari l'ignora. Il passa sa propre tunique par-dessus sa tête pour se déshabiller. Et si Lael avait été momentanément bercée par la beauté de la chambre, elle l'oublia à la vue de la nudité de son mari. Les flammes projetaient des ombres sur son corps. Il délaça ses braies et les ôta en silence. Il n'avait aucune honte, presque entièrement nu. Lael retint son souffle en observant le mouvement des muscles sculptés de ses fesses tandis qu'il traversait la pièce. Il saisit sur la table un flacon de ce qu'elle supposa être de l'hydromel et en versa un peu dans l'une des deux coupes. Il l'avala sans un mot, la tête rejetée en arrière. Lael se délectait de sa vue, même s'il était son ennemi.

Nenni, mon époux.

C'était le plus beau mâle qu'elle ait jamais connu. À la lumière des flammes, ses cheveux étaient couleur cuivre. Il avait une peau sombre et des épaules larges, très musclées. Même si elle avait vu plus d'une centaine d'hommes nus sur les rives du *loch*, elle regarda instinctivement ailleurs quand il se retourna et lui fit face.

— Et maintenant, vous comptez me violenter ? lui demanda-t-elle, sur un ton aussi critique que possible malgré son émotion inattendue.

— Nenni, répondit-il, toujours sans la regarder.

Lael ne savait pas si elle se sentait soulagée ou chagrinée par sa réponse.

— Pourquoi point ?

Il lui jeta un coup d'œil rapide, puis remplit de nouveau sa chope, la sienne aussi cette fois. Du moins, elle supposait qu'il s'agissait de la sienne.

Il attendit avant de répondre à sa question. Alors seulement remarqua-t-elle la chemise douce et propre posée sous elle sur le lit. Pour elle, sans doute. Un autre beau geste peut-être, même si elle ne voulait pas croire qu'il venait de lui. Ailis, Kenna ou Mairi l'avait probablement apportée pour elle.

D'ailleurs, Lael ne semblait pas du tout l'intéresser pour l'instant.

— Alors... êtes-vous un de ceux qui préfèrent les hommes ?

Jaime tourna rapidement le visage vers elle, mais sans attarder son regard sur elle, de peur qu'elle ne mette sa détermination à rude épreuve.

— Nenni, répondit-il, certain qu'elle était en train de l'aiguillonner.

Elle ne semblait pas savoir quoi faire d'autre avec lui. Pourtant, si l'occasion se présentait, il pourrait certainement lui montrer une chose ou deux.

— Ah ! vous devez me trouver hideuse alors.

Se préparant à la voir allongée sur son lit, il prit sa coupe et traversa la chambre pour la lui donner.

— Nenni, répondit-il en la regardant droit dans les yeux.

— Pourriez-vous dire autre chose que nenni ? demanda-t-elle, irritée.

Jaime envisagea de lui répondre sur le même ton. Au lieu, il avoua :

— Véritelment, je n'ai jamais rencontré de fille aussi jolie.

Le silence enveloppa la chambre.

Elle lui prit la coupe des mains et la tint devant elle, les sourcils froncés, l'air féroce.

— Alors pourquoi voulez-vous point me violenter ?

Jaime pouvait difficilement en croire ses oreilles. Il haussa un sourcil en lui demandant :

— C'est ce que tu veux que je fasse ?

— Idiot ! Si je vous le demandais, ce serait point violenter, rétorqua-t-elle avec impertinence, mais sans rancune.

Jaime la regarda d'un air troublé.

— J'ai *jamais* forcé une femme et je commencerai *point* maintenant.

Elle baissa les yeux vers sa coupe, mais sans boire.

— Je vois... alors, vous allez me faire boire jusqu'à ce que je divague, et après vous pourrez écarter mes cuisses ?

— Par Dieu ! s'exclama Jaime en grimaçant. Je pourrais point concevoir de pensée plus détestable.

Lael fronça encore plus les sourcils et sembla le considérer sous un nouveau jour, comme un casse-tête à résoudre.

— Mais votre roi vous a ordonné de me faire un enfant, jugea-t-elle bon de lui rappeler. Comment y arriverez-vous sans me violenter ?

Jaime se rendit compte qu'elle était tout à fait sérieuse. Il n'y avait aucun signe de malice dans ses yeux verts, curieux. Il comprit alors que quoi qu'il en soit, elle n'était pas une menteuse. En fait, il n'avait jamais rencontré quelqu'un ayant autant de candeur. Il honora sa franchise avec la sienne :

— Il y a des ordres impossibles à exécuter.

— Comme celui de prendre un donjon qui vous appartient point et verser le sang des innocents ?

Jaime but toute son *uisge*. Plutôt mourir que ne pas se mettre à aimer cette boisson enivrante. Il avait gardé ce qui lui restait de ce que David lui avait donné pour le partager avec Lael, car le roi lui avait dit que son peuple aimait l'*uisge*. Mais elle n'avait pas encore réalisé ce que c'était et il ne souhaitait pas le lui dire. Comme pour le reste, elle devait le découvrir par elle-même. Ses lèvres ne s'étaient pas encore approchées du rebord de la coupe. Elle le fixait des yeux comme si elle n'avait jamais vu d'homme nu auparavant. Cela lui plaisait énormément.

Savourant toujours la sensation forte au fond de sa gorge, il restait immobile, jouissant de la chaleur lui parcourant les veines. Pas uniquement due à la boisson, il le savait. Aussi due à sa charmante épouse. Mais si elle ne changeait pas immédiatement de sujet et ne détournait pas son regard, elle découvrirait vite ce qu'il pensait du fait d'honorer sa couche. Son sexe s'agita à la simple idée de jouir de son corps soyeux.

— C'est point moi qui ai pris Keppenach d'assaut au milieu de la nuit, lui rappela-t-il.

— Mais vous auriez pu le faire, répliqua-t-elle, les yeux plissés. Et vous auriez massacré tout le monde sur votre passage. C'est ce qu'on dit sur vous, je le sais.

Sa description lui glaça le sang. S'il y avait une chose qu'elle aurait pu dire pour gâcher cet instant, c'était bien ça. Il lui répondit par le silence, et si son sexe avait pu se rétracter jusqu'à disparaître, il l'aurait fait.

Au moins, il n'y avait plus aucun danger qu'il trahisse son serment et il devait en être reconnaissant. Il avala une dernière gorgée d'*uisge* qui l'aiderait à s'endormir. Car s'il y avait quelque chose de pire que de reposer près d'une femme qu'il ne voulait pas, c'était d'être couché à côté d'une femme qu'il ne pouvait pas avoir.

Elle n'avait toujours pas bu et il attendait impatiemment qu'elle le fasse. L'espace d'un instant, il regretta de ne pas être un homme différent : pour une fois, il aurait souhaité mettre son sexe dans la bouche d'une femme simplement pour la faire taire. Il lui tourna le dos au moment où elle ouvrit la bouche pour parler.

— Alors... si vous m'engrossez point, vous garderez quand même votre parole et me libérerez ?

Jaime se raidit à cette pensée, mais il maintint sa réponse :

— La parole d'un homme est tout ce qu'il a, lui dit-il en reposant bruyamment sa coupe sur la table. S'il ne tient point sa promesse, même une seule fois, il perdra la confiance des siens.

Il l'entendit s'étouffer, probablement à cause de l'alcool, puis elle se tut, finalement. Espérant qu'elle ait suffisamment de réponses pour s'endormir paisiblement, il souffla les bougies une par une, remua le brasier une dernière fois, puis se dirigea vers le lit, l'humeur plus joyeuse après avoir regardé le visage de Lael.

Il n'y vit pas de malice. Aucune.

Plutôt que d'être agacé par le fait qu'elle avait roulé de l'autre côté du lit en voyant Jaime arriver près d'elle, il dissimula un sourire entendu.

La coupe toujours à la main, Lael bondit du lit à l'approche de son époux.

Elle avala sa boisson d'un trait, reconnaissante de découvrir que ce n'était pas de l'hydromel.

Pendant ce temps, son mari saisit la délicate chemise et la repoussa vers le côté de Lael, puis il se glissa sous les couvertures et lui tourna le dos. La lumière dorée caressait ses épaules nues. Sa chevelure sombre recouvrait l'oreiller comme la crinière d'un lion, opulente et rousse à la lumière des flammes. Peu après, sa respiration se ralentit et elle le crut endormi.

Si facilement ?

Presque incapable d'y croire, Lael se dirigea vers la table près de la porte. Il ne bougea toujours pas. Ni pour l'arrêter ni pour lui demander où elle allait.

La porte était fermée, mais pas verrouillée. Elle pourrait facilement l'ouvrir et partir, mais son autre chambre était froide et vide. Et elle ne semblait pas en danger d'être violentée par son étrange époux.

Elle reposa doucement la coupe sur la table et se tourna vers lui. Il avait les yeux fermés. Elle resta immobile à regarder cet homme dans le lit.

Mon lit.

Mon époux.

Le visage de Jaime maintenant détendu, elle pouvait à peine discerner sur son front la fine ligne blanche de sa cicatrice. Sa peau n'était pas pâle, mais basanée. Tout comme son frère. En fait, beaucoup de choses en Jaime lui rappelaient les siens. On disait qu'ils étaient apparentés aux Vikings, mais c'était faux. Il est vrai que certaines femmes avaient épousé des hommes du Nord. Ils avaient donné leurs beaux cheveux clairs et leurs yeux bleus à leur lignée, mais les traits les plus répandus étaient de loin les cheveux noirs, les yeux verts brillants et la peau basanée.

Son époux n'avait pas les yeux bleus, mais couleur acier. Même s'ils étaient fermés maintenant, elle ne pouvait oublier l'intensité de son regard.

Il ne bougea pas.

Au grand étonnement de Lael, il s'était bel et bien endormi.

Et même si c'était leur première nuit ensemble, il ne l'avait pas touchée. Il n'avait pas non plus verrouillé la porte pour l'empêcher de s'enfuir. Et pourtant, elle réalisa qu'elle ne souhaitait pas s'en aller, pas pour dormir dans la chambre glacée d'à côté.

Jetant un dernier coup d'œil à la porte, elle avança prudemment vers l'autre côté du lit et saisit la chemise pour l'inspecter. Elle n'avait pas l'habitude de porter un tel vêtement au lit, mais il était joli. Jaime avait donc pensé à lui fournir de quoi cacher sa nudité si elle le voulait. Elle n'arrivait pas à comprendre pourquoi, étant donné ce qu'elle savait, mais elle commençait à se demander si ce qu'on racontait sur lui était vrai. Il dormait aussi paisiblement qu'un bébé.

Elle n'avait néanmoins pas l'intention de se déshabiller ici, en face de lui. Il pourrait sauter du lit, ayant fait semblant de dormir pour l'attraper une fois sans défense. Nenni, elle dormirait tout habillée cette nuit. Jetant la chemise de côté, elle grimpa dans le lit, regrettant d'abîmer la robe de mariée d'Aveline. Cela l'agaçait réellement.

Ne la désirait-il vraiment pas ?

Elle resta les yeux ouverts à observer le baldaquin et à écouter la respiration paisible et régulière de son époux. Il dormait tranquillement, comme un homme sans aucun souci, même si elle ne crut pas un seul instant que sa conscience soit pure à ce point.

Pourtant, ses péchés ne semblaient pas s'accumuler, tandis que ses bonnes actions se multipliaient comme des lapins.

Elle resta éveillée un long moment, s'attendant à ce qu'il se retourne vers elle et la caresse, au moins un sein peut-être. Mais quand elle l'entendit finalement ronfler, elle capitula.

— *Tha thu rùn-dìomhair, mo duine,* murmura-t-elle. *Mon époux, vous êtes un mystère.*

CHAPITRE 20

Inquiet et de mauvaise humeur, Maddog quitta la salle avant que les tables à tréteaux ne soient repliées. Les paillasses de nouveau ressorties pour la longue nuit, il devint de plus en plus mécontent de sa position.

— Allez, Kenna. Personne le saura, l'implora-t-il.

La jeune fille l'ignora et sortit de l'entrepôt précipitamment après avoir entendu ce qu'il voulait d'elle. Il voulait juste qu'elle demande au vieux Bowyn de prendre un sac de farine avec lui quand il quitterait Keppenach le lendemain matin. Bowyn ne pouvait jamais rien refuser à Kenna. Et s'il emportait au moins le sac contenant l'enfant du forgeron, Maddog pourrait beaucoup plus facilement s'occuper du forgeron lui-même, une fois son corps découvert. En attendant, Bowyn ne mettrait jamais Kenna à risque. Maddog était certain que le vieux bonhomme avait un penchant pour la jeune fille.

— *S'il te plaît*, Kenna !

Ses cheveux noirs brillant au clair de lune, elle secoua obstinément la tête en s'enfuyant par le jardin.

— Je te l'ai déjà dit, Maddog, je t'aiderai plus jamais ! Je veux point être complice de tes péchés !

— Ach, fillotte, vas-tu refuser quelque chose à un homme qui t'a sauvée d'une mort certaine ?

— Je veux plus entendre ça, dit-elle en se bouchant les oreilles. C'est *mon père* qui m'a sauvée ce jour-là. Tu as juste eu la chance d'être celui qui m'a ramenée chez moi. Et en vérité, tu es celui en qui Donnal avait le moins confiance. S'il t'a envoyé loin de Dunloppe, c'est juste parce que tu faisais partie des siens. Alors me parle point de faveurs ou de devoir.

— Tes paroles me blessent, dit Maddog en se précipitant à sa suite. Et Donnal MacLaren était pas plus de ton sang que moi.

Cela retint son attention. Elle s'arrêta brusquement et se retourna vers lui.

— Qu'est-ce que tu dis ?

— Le vieux MacLaren était point ton père, lui révéla Maddog. Ma douce, que le diable maudisse mon âme si je dis point la vérité, ajouta-t-il en la voyant perplexe.

— Si tu en as encore une ! rétorqua-t-elle, l'air déconcertée, les yeux fixés sur lui.

Il savait qu'elle avait entendu les rumeurs confirmant ce qu'il lui disait, mais personne d'autre que lui ne connaissait la vérité. Les autres étaient morts. On ne remettait pas en question le fait qu'il ait amené à la maison une enfant étrange que Donnal avait soi-disant engendrée. Mais Kenna n'avait pas été bien accueillie. Craignant toute rivalité fraternelle, même celle d'une jeune fille de moindre souche et deux fois plus jeune que lui, Dougal, le fils de Donnal, n'avait jamais accepté Kenna. Il l'avait laissée errer comme une mendiante parmi les siens. Les deux fils de Dougal, Stuart et Rogan, l'avaient traitée de la même manière. Ni bons ni méchants envers elle, mais néanmoins indifférents.

— T'as point une once de sang MacLaren dans tes veines, maintint-il, quoique plus gentiment, même si elle n'avait sûrement pas beaucoup d'affection pour les

MacLaren. Mais je sais de qui tu es, et je te le dirai si tu acceptes de m'aider avec cette tâche malheureuse. C'était un *accident*, Kenna.

Ses yeux étaient baignés de larmes. Elle semblait blessée, mais il perçut aussi sa résignation.

— Pourquoi me cacher ça si longtemps, Maddog ?

Maddog pinça les lèvres.

— Qu'est-ce que ça aurait pu changer ?

— Beaucoup de choses, si mes parents sont encore en vie.

— Hélas, nenni, ma fillotte.

Cela au moins n'était pas un mensonge, mais il n'avait pas besoin de lui dire toute la vérité pour le moment – qu'elle avait un frère qui pourrait être intéressé de savoir que sa sœur n'avait pas brûlé, contrairement à ce qu'avait dit le vieux MacLaren.

Elle posa une main sur sa hanche. Il retint un sourire, car il savait alors qu'il avait gagné. C'était un geste de conciliation. Mais la jeune fille garda le silence, se contentant de le regarder de ses yeux bleu acier, ressemblant beaucoup trop au Boucher pour la tranquillité d'esprit de Maddog.

Tôt ou tard, *quelqu'un* soupçonnerait la vérité.

— C'était juste un accident, Kenna, insista-t-il désespérément. Le garsoncel s'est jeté sur moi pendant que je nettoyais mon épée, dans l'obscurité ! Avec tout ce qui est arrivé récemment, j'ai cru que c'était un de leurs *hommes* qui venait m'attaquer. Je fais point confiance au Boucher, et tu devrais point non plus, ma petiote. Et s'il découvrait qui je suis ? Il pourrait me prendre pour une menace. J'ai tiré mon épée avant de réaliser qui c'était. Hélas, c'était juste le pauvre fillot d'Afric.

— Un jour, ta colère entraînera ta ruine, le réprimanda Kenna. Si tu vis par l'épée, Maddog, tu mourras aussi par l'épée.

— J'essaie de faire de mon mieux, ma chère, tu le sais bien. C'est point un fardeau facile de tant perdre en un clin d'œil, expliqua-t-il en désignant le donjon d'un geste de la main. Tout ça aurait dû être à moi.

Elle n'accepta pas facilement son explication et Maddog dissimula son agacement.

— Tu sais ce que c'est d'être ignoré par les siens. Ni Dougal, ni Stuart, ni Rogan se sont jamais souciés de nous. Et pourtant, moi je suis de leur sang et point toi. Et c'est moi qui me suis occupé de toi, quand tous les autres t'ignoraient. Pour ça, tu me dois quelque chose, Kenna.

Malgré la piètre qualité de leur relation, il était la seule famille qui l'ait jamais reconnue. Pourtant, elle hésita.

— Si le garçon part avec Bowyn, ils diront juste qu'il s'est enfui. Mais s'ils le trouvent mort, ils me pendront aussi sûrement qu'ils ont pendu les hommes de Broc.

Se rappelant soudain que c'était lui qui avait ordonné les exécutions, il ajouta rapidement :

— Et si je meurs, il n'y aura plus personne pour réclamer Keppenach, et plus personne qui connaisse la vérité sur ta naissance. Je te le répète Kenna, c'était un accident ! C'était point dans mes intentions.

Il était heureux qu'elle n'ait pas regardé dans le sac. Elle aurait vu que le garçon avait pratiquement la gorge tranchée.

Elle poussa un soupir et fit la même jolie moue qui avait gagné le cœur des habitants de Keppenach depuis son arrivée chez eux. Rogan et Stuart ne s'étaient pas occupés d'elle, mais Kenna n'avait pourtant manqué de rien, car le reste du clan l'aimait bien. Maddog s'appropriait simplement le mérite de ses nombreuses aubaines quand il le pouvait.

D'un autre côté, il avait travaillé dur toute sa vie pour gagner chaque morceau de pain. Elle lui devait quelque chose pour ne pas l'avoir tuée quand il l'aurait pu. Il aurait dû le faire, car elle finirait par être une prétendante de plus, voulant ce qui lui revenait à lui.

— Si je t'aide... tu me diras le nom de mon père ?

Maddog acquiesça de la tête avec insistance.

— Je le ferai. Tu sais que je le ferai.

— Très bien, céda-t-elle. Je demanderai à Bowyn de prendre le sac, à une condition : je lui dirai que c'est moi qui ai tué le garsoncel, expliqua-t-elle en se mordillant la lèvre inférieure, comme pour essayer de justifier ce qu'il fallait faire. C'était un accident, n'est-ce point ?

Elle regarda timidement Maddog.

Maddog fit rapidement oui de la tête.

— Je lui demanderai d'enterrer le pauvre Baird sur une colline, sous un bel arbre.

Maddog acquiesça de nouveau et prit un air désespéré. Il baissa les yeux, plus pour dissimuler le sourire qui commençait à se dessiner sur ses lèvres que pour prétendre être attristé par la mort de l'enfant.

— Si fait, Baird aurait aimé ça.

— Et qu'est-ce qu'on va dire à son pauvre père ?

Maddog haussa les épaules. Le père n'entendrait plus rien. Ni sur son fils ni sur quoi que ce soit. Ses jours étaient finis. Avec un peu de chance, ses os pourriraient au fond du puits.

— La même chose, je suppose. Si c'était mon fils, j'aimerais le savoir dans un endroit plus sûr que sous la main meurtrière du Boucher.

Quelque chose dans le regard de Kenna lui dit qu'elle n'était pas tout à fait d'accord, mais elle céda néanmoins.

— D'accord, mais c'est la dernière fois, Maddog. La toute dernière fois. Et après, si tu me dis point la vérité sur ma naissance, j'irai moi-même trouver le Boucher pour lui dire ce que tu as fait.

— Très bien, ma douce. D'accord, fit Maddog en acquiesçant de la tête.

Avec son accord, elle tourna les talons et s'éloigna d'un pas résolu. Maddog la regarda partir, se demandant s'il serait forcé de l'éliminer aussi.

Seul Maddog savait précisément qui elle était… et le révéler ne ferait nullement son affaire.

♨

AU GRAND SOULAGEMENT DE LAEL, ou peut-être à sa grande consternation, son époux se leva de bonne heure, la laissant dormir. Quand elle ouvrit les yeux, il faisait grand jour.

Elle sortit du lit beaucoup plus confuse que lorsqu'elle s'y était glissée. Il avait accepté si rapidement de la libérer ! Manifestement, cela ne l'intéressait pas plus d'avoir une épouse qu'elle ne souhaitait en être une.

Dans la lumière du matin, la chambre lui parut encore plus étonnante.

Si le reste du donjon était défraîchi et peu aménagé, cette pièce exposait tous les trésors étincelants d'un petit roi insignifiant. Rogan MacLaren n'avait clairement manqué de rien. Mais à vrai dire, Lael ignorait à quoi servait la moitié de ce qu'il possédait. Un joli petit pot vert, finement orné, était posé par terre près du lit. Elle le souleva pour l'examiner et se rendit compte qu'il empestait l'urine.

— Pouah ! murmura-t-elle.

Elle le reposa aussitôt et s'essuya les doigts sur sa belle robe froissée. Au moins, elle pouvait imaginer à quoi *cette chose* servait.

Quel grossier personnage !

Une grande tapisserie représentant le couronnement de Kenneth MacAlpin ornait la moitié d'un mur. Truffée de détails difficilement visibles à la lumière du soir, sa beauté était maintenant pleinement révélée à la lumière du jour. Les tons rouges et ors étaient riches et vifs. Les points brodés par des mains expertes. Elle passa le doigt sur la représentation de la pierre de Scone. Elle ressemblait exactement à celle qu'ils avaient cachée dans leur *ben*. C'est du moins ce qu'on disait et c'était apparemment vrai. MacAlpin brandissait une grande épée, mais malheureusement les détails ici n'étaient pas aussi fins. Il était impossible de déterminer si c'était la même épée que Broc Ceannfhionn leur avait apportée. Néanmoins, cette tapisserie faisait honte à tout ce qui était accroché aux murs de Dubhtolargg. Ses gens étaient beaucoup plus pratiques. Ils recouvraient leurs murs de fourrures pour les protéger du froid. Ici, tout était plus grand, plus voyant, plus brillant et paré de joyaux.

Remarquant la taille du lit, elle comprit d'où était venue la couverture en fourrures, celle qui était apparue dans sa prison boudoir. Celle qu'elle avait donnée à Broc. Elle devina aussi qui la lui avait apportée : le seul homme qui y avait droit. Peu à peu, les bonnes actions de l'homme surpassaient en nombre ses péchés.

« C'est point moi qui ai pris Keppenach d'assaut au milieu de la nuit », lui avait-il dit la veille au soir. Et cela au moins était vrai. C'était elle qui l'avait fait, aux côtés de Broc Ceannfhionn. Et d'après ce qu'elle voyait, ces gens semblaient n'avoir aucun problème avec leur nouveau *laird*. Elle passait donc plus pour la vilaine que lui, car en vérité, Rogan MacLaren avait prêté serment au roi David et le Boucher avait fait de même.

Broc se disait aussi Scot. Par ce simple fait, il était en réalité un traître de la couronne.

Lael était sa complice et avait agi par peur.

Son frère avait raison. Plus elle y réfléchissait, plus elle savait que c'était vrai.

Keppenach revenait peut-être de droit à Broc Ceannfhionn, mais cette guerre n'était pas la sienne. Et sa pénitence était maintenant de vivre en tant qu'épouse du Boucher, peut-être à vie. Une simple vérité qu'elle ne savait pas réellement comment appréhender.

— Jaime, prononça-t-elle en fronçant les sourcils, comme si elle goûtait le nom sur ses lèvres.

Cela sonnait comme un nom gentil ou du moins dénué de cruauté. Et en effet, à chaque occasion, il la traitait avec respect.

Je n'ai jamais rencontré de fille aussi jolie.

Même maintenant, elle se sentait rougir en se remémorant ses paroles.

Il n'était pas non plus affreux, elle devait bien l'avouer. Pas même sa cicatrice ne nuisait à sa belle allure. Elle se demanda combien de femmes il avait aimées. Il y en avait peut-être même encore une et Lael n'était pas la femme qu'il désirait ? Étrangement, cette pensée l'attrista et la rendit même envieuse. C'était ridicule pourtant, elle connaissait à peine l'homme.

Un petit escabeau était appuyé sur le mur est. Elle se dirigea vers lui, trouvant cela étrange, car ses marches semblaient conduire quelque part, mais il n'y avait pas de porte au-dessus ni même de fenêtre par où regarder. Elle aperçut cependant ces mêmes trous bizarres qu'elle avait repérés dans la pièce voisine. Elle grimpa donc et regarda par le plus grand trou. Il était entièrement obscurci, mais parce qu'il était un peu plus large de ce côté du mur, elle arriva à y entrer un doigt. Elle poussa quelque chose à l'autre bout et regarda de nouveau. Elle découvrit avec surprise que l'ouverture donnait sur le lit dans la chambre voisine. Cette vue lui donna à réfléchir.

C'était là qu'elle avait dormi seule. Elle s'était aussi baignée dans cette pièce. Deux fois même. Certes, elle avait nagé nue avec les siens une centaine de fois ou plus, mais c'était troublant de penser qu'un inconnu ait pu l'observer sans qu'elle le sache.

Elle jeta un coup d'œil par-dessus son épaule à la chambre opulente et, comprenant soudain, fit la grimace. Quelqu'un avait eu l'intention de surveiller en secret la chambre d'à côté. Elle sauta du tabouret, frissonnant en réalisant l'immoralité de l'homme qui avait habité ici, peut-être même de tous les MacLaren, pour autant qu'elle puisse en juger. Lìli n'avait jamais dit de mal de son premier mari ; mais Dougal MacLaren, son beau-père, avait été l'un de ceux qui s'étaient joints à Padruig mac Caimbeul pour piller leur vallée, le jour où son propre père avait trouvé la mort.

Elle éloigna l'escabeau du mur, soulagée que le trou ne semble pas avoir servi récemment. Quelqu'un l'avait-il bouché, peut-être Lìli ? Elle avait tellement envie de serrer sa belle-sœur dans ses bras et de lui dire combien elle était désolée qu'elle ait eu à endurer un homme comme Rogan MacLaren. Il avait bien mérité le sort qu'Aidan lui avait réservé.

Quant au propre *époux* de Lael... il n'était probablement pas au courant pour le judas. Et s'il l'était, cela ne l'avait pas intéressé de la voir dévêtue la veille au soir quand il en avait eu l'occasion. Il s'était endormi sans même essayer de l'embrasser. Peut-être qu'il lui avait menti et qu'en fait il préférait les hommes ?

La mine revêche, Lael trouva ses propres vêtements. Ils avaient été nettoyés et pliés au pied du lit. Elle ôta rapidement la stupide robe de mariage et la jeta dans un coin. Pourquoi diable avait-elle eu l'idée de porter une telle chose ?

Quelle moquerie !

Elle enfila ses braies, sa veste en cuir et même ses fourreaux vides. Puis elle se lava le visage avec l'eau glacée qui était encore dans la baignoire avant de tresser fermement ses cheveux. Si elle avait eu un peu de *woad*, elle se serait parée pour la guerre, mais hélas, elle dut sortir le visage non peint.

Elle trouva Luc tranquillement assis devant sa porte.

— Bonjour, ma dame, la salua-t-il d'une voix chantante en bondissant sur ses pieds.

Lael le regarda avec un air renfrogné. Manifestement peu habitué à une femme comme Lael, il haussa un pâle sourcil en examinant son costume, mais à son crédit, il ne dit rien. Lael l'ignora et se mit à descendre les marches.

Il la suivit.

— Que faisons-nous aujourd'hui ? demanda-t-il avec une note d'excitation qui amena Lael à serrer les dents.

Elle avait dit qu'elle nettoierait peut-être la chapelle, mais cela attendrait jusqu'à ce qu'elle trouve le moyen de se débarrasser de Luc. Elle marcha un peu plus vite.

— Moi, je vais à la cuisine me remplir le ventre. Puis j'ai l'intention de rassembler les servantes et de terminer ce que j'ai commencé. Cela te regarde point.

— J'ai faim, moi aussi, rétorqua-t-il aussitôt, accélérant son pas derrière elle.

Lael serra un peu plus la mâchoire.

Diable ! Le jeune allait l'empoisonner jusqu'à ce qu'il lui démange de l'étrangler. C'était clair.

Eh bien, s'il voulait la suivre toute la journée comme un chiot tenace, elle allait le faire travailler. Puisqu'elle allait être coincée là pour un certain temps, elle voulait s'assurer qu'ils aient suffisamment de provisions pour l'hiver. Elle n'avait pas l'intention de mourir simplement parce que ces gens ne savaient pas comment utiliser leurs réserves à leur avantage. Vivant dans la Mounth, les siens étaient contraints de se servir de la moindre pièce de tissu, de la moindre bouchée et de la moindre brindille. Elle savait comment faire durer plus longtemps leurs articles ménagers, car les commerçants gravissaient rarement leurs collines, son clan ayant peu d'or et d'argent à échanger. Pour sûr, à Dubhtolargg, leurs trésors étaient beaucoup plus simples.

Les aider à apprendre à rationner leurs biens était le moins qu'elle puisse faire pour les innocents qui étaient restés à Keppenach, en particulier trois qu'elle commençait à connaître.

Elle poussa un soupir face à son sentiment croissant de culpabilité, car si elle rencontrait le reste des habitants de ce château, elle était certaine d'en découvrir quelques autres.

Pour être vraiment franche, même si elle appréciait Broc Ceannfhionn et souhaitait le voir prospérer, elle n'avait rien à faire dans cette guerre mesquine.

❦

La procession touchait à sa fin.

Au total, sept autres chariots étaient partis depuis le lever du soleil. Il en restait encore trois. Par prudence, chaque homme avait le droit d'emporter juste ce qu'il lui fallait pour atteindre sa destination, rien de plus.

Ce matin, Jaime avait déjà envoyé des hommes chercher une partie de ce dont ils avaient encore besoin. Il avait amassé une petite fortune à dépenser ici. Mais avant l'arrivée des nouveaux approvisionnements, ils devaient se contenter de ce qu'ils avaient. Lamentablement peu. Il était d'autant plus impressionné de découvrir comment son épouse gérait les cuisines : elle avait astucieusement arrangé les plats pour partager les ingrédients afin d'utiliser le moindre morceau de nourriture restant.

Pour l'instant cependant, il avait du mal à se concentrer sur ce qu'on emportait dans les chariots, maintenant que Lael avait émergé du donjon. Le pauvre Luc courait derrière elle, la suivant avec difficulté. Elle traversa la cour comme un ouragan, saluant les oisifs de la main.

Ce matin, il n'y avait pas beaucoup de vent, mais le froid était intense. Il sentait à peine ses doigts. Néanmoins, sa femme semblait à moitié habillée. Elle portait des braies d'homme, en cuir et très ajustées. Son corsage sans manches était aussi en cuir, serré par des lacets autour de sa poitrine et de sa taille. Un manteau de fourrure était retenu autour de son cou et elle portait un fourreau vide accroché à sa taille ainsi qu'un brassard, sur lequel il y avait apparemment une autre gaine pour une autre de ses terribles lames. Elle était vide bien sûr, mais il pouvait facilement imaginer la vision de Lael entièrement armée. Elle lui fit penser à Diane la chasseresse, la déesse romaine, dont le visage était aussi beau et rayonnant que la lune. Pas étonnant que ces hommes aient voulu la pendre, car sa vue à elle seule pouvait faire plier un homme faible.

Le dernier des chariots passa devant eux.

— Eh ! toi ! Qu'est-ce que t'as dans ton sac ? demanda Kieran, au côté de Jaime.

Sans cheval pour tirer le chariot, l'homme portait l'attelage sur son propre dos.

— De l'avoine, mon seigneur. Juste de l'avoine. J'ai échangé un sac pour deux cochons et sept poules. Puisque je pouvais point les garder plus longtemps, ça m'a paru bon de les laisser là, expliqua-t-il d'une voix tremblante. C'est plus que juste, je crois.

— Et ton *laird* a approuvé l'échange ? aboya Kieran.

— Nenni, répondit le vieil homme dans un murmure.

Il était presque aussi vieux et branlant que son chariot. Jaime se demandait s'il était sage de le laisser partir, sachant qu'il allait reneiger avant le soir. Pourtant, il ne souhaitait pas garder quelqu'un contre son gré.

— Pose-le à terre ! ordonna Kieran.

Jaime fit un signe de la main, l'invitant à ignorer la charrette et son propriétaire.

— Laisse-le partir. C'est juste un pauvre sac d'avoine. Mon bon, y a-t-il quelqu'un ici qui peut se porter garant de ton échange ? demanda-t-il en regardant l'homme terrifié.

L'homme acquiesça nerveusement de la tête, comme s'il était paralysé. Il désigna du menton quelque chose ou quelqu'un derrière Jaime. Ce dernier se retourna et vit la jolie jeune fille aux cheveux de cuivre, celle-là même qu'il avait aperçue en train de nettoyer le sol de la salle.

— Je peux me porter garante pour lui, *laird*, répondit la fille, en retenant son souffle.

— Merci, dit le vieil homme, hochant la tête dans sa direction. Merci, répéta-t-il.

Et sans plus attendre, il reposa l'attelage sur son épaule et se remit à tirer la charrette dans la boue glacée.

Sous le soleil de novembre, la chute de neige de la nuit avait déjà fondu, laissant juste quelques taches blanches. Mais sous peu, la neige collerait à la terre et y resterait. Jaime espérait vraiment que l'homme avait un endroit décent où habiter à proximité. Il aurait voulu insister pour qu'il reconsidère son choix de partir, mais l'homme avait déjà repris son chemin, aussi vite qu'un vieil homme traînant une charrette trois fois plus grosse que lui pouvait le faire.

Se demandant où diable était passée son épouse, Jaime se tourna vers la jeune fille à son côté.

— Tu t'appelles comment, fillotte ?

— Kenna, répondit-elle timidement.

Jaime secoua un peu la tête, surpris par sa réponse, même si ce n'était pas un nom rare.

— Merci, dit-il. Kenna...

Elle inclina la tête, puis s'enfuit avant que Jaime ne puisse rassembler ses pensées ou retrouver sa langue.

Ahuri pour la deuxième fois ce matin, il regarda la jeune fille s'éloigner, se rappelant la dernière fois qu'il avait posé les yeux sur sa petite sœur. Même à trois ans, on admirait la beauté de Kenna, avec ses petites fossettes apparaissant seulement quand elle souriait. Ses cheveux étaient de la même couleur que ceux de cette fille. Mais là encore, les boucles cuivre n'étaient pas rares dans cette région. D'après son souvenir, sa sœur avait les yeux gris, avec un reflet bleu plus prononcé que les siens, mais il n'avait pas pensé assez vite à faire attention à la couleur des yeux de cette jeune fille.

Il revit en esprit la carcasse brûlée d'une petite enfant par terre, et tout en se remémorant, il pouvait presque sentir l'odeur de chair brûlée. Ils avaient jeté son corps par-dessus le mur, sans aucun égard pour son humanité. Il ne restait d'elle qu'un tas à peine reconnaissable à ses pieds. Il se souvenait encore de la terrible fureur qui était montée en lui, la rage qui l'avait aveuglé au point de ne voir que la vengeance. Il était monté sur son cheval, un étalon noir aux yeux presque aussi sombres que sa crinière, et avait saisi une torche chargée de poix. Il avait d'abord mis le feu aux dépendances, ordonnant à ses hommes de se mettre à couvert tandis que les flèches pleuvaient depuis les murailles. L'une d'entre elles avait atterri sur le corps noirci de sa sœur. Une autre avait rasé son front. Avec du sang coulant dans ses yeux, lui obscurcissant la vue, il avait foncé sous les projectiles pour passer sa torche enflammée le long des murs de la palissade. Sa tâche finie, il était resté assis sur sa monture à regarder la forteresse brûler de fond en comble, son brandon levé dans la nuit tombante.

Ce n'était pas un souvenir agréable.

Les cris des victimes qui se tordaient sur le bûcher ardent avaient rempli la nuit comme la plainte d'un millier de *banshees*.

Il cligna des yeux en regardant la fille disparaître dans l'entrepôt, se demandant ce que faisait son épouse acariâtre.

CHAPITRE 21

— Je me souviens point, dit Cameron, au grand regret d'Aidan.

Il voulait l'entendre dire que sa sœur était en vie, qu'elle avait seulement prêté son cheval à Cameron pour porter un message dans leur vallée. Il voulait l'entendre dire qu'il avait été attaqué par des brigands le long du chemin. Mais cela ne fut pas le cas. Comme le craignait Aidan, il y avait eu une bataille. Il fut peu surpris d'apprendre que sa sœur s'était portée volontaire avec un petit groupe d'hommes pour faire une brèche dans les murs de Keppenach.

Malheureusement, c'était la dernière fois que Cameron l'avait vue.

Aidan était maintenant assis, à regarder le sol entre ses genoux, une sensation de malaise montant en lui.

Lael n'avait jamais été du genre à reculer face au danger, surtout quand elle pensait pouvoir sauver quelqu'un. Vu l'âge de Cameron, Aidan pouvait facilement imaginer que sa sœur se porte volontaire simplement pour protéger le jeune homme. Apparemment, Broc s'était aussi joint à leur bande, mais qu'était-il arrivé ? Avaient-ils péri ?

— Ils se sont aventurés à l'intérieur, mais dès qu'on

s'est cachés pour attendre, les flèches se sont mises à pleuvoir depuis les murailles.

— En quelques minutes ?

Cameron secoua la tête.

— Environ une demi-heure.

— Elle a laissé Loup avec toi ?

La question sembla l'embrouiller.

— Son cheval, expliqua Cailin.

Elle était assise derrière lui, se tordant les doigts. Aidan n'avait pas manqué de remarquer les regards qu'ils avaient échangés.

— C'est un drôle de nom pour un cheval, remarqua Cameron, souriant de nouveau à Cailin. Mais nenni, elle avait attaché son cheval à un arbre dans le bosquet. On était près du village, on surveillait les portes.

Aidan relâcha un soupir et lança un regard furieux à Cailin.

— Va voir si Lìli est réveillée, lui ordonna-t-il, juste pour la faire sortir de la pièce.

Il avait bien d'autres choses à faire pour le moment que de voir une autre de ses sœurs quitter leur vallée. Diable, il ne le lui permettrait point ! Pour empêcher que cela n'arrive, il était tenté d'étrangler Cameron sur-le-champ pour s'éviter la peine de le tuer plus tard s'il osait faire les yeux doux à sa sœur.

Après le départ de Cailin, il se tourna vers Cameron.

— Pense point une seconde à déshonorer ma sœur, le mit-il en garde.

Cameron sembla écarquiller ses yeux enflés.

— Je ferais jamais ça !

Aidan se leva alors, dans l'intention de laisser Cameron se reposer. Sa sœur, les yeux injectés de sang à cause du manque de sommeil, était venue le chercher dès que Cameron s'était réveillé.

— Assure-t'en, insista Aidan.

Puis il laissa le garçon dormir, refermant la porte derrière lui pour décourager Cailin de revenir.

☙

— Ma dame, *je vous prie*, attendez, supplia Luc alors que Lael se mettait à examiner les sacs de grains en train de pourrir dans l'entrepôt.

Elle venait déjà de jeter les denrées périssables qui s'étaient gâtées. Elle savait qu'en peu de temps, la nourriture avariée pouvait se transformer en poison, mais elle n'avait pas l'intention de jeter ce qui était encore bon quand il restait si peu de provisions pour passer le long hiver. Le pire qui puisse arriver s'ils mangeaient de la mauvaise farine était qu'ils fassent la tête à cause du goût, mais elle connaissait des moyens astucieux de le masquer. Elle apporterait d'abord les sacs les plus vieux à la cuisine pour les utiliser aussitôt.

Mais Luc ne semblait pas comprendre qu'elle essayait de les aider et Lael ne se sentait pas obligée de le lui expliquer. Toute la matinée, elle poursuivit son travail aux côtés de Mairi et d'Ailis, tentant de rétablir un peu d'ordre dans leurs repas. Après un moment, quand elle refusa obstinément d'écouter Luc, il s'enfuit en courant pour aller rapporter à son *laird* ce qu'elle faisait.

À sa grande surprise, il revint en silence. Elle se demanda ce que Jaime avait bien pu lui dire. Manifestement quelque chose que le garçon n'avait pas apprécié, car il passa le reste de la matinée à bouder tandis qu'il les regardait travailler.

Des cuisines, les quatre passèrent aux jardins. Kenna les y rejoignit, les aidant à cueillir les légumes restants qui n'étaient pas encore endommagés par le gel. Elle trouverait un moyen de les conserver et incorporerait dans les repas des semaines à venir ce qui devait être consommé au plus vite.

Certains légumes pouvaient rester dans le sol : les choux, les navets, les poireaux et le chou frisé. En fait, le chou frisé était beaucoup plus doux après un bon coup de gel. Elle ne prendrait pas la peine de le recouvrir de paillis, car pour l'instant, ils n'avaient pas subi le froid extrême auquel elle était habituée chez elle. Si par hasard l'hiver devenait glacial, alors elle attendrait les fleurs de chou frisé au printemps et en replanterait. Elle ne se demanda même pas pourquoi elle se souciait de planifier si longtemps à l'avance, car en dehors de ses couteaux, c'était sa plus grande passion : trouver des moyens astucieux de mettre à profit les dons généreux de la Terre-Mère. Et Lael était douée dans ce domaine, au point que la femme de son frère lui avait laissé les devoirs de châtelaine. Aidan la félicitait souvent, pas seulement pour son dur travail et ses efforts empreints d'amour, mais aussi pour les astuces avec lesquelles elle transformait les victuailles les plus banales en délicieux repas.

Lael savait aussi s'y prendre avec les gens, trouvant toujours un moyen pour qu'ils se sentent partie intégrante de la solution plutôt que du problème. Pour elle, c'était là le secret de la paix au sein du clan durant leurs longs et rudes hivers. Chacun devait faire sa part et se sentir essentiel à leur survie. De fait, ils l'étaient vraiment. Chaque homme, chaque femme et chaque enfant.

En une seule journée, elle vit déjà un changement dans son petit groupe de rebelles, chez Mairi en particulier. Au début, la vieille femme avait été gentille, tout en se méfiant de Lael, craignant de perdre les avantages de son ancienneté. Ailis aussi, à sa façon, vivait dans la peur. La jeune fille avait peur d'être renvoyée pour qu'ils aient une bouche de moins à nourrir. Elle accordait donc des faveurs avec largesse. Kenna, quant à elle, était calme et consciencieuse, veillant sur tout et parlant peu. Parmi les trois, Kenna semblait la plus vulnérable et Lael s'efforçait de l'encourager à parler.

Vers la moitié de la matinée, elle observa Ailis en train de renvoyer un malotru qui essayait de passer son membre viril sous ses jupes en lambeaux. Lael sourit et fit un clin d'œil amical à la fille quand le balourd s'éloigna en faisant la tête.

Lael pensait que les femmes avaient le droit d'aimer qui elles voulaient. Elle n'était pas réputée pour accorder ses faveurs. Satisfaire un homme n'était pas le devoir d'une femme. Les femmes avaient le droit de dire non. Elle n'était pas prude, du moins elle ne le pensait pas, mais il lui avait toujours été plus facile de dire « nenni » que « si fait ».

En fait, elle n'avait encore jamais dit « si fait », puisque son époux n'avait pas pris la peine de lui demander la nuit dernière.

Elle ne l'intéressait pas, c'était clair.

Luc partit trois fois en courant raconter au *laird* ce qu'elle faisait et il revint trois fois sans un mot de son époux. Et maintenant, pour la première fois de sa vie, elle commençait à se demander si le choix de rester célibataire avait été entièrement le sien. Peut-être que les hommes ne l'aimaient pas ? Peut-être, comme son frère lui avait souvent dit pour la taquiner, était-elle trop redoutable ?

Elle réfléchit à cette question le reste de la matinée. Une fois les légumes en ordre, elle alla s'occuper des animaux, les faisant tous rentrer dans leurs abris du mieux qu'elle le pouvait. Elle fut agréablement surprise de constater qu'une bonne partie des dépendances était déjà réservée au bétail. Elle avait cru qu'il s'agissait de casernes. C'était peut-être le cas à un moment, mais tout le monde à l'intérieur de l'enceinte semblait maintenant avoir un lit dans le donjon lui-même. Hormis le forgeron, le boulanger et quelques artisans, personne n'avait de logement propre à Keppenach. Les familles qui y résidaient s'étaient installées en dehors des portes et apparemment, peu d'entre elles étaient restées.

Un coup d'œil au ciel assombri lui indiqua que les tempêtes hivernales approchaient. Elle était déterminée à être prête pour l'arrivée du vent glacial.

C'était un miracle que ces gens aient survécu si longtemps avec des connaissances si limitées sur la manière de prospérer. Même si la vie était dure dans la Mounth, ils semblaient toujours avoir beaucoup de provisions.

Hélas, plus elle observait autour d'elle, plus elle s'étonnait que quelqu'un se soit battu pour ce tas de pierres délabré. En fait, Keppenach était tellement en ruines qu'elle se demandait pourquoi le roi David avait pris la peine d'envoyer son boucher vers le nord pour sauver ce qui restait. Son époux ne devait pas posséder beaucoup de richesses.

C'est tout ce qu'il méritait, après avoir détruit son propre domaine. D'une façon ou d'une autre, Lael s'en fichait. Elle était là pour un an maximum, à moins qu'elle ne mette un enfant au monde, puis elle disparaîtrait pour toujours. Vu la tournure que prenaient les choses, elle ne donnerait pas d'héritier au Boucher.

T'es point censée être mère de toute façon.

Mais à la pensée de son neveu et de sa nièce, un sentiment aigu de perte l'envahit. Ridicule, se dit-elle, car elle pourrait facilement partir épouser quelqu'un d'autre.

Qui ?

Lael n'*aimait* personne.

Elle n'*aimait* pas non plus Jaime, du moins le croyait-elle, mais elle commençait à s'adoucir un peu à l'idée de partager son lit.

Quelle importance s'il ne l'aimait pas ?

Ainsi allaient ses pensées rebelles, la tourmentant au point qu'elle crut devenir folle. Pour lutter contre elles, elle travailla avec plus d'acharnement et constata avec plaisir que tout n'était pas si rudimentaire à Keppenach.

Elle fut surprise de découvrir qu'ils avaient une façon ingénieuse de récolter les eaux de pluie. Elle comprit pourquoi plus tard : le puits lui-même était malsain. L'eau était à peine potable. Ils ne s'en servaient donc principalement que pour leurs ablutions et comme ingrédient de base de leur hydromel, d'où son goût exécrable. Si l'eau du puits était la même que celle qui s'infiltrait dans les tunnels en dessous du donjon, elle comprenait aisément pourquoi. Heureusement, elle s'y connaissait en la matière. Elle envoya donc un jeune garçon aller chercher le seau du puits pour en inspecter l'eau.

Il attira son attention devant les écuries et elle le regarda avec convoitise. Pas lui précisément, mais l'objet qu'il tenait à la main. Elle avait tellement envie de sentir le contact de l'acier froid qu'il tenait à la main. La lame huilée de sa hache luisait sous le soleil brillant de l'après-midi. Il s'exerçait au lancer de lames avec ses compagnons. Pendant que Lael attendait, elle lui offrit de tenir son arme.

Il hésita bien sûr.

— Suis-je point ta nouvelle dame ? lui demanda-t-elle.

Le jeune fit oui de la tête et lui tendit sa hache à contrecœur. Lael put à peine contenir son sourire.

Chaque once de sang dans ses veines se mit à chanter quand elle toucha le manche en bois. Elle inspira profondément en sentant son poids dans sa paume. Elle adressa un large sourire aux compagnons du jeune garçon et regarda leur cible : une quintaine qui avait beaucoup servi, sans bras et portant une tunique de style anglais.

— Qu'en dites-vous ? Trois essais. Visez le cœur, le plus proche gagne.

— Ma dame, se plaignit Luc, apparaissant derrière elle après être allé de nouveau cafarder.

Lael tapa du pied.

— Ah ! ça suffit maintenant, petit mouchard ! Va-t'en le dire à ton *laird*, ce triste personnage, lui ordonna-t-elle avant de lui tourner le dos.

Son *époux* n'était toujours pas venu voir ce qu'elle faisait. Alors peu importe ce que Luc allait lui rapporter. En fait, elle mettait sans doute la patience de Jaime à l'épreuve. Luc disparut en courant pour la énième fois. Elle rit joyeusement à la vue de la lame brillante et éleva la hache en les mettant au défi :

— Qui se croit assez homme ici pour battre sa dame aux lames ?

❧

Jaime avait presque fini sa liste pour l'armurier. Assis, il attendait le forgeron qui semblait tarder inconsidérément.

Il se retenait pour ne pas courir voir ce que faisait son épouse à tout moment. Toute excuse aurait été bonne, et juste pour cela il s'y refusait obstinément. Pour autant qu'il puisse en juger, elle avait été occupée toute la journée à des tâches qui le remplissaient d'allégresse. Même si les efforts de Lael devançaient une partie de son propre travail, il pouvait difficilement trouver à redire dans tout ce que lui rapportait Luc.

En tant que maîtresse de ce domaine en ruines, elle devait pouvoir faire à sa guise, du moment qu'elle n'entrait pas dans les geôles et se tenait à distance des portes. En fait, elle s'était déjà résignée à son poste de maîtresse de Keppenach. Cela augurait bien pour leur union, même s'il s'était réveillé bleu de froid ce matin, ayant dormi à côté de son épouse réticente sans pouvoir assouvir son désir.

Il était resté allongé jusqu'aux premières heures du matin, incapable de se reposer, trop conscient de sa présence à côté de lui. L'odeur de sa peau était maintenant gravée dans son esprit. Il la trouvait plus addictive que la *dwale*.

Dès qu'il vit le ciel s'éclaircir, il sauta du lit pour échapper à la tentation. Mais *elle* ne lui facilitait pas la tâche. Apercevant une fois de plus son écuyer à la porte, il tapa impatiemment sur la table.

— Quoi maintenant, Luc ?

— Je sais que vous avez dit de la laisser tranquille, *laird*, mais elle a maintenant une hache, répondit-il, le regard plein d'appréhension.

Jaime cligna des yeux à la révélation de Luc.

— Une hache ?

— Si fait, *laird*. Elle a une hache.

Jaime eut immédiatement une vision de Lael en train de terroriser ses hommes. Et comme il leur avait expressément ordonné de ne pas toucher à un seul cheveu de sa jolie tête, il savait qu'ils se retrouveraient dans une position difficile.

— En a-t-elle menacé quelqu'un ?

— Nenni.

— Alors, qu'est-ce qu'elle fait avec une hache ?

Son écuyer haussa les épaules.

— Elle s'exerce aux lames, je crois.

— Elle s'exerce aux lames ?

Luc répondit d'un mouvement saccadé de la tête.

Les jambes de Jaime le démangeaient, mais il leur interdit de bouger. Il se leva en poussant un soupir, se disant que c'était quelque chose qu'il devait absolument voir en personne. Au moins parce qu'il était curieux de constater l'adresse de sa femme avec ses détestables couteaux.

Luc marchait en tête, Jaime le suivait, clignant des yeux sous le soleil brillant de l'après-midi quand il sortit dans la cour. Il suivit le garçon et tourna au coin de l'étable où une foule de curieux s'était rassemblée.

Elle était là, une hache à la main.

Elle n'hésita pas lorsque la foule qui l'entourait poussa un cri de consternation à son arrivée. En fait, elle ne regarda même pas dans sa direction. Elle jeta l'arme lourde sans prendre le temps d'évaluer la distance ou de mesurer l'angle. Elle la jeta, tout simplement. La hache siffla dans l'air, filant à une vitesse et avec une précision surprenantes. Elle alla fissurer le cœur de la quintaine dans un bruit retentissant.

Tout le monde recula quand Jaime s'approcha, à l'exception de Lael.

Même ses propres hommes, qui le connaissaient assez pour savoir qu'il était juste, firent quelques pas en arrière avec appréhension.

— Deux ! s'écria-t-elle en jubilant et levant les mains en signe de victoire.

— Que diable fais-tu ? lui demanda-t-il en la voyant courir pour aller récupérer la hache.

Elle s'arrêta à mi-course, se tournant comme un pantin pour lui faire face, la tête haute et sans peur. Elle fronça ses beaux sourcils.

— C'est point évident ?

Jaime ne s'était pas préparé à l'affronter, sa belle épouse aux pommettes hautes en couleur. Ses cheveux normalement tressés étaient tout ébouriffés, ses boucles d'ébène mettant son autorité au défi.

— Je t'ai point autorisée à toucher une lame, dit-il en essayant de ne pas fixer des yeux son nombril qui apparaissait juste au-dessus de ses braies.

La merci Dieu, elle était bien trop belle pour sa tranquillité d'âme ! Son propre sexe le mettait aussi au défi maintenant, se redressant comme un traître pour la saluer.

— Vous me l'avez point défendu non plus, répliqua-t-elle.

Elle le regardait avec audace, mais sans insolence ni crainte. Comme naturellement.

Jaime passa devant elle et se dirigea vers la quintaine. Il retira la hache du guerrier en bois, surpris de trouver la lame enfoncée si profondément qu'il dut employer toute sa force pour la retirer.

— Je te le défends maintenant, reprit-il une fois la hache enlevée, en se tournant vers elle.

Elle releva le menton avec défi.

— Pourquoi ?

— Je pourrais te donner mille raisons.

Elle fronça les sourcils.

— Donnez-m'en juste une qui ait un peu de sens. Je vous ai point offert de raison de douter de ma parole ni de ma sincérité. Je suis là, votre épouse, et j'ai passé la majeure partie de la journée à remettre votre maison en ordre.

— Parce que vous êtes la maîtresse de Keppenach, expliqua-t-il.

Elle fronça le nez, puis prit un air penché comme si elle le prenait pour un idiot :

— J'ai dit : donnez-moi *une* raison qui ait un peu de sens. Parbleu, celle-ci rime à rien !

La hache pesait presque autant dans la main de Jaime que sa question dans son esprit. Il s'émerveilla qu'elle l'ait maniée si facilement. Elle attendait sa réponse les poings sur les hanches. Derrière elle, la foule de curieux s'agrandissait.

— Retournez au travail, chacun d'entre vous ! aboya Jaime, avant de se retourner vers sa charmante épouse, la foule maintenant dispersée. C'est une assez bonne raison pour moi. Mais si tu en veux une autre, je préfère tes efforts dans le jardin.

— Je vois, dit-elle en tapant du pied avec colère.

Il me préfère dans le jardin ?

Lael réfléchit un instant à sa réponse, essayant de déterminer pourquoi elle ne l'appréciait pas. Puis elle se tourna et découvrit que tout le monde avait disparu, y compris Ailis, Kenna et Mairi. Seul était resté Luc, debout derrière son époux.

Tous des lâches !

Seule, elle fit face à son époux.

Diantre, elle n'avait pas l'habitude qu'on limite ses occupations. Son frère était d'avis, ainsi que tout son clan, que les femmes étaient égales aux hommes en tout. Sa sœur Catrìona pouvait bâtir une maison aussi bien qu'un homme. Et personne à Dubhtolargg n'égalait Lael dans le maniement des lames.

— Parce que c'est un travail de femmes ? demanda-t-elle, irritée.

Elle observa son visage pour y lire la réponse à sa question plutôt que d'attendre ses paroles.

Il regarda la hache qu'il tenait à la main et lui lança un regard sans équivoque.

— Nenni, mais ça non plus, suggéra-t-il.

— Ah ! eh bien, donnez-la-moi, exigea Lael. On va voir quelle main la manie le mieux, celle de l'homme ou de la femme, poursuivit-elle en se moquant. Si je gagne, vous devez me permettre d'envoyer des nouvelles à mon frère.

Il baissa les yeux et regarda la hache. À la grande surprise de Lael, il sembla considérer son défi. Elle ajouta rapidement :

— Il est bien naturel que les miens apprennent que je suis point trépassée. *Juste épousée*, ajouta-t-elle entre ses dents.

CHAPITRE 22

$\mathcal{J}$aime ne put entendre clairement ses derniers mots, mais il les lut sur ses lèvres.

Elle se voyait comme trépassée alors ? Juste épousée ?

Il jaugea sa femme qui le regardait droit dans les yeux sans crainte, le défiant comme peu osaient le faire. Il se retourna et aperçut Luc, toujours derrière lui. Tous les autres étaient partis. Cela lui convenait, car il ne voulait pas qu'on sache qu'il n'avait toujours pas honoré sa fougueuse épouse.

Un sourire sournois se dessina lentement sur les lèvres de Lael.

— Et si je gagne ?

Elle réagit à sa question avec un air suffisant qui, pour une raison étrange, le fit la désirer avec encore plus d'ardeur. Avec indifférence, elle haussa les épaules, ses épaules bien musclées, comme si cela n'avait pas vraiment d'importance.

— Que souhaitez-vous obtenir ?

Jaime garda les yeux fixés sur la hache. Une arme était la dernière chose à laquelle elle devrait avoir accès. Mais il ne pouvait pas la surveiller à chaque instant et il avait déjà décidé qu'il ne la retiendrait pas si elle choisissait de partir. Elle comprenait bien leur marché et si elle tenait si peu à la vie de Broc Ceannfhionn, eh bien soit ! Le sort de l'homme était entre les mains de Lael. À certains égards, elle était toujours sa prisonnière. Néanmoins, pour la garder à long terme, Jaime savait instinctivement qu'il devait d'abord obtenir son respect. Et avec son respect, il devait aussi gagner sa confiance. Hélas, il n'y avait qu'une seule façon d'y arriver : lui faire d'abord confiance.

Et puis il y avait bien sûr la petite question des *détails* de leur marché... Elle ne pouvait lui donner un bébé que s'ils couchaient ensemble. Et puisque Jaime n'avait pas l'intention de la forcer, elle devait non seulement consentir, mais venir à lui de son plein gré.

Il jeta un coup d'œil à Luc, l'avertissant sans un mot de ne répéter à personne ce qu'il se préparait à dire, puis il regarda son épouse dans les yeux.

— Très bien, acquiesça-t-il. Si tu gagnes, je te laisserai prévenir ton frère.

Après tout, cela lui épargnerait la peine de composer le message qu'il avait déjà décidé d'envoyer.

— Et si c'est moi qui gagne, je veux que tu me séduises.

Un autre défi conviendrait bien à l'occasion.

— Si cela est possible, bien sûr, pour une femme si encline à se comporter comme un homme...

Lael cligna des yeux.

Bien sûr qu'elle le pouvait.

N'est-ce point ?

Sa sœur Catrìona était bien plus douée qu'elle en la matière, mais que Lael ait passé son temps à caresser ses couteaux tandis que sa sœur passait le sien à courtiser des hommes ne voulait certainement pas dire qu'elle ne savait pas s'y prendre.

Après tout, ce ne pouvait point être si difficile.

Elle savait précisément *quoi* mettre exactement *où* et

elle était sûre que ses attributs féminins intéressaient les hommes. Mais de toute façon, ils n'en arriveraient jamais là, car elle n'avait nulle intention de perdre.

— Très bien. Marché conclu, dit-elle sans hésitation.

À sa grande surprise, il lui lança la hache.

— Les femmes d'abord, fit-il.

Belle comme un joyau, la lame brillante s'élança dans l'air et arriva rapidement dans les bras de Lael. Elle la regarda filer avec un sentiment d'exubérance sans précédent. Tenir une lame était la plus grande joie qu'elle connaissait. Parce qu'elle savait quoi faire avec une lame. N'importe laquelle, longue ou courte. Son frère jurait qu'elle était sortie du ventre de leur mère brandissant un couteau. Elle saisit fermement la hache, jouissant une fois de plus de son poids idéal. C'était loin d'être une arme exceptionnelle, mais elle les aimait toutes, même avec leurs défauts. Elle la tourna dans sa main, la calibrant. Puis elle ferma les yeux pour mieux enregistrer son poids.

Des spectateurs surgis de nulle part se rassemblèrent de nouveau. Des cris retentirent, même depuis les murailles. Un à un, les habitants du château revinrent prudemment dans la cour pour regarder leur *laird* et leur maîtresse s'affronter.

Les joues rouges à la pensée qu'on ait pu entendre leur marché intime, Lael se délectait secrètement de l'opportunité de remettre le Boucher à sa place.

Elle avait attrapé la hache avec adresse, sans reculer, remarqua Jaime.

Les yeux écarquillés, elle tendait le bras comme pour un amant, passant sa main experte sur ses courbes en bois. Une fois bien en poigne, elle tourna habilement l'arme en la jaugeant. Il vit un petit sourire se dessiner sur ses lèvres et son regard se voiler tel celui d'une amante assouvie, ce qui alluma chez lui une étincelle de jalousie.

Mais la jalousie n'était certainement pas quelque chose qu'il souhaitait cultiver. Il l'ignora donc et observa sa femme avec un sentiment croissant d'émerveillement. Ce n'était pas une simple femme. C'était une princesse guerrière jusqu'à la moelle, et pourtant elle savait gérer un ménage.

Pouvait-il y avoir plus chanceux que lui ?

Ses pensées le ramenèrent au fait qu'il la soupçonnait surtout d'aimer comme elle combattait : avec passion et sans retenue.

Mais ce n'était pas un combat loyal, aussi habile puisse-t-elle être avec ses lames. La hache était l'arme de prédilection de Jaime. Il avait passé chacune de ses journées, depuis la chute de Dunloppe, à s'exercer à fendre ses ennemis en deux. La plupart supposaient qu'on le surnommait le Boucher d'Henri parce qu'il avait été envoyé massacrer les ennemis du roi anglais, mais là n'était pas la raison. On lui avait donné ce sobriquet à cause de son penchant pour la hache. Et aussi parce qu'il la maniait avec tant de force et de précision qu'il avait décapité plus d'un homme. Son épouse ne pouvait pas savoir cela et il ne sentait pas le besoin de le lui révéler. Sûrement pas maintenant qu'il espérait bien gagner.

— Quelles sont tes conditions ? demanda-t-il d'un ton sérieux.

Ses lèvres se courbèrent si joliment qu'il sentit son cœur accélérer. Elle observa la quintaine.

— Une chance seulement. Le cœur ou la tête, mais vous devez annoncer votre choix.

Elle balança la lame pour la tester.

— Je choisis le cœur, dit-elle en lui jetant un regard sans équivoque, accompagné d'un petit sourire suffisant.

Jaime jeta un coup d'œil autour de lui. Même Kieran avait interrompu son entraînement pour regarder le match, mais Jaime s'en fichait. Il n'avait d'yeux que pour sa charmante épouse qui deviendrait réellement sa femme à très courte échéance s'il arrivait à ses fins.

Il l'imagina soudain en train de le chevaucher et sentit de nouveau ses membres et son sexe se tendre, implorant une délivrance. Il repoussa cette pensée, refusant toute distraction.

Il l'observa évaluer la distance, puis tracer une ligne dans la boue avec son talon.

— On visera d'ici.

Jaime sourit d'un air entendu, anticipant sa réaction avant même d'avoir parlé.

— Tu vises d'ici, et moi de dix pas derrière toi.

Là où il pourrait admirer son derrière, en vérité.

— Nenni !

Elle refusa et effaça la ligne. Elle recula de dix pas, peut-être même d'un peu plus, et dessina une autre ligne par terre.

— On visera *tous les deux* d'ici, dit-elle en montrant la marque du doigt.

Satisfait, Jaime haussa les épaules et la regarda prendre position pour son lancer. Elle mesura à peine. Elle balança son bras en arrière comme si elle était née avec une hache à la main et le projeta habilement, lançant métal et bois dans les airs avec tant de force que Jaime put réellement entendre l'arme fendre l'air.

Avec autant de précision qu'auparavant, la hache alla fissurer le centre du cœur de la quintaine. La lame était si profondément enfoncée qu'il pouvait voir la fente de là où il se trouvait. Elle se tourna vers lui et souleva un sourcil, essayant en vain de dissimuler son sourire narquois.

Si Jaime avait été un homme de prière, il serait tombé à genoux pour se prosterner devant sa déesse païenne.

Il envoya un coup d'œil calculé à Luc, gesticulant en

direction de la hache. Luc alla la chercher en courant, en silence. La cour était à présent presque pleine et des hommes observaient la scène depuis les murailles.

Il réalisa que s'il perdait, il perdrait bien plus qu'un marché avec son épouse. Ce n'était pas le moment de jouer, quand il s'efforçait de se forger une place au milieu de ces Highlanders bagarreurs.

Les yeux plissés, Jaime observa attentivement la quintaine. Elle avait la tête si grosse que seul le prêtre maladroit de David aurait pu la manquer. Lael avait visé le cœur. Même si son coup arrivait exactement là où celui de Lael était arrivé, au centre, ce n'était pas plus une victoire que le fait d'atteindre une cible aussi grosse que cette fichue tête. Il n'avait pas d'autre choix que de viser le cœur... ou le cou. Il était presque caché, protégé par une couche de rembourrage, mais assez épais là où il était visible. Une cible ténue, mais une cible néanmoins.

Il lança un regard hésitant à son épouse.

— Et si on est ex aequo ?

Elle haussa une épaule.

— Alors je suppose qu'il y aura point de vainqueur, répondit-elle avec une lueur dans ses yeux trahissant le fait qu'elle ne s'attendait pas à ce cas de figure.

Espèce de petite arrogante !

Jaime acquiesça de la tête et saisit la hache que lui tendait Luc, résistant à l'envie de croiser le regard de Kieran, surtout parce que c'était ce dernier qui avait jadis osé lui donner son surnom.

L'arme à la main, Jaime se dirigea vers la ligne que Lael avait tracée par terre. Il s'immobilisa un instant, calcula la distance d'un œil expérimenté, puis sans autre forme de procès, il leva le bras pour lancer la hache.

— Attendez ! Vous devez annoncer ce que vous voulez viser, lui rappela sa femme.

Jaime sourit.

— Sa pomme d'Adam, répondit-il d'une voix forte pour que tous l'entendent. Et le poteau dans son dos.

Et avant qu'elle puisse protester, il lança la hache. Elle tournoya de côté et atteignit sa cible d'un coup rapide et sûr. La lame traversa le cou en bois, le faisant éclater en petits morceaux. Le bruit résonna dans toute la cour. La tête de la quintaine vola et roula en direction des portes. La hache alla se loger dans le poteau à un mètre derrière la quintaine.

— Hourra ! cria Kieran.

Cela ne plut pas autant à son épouse.

— J'ai dit la tête ou le cœur, s'écria-t-elle sur un ton mordant.

— Ni l'un ni l'autre ne m'aurait donné une victoire sans équivoque, rétorqua Jaime.

Il était prêt à défendre son choix quand trois hommes portant un corps arrivèrent soudain dans la cour.

La jeune fille qu'il connaissait maintenant sous le nom de Kenna se précipita vers eux, en se couvrant la bouche d'une main.

Jaime et Lael échangèrent un regard, puis le *laird* se dirigea vers l'endroit où ils avaient déposé l'homme à terre. Même gonflé comme il était, Jaime le reconnut aussitôt : c'était le forgeron et il était presque certainement mort.

CHAPITRE 23

Ils avaient découvert le corps, à moitié gelé, au fond du puits.

Jaime l'inspecta des pieds à la tête. Il avait une bosse et une coupure à l'arrière de la tête, une autre contusion sur le front et des écorchures le long des bras qui allaient de soi avec une chute dans le puits. Mais là n'était probablement pas la cause de sa mort. Il avait dû atterrir la tête la première et s'était probablement noyé alors qu'il était inconscient. Pour autant que Jaime puisse en juger, il n'y avait aucune trace d'acte criminel. Mais le fait que l'homme était venu la veille lui demander de l'aide pour rechercher son fils disparu le laissa pensif. Le garçon n'avait pas encore été retrouvé. Jaime interrogea Maddog et quelques autres personnes. Il apprit que le jeune aimait jouer à descendre dans le puits et à en remonter, malgré les avertissements répétés de son père.

Quelqu'un avait apparemment dit au forgeron avoir aperçu son fils près du puits. Inquiet, le père était allé voir, mais pas avant d'avoir avalé une bonne pinte de bière. Ses vêtements puaient l'alcool, malgré un long moment dans l'eau.

Et Jaime n'avait jamais senti d'eau de puits aussi

puante de sa vie. Comme si mille hommes y avaient pissé, et plus encore.

Il lui plaisait de savoir que son épouse était déjà au courant du problème et qu'elle s'efforçait de le faire nettoyer. Mais il n'était guère ravi de la perte de leur seul forgeron. Il ne connaissait pas assez bien Afric pour être personnellement chagriné, mais il était désolé pour ceux qui l'aimaient. La jeune fille Kenna ne l'avait pas bien pris. Quand on lui demanda si elle avait vu le fils disparu de l'homme, elle secoua la tête, se couvrit la bouche et s'enfuit en courant.

Jaime s'en voulait d'être aussi mesquin, mais il était heureux que l'homme ait au moins terminé ses boulons avant de se noyer d'abord dans la bière et ensuite dans le puits putride. Les portes ne pouvaient pas attendre. Le bois pourri ne supporterait jamais une attaque. Et maintenant qu'ils pouvaient profiter d'une accalmie du temps, il prévoyait de s'occuper immédiatement des portes. Mais voilà qu'ils se retrouvaient avec un homme en moins pour défendre le château, et sans forgeron ni armurier, car ici la même personne occupait les deux postes.

Jaime ordonna de dresser un nouveau bûcher. Le soir, le château tout entier se réunit dans la cour pour leurs derniers adieux à Afric. Jaime lui-même ne croyait ni au ciel ni à l'enfer, mais cela n'avait pas d'importance. C'était de son devoir de subvenir aux besoins de son peuple de ce côté de la mort, et du devoir de Dieu de l'autre côté.

À la fin de la journée, après les funérailles, Jaime gravit les marches, fatigué et prêt à aller se coucher. Après une telle journée, il ne s'attendait pas à ce que Lael se souvienne des termes de leur marché et ne comptait pas davantage les lui rappeler, mais ce qu'il découvrit en ouvrant la porte le revigora.

[line space]

Sous quelque angle que Lael considère leur pari, elle avait clairement perdu, bien qu'elle ait accumulé les chances contre lui. Elle avait sciemment proposé deux cibles qui ne pourraient prouver sa valeur, mais ne s'était pas attendue à ce qu'il soit aussi bon qu'elle.

Il n'était peut-être pas une telle calamité.

La pensée s'infiltra dans son esprit tandis qu'elle prenait son bain. En fait, elle aurait pu tomber bien pire, même au sein de son propre clan : Willie, dont les testicules pendaient si bas qu'elles apparaissaient sous son *breacan*, ou Brude, l'idiot édenté. Les deux avaient déjà fait une demande de mariage à son frère. Lael les avait ignorées, son frère aussi. Compte tenu de ses choix, elle avait pensé rester célibataire pour le reste de ses jours.

Quoi qu'il en soit, son époux n'était pas un ogre.

Elle ne pouvait peut-être pas lui offrir son cœur, mais lui donner son corps ne lui pèserait pas terriblement. Le simple fait de savoir qu'il la désirait l'affecta à un point qu'elle n'avait pas imaginé. Et maintenant... la pensée des doigts de Jaime sur elle rendit ses seins brûlants et fit naître une chaleur exquise entre ses jambes.

Avalant sa salive avec difficulté, elle effleura son ventre, s'émerveillant de ces sensations nouvelles, mais étranges. Puis elle se demanda comment elle avait pu atteindre cet âge sans avoir jamais éprouvé une douleur si délicieuse.

Elle tirait doucement sur les poils de son sexe quand la porte s'ouvrit. Alarmée par l'intrusion, Lael se redressa sur ses pieds et faillit glisser dans la baignoire.

Elle se tenait là, dans son bain, nue et sans honte.

Jaime en eut le souffle coupé.

Grand et svelte, son corps était gracieux et bien musclé. Elle avait le ventre plat et la peau dorée partout, sauf là où elle avait porté son harnais. Là, elle était d'un blanc laiteux et ses mamelons, sombres sur cette peau immaculée, se plissèrent à l'air frais de la nuit.

À moins qu'elle ne soit excitée ?

Le corps de Jaime réagit rapidement et son sexe se dressa à sa vue.

Quand il croisa finalement son regard, il lut de la peur dans ses yeux écarquillés... pour la première fois depuis qu'il l'avait rencontrée. D'un vert saisissant, ils brillaient comme des pierres précieuses à la lumière des flammes.

— Je pensais que peut-être vous me préféreriez après un bain, révéla-t-elle.

Il réalisa tardivement que leur porte était grande ouverte. Il la claqua derrière lui, heureux comme un roi que personne ne l'ait suivi dans l'escalier.

Au moins pour l'instant, elle était offerte à son seul regard.

Il essaya en vain de parler. Il voulait lui réaffirmer que si elle se donnait simplement parce qu'elle pensait devoir le faire, alors ce n'était pas nécessaire, mais les mots restèrent coincés au fond de sa gorge.

Le silence dura de longues minutes.

Le feu dans le brasier crépitait sans cesse, accompagnant ses pensées, mais la chambre elle-même était si silencieuse que Lael aurait pu entendre une souris.

En cet instant, elle se sentit plus vulnérable que jamais dans sa vie. Ce n'était pas un sentiment très agréable. Retenant son souffle, elle attendit de voir ce que son époux allait dire. Mais il se contenta de se tenir là, immobile, puis fronça les sourcils.

Elle se dit qu'il ne devait pas apprécier ce qu'il voyait. Son cœur se brisa un peu.

— Est-ce point ce que vous avez demandé ? Ça vous plaît point ?

Il haussa un sourcil noir.

— Depuis quand te soucies-tu de ce qui me plaît ?

Lael haussa les épaules, incapable de répondre à sa question, et pas tout à fait certaine de vouloir lui plaire, même à cet instant. Mais ils avaient conclu un marché et elle pouvait difficilement tenir sa parole s'il ne voulait pas faire sa part.

La chambre était chaude, elle s'en était assurée, mais l'air nocturne titillait ses seins et elle porta la main à l'un d'eux. La réaction de Jaime fut immédiate et sans équivoque. Même de là où elle se tenait, elle vit ses pupilles se dilater et son souffle faiblir. Il frissonna doucement et ferma les yeux un bref instant.

Qu'avait-il demandé ? Qu'elle le séduise ?

Si elle le pouvait ?

Lael ne savait pas précisément ce que cela impliquait, mais elle comprit au regard de son époux qu'il était beaucoup plus affecté qu'il voulait bien l'avouer. Ce fait l'enhardit.

Elle laissa retomber ses bras et lui fit un petit sourire complice. Puis elle osa descendre de la baignoire.

La vapeur s'éleva du bain... et de sa chair, là où elle rencontra l'air frais de la nuit. Jaime resta figé sur place.

Elle leva une main, l'invitant à s'approcher d'elle.

— La journée a été longue, *époux*, le pria-t-elle doucement.

Ce petit mot, *époux*, retentit comme le murmure d'une sirène à ses oreilles. Pourtant, il refusa toujours de bouger, pas prêt à recevoir un tel trésor pour le perdre le lendemain.

— Lael... si tu te donnes à moi maintenant, je pourrais ne jamais te laisser partir, lui lança-t-il pour l'avertir, la voix rauque de désir.

Les yeux verts de Lael brillaient à la lueur d'une douzaine de chandelles.

— La parole d'un homme est tout ce qu'il a, lui rappela-t-elle, lui renvoyant sa propre croyance.

Et c'était vrai. Il sentit une sueur froide perler sur

son front tandis qu'elle avançait vers lui, glissant comme un esprit dans le vent.

— Si je tiens ma parole, vous êtes obligé de tenir la vôtre. Venez, laissez-moi vous laver...

— Je vais m'en repentir, murmura-t-il.

Puis il ordonna à ses pieds d'avancer. Après tout, il se fichait de ce que lui réservait le lendemain. Pour l'instant, elle était l'objet de son désir, une tentatrice surgie de ses rêves les plus profonds.

Il saisit sa main, la laissant le conduire à la baignoire. Immobile devant elle, il se soumit à sa volonté et elle ôta sa tunique.

Il la laisserait faire ce qu'elle voulait.

Retenant son souffle pendant qu'elle déshabillait son époux, Lael dévoila tout son corps à son regard affamé. Demain serait un autre jour, se dit-elle, mais ce soir, à cet instant, elle savait au fond d'elle-même qu'elle n'était pas seulement contrainte par le devoir.

Nenni... elle le voulait aussi.

Elle voulait connaître cet homme comme une femme connaît un amant.

Il n'avait pas hésité devant son pari tout simplement parce qu'elle était femme. De plus, elle avait aperçu la fierté dans ses yeux couleur argent quand elle lui avait lancé son défi, ainsi que son approbation non mitigée quand elle avait atteint sa cible avec une telle adresse. Son regard d'acier dissimulait très peu de choses ; il ne semblait même pas essayer de cacher ce qu'il ressentait. Il n'y avait aucun mystère en lui. C'était sans doute la raison pour laquelle Luc savait exactement quand le provoquer ou non.

Lael était aussi en train d'apprendre.

Et maintenant, elle pouvait faire de lui ce qu'elle voulait. Cette pensée l'enhardit au-delà de toute mesure. Sous le regard de Jaime, elle se sentait comme une déesse de jadis, une fée, une belle épouse. Il ne pourrait résister à sa tentation. C'était ces mêmes sensations qu'il faisait naître en elle.

— Lael, murmura-t-il quand elle arriva à ses braies.

Le cœur de Lael se mit à battre plus fort et de façon saccadée.

La sensation de puissance illimitée était encore plus grisante que celle dont elle avait fait l'expérience en maniant simplement une épée. Jaime fléchit les muscles de ses bras, mais il ne l'arrêta pas. Elle délaça rapidement ses braies et tomba à genoux, émerveillée face aux sensations qui envahissaient son propre corps, le picotement d'excitation, les cheveux qui se dressaient sur sa nuque, la brise fraîche entre ses jambes.

Il ne l'encouragea pas, se contentant de rester immobile, les bras le long de son corps, serrant et desserrant les poings, les yeux fixés sur le sommet de sa tête. D'un coup final, elle tira sur ses braies et eut le souffle coupé devant ce qu'elle découvrit : une épée comme elle n'en avait jamais tenue auparavant.

Elle leva les yeux et vit que son sourire complice était passé de ses lèvres à celles de Jaime. Un sourire malicieux sous lequel elle ressentit une vive douleur dans sa chair et une brûlure dans ses mamelons.

Loin d'être intimidée, et surprise par sa propre audace, elle se releva et le conduisit à la baignoire, l'invitant à s'asseoir pour pouvoir le laver de la tête aux pieds.

Les vierges minaudières ne séduisaient pas Jaime et il ne se sentait pas équipé pour satisfaire leurs besoins. Il n'aimait pas non plus l'idée de payer pour obtenir de telles faveurs. Cela faisait donc très longtemps qu'il n'avait pas eu de femme. Il fut soulagé de découvrir que son épouse n'était ni une innocente ni une prostituée. C'était une fille forte qui savait ce qu'elle voulait et son courage faisait la moitié de son charme.

Elle repoussa sa tête en arrière et il se laissa faire,

jouissant des récompenses de leur pari. Mais quand les doigts de Lael s'enfoncèrent dans l'eau savonneuse et effleurèrent sa cuisse, remontant doucement, il se sentit obligé de l'avertir. Sa voix parut étrange à ses propres oreilles.

— Essaie point de m'exciter, Lael. Si tu veux renoncer à ton pari, tu devrais le faire maintenant...

Il croisa son regard, et l'espace d'un instant, le temps s'immobilisa. Les yeux verts de Lael ressemblaient à des pierres précieuses scintillantes. Avertis et pleins de secrets.

— J'y renonce point, murmura-t-elle avant de sourire.

Jaime était perdu...

Avec autant d'assurance qu'en maniant ses lames, les doigts de Lael cherchèrent puis saisirent son sexe endurci, enveloppant doucement sa chair gonflée. Jaime se redressa comme une bête qu'on vient de réveiller, faisant gicler de l'eau sur le plancher.

— Je t'avais prévenue, lui dit-il en la soulevant soudain dans ses bras pour l'emporter dans son lit.

Au diable les bains et les caresses malicieuses !

Il voulait plus que cela.

Savourant la sensation de Lael dans ses bras, il la transporta au lit. Comme elle ne protestait pas, il la déposa sur sa couche et se laissa tomber sur elle comme une bête féroce, embrassant et léchant sa peau humide partout où il pouvait. Il embrassa ses lèvres et la caressa de ses seins à son ventre.

Pour son immense plaisir, elle répondit à ses baisers par de doux murmures qui firent chanter son sang dans ses veines.

Lael n'aurait pas davantage pu l'arrêter qu'elle semblait trouver la volonté de respirer. À chaque fois qu'il la touchait de sa bouche, c'était comme une flamme sur sa chair fiévreuse. Elle resta allongée, jouissant de toutes les sensations qu'il suscitait en elle. Pendant que son mari se délectait de son corps, elle conclut que quoi qu'il advienne... c'était le pari le plus agréable qu'elle ait jamais perdu. Avec un soupir de plaisir, elle offrit tout son corps à ses baisers et se soumit à sa volonté.

CHAPITRE 24

Une douce lumière filtrée pénétra par le verre romain, projetant un bel arc-en-ciel sur le mur. Mais le matin était venu trop tôt au goût de Jaime. Il avait par deux fois relâché sa semence dans le ventre de Lael, priant Dieu pour un enfant, une fille aussi jolie que sa mère et à l'esprit aussi audacieux que la louve dans son lit. Il était certain que son dos devait porter les marques de la ferveur de Lael. Il sourit à cette pensée. Après tout, il l'avait bien jugée. Il doutait fort qu'elle puisse faire quoi que ce soit sans se donner entièrement.

Jaime aimait ce trait de caractère chez elle.

Elle bougea à côté de lui et il passa une main autour de sa taille, l'attirant à lui, voulant téter de nouveau son sein, toujours ivre de désir. Ses lèvres trouvèrent sans difficulté le doux bourgeon qu'il convoitait et il y passa lentement sa bouche, se délectant de sa chair douce se plissant contre sa langue.

Elle avait ouvert les yeux. Il le sentit plutôt qu'il ne le vit.

— Encore ? demanda-t-elle à moitié endormie.

Ce n'était pas une plainte. Sa voix était celle d'une amante assouvie, même si Jaime soupçonnait qu'elle n'avait pas encore éprouvé tout ce qu'il pouvait lui offrir. Il avait été trop longtemps sans femme et il avait été trop pressé de se satisfaire. Surtout quand elle avait répondu à son désir avec une pareille ardeur.

Il sourit.

— Si tu tiens ta parole, je saisirai toutes les occasions d'avoir un enfant, lui dit-il avec honnêteté.

Elle rit doucement et il roula sur elle, prêt à embrasser sa bouche. Il se figea soudain, apercevant du sang sur les draps. Alarmé à la vue du rouge, il resta un instant sans voix.

— Tu étais vierge ?

— Je le suis, répondit-elle sur un ton neutre.

— Nenni. Tu l'*étais*, précisa-t-il. Sacre Dieu !

Il roula hors du lit, dégoûté devant le fait alors qu'il aurait dû se réjouir. Il pensait surtout et avant tout qu'il l'avait prise si facilement. Elle n'avait même pas crié quand il l'avait dépucelée. Elle était mouillée, la lumière était tamisée et il n'avait même pas pensé à remettre en question le fait que son peuple aimait librement, comme l'avait si souvent prétendu David. Une perspective qui ne l'avait pas spécialement ravi, mais qui l'avait moins dérangé que de découvrir maintenant que ce n'était pas vrai.

Parbleu ! elle était vierge !

— Ta mère t'a jamais enseigné les manières des hommes ?

Son sourire se tourna en moue et elle fronça ses jolis sourcils.

— Ma maman est morte quand j'avais dix ans.

— Ou ta sœur aînée ?

Elle se redressa sur le lit.

— C'est moi l'aînée.

— Parbleu ! répéta-t-il avant d'aller chercher sa tunique au pied de la baignoire. Pourquoi est-ce que tu m'as séduit ?

— Parce que vous avez parié que je pouvais point, répondit-elle, l'air vraiment perplexe.

Jaime se trouva un instant interloqué par sa réponse, surtout parce que c'était vrai. Néanmoins, s'il avait su cela, il aurait été plus doux. Il se serait doublement assuré qu'elle apprécie aussi sa première nuit.

Elle était vierge, malheur à son sexe trop impatient !

Il enfila ses braies et les laça précipitamment avant de se tourner vers son épouse. Elle était superbe, avec son air de n'y rien comprendre du tout. Ses jolis cheveux couleur ébène s'étalaient sur ses épaules nues. Elle était assise devant lui, sans aucune honte de sa nudité. Quelques minutes auparavant, il avait goûté sa peau. À la mémoire de sa chaleur et de sa douceur sous ses lèvres, son sexe se durcit comme la pierre. Était-ce étonnant qu'il l'ait pensée impudique ? Elle ne se comportait pas comme une vierge était censée le faire.

Mais elle l'était pourtant bien et elle méritait plus que ce qu'il lui avait donné. Il quitta la chambre, déterminé à trouver le moyen d'arranger cela.

[line space]

Lael se gratta la tête quand la porte se referma sur son époux.

Elle n'arrivait pas à comprendre ce qui était arrivé. Il semblait à la fois en colère et consterné, mais elle ne pouvait pas déterminer précisément pourquoi.

Elle observa la tache de sang sur le lit et se dit que, pour sûr, ce ne pouvait pas être la raison. La vue du sang ne pouvait pas lui faire peur. Ce n'était tout simplement pas possible, pas pour le Boucher du diable.

Mais à présent... elle ne pouvait plus penser à lui de cette façon. Il avait été si tendre avec elle, il lui avait fait l'amour avec tant d'ardeur et s'était réveillé avec un sourire grisé qui avait fait chavirer son cœur.

Elle se leva et eut à peine le temps de se vêtir avant qu'on frappe à la porte.

C'était Luc, les joues rose vif. Lael ne comprenait pas pourquoi. Elle crut que quelque chose le chagrinait, mais n'avait aucune idée de quoi il s'agissait.

— Il fait à peine jour, se plaignit-elle. Tu peux point attendre avant de te mettre à cafarder ?

— Mon *laird* Jaime m'a envoyé pour écrire une lettre à votre frère, dit-il, ignorant sa question.

Lael était encore plus embrouillée. C'était *point* leur marché. C'était certes ce qu'il avait promis de lui accorder si elle gagnait, mais elle avait perdu. Mais il souhaitait le lui accorder quand même ? Par la pierre maudite, elle savait écrire une lettre toute seule ! Apparemment, il ne s'y attendait pas. Elle supposa qu'il la pensait inculte, sans pouvoir cependant trouver à redire à ce fait.

— Viens, petit idiot, mais ferme ton clapet et écris juste ce que je te dicte, dit-elle en ouvrant la porte pour faire entrer le garçon au visage rose.

Il acquiesça docilement de la tête et se faufila à l'intérieur. Lael referma la porte derrière lui.

PAS HABILLÉ ASSEZ CHAUDEMENT pour le temps, Jaime quitta le donjon et sortit dans la cour. Il se dirigea d'un pas déterminé vers la petite chapelle abritant l'entrée des geôles.

Le vent lui gifla le visage. C'était comme si la main de Dieu lui-même le frappait pour avoir offensé son épouse.

En tout état de cause, Lael était vierge.

Elle s'était volontiers sacrifiée en échange de la vie et de la liberté de Broc Ceannfhionn. Savoir cela lui pesait comme une enclume pendue à son cou. Elle le remplissait à la fois d'espoir et de crainte, car si elle avait déjà donné son cœur à Broc, Jaime était condamné à vivre dans l'ombre d'un autre homme. Mais il ne pouvait pas croire qu'elle l'ait fait, car aucune femme n'aurait pu lui faire l'amour comme elle l'avait fait si elle désirait un autre homme. Par Dieu, si ce qu'il soupçonnait était vrai, il se promettait de baiser le sol sous les pas de Lael, car une femme comme elle n'apparaissait qu'une seule fois dans la vie d'un homme.

Je dois savoir.

Il entra dans la chapelle et traversa la nef. Bâti en forme de croix, l'intérieur avait vu de meilleurs jours. S'il y avait eu des bancs, ils avaient disparu, probablement utilisés comme bois de chauffage pendant un rude hiver. Les MacLaren ne lui avaient pas semblé excessivement pieux. En fait, il était tout à fait possible que l'église ait été construite pour dissimuler la porte, astucieusement nichée dans le transept nord, à moitié cachée derrière une tapisserie usée, maintenant réduite en morceaux sur le sol.

À moins qu'elle n'ait été érigée par le propriétaire précédent, le *laird* MacEanraig, dont le seul fils survivant se trouvait maintenant dans la geôle de Jaime.

Il trouva le géant blond enveloppé dans la lourde fourrure qu'il avait donnée à Lael.

— On se les gèle ici, fit remarquer Jaime.

— Si fait, mais au moins les murs suintent plus, répondit Broc.

Jaime jaugea le Scot, considérant son apparence débraillée et l'état lamentable de sa cellule. Il allait remédier à cela. Ennemi ou non, on ne devait torturer personne. Il lui aurait semblé beaucoup plus juste de lui couper la tête s'il y était enclin, mais il n'y était pas. Il renvoya les gardes, puis saisit un de leurs tabourets et le traîna devant la cellule de Broc.

— Je te le demande une dernière fois, le supplia Jaime. Quelle relation as-tu avec Lael ?

— Tu es réveillé ?

Cameron MacKinnon se dressa soudain dans le lit à
la vue des yeux verts brillants de Cailin apparaissant
furtivement à la porte. Il regarda nerveusement derrière elle.

— Où est ton *bhràthair* ? demanda-t-il aussitôt.

Pénétrant dans la pièce comme un rayon de soleil
matinal obstiné, Cailin portait une bassine d'eau. Cameron avait essayé en vain de se peigner avec trois
doigts, mais ils s'étaient emmêlés dans ses cheveux
collants.

— T'inquiète point, répondit-elle. Mon frère est occupé avec son bébé. Il va point t'embêter ce matin. Je
suis venu pour te laver, expliqua-t-elle avec un sourire
ravissant.

— Ah ! nenni ! s'écria Cameron, les joues en feu
malgré lui.

Morbleu, il ne souhaitait pas se retrouver mort juste
après être revenu des Enfers. Il eut soudain une vision
inexorable d'Aidan dún Scoti surgissant dans la pièce
alors que son sexe était entre les mains de la jolie jeune
fille. Il s'évanouit presque à l'image, sans vraiment savoir lequel des deux éléments faisait battre son cœur si
douloureusement.

L'objet de son affection lui sourit gentiment et son
cœur fit de nouveau un bond.

— Je crois que t'es pas censée être ici, avança-t-il,
inquiet.

Elle fronça le nez comme si elle le prenait pour un
idiot.

— T'as plus de sang sur ta caboche que dans tes
veines, lui lança-t-elle avec un regard réprobateur. Il
me semble que tu aimerais être propre, n'est-ce point ?

— Juste la tête ? demanda-t-il en rougissant encore plus.

Il espérait que la jeune fille ne se rendrait pas compte qu'il en avait plus d'une. Malheureusement, celle au bout de son sexe s'obstinait à s'activer pour l'instant. Il remonta les couvertures pour cacher ce qu'il avait en dessous de la taille, puis l'envoya ouvrir la porte en grand, *juste au cas où*.

— Tu as aussi des plaies à nettoyer, reprit-elle avec un doux sourire en posant la cuvette sur la table de chevet.

Puis elle lui obéit et retourna ouvrir la porte en grand, tout en lui jetant des regards entendus.

Le cœur de Cameron dansa la gigue quand elle revint près de son lit et l'excitation l'étourdit. Elle s'arrêta un instant et, immobile, se contenta de le regarder. Cameron s'obligea à penser à autre chose.

— Je suis désolé pour ta sœur, dit-il nerveusement. C'est une fille courageuse.

Cailin fit oui de la tête et baissa les yeux. Elle sembla soudain en désarroi. Cameron réalisa qu'il avait réussi à faire disparaître son doux sourire. Quel idiot !

— Telle que je connais Lael, ajouta-t-il pour le bien de Cailin, elle arrivera à les enterrer tous avant qu'ils la touchent. Elle est redoutable.

— Si fait, se contenta de répondre Cailin.

Puis la vieille sorcière qui s'était occupée de lui depuis des jours entra nonchalamment dans la chambre.

Una jeta un regard désapprobateur à Cailin de son œil vert et tourna son bon œil vers Cameron. Son sexe se rétrécit aussitôt.

— Hum ! fit-elle. S'il y avait moins de neige par terre, je te renverrais avec un coup de pied au derrière simplement pour les pensées qui te passent par la tête. Va, mon enfant, ajouta-t-elle en s'adressant à Cailin. Je peux me débrouiller sans toi.

Cameron retint sa langue, mais il n'était pas d'accord avec Una : il n'y avait rien d'enfantin chez la fille qui avait commencé à occuper chacune de ses pensées. Mais en vérité, lui aussi voulait qu'elle parte, car il se sentait inhabituellement timide en sa présence.

— Je veux rester, insista Cailin.

La vieille sorcière secoua la tête.

— Nenni, tu resteras point, sinon je vais le dire à Aidan. Essaie un peu de désobéir pour voir !

— Ah ! protesta la fille avant de se retourner. Comme si j'avais jamais vu d'homme ! lança-t-elle à la vieille femme.

Puis au grand soulagement de Cameron, elle se dirigea vers la porte, quoique pas sans lui lancer un dernier coup d'œil.

Il ressentit des picotements sur sa peau en imaginant ses caresses.

Une fois Cailin sortie, la vieille femme alla refermer la porte, le tenant au piège, seul dans cette petite chambre. Les murs semblèrent soudain se rétrécir autour de lui. Se tournant vers la bassine, Una plongea sa vieille main ridée dans l'eau et en ressortit une éponge.

— Si tu t'y prends comme ça, mon fillot, tu rentreras point vivant chez toi et tu te trouveras encore moins *une belle épouse*, le réprimanda-t-elle.

Jetant un coup d'œil à la porte fermée, Cameron sentit l'espoir naître en lui, même s'il n'avait pas réellement envisagé de se trouver *une belle épouse*.

Mais maintenant, la graine était plantée...

Una repoussa brutalement sa couverture, dévoilant son corps nu à ses vieux yeux rusés. Mais il ne se sentit pas autant exposé qu'après sa réprimande. C'était en quelque sorte comme si elle avait lu chacune de ses pensées.

Il avait rencontré Cailin deux fois maintenant. Quand lui et Broc étaient venus une première fois à

Dubhtolargg pour parler au dún Scoti. Puis de nouveau quand ils étaient revenus supplier son frère de les aider. Les deux fois, il s'était senti des affinités avec Cailin et elle aussi semblait certainement l'apprécier. Il avait vingt-deux ans maintenant et était plus que prêt pour une épouse, mais aucune des jeunes filles chez lui ne lui prêtaient attention. D'ailleurs, aucune ne faisait naître en lui un sentiment d'émerveillement comme le faisait Cailin.

Il pensa à elle et son sexe s'agita. Una lui jeta un regard noir. Pourtant, Cameron se sentait étrangement à l'aise avec la vieille femme, même avec son apparence décrépite et son œil en moins.

— Alors... comment dois-je m'y prendre ? demanda-t-il, curieux.

— Tout d'abord, lui répondit-elle avec un sourire malicieux, tu dois séduire son têtu de frère. Et voici, mon fillot, comment faire...

CHAPITRE 25

Lael, Mairi, Ailis et Kenna étaient assises en cercle sur le sol de la petite pièce adjacente à la chambre du *laird*. Elles examinaient le contenu des coffres d'Aveline.

Avec leur aide, Lael envisageait d'ajuster toutes les robes d'Aveline. Puisque la pauvre n'en avait plus besoin, elle en choisit quelques-unes pour elle-même et en donna une chacune à Mairi, Ailis et Kenna.

Kenna semblait avoir la tête ailleurs et sourit à peine en recevant ce cadeau. Mais Ailis et Mairi étaient ravies. Elles prétendaient ne pas posséder de robe en bon état. C'était d'ailleurs le cas pour Lael, mais elle ressentait beaucoup moins la privation que ces deux femmes. En vérité, sans encore comprendre pourquoi, dans une partie jusque-là inexplorée de son cerveau, il lui importait de paraître et de se comporter comme la véritable maîtresse des lieux.

Pour faire bonne mesure, elle donna à chacune un bibelot ou deux. Il ne lui semblait en effet guère approprié de garder cupidement des biens qui ne lui appartenaient pas. De plus, elle ignorait à quoi servaient certains des objets qu'elle avait trouvés dans les malles d'Aveline. Un petit truc bizarre en cuivre avec des bras articulés, par exemple. Elle le saisit pour l'examiner.

— J'en ai déjà vu un, dit Mairi.

Elle tendit la main et ajusta un des bras de l'objet et le petit appareil devint plus long.

— C'est pour ôter la cire des oreilles.

Lael fronça les sourcils, tournant l'étrange dispositif pour l'inspecter. Elle savait s'y prendre avec ce genre de choses, si elle le souhaitait, mais elle n'avait pas de problème avec la cire de ses oreilles. Il ne lui était jamais venu à l'esprit que d'autres puissent en avoir.

— Et celui-là sert à retirer la saleté sous les ongles, ajouta Mairi, en dépliant un autre petit bras.

Lael regarda ses ongles courts. Il n'y avait guère de place pour la saleté, encore moins pour une aiguille en cuivre. Elle fit une grimace et abandonna l'outil effrayant dans le cercle entre elles.

— Cette partie, poursuivit Mairi en le saisissant et en repliant deux bras, c'est pour ôter les poils du menton.

Et elle se mit à manier aveuglément l'étrange appareil près de son menton. Lael regarda le menton de Mairi de plus près, pour voir de quels poils parlait la femme plus âgée. Elle aperçut alors quelques petits poils noirs qu'elle n'avait pas remarqués auparavant. Elle passa la main sur son propre menton et se regarda dans le miroir d'Aveline qu'elle avait laissé sur le rebord de la fenêtre. De toute évidence, elle ignorait beaucoup de choses dans l'art d'être une femme distinguée. Cela lui parut représenter énormément de travail.

— J'ai entendu dire que pour ôter définitivement les poils, la meilleure solution est de mélanger des œufs de fourmi, de l'orpiment orange, de la résine de lierre et du *vin aigre*, expliqua Ailis à Mairi.

— Du *vin aigre* ? demanda Mairi. Tes poils vont être ivres, commenta-t-elle en riant.

Kenna fit une grimace de dégoût.

— Qui ferait une chose pareille ?

Ailis acquiesça de la tête pour l'ensemble du groupe, l'aiguille qu'elle tenait à la main continuant à coudre comme par elle-même.

— La dame Aveline. Point sur son visage, bien sûr, mais elle le frottait vigoureusement... *ailleurs*, ajouta-t-elle, ses joues rougissant légèrement.

— Où ? demanda Kenna.

— *Là* ? demanda Lael en faisant la grimace.

Ailis fit de nouveau oui de la tête, de façon dramatique.

— Seule une maudite Sassenach pourrait faire ça ! s'exclama Mairi.

— Vous avez dû bien la connaître, suggéra Kenna avec un petit sourire.

Toutes les trois se tournèrent vers Kenna, regardant ses fossettes, et réalisèrent que c'était une plaisanterie. Toutes les quatre éclatèrent de rire. Quand leurs rires se calmèrent, Mairi osa demander à Lael :

— Comment s'est passée votre première nuit ?

Lael baissa les yeux sur son aiguille.

— Bien, répondit-elle, les joues en feu.

Elle n'avait jamais été particulièrement timide, alors pourquoi maintenant ? Elle se piqua le doigt et un filet de sang passa à travers l'ourlet de sa robe. En vérité, c'était plus que bien, mais certaines choses étaient confuses. Et elle n'était pas prête à les partager avec qui que ce soit, pas même ses nouvelles amies.

— Bien, vous parlez ! reprit Ailis avec un sourire complice. Je vous garantis que vous apprivoiserez le Boucher en un rien de temps. Tu ferais mieux de commencer à utiliser tes ruses tant que tu le peux, jeune fille, s'adressa-t-elle à Kenna en lui donnant un coup de coude, sinon tu risques de te retrouver vieille femme et sans lit.

Kenna haussa les épaules et jeta un regard timide en direction de Lael.

— J'ai un lit, rétorqua la jeune fille.

Puis elle retourna à ses pensées moroses, à en juger par son air sévère.

Lael fut elle aussi soudain tourmentée.

Ensemble, elles travaillèrent à l'intérieur une grande partie de la journée, tout en se racontant des histoires, maintenant que la neige était revenue. Elles pouvaient entendre les gémissements du vent dehors. Lael, pas pour la première fois, se demanda où les trois servantes passaient la nuit.

Spécialement Kenna, à l'expression maussade et aux pensées secrètes. Elle avait glané assez de renseignements pour comprendre que Mairi et Ailis partageaient une paillasse avec divers amants, mais Kenna se taisait toujours au cours de ce genre de conversations. Lael pourrait peut-être lui offrir la chambre où elles se tenaient en ce moment. Mais elle devait d'abord demander la permission à son époux puisqu'en vérité, ce n'était pas sa maison. Pas encore. Bientôt.

Malgré ce qui s'était passé la nuit dernière, sa maison était toujours dans la Mounth, avec les siens. Si son frère acceptait qu'elle y revienne.

Elle pensa à Cailin et à Keane. Leurs sourires espiègles lui manquaient. Elle pensa à Sorcha et son cœur faillit éclater de nostalgie. Elle pensa à Aidan et son regard s'assombrit presque autant que celui de Kenna.

Néanmoins, en milieu d'après-midi, elles avaient déjà ajusté et réparé toute une malle de robes, malgré les tentatives maladroites de Lael avec l'aiguille. Mairi l'encouragea à en essayer une. Les doigts lui faisant horriblement mal, Lael était plus que prête à arrêter. Elle choisit une autre robe verte en laine et l'enfila pour voir si elle lui allait. À son immense soulagement, elle était à sa taille. Le nouvel ourlet de dentelle effleurait le sol. Lael, extrêmement satisfaite de leurs efforts, leva la tête et regarda les autres femmes avec un sourire.

— Vous êtes ravissante, déclara Ailis en battant des mains.

— Si fait, ajouta Kenna.

Lael se surprit à esquisser un large sourire. Pas en raison de la robe, mais parce qu'elle s'était fait de nouvelles amies. Elle avait du mal à se rappeler un moment de sa vie où elle s'était permis d'être aussi libre avec d'autres femmes. Elle avait passé presque toute sa vie avec le lourd fardeau du bien-être de sa famille sur ses épaules. En conséquence, elle avait bien davantage été leur mère qu'elle ne l'avait réalisé, toujours à part. Son frère avait été son ami le plus proche et lui seul avait rempli le vide causé par la disparition de sa mère et de son père. C'était probablement en partie la raison pour laquelle elle avait été si réticente à accueillir la belle épouse d'Aidan. Pas simplement parce qu'elle l'avait prise pour une menace. En vérité, elle avait été jalouse de Lìli pour un temps, avant de découvrir combien elle rendait son frère heureux.

Lael avait beaucoup appris depuis. Quoi qu'il advienne de son temps à Keppenach, elle commençait à se comprendre comme elle ne l'avait jamais fait auparavant. La vie ne se résumait pas aux couteaux, aux soucis et aux préparations à la guerre.

La vie ne se résume pas à la vengeance.

Elle essaya de s'imaginer chez elle, d'entrevoir avec qui d'autre elle pourrait partager un lit. À chaque fois, le visage de son époux apparaissait obstinément devant elle.

Et puis, hélas, elle repensa à Broc Ceannfhionn dans sa cellule froide et humide. Elle se rappela qu'elle devait lui offrir une chance de s'éloigner de cet endroit. Elle craignait qu'il ne survive pas à l'hiver dans ces conditions. Elle savait aussi que son époux ne reviendrait pas sur ses paroles : Jaime refuserait de le libérer avant qu'elle ne lui donne un enfant. Et c'était quelque chose qu'elle ne pourrait pas faire si elle partait. Là résidait le dilemme : elle commençait déjà à réaliser que Jaime n'était pas le fléau qu'elle s'était imaginé ; en même temps, malgré ses protestations, il était Anglais jusqu'à la moelle. Lui et David étaient des fantoches de la couronne anglaise. Son frère ne lui pardonnerait jamais si elle donnait son cœur à un ennemi de leur famille.

C'était une chose de jouer son rôle ici, c'en était une autre d'aimer un homme qui ne pouvait pas être fidèle à son sang.

Le sang et la parenté. C'est tout ce qui compte.

Mais... Elle s'efforça de penser à Jaime en tant que Boucher, mais ne pouvait même plus ordonner à ses lèvres de prononcer ce nom désormais. Peut-être en partie à cause de la nuit dernière, il était désormais simplement Jaime. Elle craignait que plus longtemps elle resterait à Keppenach, plus il lui serait difficile de tenir son époux à l'écart du seul endroit où il ne pourrait jamais être : *son cœur*.

PEU À PEU, Lael répartit les biens les plus précieux dans tout le château et orna les murs à l'extérieur de la chambre du *laird*. Mais quoi qu'elle fasse, le vent continuait de gémir dans les couloirs comme une *bean sìth*. Elle accrocha des torches de poix aux supports vides, se promettant d'apprendre aux femmes à fabriquer de meilleures chandelles le printemps venu.

Vêtue de la même robe verte qu'elle avait enfilée le matin, elle s'enveloppa dans son lourd manteau de fourrure et descendit les escaliers de la tour. Apparemment, Jaime était préoccupé, car elle ne l'avait pas vu depuis qu'il avait quitté leur chambre.

En bas, dans la grande salle, elle trouva chaque torche allumée. Les hommes se bousculaient pour trouver un siège. La plupart étaient déjà assis, pour être sûrs de ne pas rater le repas du soir. Assis dans un coin, un musicien soufflait dans un roseau. Son air était mélodieux et apaisant. Lael aurait presque pu croire que ceci n'était pas un donjon à moitié détruit par la guerre, aux extrémités nord de la malheureuse campagne de David. Il ressemblait beaucoup à Dubhtolargg dans les affres de l'hiver, niché confortablement contre le sein de Cailleach.

Déjà assis à la table du *laird*, son époux la suivit des yeux tandis qu'elle descendait l'escalier. C'est juste une farce, se rappela-t-elle. La vérité était bien moins prometteuse, une notion contre laquelle les sœurs du destin semblaient cependant conspirer à chaque instant. En effet, quand elle prit place à côté de son époux, elle retint son souffle en apercevant ce qui se trouvait près de son assiette. Elle crut d'abord s'être trompée de siège. Elle se releva pour en changer, mais le *laird* posa sa main sur son bras, la suppliant de rester.

Lael le regarda en clignant des yeux.

— Un cadeau pour mon épouse... il appartenait à ma mère, révéla-t-il.

Abasourdie, Lael se rassit. Le souffle coupé, elle se tourna de nouveau pour examiner le couteau de cuisine magnifiquement embelli. Pas aussi délicat que celui qu'elle avait utilisé auparavant, il était décoré de trois cœurs entrelacés, avec un chardon fleuri au centre de chacun. Il était finement ouvragé, avec beaucoup de détails. La lame n'était pas moins remarquable que la poignée. Une main habile pourrait s'en servir pour trancher la gorge d'un homme ou lui couper la tête.

Son cœur se serra.

— C'est pour moi ?

Son mari fit oui de la tête, mais c'est surtout ce qu'il

ne dit pas qui conquit son cœur, car cela témoignait de la confiance de Jaime. Une confiance qu'il ne devrait pas lui accorder, car elle ne l'avait pas encore gagnée et n'avait pas l'intention de le faire.

Lael tendit la main pour caresser la poignée. Les gravures sous ses doigts étaient comme de parfaits bijoux. La lame était légèrement courbée, plus tranchante que tous ses couteaux, mais dentelée.

— Merci, murmura-t-elle, émue de gratitude.

— Tu m'as donné un cadeau parfait, lui dit-il à l'oreille. Il convient que je te rende la pareille.

Lael le regarda dans les yeux, se sentant un peu comme une biche poursuivie.

Jaime lui offrit un sourire chaleureux et sincère. Le cœur de Lael se mit à battre plus vite.

— Merci, répéta-t-elle, avec honnêteté.

Personne ne lui avait jamais offert de cadeau aussi parfait. Il avait infiniment plus de sens à ses yeux qu'un bijou ou une stupide robe.

Cailleach, miséricordieuse Cailleach...

Elle se sentit sur le point de pleurer, quelque chose qu'elle n'avait jamais fait de toute sa vie. Jamais.

— Je suis ravi que tu l'apprécies tant.

Lael acquiesça de la tête, les yeux fixés sur le petit poignard.

Des rires retentirent dans la salle. Cette fois, elle ne les perçut pas comme des rires moqueurs à ses dépens, mais plutôt comme des rires familiers, traduisant un sentiment chaleureux de camaraderie.

Mais cela n'avait aucun sens, ces gens étaient presque tous des étrangers.

Elle les observa plus attentivement et se rendit compte qu'ils se comportaient maintenant d'une façon qui lui était un peu plus familière. Jaime était assis au milieu des hommes de MacLaren, et ils bavardaient tous ensemble, plaisantant et riant. Se volant aussi des morceaux de viande dans leurs assiettes.

Mairi, Ailis et Kenna portaient chacune leur nouvelle robe. Elles passaient d'une table à l'autre avec des sourires renouvelés, plus brillants encore que la nouvelle lame de Lael. En quelques jours seulement, son mari avait en quelque sorte accompli cela. Il avait transformé un donjon froid et gris en un semblant de foyer. Et plus encore.

Elle craignit qu'il ne réussisse à mettre à mal sa détermination à s'en aller.

À ce rythme-là, elle n'aurait peut-être jamais la volonté de partir.

Elle saisit son couteau et poignarda sa nourriture, sa confusion multipliée au centuple.

Puis elle sentit la main de Jaime sur le creux de ses reins, un geste à la fois bienvenu et indésirable.

Après la nuit dernière, cela lui procurait du plaisir de sentir sa main posée sur elle. La chaleur lui monta aux joues au souvenir de leurs ébats. Mais c'était bien trop familier ; la douce caresse d'un amant. Le rire de Jaime ne fit qu'endurcir sa détermination à partir.

Le plus tôt possible.

— J'ai envoyé Kieran dans la Mounth, dit-il dans son dos.

Son meilleur soldat.

Il n'avait pas besoin de lui dire pourquoi. Elle comprit que c'était pour délivrer son message. Elle porta un morceau de nourriture à sa bouche et sentit le tranchant de la lame contre sa langue. Même s'il lui plaisait beaucoup que son frère sache bientôt qu'elle n'était pas morte, elle n'osa pas regarder Jaime de peur qu'il ne lise ses pensées.

— Il atteindra jamais sa destination, je vous l'assure.

Elle se surprit à espérer que ce soit vrai. Car s'il parvenait à Dubhtolargg, qui sait ce que son frère lui ferait ? Elle lui avait donné un message codé que seul Aidan pouvait déchiffrer et elle connaissait assez son frère pour savoir qu'il réveillerait Sluag en personne pour la ramener chez eux.

— Et moi je t'assure que si quelqu'un peut y arriver, Kieran le fera, reprit son époux, un sourire dans la voix.

L'estomac de Lael se serra, sans rapport avec le repas aigre posé dans son assiette.

— Cela te plaît point, Lael ?

Elle leva finalement les yeux vers lui. Il la regardait sans malice.

— Si fait, le rassura-t-elle. Cela me plaît beaucoup.

Et pour la troisième fois en une seule nuit, elle fut reconnaissante envers l'homme qui avait épargné sa vie.

CHAPITRE 26

*A*près une semaine de convalescence, on transféra Cameron dans la salle principale. Il s'assura de ne jamais se trouver seul avec Cailin, même si sa pensée l'accompagnait jour et nuit. Il se trouva obsédé par elle et entiché, incapable de s'imaginer quitter Dubhtolargg sans elle.

En fait, il était très heureux d'y être coincé pour l'hiver et il espérait et priait qu'Aidan dún Scoti apprenne à l'apprécier comme il l'avait clairement fait avec son épouse scot.

Cameron savait que ces gens se démarquaient et n'aimaient ni la Scotia ni son roi. Il avait lui-même longtemps été sans domicile et ne s'était jamais vraiment senti membre du clan MacKinnon. Le Mac-Kinnon était certes prévenant et avait accueilli tous les MacEanraig déplacés comme les siens, mais Cameron avait néanmoins senti la séparation. Compte tenu des circonstances présentes, il ne reverrait peut-être jamais son cousin et il se demandait ce qu'il y aurait de bon à retourner là-bas.

La femme et les enfants de Broc étaient à *Chreagach Mhor*. Mais ils n'étaient pas de la famille de Cameron et ce qu'il pouvait faire pour les aider était bien peu étant donné que n'importe quel MacKinnon accueillerait chaleureusement les proches de Broc.

Quant à Broc lui-même, Cameron avait du mal à le croire mort. Cela lui causait une peine indicible. Il se sentait triste pour Lael et sa famille, mais c'était surtout son cousin qu'il pleurait. Seul le sourire de Cailin pouvait soulager un peu son lourd tourment. Elle lui versa une goutte d'*uisge* pour conjurer le froid, mais c'est surtout son beau sourire qui le réchauffa.

Ses blessures guérissaient rapidement, mais son cœur dépérissait, car Broc était la seule vraie famille qu'il ait jamais connue. Ils étaient passés par tant de choses ensemble. Et même quand Cameron avait un jour pensé trahir le clan, Broc l'avait sauvé en l'en empêchant. En vérité, il aurait donné sa vie pour Broc, il le ferait même maintenant, *s'il en avait l'occasion*.

Une autre semaine s'écoula. À son réveil, par un matin gris, il ne se doutait pas que l'occasion de prouver sa valeur, pas simplement à Broc mais aussi à la femme qu'il voulait épouser, allait se présenter à lui.

Contre toute attente, un messager arriva dans leur vallée. Un guerrier aux cheveux d'or qui semblait Scot jusqu'à la moelle, malgré son costume anglais. Il avança nonchalamment, fanfaronnant comme un Scot, vêtu d'une tunique de style anglais et enveloppé de lourdes fourrures. Sa barbe était gelée et des glaçons pendaient aux poils de son nez. Les doigts presque gelés, il remit une missive à Aidan, puis alla sans permission réchauffer ses doigts près de l'âtre en attendant la réponse du *laird*.

Le chef dún Scoti prit un air renfrogné et son visage s'obscurcit. Il fronça les sourcils au-dessus de ses yeux verts et lança un coup d'œil au robuste guerrier que Cameron connaissait maintenant sous le nom de Lachlann. Aidan fit un signe de tête sinistre à son capitaine en direction de la porte et Lachlann alla la barrer. Deux autres gardes vinrent se placer à ses côtés.

Un silence de mort envahit la salle de réception. Cailin se tenait derrière Cameron, enfonçant si désespérément ses doigts délicats dans son épaule qu'il retint un cri de douleur.

L'étranger sembla comprendre malgré l'absence de paroles, mais il resta cependant là où il se tenait, à se réchauffer les mains près du feu.

Aidan s'approcha de lui. Il réenroula le parchemin et le tint dans son poing.

— Ma sœur est en vie ? lui demanda-t-il directement.

L'étranger acquiesça de la tête.

— Et Broc Ceannfhionn ?

— Lui aussi.

Cameron se dressa sur ses pieds près de la longue table où il était assis. Le dún Scoti et l'étranger se tournèrent vers lui.

Cailin le saisit par le coude pour le retenir.

La fureur dans le regard du dún Scoti aurait pu le brûler sur place. Les joues de Cameron étaient en feu. Aidan s'adressa de nouveau à l'étranger :

— Et ce message dit la vérité ? demanda-t-il sur un ton exigeant en frappant le parchemin de sa paume. Au péril de sa vie, ma sœur a été forcée d'épouser et de partager le lit du Boucher du diable ?

L'étranger regarda Cameron puis Aidan avant de répondre :

— Vous pouvez le dire de cette façon.

❦

HORS DE LEUR chambre à coucher, Lael était toujours

sûre de la voie qu'elle devait suivre. C'est seulement quand elle se retirait dans sa tour refuge qu'elle se sentait complètement partagée. Ici, elle était l'épouse de Jaime, réagissant sans contrôle à chacune de ses caresses et désirant éperdument ses baisers.

La deuxième nuit, Jaime s'était préparé à la séduire, après lui avoir offert la lame de sa mère. Lael s'était attendue à ce qu'il la lui reprenne après le repas, mais il ne le fit pas. Il lui avait permis de garder le couteau. Elle le portait dans une gaine accrochée à sa ceinture.

Cette nuit-là, après le souper, il était venu dans leur chambre avec un autre cadeau. Elle comprit alors à quel point son cœur vaincu était en péril.

Jaime lui tendit un linge plié aux couleurs de son clan depuis longtemps oublié. Le tissu était empreint de toutes les nuances colorées de la terre, de riches bruns, de noirs et de verts ocrés, avec des fils argentés assortis à la couleur de ses yeux.

— Je n'avais jamais pensé à tout recommencer, lui avoua-t-il en se versant de l'*uisge* laissée par David.

Il lui parla ensuite de la chute de Dunloppe et comment le feu avait illuminé le ciel crépusculaire sur des lieues à la ronde.

Il lui ouvrit son cœur et Lael se trouva sans voix.

— C'est très joli, lui dit-elle avant de reposer le tissu toujours plié sur le lit.

La scène qu'il venait de lui décrire rivalisait avec sa propre mémoire de la trahison de son père dans leur salle. Ce n'était pas exactement la même chose, mais le grand-père de Jaime avait lui aussi été trahi par ceux à qui il faisait confiance. En fin de compte, tandis que leur épreuve avait rapproché les membres du clan de Lael, celle de Jaime l'avait détruit. Il restait maintenant peu de chose de son héritage et la terre, disait-il, avait commencé à réclamer son dû. Il n'y était retourné qu'une seule fois. Il avait trouvé les pierres noircies envahies par les ronces. Les murs de la palissade avaient presque entièrement disparu. Il avait alors tourné le dos à tout ce qu'il aurait dû hériter de sa mère, adoptant une vie avec ceux qu'il jugeait plus dignes d'estime.

Il but un instant en silence avant d'ajouter :

— Après tout, j'ai apparemment enfermé ma fierté dans la même boîte que le plaid de ma famille.

Lael caressa le tissu poussiéreux d'une main tremblante, pensant au jeune homme qu'il avait été. Un homme déplacé, avec une terrible colère dans l'âme.

Elle partageait cette même caractéristique, elle devait bien l'avouer. Un désir irrésistible de venger la famille qu'elle avait perdue. Mais pour Lael, il était tempéré par l'amour que lui portaient les siens. Et si elle s'était battue, c'était pour protéger ceux qu'elle aimait.

— Je me suis dit que c'était pour le mieux, puisque mes parents n'étaient que des *reivers* sans loyauté pour personne, qu'il valait mieux que je choisisse un camp.

— Alors vous avez choisi l'Angleterre et Henri ?

— Je suis loyal envers David, lui révéla-t-il.

Tout en l'écoutant, Lael avait les yeux fixés sur le plaid de Dunloppe, se demandant s'il y avait une différence après tout.

— Prends point un air si triste, Lael. Donnal Mac-Laren a peut-être été l'instrument, mais en fin de compte, ce sont des cœurs inconstants, le mien y compris, qui ont détruit mon clan. J'ai dû attribuer cet ignoble trait à tous les Scots. Après tout, c'est moi qui ai mis le feu à ces murs cette nuit-là.

Elle l'entendit reposer son verre. Puis il s'approcha du lit.

— Mais toi, ma charmante épouse... tu risques tout pour ce en quoi tu crois..., lui dit-il en l'embrassant tendrement sur l'épaule.

Lael déglutit avec difficulté.

— En vérité, j'ai jamais eu aucune raison d'aimer mes parents ou mes amis... avant de te connaître. David m'a choisi comme *laird* de Keppenach parce que je suis Scot. Et parce qu'il était grand temps que j'apprenne à en être un. Je comprends maintenant quelque chose que je ne connaissais point avant... Je sens une flamme dans mon cœur qui brûle bien plus que celle de Keppenach... ma chérie.

À son toucher, Lael renversa la tête en arrière, remplie de pensées qu'elle ne devrait pas entretenir. Son corps implorait des choses qu'elle ne devrait pas vouloir...

— Mais je suis *point* Scot, l'informa-t-elle en se blottissant dans ses bras, tournant le dos au lit et au plaid qu'il lui avait donné.

— Ah, mais tu l'es maintenant, soutint-il dans un murmure.

Mais ce n'était pas vrai. Elle lui avait peut-être donné son corps, mais cela ne voulait pas dire qu'elle pouvait renoncer à tout ce qu'elle savait.

C'était quelque chose que son époux semblait enclin à oublier.

Même s'il pensait être retourné à ses racines, ce n'était pas la même chose pour elle. Elle n'était *pas* Scot et elle ne pourrait *pas* rester ici. Ils n'étaient ni sa famille ni ses amis. Contrairement à son époux, sa famille avait toujours été son pilier. Maintenant, plus que jamais, elle comprenait combien elle avait eu tort de les quitter. Pour toutes les raisons qu'il venait si bien de clarifier. La pensée de son peuple en voie de disparition, leur sang effacé de la face de la terre, tout comme le peuple de Jaime. Cela la rendait malade.

La destruction des familles était certes le fait des cœurs inconstants.

Les membres de son clan n'avaient pas survécu si longtemps dans la Mounth en tournant le dos à tout ce en quoi ils croyaient, tout ce qu'ils cherchaient à maintenir. Ils avaient un seul but commun dans cette vallée : sauvegarder la pierre de Scone. Et elle avait inefficacement tourné les yeux vers une autre cause.

Elle devait absolument trouver le moyen de rentrer chez elle. Même si elle avait du mal à penser clairement avec son époux penché sur elle, en train de tirer sur ses jupes et de l'embrasser sur la bouche.

N'en faisant qu'à sa tête, son corps la trahit une fois de plus. Elle se serra davantage contre Jaime jusqu'à ce qu'il passe un bras derrière sa nuque et l'autre sur le creux de ses reins.

Elle se détendit contre lui, se livrant à ses mains et lui rendant ses baisers avec le même abandon que la nuit précédente, jouissant de la sensation des mains de Jaime parcourant tout son corps.

— J'ai plus de cadeaux à t'offrir, lui murmura-t-il en la déposant doucement sur le lit.

Puis il releva sa robe, tomba à genoux, et pressa sa langue entre les jambes de Lael. Elle fut instantanément perdue et haleta.

Incapable de le supporter davantage, elle l'attira à elle. Au milieu des caresses et des baisers, ils rejetèrent leurs vêtements et se retrouvèrent nus au milieu du lit, son époux étendu sur le dos.

Avec un petit sourire et une lueur maligne dans ses yeux gris, il la souleva et la plaça sur lui, guidant les longues jambes de Lael de chaque côté de son propre corps. Son cœur accéléra quand elle réalisa ce qu'il voulait faire. Sous elle, son sexe était dur et chaud. Elle abaissa son corps et le couvrit complètement.

— Chevauche-moi, ma belle princesse guerrière...

Le cœur de Lael s'affola au son des ordres chuchotés de Jaime.

À sa façon de la regarder, elle se sentait comme une sirène dans ses bras.

Enveloppée d'une chaude lumière dorée, elle saisit une bande de soie du baldaquin. Elle passa le tissu diaphane et vert autour du cou de Jaime, puis avec le sourire, obéit aux ordres de son époux. Les rênes de soie fermement en mains, elle le chevaucha.

CHAPITRE 27

Tout comme Lael, la Mère de l'Hiver semblait réticente à se décider : il neigeait un jour et le soleil brillait le lendemain, laissant les alentours boueux et détrempés. À vol d'oiseau, ils n'étaient pas si loin de Dubhtolargg, mais ils semblaient à des milliers de lieues, car Lael n'avait jamais connu une saison aussi capricieuse.

Quelques semaines plus tard, elle était toujours à l'aise à se promener dehors dans sa robe de laine et son manteau. C'était une bonne chose, puisqu'elle avait décidé que pour libérer Broc Ceannfhionn, la seule issue possible était à travers les tunnels.

Malheureusement, son époux jugeait bon de lui refuser une seule chose : une visite aux geôles.

D'un autre côté, il semblait y descendre lui-même une ou deux fois par jour, peut-être pour torturer Broc. Jaime paraissait avoir changé, mais elle ne devait jamais oublier qu'elle partageait le lit du Boucher.

Cela lui était de plus en plus difficile de se rappeler cette simple vérité.

Un jour, tandis qu'elle était accroupie derrière l'autel pour épier les allées et venues, Jaime se faufila discrètement, portant un autre sac.

Lael aurait jadis pu imaginer qu'il transportait les têtes des hommes qui l'avaient en quelque sorte défié, mais elle ne pouvait plus penser à lui de cette façon maintenant, ni prononcer son ancien surnom.

Elle essaya de descendre à sa suite, ouvrant la porte derrière lui pour que les gardes croient qu'elle l'accompagnait, mais ils la repoussèrent aussitôt, malgré ses demandes insistantes de la laisser passer.

Par la suite, à chaque fois qu'elle tentait de se faufiler dans les tunnels, elle repartait la mâchoire serrée pour ne pas hurler de frustration.

Les hommes de Jaime étaient des nigauds inflexibles qui n'obéissaient qu'à lui. Ce n'était heureusement pas le cas de ceux de MacLaren et certains d'entre eux prenaient leur tour pour monter la garde dans les tunnels. Ce serait sa meilleure chance d'y descendre. Elle le savait instinctivement.

Elle devait absolument trouver le moyen de parler à Broc Ceannfhionn !

Quoi qu'elle fasse maintenant, elle allait briser son propre cœur, c'était inévitable. Avec chaque nouveau jour ensoleillé, elle était certaine que Cailleach lui souriait et lui donnait sa bénédiction pour s'en aller. Et elle était tout aussi certaine que si elle restait à Keppenach tout l'hiver, elle serait pour toujours vouée à l'échec. Elle perdrait sa volonté de quitter Jaime.

Trois semaines s'étaient écoulées depuis que Kieran était parti pour la Mounth et il n'était pas encore revenu. On soupçonnait le pire. Son époux envoya deux autres hommes pour aller à sa recherche dans le col de montagne. En vain. Le terrain était rocheux et périlleux. Mais Lael n'était pas une Sassenach : si quelqu'un pouvait se frayer un chemin dans ces routes traîtresses, c'était bien elle. Cependant, elle soupçonnait autre chose. Le seul problème que Kieran avait rencontré était probablement le bout de l'épée de son frère. Aidan ne croirait pas plus aisément qu'elle avait épousé le Boucher de son plein gré qu'il abandonnerait son devoir envers les siens. Les mots qu'elle avait dictés à Luc étaient difficilement reconnaissables comme venant d'elle :

À AIDAN, laird de Dubhtolargg, fils de Kenneth MacAlpin. Ta sœur te salue.

Prends courage. Je vais bien, et pour le bien du bon peuple de la Scotia, je suis heureuse de faire connaître ma décision d'épouser de plein gré le nouvel et légitime héritier de Keppenach, de devenir son épouse comme prescrit par mon roi bien-aimé David mac Maíl Chaluim, Roi des Rois, Haut Roi de tous les Highlanders, Chef des Chefs et fils de Kenneth MacAlpin. Je te prie donc d'informer le laird MacKinnon. Broc Ceannfhionn a volontairement reposé son épée indigne. Il retournera chez son peuple après un an et un jour. Je le jure. Sincèrement.

Soussignée et scellée le vingt-septième jour de novembre par moi, Lael, fille du loup, fille de Kenneth MacAlpin et fidèle servante de Dubhtolargg.

AIDAN n'en croirait pas un mot.

Même maintenant, elle ne pouvait pas croire elle-même qu'elle s'était de son plein gré soumise à un homme qu'elle avait autrefois considéré comme un ennemi juré.

N'étant désormais plus intimidée par la perspective de traverser la montagne, elle était maintenant déterminée à trouver un moyen de s'échapper avant que la neige ne reste pour de bon. Et avant que son cœur n'ait l'occasion de tromper son esprit.

Mais pour l'instant, l'heure du dîner approchait. Elle savait que les femmes allaient attendre ses ordres.

Elle abandonna donc le guet dans l'église et se précipita vers la cuisine, s'arrêtant juste assez longtemps dans le jardin pour se servir de son superbe cadeau de jeune épousée.

Apercevant des feuilles de chou frisé gelées, elle les coupa avec son dirk et emporta sa récolte à la cuisine, se disant qu'elle pourrait peut-être apprendre à la jeune servante à en faire un brouet.

AIDAN PLAÇA l'homme qui disait s'appeler Kieran dans les fers et l'attacha à son cheval. Par Dieu, si un Sassenach pouvait faire l'ascension des *Am Monadh Ruadh* en hiver, il devait pouvoir en redescendre avec trente hommes capables. Convaincu, il rassembla ses guerriers, tous ceux que Dubhtolargg pouvait se permettre d'envoyer.

Roi bien-aimé. Légitime héritier. Haut Roi de tous les Highlanders ! Pouah !

Il ne croyait pas un seul mot de cette missive douceâtre. Broc Ceannfhionn avait reposé son épée ? Pas dans cette vie pour sûr ! Le géant blond voulait à tout prix voir son droit d'aînesse retourné à son légitime héritier. À ses fils, pas au Boucher d'Henri. En fait, il s'était tenu devant Aidan à cette table, risquant sa colère pour convaincre sa sœur de rejoindre sa cause.

Et Lael n'accepterait pas plus ce sort qu'elle ne déposerait les armes. Il connaissait sa sœur mieux que quiconque. Il savait qu'elle ne céderait jamais volontiers. Pas même à lui, il en avait la preuve.

Elle l'avait ouvertement défié et poussé à bout.

Néanmoins, tous ses terribles avertissements étaient oubliés pour le moment. Quoi qu'il lui ait dit la veille de son départ, c'était la maison de Lael et elle était de son sang.

Il avait l'intention de la ramener.

Avec tant en jeu, peu de choses pouvaient pousser Aidan à aller se battre, mais il ne pouvait ignorer celle-là. Fichue Lael et sa nature rebelle ! Voilà à quoi elle les avait menés. Si cela tournait mal, toute leur vallée serait en danger.

Tout à son honneur, le messager du Boucher garda le silence. Les examinant de ses yeux noirs et rusés, l'homme chevauchait les mains liées derrière le dos, allant pourtant à la même allure que les autres. Mais s'il venait à glisser et à tomber, il y aurait un Sassenach de moins à s'occuper.

Les montagnes étaient sans pitié, les falaises à pic, blanches et glissantes. Les quelques arbres qu'ils virent frissonnaient dans le vent impitoyable.

Avec une trentaine d'hommes, enveloppés de fourrures et le visage recouvert du *woad* de leurs ancêtres, Aidan avançait avec précaution sur le terrain glacé.

Cameron MacKinnon chevauchait à son côté, son *woad* appliqué par sa sœur Cailin. Blessé, le jeune homme avait pourtant insisté pour les accompagner. Aidan le lui avait permis, reconnaissant le besoin qu'avait Cameron de prouver sa valeur. Pas seulement à Aidan, mais à son cousin et peut-être à lui-même. Aidan avait perçu l'espoir sur son visage quand Kieran avait annoncé que Broc Ceannfhionn était toujours en vie.

Un seul guerrier valide n'était pas avec eux. Aidan avait refusé qu'il vienne. Il avait laissé son frère, au masque de pierre et en colère, mais vivant et parfaitement capable de diriger le clan dans le pire des cas. Pour l'instant, Keane ne comprenait sans doute pas son ordre, mais si Aidan venait à périr, il le ferait sûrement.

Hélas, le clan était beaucoup plus vulnérable maintenant qu'il ne l'avait été depuis presque deux cent cinquante ans, et pour cela il prévoyait d'étrangler sa sœur belliqueuse, après l'avoir serrée si fort que ses yeux sortiraient de leurs orbites. Par les péchés de Sluag, il l'avait crue morte. Et maintenant qu'il la savait en vie, il allait la ramener chez eux, un bébé dans le ventre ou non.

ॐ

PENDANT QUE MAIRI et Ailis finissaient leurs tâches dans la cuisine et que les hommes étaient tous occupés à se trouver une paillasse dans la salle, Kenna se précipita vers la chapelle pour être certaine que personne ne la voyait. L'orgueil des hommes restait heureusement sa plus grande chance de salut. Se disputer et convoiter les meilleurs endroits où passer la nuit les intéressait tous beaucoup plus que de trouver un moyen de se glisser entre ses cuisses. Mairi et Ailis l'aidaient toujours à s'esquiver. Elle leur en était reconnaissante, car une fois les hommes installés et ivres, personne ne se souvenait jamais de Kenna.

Cela n'avait pas toujours été le cas.

Quand Stuart MacLaren était *laird* et Lìli maîtresse de Keppenach, Kenna s'était occupée de leur fils Kellen. Lìli lui avait permis de dormir dans la chambre de l'enfant. Le donjon lui-même était plus petit qu'il ne paraissait et il y avait peu de pièces. Elles étaient déjà toutes prises. Maintenant, avec tout le monde enfermé dans les murs de Keppenach, il n'y avait nulle part où aller. La chapelle était le seul endroit où elle pouvait dormir, car on l'évitait presque autant que la vallée des Fées. Personne ici ne connaissait la foi chrétienne, mais personne ne se souvenait non plus des anciennes coutumes. La chapelle était comme une tombe, sombre et abandonnée depuis ses origines.

Alma, qui avait vécu dans le village jusqu'à ce qu'il brûle, lui avait un jour parlé du vieux *laird*, celui qui avait relevé Keppenach de son ancienne fondation romaine. Il s'appelait MacEanraig. Les cheveux dorés et les yeux bleus comme le ciel, lui et sa jeune épouse MacLaren avaient été bons et gentils envers tous. Les moutons et les chèvres couraient librement partout sans causer de disputes. Tout le monde partageait l'abondance. Les jeunes filles épousaient les beaux garçons qui volaient leur cœur et le monde était vert, doré et bleu.

Il était désormais noir et gris, de la couleur des cendres et de la fumée.

Donnal MacLaren, le vieux bonhomme qu'elle avait jadis cru être son père, avait assassiné MacEanraig. Pour sa fille, avait-il prétendu, mais ce n'était pas vrai. Il était cupide et voulait tout ce sur quoi il pouvait mettre la main. Quand la fille l'avait renié pour sa trahison, il l'avait tuée et avait pris la place de MacEanraig, comme il l'avait fait avec le *laird* de Dunloppe. Sauf que cette fois, il était parti en flammes. Par les dieux, les anciens et les nouveaux, elle n'avait jamais vraiment voulu croire que Donnal était son père. Il était si vieux qu'elle s'était souvent étonnée que sa semence ne soit pas ratatinée et réduite en poussière. Mais elle savait qu'elle était fille de Dunloppe. De qui précisément, elle n'en avait aucune idée. Peut-être d'une servante ou de la fille du *laird* lui-même...

Plus d'une fois, elle avait envisagé de parler directement au Boucher, mais comment faire ? Elle avait très peur. Après tout, malgré ses sourires, le Boucher avait renoncé à son propre peuple et rejeté son droit d'aînesse, laissant ses propres champs en friche et son château en ruines pour accomplir son devoir envers son roi anglais.

Comme elle en avait l'habitude, Kenna glissa une main dans son corsage et saisit la chaîne qui retenait le pendentif de sa mère. La seule preuve tangible qui restait d'une vie qu'elle ne connaissait pas. Ce bijou exquis lui donnait à croire que sa mère avait dû être une dame, mais elle n'osait pas penser à une telle chose.

Elle sympathisait avec Broc Ceannfhionn, avec son besoin inhérent de revenir à ses racines, de chercher des réponses et de reconstruire ce qui était perdu. Même si le Boucher ne partageait pas leurs désirs familiaux, elle devait avouer que malgré tout ce qu'on disait sur lui, elle avait attendu son arrivée avec impatience. En vérité, elle regrettait amèrement le moment où elle était allée parler à Maddog des bruits provenant de la chapelle. Seule la peur l'y avait poussée. C'était à cause d'elle que les hommes de MacKinnon avaient été pendus, tout comme Lael et le géant blond avaient failli l'être.

Mais cela n'a pas d'importance.

La situation est ce qu'elle est maintenant.

Lael n'était comme aucune autre femme que Kenna ait jamais connue. Elle était forte, mais gentille et bonne. Le Boucher aussi ne ressemblait en rien à ce qu'elle s'était imaginé. Elle espérait et priait que sa direction soit aussi juste que celle de MacEanraig avant lui. Une fois qu'elle en trouverait le courage, elle aborderait le sujet avec Lael. Peut-être que cette dernière l'aiderait à s'adresser au nouveau *laird* ?

En attendant, elle avait assez de couvertures pour affronter le froid, mais elle serait bientôt forcée de trouver un endroit plus chaud pour dormir.

Maddog apparut devant elle tandis qu'elle traversait le jardin qu'elle avait jadis entretenu avec Lìli MacLaren.

— Toi !

— Ma belle, je venais voir comment tu allais.

Kenna laissa tomber le pendentif de ses doigts et mit sa paume contre sa poitrine.

— Bien mieux que le pauvre Broc Ceannfhionn.

Et qu'Afric et Baird aussi, mais elle n'osa pas provoquer Maddog davantage, car il avait l'humour aussi changeant que le temps. Malgré tous ses efforts, elle ne put contenir sa colère :

— Maddog, j'avais point réalisé que tu avais aussi tué le pauvre Afric ! Sinon, j'aurais jamais accepté de t'aider.

Elle reconnut la lueur dans ses yeux et, méfiante, recula d'un pas.

— J'ai point fait ça, je le jure, lança-t-il, une main cachée sous son manteau.

Kenna recula d'un autre pas, prête à s'enfuir en courant.

— Afric était juste ivre. Il est tombé dans le puits. Combien de fois est-ce que tu l'as vu chancelant, avec du vent dans les voiles ? Et combien de fois est-ce qu'il a grimpé dans ton lit et tu as dû le chasser ?

Ajustant son manteau pour dissimuler son tremblement, Kenna lui jeta un regard noir.

— Juste une fois. Il m'a prise pour Ailis.

Maddog la lorgna avec grossièreté.

— Ah, véritelment ?

— Juste une fois, insista Kenna, avant que je change ma paillasse de place.

Il secoua la tête.

— Ah, petiote ! Qu'est-ce qui te fait croire que parce que tu caches ton sac à puces dans une chapelle vide, personne t'y trouvera ? C'est uniquement grâce à moi que tout le monde te laisse tranquille. Tu dois bien le savoir, nenni ?

Kenna se hérissa. C'était reparti, il recommençait à vouloir la convaincre qu'elle lui devait quelque chose pour tout ce qu'elle avait dans la vie. Ce qui n'était pas beaucoup. Elle avait eu une bien meilleure maison dans le village, mais ce temps était révolu. Elle n'avait plus maintenant qu'une pauvre paillasse dans une chapelle froide, une robe toute neuve et un pendentif reçu d'une mère dont elle ne se souvenait pas.

Il lui faudrait bientôt trouver un homme pour pourvoir à sa subsistance, mais elle espérait quelque chose de plus. Elle ne voulait pas vivre comme Ailis et Mairi, passant d'une paillasse à une autre. La pauvre Ailis avalait de l'écorce et des baies de genièvre pour éviter de se faire engrosser. Mairi était trop vieille pour concevoir. Mais ce n'était pas une vie. Kenna aurait quitté Keppenach avec tous les autres si elle avait eu quelque part où aller. Elle était restée parce que... elle avait espéré contre toute espérance pouvoir apprendre quelque chose sur sa mère. Ou du moins trouver un lien avec son passé. Elle regrettait maintenant de ne pas avoir supplié Bowyn de demander à son parent de la prendre chez lui. Le gentil petit vieux était l'un des seuls mâles à Keppenach à n'avoir jamais essayé de se glisser sous ses jupes. La pensée de le voir ouvrir ce terrible sac la rendait malade.

Maddog jeta un coup d'œil à sa paillasse, à moitié cachée dans un coin du transept sud.

— Je sais que c'est difficile, fillotte. Donne-moi du temps et je t'aiderai plus.

— Comment le ferais-tu ? Ton nom vaut rien, Maddog, comme moi !

— Si fait, mais j'ai un objet de valeur... je peux le vendre. Et maintenant, j'ai un plan.

Elle se tourna vers lui en ajustant son manteau, curieuse malgré elle.

— Même si c'était le cas, pourquoi est-ce que je t'aiderais ?

Il haussa les épaules.

Aussi tentante que puisse être la pensée d'un lit plus chaud, tout ce qui viendrait de Maddog empesterait l'infamie. Elle se retourna pour s'en aller, avec la ferme intention d'aller parler au *laird* ou au moins à sa nouvelle maîtresse, car elle sentait dans son cœur que Lael la défendrait. Ce n'était vraiment pas une vie !

Maddog la saisit par le manteau, comme la main cruelle de la Faucheuse.

— T'as point intérêt à aller cafarder maintenant. T'as juré pour Bowyn, rappelle-toi bien.

Elle pensa un instant crier, mais deux nouveaux gardes apparurent dans la nef. Kenna se dégagea de Maddog quand ils passèrent près d'eux. Elle retint sa langue, observant Maddog échanger un regard entendu avec l'un d'eux. Elle réalisa que malgré tous ses racontars, il avait encore une emprise sur beaucoup de ceux qui étaient restés. Ils obéiraient à ses ordres, même si la crainte était leur seule raison de le faire.

Si elle était plus intelligente, elle le craindrait aussi.

— Si tu vas tout raconter, je dirai que c'est toi qui as tué le pauvre garçon.

— Mais c'est point vrai !

Maddog haussa les épaules.

— Tu as juré pour Bowyn, répéta-t-il.

Cela la fit hésiter. Elle avait en effet juré pour Bowyn, au Boucher. Si Maddog répondait de ce crime, elle le ferait alors aussi.

Par peur des conséquences, elle se retourna vers son lit.

— Alors va-t'en et laisse-moi tranquille, le pria-t-elle. Je veux point de ton aide et j'en ai point besoin !

— T'es qu'une sorceresse ingrate, cracha Maddog, se retournant néanmoins pour s'en aller. T'es toute seule maintenant, je te préviens.

Pour une fois dans la vie de Kenna, cela ne semblait pas tout à fait vrai. Elle sentait un changement à l'horizon, un changement qui la concernait. Elle le sentait dans l'air autour d'elle, même maintenant dans les recoins sombres et froids de l'ancienne chapelle oubliée.

Maddog grogna en s'éloignant. Elle attendit qu'il

sorte, puis se dirigea vers son lit, caché par un tas de débris dans le coin, priant maintenant pour la lumière du jour.

&

LA GEÔLE du donjon était de loin l'endroit le plus improbable pour une réunion, mais ils étaient néanmoins là. Broc assis sur une chaise à côté d'une petite table. Un tapis sous ses pieds et un brasier généreux réchauffant sa cellule. Un tas de couvertures sur sa paillasse. Le Boucher était assis en face de lui sur un tabouret, de l'autre côté des barreaux. Petit à petit, sa cellule se transformait en chambrette bien aménagée, si l'on ne prêtait pas attention aux murs en pierre et au sol en terre battue. Broc avait enduré bien pire.

— Tu aimes la *uisgee* ?

— *Uisge beatha*, le corrigea Broc. L'appelle point comme le fichu *Èireannach*. Si fait, pas mauvaise, répondit-il en reposant sa chope sur la table.

Le Boucher secoua la tête.

— Tu dois savoir que je peux point te rendre Keppenach, mais je peux faire pression sur le roi pour Dunloppe.

— Un donjon en ruines pour ce qui me revenait ?

— La terre est bonne, mais de toute façon, t'as point le choix. David te donnera *jamais* Keppenach. À ses yeux, tu restes un traître de la couronne. Il récompenserait pas plus tes efforts, même si tu juges que tes actions étaient justes, qu'il serait prêt à renoncer à sa couronne.

Broc leva sa chope et avala une gorgée de son *uisge*, reconnaissant pour la chaleur qui descendait le long de sa gorge. Il écouta patiemment, incertain de ce qu'il devait dire ou faire. Les visites s'étaient multipliées et il en était venu à connaître et à faire confiance à l'homme assis devant lui.

Le bois crépita dans le brasier, crachant des cendres.

— Moi, j'ai point de vraie affinité pour Keppenach ou pour Dunloppe, mais j'ai comme toi le désir de reconstruire mon héritage.

Broc fit oui de la tête. Une bonne épouse pouvait faire cela à un homme. Sa femme Elizabet et ses enfants étaient les raisons pour lesquelles il se souciait d'améliorer ses propres circonstances.

— Lael ? demanda-t-il, jaugeant l'homme aux yeux bleu vif.

Le Boucher mit un moment avant de réagir, mais il finit par acquiescer de la tête.

Broc sourit.

— C'est une rusée, pour sûr. Elle te donnera des brûlures d'estomac plus tôt qu'elle te réchauffera le cœur.

— Ça, je le sais, commenta le Boucher en riant à voix basse.

— Et tu veux quand même la garder pour épouse ?

— Si fait.

— Tu as de la chance, déclara Broc. Je le dis devant Dieu, si mon cœur était libre, je l'aurais aimée comme toi.

— Mais il est point libre ?

Broc comprit instinctivement pourquoi il lui posait cette question.

— Nenni. J'ai une belle épouse chez moi, avoua-t-il. Une jolie Sassenach en plus de ça... ce qui prouve qu'il y a de l'espoir, même pour un horrible gars comme toi.

Le Boucher éclata d'un rire franc.

Broc aussi.

— Tu es un brave gars, déclara son ravisseur.

— Toi aussi, mises à part les quelques têtes que tu as

coupées. Point la mienne heureusement, je juge donc bon d'enterrer la hache de guerre maintenant.

— Tant que ce n'est pas dans mon dos, répliqua le Boucher.

Broc ricana.

— Eh bien... si je jugeais bon de te donner ma lame, ce serait point entre tes épaules, Sassenach.

— On a ça en commun, avoua Jaime, une étincelle inattendue dans le regard.

Cette question réglée, Broc poursuivit :

— Pour ce qui est de Keppenach, je comprends ce que tu dis. Et si tu crois que David mac Maíl Chaluim considérera ta requête, j'accepterai Dunloppe à la place de Keppenach. C'est bien plus que ce que j'ai pour l'heure, une maisonnette par les bonnes grâces de MacKinnon.

— Si ça te console, Keppenach est à peine moins en ruines.

Broc acquiesça de la tête.

— Alors d'accord.

Il regarda dans sa chope, puis leva les yeux vers la longueur et la largeur des tunnels.

— Je peux point faire autrement, ajouta le Boucher, semblant lire ses pensées. David s'attend à ce que tu restes emprisonné jusqu'à ce que les conditions de notre accord soient remplies. Si je te libère avant, je le connais, il pensera que t'as point assez payé et refusera de considérer notre requête. Il veut point qu'on le voie en train de récompenser ses ennemis, mais je te le dis maintenant... on le juge mal. Quand l'occasion se présente, c'est un digne chef et un homme d'honneur. Si tu sers ton temps ici, Broc, il sera plus que disposé à accepter que je te lègue Dunloppe.

Broc réalisa que l'homme disait vrai. Dès qu'ils s'étaient rencontrés, il n'avait pas une seule fois traité

Broc avec dédain, même quand il était accroché au nœud coulant.

En fait, sans l'intervention du Boucher, il serait mort maintenant. Il avait été à deux doigts de finir sur un bûcher avec le reste de sa bande.

— Et l'épée ? osa-t-il demander.

Le Boucher secoua la tête.

— J'en ai point vu le moindre reflet, mais je continuerai à la chercher. Si ce que tu me dis est vrai, il est de mon devoir de la rendre à mon roi. Mais si tu arrives à la récupérer tout seul, ajouta-t-il après une pause, je peux t'assurer que ce serait une incitation supplémentaire pour que David accepte ta demande... si tu étais enclin à la lui remettre toi-même.

Incrédule, Broc se leva de sa chaise et s'approcha des barreaux, en saisissant un fermement.

— Tu serais prêt à fermer les yeux ?

Le Boucher se pencha en avant, fermant les poings. Puis il baissa les yeux. Broc voyait qu'il mesurait ses paroles. Jaime releva la tête et jeta un coup d'œil aux gardes qu'il avait postés à trois mètres de là avant de croiser le regard de Broc.

— David prétend m'avoir choisi pour cette mission parce que je suis Scot. Il a dit qu'il était temps que j'apprenne à en être un. Je dois avouer qu'au début je comprenais point ce qu'il voulait dire. J'ai passé presque toute ma vie à éviter l'héritage de ma mère et à rester fidèle à un père que je connaissais point, mais dont les autres parlaient avec le plus grand respect. En vérité, j'ai point d'amour pour aucun de mes parents, mais je suis né Scot et j'ai vécu en Scot jusqu'à ce que David choisisse de me recevoir. Mais je savais point combien je désirais un foyer avant d'épouser Lael. Maintenant, je sais. Il y a une chose que je n'avais jamais comprise dans la façon de gouverner de David, mais c'est clair désormais.

Tu dois parfois faire un choix pour le bien du peuple, pas tant pour le bien d'un roi. C'est ce que signifie être Scot. C'est ce que David a si souvent fait. Il s'est attiré beaucoup d'hostilité, mais au bénéfice de son peuple élu.

Broc déglutit avec difficulté en entendant les paroles sincères du Boucher. Ce n'était pas leur but, mais il se sentit humilié d'avoir placé la fierté au-dessus de la bienfaisance. Des hommes étaient morts pour qu'il retrouve son droit d'aînesse, alors qu'il avait depuis le début une place chez un peuple qui l'aimait comme s'il était des leurs. David ne méritait peut-être pas sa réputation. Son refus de lever l'épée témoignait peut-être moins de sa peur que de sa force.

— Très bien, concéda Broc. Je purgerai ma peine et serai reconnaissant de recevoir Dunloppe au lieu de Keppenach.

Pour illustrer son accord, Broc passa la main entre les barreaux et le Boucher se leva pour la serrer.

— J'ai point eu la chance d'avoir un frère, dit le Boucher, mais maintenant je te compte comme le mien.

Ils se serrèrent la main.

— Tu es bon, Broc Ceannfhionn.

Broc lui lança un sourire en coin en lui serrant la main.

— Frère Jaime, le pria-t-il. Est-ce qu'il resterait un peu de ce blanc-manger ? Mon appétit est revenu.

Jaime éclata de rire.

— Par le cœur Dieu, mon ami ! Tu vas avaler tout mon garde-manger avant la fin de l'hiver !

Broc sourit jusqu'aux oreilles.

— Si fait, mais si tu me permets d'envoyer un mot à MacKinnon, on remplira aussitôt tes réserves pour que tu puisses me remplir le ventre.

Il lança cela comme une plaisanterie, mais c'était la vérité.

Jaime acquiesça de la tête.

— C'est comme si c'était fait, mais pour l'instant, laisse-moi retourner voir mon épouse pour être sûr qu'elle comprenne point où je passe mon temps. Ça me convient de la laisser croire que tu souffres ici, fit-il avec un clin d'œil.

Broc passa la main par les barreaux pour le saisir par l'épaule.

— Aime-la bien et longtemps, le supplia-t-il. C'est une bonne fille.

— Je le ferai, mon ami. Je le ferai.

Broc le secoua gentiment.

— Va faire un petiot pour que je puisse retourner près de ma femme avant que mes couilles deviennent bleues.

— Au moins, ce sera point à cause du froy, reprit Jaime en riant.

— J'entends déjà ton accent changer, Sassenach. Tu feras un bon Scot après tout.

Les deux hommes éclatèrent une nouvelle fois de rire, puis Jaime partit et Broc retourna à son *uisge beatha*, contemplant l'étrange tournure des événements.

Si tout allait bien, il pourrait retourner chez sa belle Elizabet avant que la neige ne les bloque pour l'hiver. Il pria Dieu que Lael soit aussi satisfaite de Jaime que son époux l'était d'elle, et que leur union produise vite un enfant aux poumons aussi puissants que les siens.

*

Sa conversation avec Broc toujours à l'esprit, Jaime gravit les marches le conduisant à sa chambre. Il fut étonné de découvrir que son épouse y était déjà. Assise sur le lit, elle défaisait ses nattes.

— Jaime ? demanda-t-elle, surprise.

C'était la première fois qu'elle s'adressait à lui par son prénom. Cela lui procura un élan de plaisir débridé. Il entra dans la pièce, referma la porte derrière lui, les yeux fixés sur elle comme un jeune fou amoureux. Dans la lumière tamisée, elle ressemblait à une déesse aux cheveux de jais, avec ses douces joues roses et ses yeux qui brillaient à la lueur du feu. Ses cheveux défaits lui tombaient sur les épaules comme des vagues d'ébène.

Il essaya de prendre la parole, mais les mots lui échappaient. Il traversa alors la chambre et se versa un peu de la boisson enivrante, déterminé maintenant à trouver un moyen de se réapprovisionner en *uisge*.

— Je t'ai point correctement remercié pour mon cadeau, déclara Lael, un sourire dans la voix.

— Ton sourire me suffit, lui assura-t-il.

Lael se leva du lit, ses pieds avançant d'eux-mêmes. Avant de réfléchir, elle posa doucement la main sur l'épaule de Jaime. Il se figea à son toucher.

Malgré tous ses efforts, elle ne pouvait s'empêcher de penser à la façon dont il l'avait regardée au moment de lui offrir le dirk de sa mère. Un air si empreint d'attente qu'il lui avait déchiré le cœur.

Jamais de sa vie n'avait-elle reçu de cadeau qui témoignait de tant de confiance. Avec la tendresse de leur première nuit et de chaque nuit depuis, tout ce qu'elle croyait savoir s'avérait faux.

En vérité, il y avait peu de chance pour un boucher sassenach et une fille de son peuple à part ici, dans leur tour, sans personne pour les juger. C'était tellement plus facile de voir en lui quelqu'un d'autre que ce qu'il était en vérité : son ravisseur.

Et cependant...

Il se tourna vers elle, le regard rempli d'incertitude.

Lael porta un doigt à son front, passant doucement son pouce sur sa cicatrice, comme pour le guérir.

— Est-ce que tu me quitteras un jour, Lael ?

Elle lui adressa un petit sourire contrit. Il était impossible de dire ce qui serait arrivé si elle était venue à lui de son propre gré. Son regard le suppliait de la comprendre. Elle lui répondit par une question :

— Est-ce que tu me libéreras ?

Son regard argenté la pénétra jusqu'à l'âme.

— Nenni, lui murmura-t-il avec honnêteté.

Les doigts de Jaime se dirigèrent spontanément vers la tresse qu'elle n'avait pas encore défaite. Il lui détacha les cheveux et passa doucement ses doigts dedans. Et comme il n'y avait rien d'autre à ajouter, il descendit ses mains sur sa nuque et l'attira à lui pour échanger un tendre baiser.

Mais après tout... j'ai de l'amour pour toi. « *Ach ged a bha... tá grá agam duit* », murmura-t-elle en l'embrassant.

Il répondit avec un petit frisson en passant sa langue entre ses lèvres. Se laissant aller dans son étreinte, Lael pria qu'il ne lui demande pas ce que cela voulait dire.

CHAPITRE 28

Se rappelant l'étrange boîte sous le lit dans la chambre adjacente, Lael gravit aussitôt les escaliers de la tour, emportée par sa curiosité.

Le cadeau de son époux dans une main et un tisonnier dans l'autre, elle sourit en pensant que cela lui procurait peut-être beaucoup trop de plaisir de sentir l'acier froid dans sa main. Presque autant que le fait d'entendre son époux dire « si fait ».

En rompant leur jeûne, elle lui avait simplement demandé si elle pouvait se servir de la pièce adjacente pour ses servantes, et il avait accepté.

Sa sœur Cat avait un jour juré qu'il était assez facile de satisfaire les hommes. Cela paraissait certainement être le cas. Plus Lael acceptait son époux, plus ardemment il lui accordait les désirs de son cœur. Tout, sauf sa liberté ou une visite aux geôles. Elle ne pouvait jamais aborder ces deux sujets sans qu'il se mette en colère.

Eh bien, jusqu'à ce que l'occasion se présente, ce serait bien mieux pour tout le monde si elle endurait sa peine avec le sourire. Après tout, elle ne souhaitait pas qu'on se souvienne d'elle comme de la pauvre Aveline de Teviotdale, morose, désagréable et infortunée dès le début. En fait, elle n'avait pas du tout besoin d'être malheureuse. Un oiseau en cage peut chanter une belle chanson, mais si vous lui ouvrez la porte, il va déployer ses ailes et s'envoler. C'est aussi ce qu'elle ferait. Broc *devait* retourner à son peuple. Elle aussi.

Quels que soient les sentiments que Lael éprouvait maintenant envers l'homme qu'elle apprenait à connaître comme époux, ils n'étaient pas le fait d'une bonne fée. Des vies étaient en jeu, pas seulement la sienne. Elle ne pouvait pas plus oublier Broc Ceannfhionn et continuer à vivre comme une jeune mariée qui rougissait qu'elle ne pouvait ignorer les désirs de son corps traître.

Et pourtant... si elle avait su ce qui conduisait une femme dans le lit d'un homme, elle ne se serait peut-être pas autant obstinée à en rester éloignée. Aujourd'hui enfin, elle comprenait tous les gloussements de ses amies.

Quant à Mairi, Ailis et Kenna... Elle ne leur avait pas encore parlé de la chambre dans la tour, mais elle espérait que cela leur plairait autant qu'à elle. Une fois la pièce vidée, les femmes pourraient l'utiliser à leur guise, peut-être comme solarium. Mais d'abord, elle avait l'intention de récupérer cette boîte et de combler les judas dans le mur. Cela ne lui plaisait guère de savoir que quelqu'un pouvait épier d'une chambre à l'autre.

Se demandant lequel des *lairds* MacLaren avait pu faire ces trous et lequel avait eu la mauvaise grâce de s'en servir, tous peut-être, elle remit la lame dans sa gaine à sa ceinture, puis ouvrit la porte. Elle alla directement vers le lit et s'agenouilla pour regarder dessous.

La boîte était toujours là où elle l'avait laissée, dans le coin le plus éloigné, enveloppée de mystère. Son cœur se mit à battre plus vite.

Qu'est-ce que cela pouvait être, sinon les secrets de quelqu'un ?

Fébrile d'impatience, elle poussa le tisonnier sous le lit et tira doucement la boîte vers elle. Puis elle posa le tisonnier par terre, saisit la boîte et la posa sur le lit. Elle s'assit à côté d'elle.

Elle resta un long moment à admirer la boîte elle-même. Elle était exotique. En bois tendre, avec des lions, des cerfs et des loups sculptés et peints sur les côtés. L'impatience dévorait Lael. Mais quand elle ouvrit le couvercle et scruta à l'intérieur, elle fut déçue par les mystères qu'elle contenait.

Elle était remplie de petits cailloux, de la dent ensanglantée d'un enfant et de babioles, telles qu'un jeton en cuivre à l'effigie d'un roi entouré des mots *Pillemus Rex*. Le revers portait une croix. Elle déchiffra les mots *sur Lewes*.

C'était une curieuse découverte, car ils ne se servaient pas de pièces de monnaie à Dubhtolargg. On troquait tout là-bas. Si un toit était à réparer, tout le monde s'entraidait. Elle ne voyait pas le besoin d'amasser des pièces. Cela accaparait la place de quelque chose de plus utile. Et le métal pouvait servir à faire de meilleurs outils.

Mais ceci, une fois encore, n'était pas son mode de vie. Une autre raison pour laquelle elle devait quitter cet endroit. Un lieu où l'on construisait des coffres pour protéger des pièces en métal brillant servant surtout à proclamer la valeur de leur propriétaire.

Dégoûtée, elle rejeta la pièce dans la boîte. Son regard tomba sur trois petits parchemins roulés.

Sans enthousiasme, elle en déroula un. C'était une liste de rois, quelque chose qu'elle n'avait pas vu depuis qu'elle était enfant. Una en gardait une dans sa grotte, mais comme cela n'influençait pas beaucoup leurs vies, Lael y avait peu prêté attention. Les livres d'Una passionnaient beaucoup plus Sorcha. Quoi qu'en dise Una, ils étaient bien moins pratiques qu'un couteau.

Ne s'attendant pas à trouver quelque chose ayant plus de valeur, elle déroula un second parchemin et se mit à le lire à haute voix. Elle cligna des yeux et le relut :

À DOUGAL MACLAREN, *héritier de Keppenach, de Dunloppe et de moindres seigneuries, ton père te salue.*

Avec la présente, je te remets une enfant du nom de Kenna. Elle vient accompagnée de Maddog, ton frère bâtard. Ayant aimé la mère de l'enfant, je te demande de veiller sur elle jusqu'à mon retour. Si je reviens point, comme tu es mon seul héritier et tes fils après toi, je te prie de considérer l'enfant comme membre de ta famille et de lui donner tout ce qui lui est dû, en tant que fille de mon sang.

Soussignée et scellée ce onzième jour de septembre par moi, Donnal MacLaren, fils de Domnall mac Alpin, frère de Kenneth et laird de Keppenach, de Dunloppe et de moindres seigneuries.

LAEL RELÂCHA une extrémité du parchemin et le laissa se réenrouler de lui-même. Kenna était la fille de Donnal MacLaren. Elle était donc la sœur bâtarde de Dougal et la tante de Stuart et de Rogan MacLaren, malgré son jeune âge.

Mais beaucoup plus intrigant était le fait que Kenna venait de Dunloppe. Pourrait-elle être apparentée à son époux Jaime ?

Stupéfiée, elle replaça le parchemin dans la boîte.

— Qu'est-ce que vous avez là ? demanda une voix d'homme.

Tirée de sa réflexion, Lael referma vite le couvercle.

— Rien que des bibelots, répondit-elle, levant les yeux.

Maddog la regardait de la porte. C'était la première fois qu'il lui parlait depuis qu'il avait essayé de la pendre. Et pour la première fois, Lael se rendit compte que Luc n'était plus à son côté. Elle fronça les sourcils et regarda autour d'elle.

— Des bibelots ?

— Si fait.

Elle tourna la boîte et en ramassa une poignée de dents et de cailloux pour lui montrer, sans comprendre pourquoi elle voulait lui cacher le reste. Le contenu de la boîte l'intéresserait sans aucun doute et pourtant... quelque chose la retenait de le lui révéler.

Il sembla se désintéresser soudain de la boîte.

— Quoi qu'il en soit... *ma dame*..., il prononça le titre avec effort, je suis venu vous parler, si vous me le permettez.

Lael se leva du lit.

— Bien sûr, dit-elle.

Mais elle ne voulait pas le laisser entrer dans la chambre et ne lui faisait pas confiance. Elle laissa donc la boîte de côté et passa devant lui pour aller dans la salle de réception.

Il la suivit sur le palier, comme elle s'y attendait.

— Je suis vraiment désolé pour tous les problèmes que j'ai causés, dit-il en traînant les pieds.

Lael pencha la tête de côté, incapable de ne pas répondre sur un ton impertinent :

— Voulez-vous parler par hasard de votre tentative de me pendre ?

Semblant contrit, il la regarda directement dans les yeux.

— Si fait.

Elle était impolie, elle en avait conscience. Depuis ce premier jour, Maddog lui avait à peine parlé. Il l'avait laissée se débrouiller toute seule. En fin de compte, il n'avait fait rien de plus que ce qu'elle aurait fait si les rôles avaient été inversés.

— Je suppose que j'aurais fait la même chose à votre place, convint-elle.

Puis elle commença à descendre les marches pour qu'il la suive.

Ils avaient au moins cela en commun. Elle devait donc pardonner ce rustre d'avoir fait tout ce qu'il pouvait pour protéger les siens, surtout après ce qu'elle venait d'apprendre. Après tout, il semblait certainement avoir beaucoup plus à perdre que la plupart.

En bas, elle pouvait les entendre préparer la salle pour le dîner. Le bruit lui parvenait dans l'escalier. Consciente que Maddog était derrière elle, Lael s'arrêta, une main sur la rampe. Ce n'était pas absurde d'imaginer qu'il ait l'idée de la pousser, mais elle se dit qu'elle était trop méfiante, à cause des trahisons dont elle avait été témoin enfant. Ce n'était pas facile d'oublier la façon dont son père était mort. En même temps, l'homme avait déjà essayé de la tuer une fois. Elle regarda en bas pour voir si quelqu'un se trouvait à proximité pour les voir ou les entendre.

— J'ai de quoi faire amende honorable, lança-t-il, la surprenant. Une certaine épée...

Lael redressa soudain la tête. Elle croisa son regard, réalisant ce qu'il voulait dire.

— Une épée ? demanda-t-elle, aussitôt intriguée.

Il acquiesça.

— Je sais que vous voulez partir et je peux vous sortir d'ici, mais on doit s'en aller tout de suite. J'ai des hommes qui ont accepté de nous aider, bien que chaque jour le Boucher remplace mes hommes par les siens. Pour le moment, il a demandé à ses hommes de l'aider à réparer les portes, mais une fois que ce sera fait, on pourrait tous rester coincés ici jusqu'au printemps.

Lael le jaugea, essayant de déterminer s'il disait la vérité.

— Dites-moi... de quelle épée parlez-vous ? l'interrogea-t-elle.

Il jeta un coup d'œil nerveux vers le bas de l'escalier pour voir qui pourrait les entendre.

— L'épée des rois, murmura-t-il. Je voudrais la rendre à Broc Ceannfhionn et vous libérer tous les deux...

— Pourquoi ? répliqua-t-elle sur un ton sec.

— Moyennant récompense, bien sûr, reprit-il, une étincelle dans ses yeux noirs.

Bien sûr. Pour l'amour de ces objets métalliques ronds et brillants.

Lael ne savait pas s'il disait vrai, mais cela n'avait pas vraiment d'importance. Ce qui comptait maintenant, c'est qu'elle ait l'occasion de libérer son ami.

Et alors...

Et alors elle pourrait retourner chez elle.

— Quand ?

— Maintenant.

— Nenni ! On se prépare à dîner.

— Pas avant quelques heures, rétorqua-t-il. Si on part, ce doit être maintenant pendant que mon homme est de garde. Le Boucher supervise les réparations des portes et personne verra votre disparition avant le repas du soir.

Les pieds de Lael refusaient d'avancer. La colère monta en elle en voyant qu'il y avait encore des hommes prêts à trahir son époux, le *laird*.

— Pouvez-vous me redonner mes couteaux ?

Il secoua la tête.

— Nenni, mais l'épée est vôtre. À moins que vous aimiez votre époux le Boucher plus que votre famille, ajouta-t-il en penchant la tête de côté, un sourcil levé.

Lael le regarda en plissant les yeux.

— Attendez-moi ici, demanda-t-elle. Je vais chercher mon manteau.

&

COMME IL Y avait encore du temps avant le dîner, Kenna alla vite récupérer sa paillasse. Mairi lui avait permis de dormir dans la cuisine cette nuit, et maintenant que Maddog avait découvert son coin secret, elle ne souhaitait pas qu'il revienne l'embêter. Elle n'avait aucune idée de ce qu'elle devait faire à propos du garçon Baird et de son père, mais elle ne voulait plus s'occuper des actes ignominieux de Maddog.

D'une façon ou d'une autre, elle avait l'intention de se libérer du joug de Maddog. Elle comprenait instinctivement qu'il détruirait tout et tous ceux autour de lui, car quoi qu'il prétende, c'était un menteur et un voleur. Pire encore, un meurtrier.

Entendant des voix approcher, elle relâcha sa paillasse et se cacha sous l'autel dans le chœur, retenant son souffle pour voir qui cela pouvait être.

Maddog. Ce misérable. Mais il n'était pas seul.

Il était accompagné de Lael.

Kenna fronça les sourcils en voyant les deux traverser rapidement la nef, se diriger vers le passage, puis tourner dans le transept nord vers le portail caché. Lael était enveloppée de fourrures et portait un petit sac à la main.

— Vous êtes sûr que votre ami nous laissera passer ?

— Ne craignez rien, ma dame, lui assura Maddog, ouvrant la marche. Il a pris la garde, sachant que je viendrais.

Kenna ne put entendre le reste. Elle relâcha son souffle en les voyant ouvrir le portail et disparaître dans les tunnels du donjon.

Kenna resta immobile un long moment, se mordant

la lèvre. Elle se dit que peut-être Lael voulait juste rendre visite à son ami. Elle portait un sac assez gros. Elle avait peut-être l'intention de donner des restes à Broc Ceannfhionn.

Maddog aurait dû traîner Kenna de force pour l'emmener n'importe où, mais Lael n'était pas obligée de le suivre. Pas de force. Kenna retourna donc chercher sa paillasse pour la transporter vers le garde-manger de la cuisine. Jusqu'à ce qu'elle puisse trouver un meilleur endroit. Ce faisant, elle réfléchissait à la possible raison de la visite secrète de Lael au donjon.

Si Lael se servait de Maddog pour aller voir son ami, cela ne la regardait pas. Après tout, Lael n'avait pas besoin de ses conseils. L'homme avait failli la pendre, elle n'allait sûrement pas lui faire confiance. Tranquillisée par ce fait, Kenna oublia la scène. Une fois dans les cuisines, elle se mit au travail, attendant le retour de sa nouvelle maîtresse comme Lael l'avait annoncé.

CHAPITRE 29

Stupéfiée par les nouvelles conditions de vie de Broc, Lael resta bouche bée.

Tandis qu'elle se l'était imaginé en train de frissonner de froid, il était dans un confort extrême. Des tapisseries avaient été accrochées aux murs pour servir d'isolant et le sol était recouvert de tapis. Son lit avait plus de couvertures que le sien et un feu généreux brûlait près d'une table solide et d'une chaise, pour qu'il ne mange pas par terre comme un chien.

Et la martre avait disparu depuis longtemps.

Un seul homme avait pu autoriser une pareille chose : son très cher époux. Comment Jaime lui avait-elle laissé croire que Broc souffrait ici dans sa geôle ? Il l'avait convaincue que vendre son corps était la seule façon de sauver Broc. *Diable !* elle avait troqué son corps pour la vie d'un homme, et dans une certaine mesure, elle avait passé chaque nuit avec Jaime dans l'espoir d'avoir ce bébé pour que Broc Ceannfhionn soit libéré de son enfer.

Menteuse, cria une petite voix dans sa tête.

Tu as couché avec lui parce que tu le voulais.

C'était en partie vrai, mais elle avait réellement cru

Broc en danger. Sinon, elle n'aurait *jamais* accepté d'épouser le Boucher du diable !

Lael n'y comprenait plus rien.

— Et alors ? Vous venez point ?

Le gardien qui avait accepté de les aider remit les clefs de la cellule de Broc à Lael. Broc regarda la clef et secoua la tête.

— Pourquoi ? demanda Lael.

Elle avait le droit de savoir. Quelles manigances politiques avaient-ils imaginées pour garder un homme comme un animal en cage ?

— On a point beaucoup de temps, insista le gardien.

Lael ne croyait pas un mot de ce que Broc lui disait.

Quel homme choisirait de rester dans une cellule quand il pouvait partir libre ? Même elle se sentait obligée de s'en aller maintenant que la porte de sa cage était grande ouverte, car en vérité, elle n'avait pas choisi cette voie. On l'avait *forcée* et elle n'allait pas se laisser faire comme une marionnette ! Elle avait ses idées et elle refusait d'être contrainte de faire quoi que ce soit. Elle manipulait la clef avec colère, essayant de l'insérer dans la serrure pour le faire sortir de force.

Broc passa la main par les barreaux et lui prit la clef des mains.

— Qu'est-ce que tu fais ?

Broc regarda Maddog.

— Je fais point confiance à cet homme, et tu devrais point non plus.

— Il a l'épée, Broc, annonça Lael pour le persuader. Peu importe ce qu'il a fait, il a accepté de la rendre, moyennant récompense. Et tu es libre de t'en aller !

— Nenni. J'ai changé d'avis, déclara Maddog en plaçant un couteau sous la gorge de Lael.

Il l'éloigna des barreaux, sa lame tranchante pressée contre sa peau.

Avalant doucement sa salive parce qu'il tenait la lame si près, Lael le laissa faire.

Broc parvint finalement à entrer la clef dans la serrure de sa cellule.

— Ohhh, nenni ! protesta Maddog.

Elle pouvait le sentir secouer la tête tandis qu'il l'entraînait dans le tunnel sombre. Sa barbe puante lui effleura la joue. L'idiot de gardien se précipita devant eux.

— Tu restes où t'es jusqu'à ce qu'on soit partis, sinon je lui trancherai sa belle gorge si vite que tu glisseras dans son sang dès que tu franchiras cette porte.

Broc retira sa main de la serrure.

— D'accord, j'accepte de partir avec vous, lança-t-il. Je te paierai tout ce que tu veux à condition que tu la relâches.

— Nenni, refusa Maddog. Je peux vendre l'épée à quelqu'un d'autre, peut-être au roi, avança-t-il avec un rire hideux.

Sa lame très affûtée trancha la peau de Lael. Elle sentit une goutte chaude de son propre sang couler sur sa peau. Elle n'avait pas ses couteaux, mais elle portait sur elle le cadeau de son époux, précautionneusement caché sous son manteau, dans une gaine. Si elle pouvait l'atteindre maintenant...

— Le Boucher vous laissera jamais partir, déclara Broc.

— Qui vivra verra. La donzelle dún Scoti est mon assurance.

Il rit de nouveau en entraînant Lael plus loin dans le tunnel, tout en criant à Broc de ne pas le suivre.

Elle n'arrivait pas à comprendre comment il était arrivé à prendre le dessus si rapidement. Ils émergèrent dans la forêt où deux autres hommes les attendaient. Un troisième homme gisait face contre terre, son sang coulant d'une blessure qu'elle ne pouvait pas voir.

L'estomac de Lael se retourna en pensant à la perte de cet homme, mais elle fut forcée de s'interroger. Comment pensait-elle que cela serait accompli sinon en versant le sang ? Il était peu probable que tout le monde se contente de déposer les armes en disant : « bon débarras, ma dame ».

— Mon mari va vous trouver, jura-t-elle, sans se demander si elle espérait qu'il en soit ainsi.

— Il connaît point ce pays, mais nous on le connaît, lui assura Maddog.

Et ils avaient des chevaux. Son estomac se souleva de nouveau à leur vue.

— Monte ! lui ordonna Maddog.

Encerclée, Lael fut forcée d'obéir. Elle se hissa sur le dos du cheval gris pendant que l'un des gardes tenait les rênes pour qu'elle ne tombe pas. Puis Maddog monta derrière elle et posa de nouveau sa lame sous son menton.

— Allons-y, commanda-t-il à ses hommes.

❦

Les portes presque terminées, Jaime partit pour aller voir sa femme, dans l'espoir d'un baiser à la dérobée. Il y avait encore beaucoup à faire avant la fin de la journée, mais craignant une longue nuit, il ne se réjouissait pas à l'idée de rester si longtemps sans la compagnie de son épouse.

Il se rendit d'abord aux cuisines, où Lael passait une grande partie de son temps avec ses servantes. Personne ne l'avait vue depuis un certain temps. Il s'attarda à la porte pour les regarder travailler, observant la jeune Kenna de loin. Elle était en train de couper des choux, plutôt nerveusement. Jaime craignit qu'elle se coupe les doigts. Elle posa ses yeux sur lui, puis détourna rapidement son regard, comme si elle avait peur de lui. Il supposait que ce serait la réaction des gens pour un certain temps encore, jusqu'à ce qu'ils réalisent qu'il ne méritait pas sa réputation de monstre.

Kenna était une jolie jeune fille. Il était facile d'imaginer qu'elle puisse être sa sœur, car ils se ressemblaient. Elle avait les yeux bleus, remplis de douleur.

Mais la Kenna qu'il avait aimée et connue était morte. Assassinée par un homme à qui son grand-père avait fait confiance, un homme qui s'était jadis lié d'amitié avec sa propre mère. En fait, si ses souvenirs étaient bons, c'était Donnal MacLaren qui avait présenté sa mère à l'homme qui l'avait épousée, après que le père de Jaime l'ait quittée alors qu'elle était enceinte.

Kenna portait une robe différente de celle qu'elle avait le premier jour où il l'avait remarquée. Il savait que Lael avait offert une nouvelle robe à ses trois servantes. Et se rappelant que sa femme lui avait demandé l'autorisation de se servir de la chambre voisine, il se dit qu'elle devait y être. Il laissa les femmes et poursuivit la recherche de son épouse errante.

Il jeta d'abord un coup d'œil dans la chambre du *laird*. La trouvant vide, il regarda dans la pièce d'à côté. Mais elle était également vide, mise à part une boîte étrange posée sur le lit.

Curieux, Jaime traversa la chambre et souleva le couvercle.

La boîte était remplie de bibelots : des dents, des petites pierres et des parchemins. Il en saisit un et le déroula. Juste des gribouillis d'enfant. À part un seul mot, un nom peut-être, Kellen, le reste était illisible. Le garçon avait manifestement essayé d'écrire une lettre tout seul. Il la reposa dans la boîte et faillit repartir, mais quelque chose le poussa à en lire une autre. Il déroula le parchemin et le parcourut rapidement : *héritier de Keppenach, te remets une enfant, Kenna...*

Retenant son souffle, il relut la lettre depuis le début :

À DOUGAL MACLAREN, *héritier de Keppenach, de Dunloppe et de moindres seigneuries, ton père te salue.*

Avec la présente, je te remets une enfant du nom de Kenna. Elle vient accompagnée de Maddog, ton frère bâtard. Ayant aimé la mère de l'enfant, je te demande de veiller sur elle jusqu'à mon retour. Si je reviens point, comme tu es mon seul héritier et tes fils après toi, je te prie de considérer l'enfant comme membre de ta famille et de lui donner tout ce qui lui est dû, en tant que fille de mon sang.

Soussignée et scellée ce onzième jour de septembre par moi, Donnal MacLaren, fils de Domnall mac Alpin, frère de Kenneth et laird de Keppenach, de Dunloppe et de moindres seigneuries.

— KENNA, murmura-t-il, et presque comme par magie, elle apparut à la porte, tripotant un pendentif autour de son cou.

— Mon *laird* ?

Jaime plissa les yeux pour examiner le pendentif. Son cœur se mit à accélérer. Il traversa la pièce et lui arracha le pendentif du cou.

— Mon *laird* ! protesta-t-elle. Il appartenait à ma mère !

— C'est point possible ! murmura Jaime.

Il revoyait son corps carbonisé par terre. *Une enfant. Brûlée. Aux membres entortillés.* Il se prit la tête entre les mains, se demandant s'il était devenu fou. Rêvait-il ?

Il leva les yeux vers la jeune fille debout devant lui. Elle avait les yeux gris-bleu comme l'acier. Son nez... ressemblait beaucoup à celui de sa petite sœur, mais c'était maintenant une femme. L'image du pendentif dans la paume de sa main se brouilla.

Trois cœurs entrelacés, avec un chardon fleuri au centre de chacun. Le sceau de sa maison, une maison abandonnée par son dernier fils restant.

Jaime secoua la tête et regarda sa sœur droit dans les yeux.

— Je te connais, dit-il, les yeux brûlants.

Il déglutit avec difficulté.

— Si fait, mon laird, dit-elle, ne comprenant pas ce qu'il voulait dire. C'est moi qui ai pris la défense de Bowyn quand vous l'avez laissé partir. Et pour cela, je vous remercie, mais c'est point pour cela que je viens vous voir. Je suis venue parce que j'ai vu ma dame entrer dans les tunnels avec un homme à qui elle devrait point faire confiance. Je le connais trop bien.

Jaime secoua la tête, essayant de clarifier son esprit embrumé et de comprendre ce qu'elle disait. Il voulait tellement la serrer dans ses bras et ne jamais la laisser partir.

— Tu as vu Lael descendre dans les geôles ?

Sa sœur était en vie. Et pas seulement en vie, mais une femme, belle comme une rose.

Il voulait tout savoir, qui l'avait amenée ici, comment elle était venue, si elle se rappelait quelque chose de sa vie d'avant. La dernière fois que Jaime avait posé les yeux sur elle, elle était toute petite.

Kenna fit oui de la tête.

— Si fait, mon *laird*. J'aurais dû vous le dire quand vous êtes venu aux cuisines demander si on l'avait vue, mais je voulais point vous alarmer. Ma dame a promis de revenir vite pour me montrer comment faire un potage, mais elle est point encore de retour.

Lael était dans les tunnels du donjon.

Kenna était en vie.

Partagé, confus, sa réponse initiale fut la colère :

comment sa femme pouvait-elle le défier après qu'il ait osé lui faire confiance ?

— Qui l'y a emmenée ?

— Maddog, mon *laird*.

— Maddog ?

La jeune fille se rendait-elle compte qu'elle parlait en mal de son propre sang ?

La tête lui tourna. Quelle ironie du sort ! La jeune fille debout devant lui, après tant d'années, était sa sœur ; la fille de l'homme qui avait volé son patrimoine et que Jaime avait brûlé vif pour sa trahison.

Est-ce que Maddog le savait ?

Quoi qu'il en soit, Maddog avait encouragé Lael à désobéir à ses ordres. Le regard de peur sur le visage de Kenna atténua son accès de fureur. Il sentit soudain que quelque chose clochait terriblement.

Il avait confié le forgeron à Maddog.

Le forgeron était mort.

Il regarda dans les yeux bleus de sa sœur et sut que c'était vrai : Lael était en danger.

L'heure n'était pas aux réunions. Il dirait la vérité à Kenna plus tard. Il lui dirait tout. Mais il n'avait pas le temps. Il pressa le pendentif dans les mains de Kenna et se précipita devant elle. La laissant seule dans la chambre de la tour, il descendit les marches quatre à quatre.

Les hommes de MacKinnon s'étaient donné du mal pour dissimuler leur fumée. Aidan aperçut néanmoins le feu de camp du chef bien avant que le MacKinnon ne réalise son arrivée.

Même avec trente hommes seulement, Aidan aurait pu porter un coup fatal au reste de leur armée et abattre au moins un tiers de leurs guerriers avant que quelqu'un ne réalise ce qui se passait. Mais Aidan s'approcha les mains devant lui, loin de son arc et de son épée. Ses hommes le suivirent et arrivèrent en courant, les mains levées, au milieu d'une armée de plus de quatre cents hommes. Aidan savait pourtant qu'ils offraient un spectacle effrayant, peints de *woad* et enveloppés de fourrures, ressemblant à leurs ancêtres. Comme des fantômes du passé de la Scotia.

Le MacKinnon sortit de sa tente pour les accueillir. Derrière lui apparurent d'autres hommes qu'Aidan reconnut, y compris Gavin mac Brodie, qui avait épousé sa sœur Cat. Il était suivi de ses deux frères. Ils retirèrent les mains de leurs pommeaux dès qu'ils réalisèrent qui se tenait devant eux.

— Salut à vous, mon ami, heureux de vous voir, dit MacKinnon.

Aidan descendit de sa jument.

— Heureux de vous voir, dit aussi Aidan. Mais je suis point venu en paix, MacKinnon. Je suis venu pour libérer ma sœur Lael.

— Et on est venus pour Broc, révéla MacKinnon. Un peu tard, c'est vrai, mais on est enfin là.

Aidan lui lança un regard de reproche.

— Broc Ceannfhionn prétend que vous vous êtes battus à ses côtés, et que vous l'avez laissé affronter l'ennemi tout seul, avec ma sœur.

Le chef eut la bonne grâce de reconnaître ce fait par un signe de tête, sans pourtant se laisser intimider par Aidan. Ils ne s'étaient rencontrés qu'une seule fois auparavant et Aidan le tenait en haute estime, mais il était furieux qu'ils aient forcé sa sœur à se battre sous de faux prétextes.

— On pouvait point faire autrement, déclara Gavin en avançant, l'air rusé, ses yeux bleus fixés sur lui. Ils m'attendaient, mais je pouvais point partir avec mon épouse sur le point d'enfanter.

Aidan tressaillit. Il porta la main à sa poitrine, trahissant ainsi son émoi.

— Ma sœur Cat vous a donné un petiot ?

Gavin acquiesça de la tête.

— Un fillot. Il s'appelle Conall.

Aidan soutint le regard de Gavin mac Brodie.

— Comme mon père, dit-il, ému.

Il regrettait de ne pas avoir une chaise pour s'asseoir.

— Et Cat… elle va bien ?

— Très bien, *bràthair-cèile, mon beau-frère*, répondit Gavin en souriant.

— Aussi rusée que d'habitude, ajouta avec un sourire Leith, le frère de Gavin. Et son bébé a les poumons d'un sauvage !

— Misérables ! s'écria Aidan, mais sans colère dans la voix.

Il s'approcha de Gavin et lui donna une tape dans le dos, momentanément distrait de l'affaire de sa sœur Lael. *Il avait un neveu maintenant, un garsoncel. Un fillot de Cat !*

— Si elle avait pas eu l'enfant, Cat aurait insisté pour venir avec nous, reprit Gavin. Dieu soit loué pour le petiot ! En fait, on a dû partir avant le lever du soleil, avant que Cat se réveille et puisse changer d'avis.

Aidan sourit. C'était bien là sa sœur. Toutes ses sœurs étaient des louves et il n'avait rien fait pour adoucir leur caractère.

— Pour ce qui est de Lael, poursuivit MacKinnon, je suis navré pour ce qui est arrivé, Aidan, mais on fera tout notre possible pour la ramener dans votre vallée.

Aidan acquiesça de la tête et lui donna aussi une tape dans le dos. Il fit signe à ses hommes de descendre de cheval, se rappelant soudain leur présence. Il demanda à Lachlann de faire avancer le cheval avec Kieran sur son dos. Les mains liées, l'homme les dévisagea tous un par un.

— Vous avez assez d'hommes, assura Aidan au MacKinnon, ignorant la colère du Sassenach. Mais on a le capitaine du Boucher.

❦

CONTRAINTE DE CHEVAUCHER devant Maddog avec un couteau dans le dos et les mains liées devant elle, Lael attendait son heure.

S'il y avait une femme qu'il ne fallait surtout pas mettre en colère, c'était bien elle.

Ils pénétrèrent plus profondément dans les bois. À flanc de colline, ils s'arrêtèrent pour laisser les chevaux s'abreuver à un cours d'eau au pied des *Am Monadh Ruadh*.

S'élevant d'Inverness au nord, d'Aberdeen à l'est et de Dundee au sud, ces plateaux étaient recouverts de neige, même en juillet et en août. Mais ils étaient maintenant majestueux et entièrement blancs. Façonnés par les avalanches, les tempêtes et les inondations, les profondes vallées et les pitons brumeux pouvaient être traîtres, à moins que l'homme ne fasse plus qu'un avec la terre. Lael savait exactement comment faire cela, mais elle doutait que ces vauriens, amis des Sassenachs, sachent ce que cela voulait dire. Habillée comme elle l'était, comme une dame, elle se dit qu'ils avaient peut-être oublié qui elle était.

Une enfant de l'Albion antique, une sœur du vent et une fille de la forêt, se rappela-t-elle à elle-même.

Maddog ricana et la poussa à terre quand ils furent sur le point de s'arrêter. Si elle n'avait pas roulé pour l'éviter, Lael se serait fait piétiner par le cheval. Mais elle se heurta le coude sur une pierre et ferma les yeux pour repousser la douleur atroce.

Par la pierre sacrée, elle se jurait de voir Maddog mort avant la fin de la journée !

Elle ne dit pas un mot. Elle les laissa rire ensemble et resta allongée par terre en serrant les dents contre la douleur. Puis elle s'assit, essayant de masser son coude contre son côté.

Si seulement elle pouvait atteindre son couteau.

Elle baissa les yeux et découvrit qu'il était visible. Elle se rallongea aussitôt pour le dissimuler. Son manteau s'accrocha à la selle de Maddog qui le repoussa tout en continuant à rire.

— Puterelle ! s'écria-t-il.

— Pourquoi vous la laissez point là ? demanda l'un des gardes.

— Parce que. Si ce bâtard de Boucher a l'idée de nous poursuivre, je lui couperai la gorge sous ses yeux.

— Peut-être qu'il s'en fiche.

— Balivernes ! J'ai vu comment il la regardait.

Lael fronça les sourcils. *Comment ?* Elle l'ignorait. Elle avait passé beaucoup trop de temps à être en colère contre lui et à essayer de s'enfuir. Plus récemment, elle avait craint de le regarder de trop près de peur de perdre la volonté de s'en aller.

Elle changea de position pour cacher son couteau et s'assit, tortillant les liens qui lui retenaient les poignets. Pauvres bougres. Savaient-ils point comme il était facile de défaire des liens si fragiles ? Ils n'avaient même pas eu l'idée de lui attacher les mains dans le dos.

Ils l'avaient sous-estimée, se disant que c'était juste une femme, alors qu'elle avait tué plus d'hommes la première nuit que n'importe lequel de ses compagnons d'armes. Pendant que les deux bavardaient, elle continua de bouger ses poignets et desserra de plus en plus les liens. La corde lui irritait la peau, mais elle s'en fichait. Elle avait enduré bien pire sous le bâton d'Una. La femme avait toujours tendance à lui donner des coups sur la tête. La vieille sorcière lui manquait cruellement.

Elle défit peu à peu ses liens sans qu'ils s'en aperçoivent, éprouvant un immense plaisir à sentir la pointe de sa lame contre sa cuisse. Le dirk dépassant de sa gaine était un simple rappel qu'elle était sur le point de retourner la situation et que ces trois imbéciles allaient amèrement regretter ce jour.

CHAPITRE 31

*D*e là où Lael était assise, elle pouvait toujours apercevoir la tour de Keppenach au loin, même si la colline dissimulait le mur de courtine. Ils n'étaient pas encore très loin, mais ils seraient sous peu hors de portée de Jaime.

Cependant, ses ravisseurs l'avaient manifestement sous-estimée.

L'un d'eux se leva pour aller pisser dans la rivière. L'autre retira une flasque de sa selle et en but tout le contenu. Il la secoua pour la vider jusqu'à la dernière goutte, puis se pencha au bord du ruisseau pour la remplir d'eau.

Quant à Maddog, il se laissa attirer par le reflet argenté de l'épée dans un fourreau attaché à sa selle. Il retira son butin pour l'admirer dans le soleil couchant. Lael reconnut l'épée du *Ard rí*, avec sa lame gravée. Maddog retourna l'épée des rois. Elle se mit à luire de tout son éclat, envoyant un signal évident sur des lieues à la ronde. Si quelqu'un les cherchait, nul doute qu'il apercevrait le reflet et enverrait aussitôt des hommes dans cette direction.

Têtes de linotte.

Son clan n'aurait pas survécu si longtemps dans la

342

Mounth sans savoir comment se défendre. Ce serait un jeu d'enfant, se dit-elle, mieux valait ne pas s'attarder. Elle n'aimait pas verser le sang, malgré son affinité pour les couteaux. Toute âme était sacrée, même celle des idiots. Que Sluag ait pitié d'eux dans l'au-delà, car elle n'en aurait aucune à cet instant.

Pendant qu'ils étaient occupés à des idioties, elle découvrit le bout de sa lame, en remerciant Dieu pour le cadeau que lui avait fait son époux, et trancha rapidement l'une des boucles. Se rendant compte qu'elle n'avait pas beaucoup de temps devant elle, elle libéra ses mains et se mit debout, maudissant sa fichue robe qui froufroutait contre ses chevilles. Et pourtant, ils ne l'entendirent pas approcher avec le bruit de leur pisse et de leurs rires. Maddog, immobile et comme envoûté, avait les yeux fixés sur l'épée des rois. Il passait ses gros doigts graisseux sur l'inscription.

— *Cnuic `is uillt `is Ailpeinich*, dit-il à haute voix.

Lael s'approcha du garde agenouillé au bord du ruisseau. Elle dégaina son dirk, puis sans un mot, mais avec une action de grâces silencieuse à Cailleach qui veillait miséricordieusement sur elle, elle trancha la gorge de l'homme toujours penché sur l'eau. Dans le reflet, elle vit son cou s'ouvrir et ses yeux s'écarquiller. Elle lui avait donné un coup rapide et sûr, il ne souffrirait pas. Puis elle s'empara de sa hache et poussa son corps dans l'onde.

— Hé ! cria l'homme en train de pisser.

Ce fut son dernier mot reconnaissable. Lael lança la hache. Elle vint s'enfoncer au centre de sa poitrine. Le reste de sa phrase se perdit dans un gargouillis de sang.

Elle se tourna finalement vers Maddog.

Alerté par les sons de ses hommes mourant, il se retourna vers elle armé de sa magnifique épée, la brandissant comme s'il savait ce qu'il faisait.

— Ah, Lael... garce de dún Scoti ! Ça tombe bien, je

vais baptiser l'épée des rois avec ton sang, dit-il avec un petit sourire.

Elle envisagea un instant de le narguer avec les documents qu'elle avait trouvés. Dommage, il ne les verrait jamais. Mais la cruauté n'était pas dans sa nature. Elle sourit pourtant.

— Ah ! Maddog, c'est point facile de prendre un homme au sérieux quand son pendeloche se balance dans la brise.

Il baissa les yeux pour regarder sous son *breacan*. C'était juste assez de temps pour Lael. Il releva la tête, le poignard de la jeune femme planté entre ses yeux noirs.

Son regard surpris aurait été amusant si Lael pouvait trouver un quelconque humour dans le fait de tuer des hommes. La simple constatation de la facilité avec laquelle elle les avait abattus tous les trois, sans le moindre effort, lui donnait la nausée.

Maddog tenait toujours l'épée des rois, mais elle finit par lui glisser de la main et par tomber à terre. Puis son corps s'affaissa lentement, ses lèvres formant un O de surprise. Une fois Maddog tombé, Lael s'approcha de lui. De sa botte, elle poussa son corps loin de l'épée des rois, puis retira son dirk de son front.

— C'est à moi, lui dit-elle, même s'il ne pouvait pas l'entendre. Un cadeau de mon époux.

Puis elle ramassa l'épée des rois et laissa les idiots pourrir là où ils gisaient. Les loups pouvaient les avoir, elle avait bien d'autres chats à fouetter !

Pestant à mi-voix, elle choisit le cheval de Maddog, se rendant compte qu'il s'était réservé la meilleure monture. De plus, il y avait déjà une place pour l'épée sur la selle. Elle remit l'épée du *Ard rí* dans son fourreau, ne pensant qu'à une seule chose : son époux.

Par les dieux, il répondrait des conditions de leur marché. Lael était furieuse, surtout envers elle-même pour avoir si facilement cédé à ses exigences. Elle avait été un peu dévergondée, gémissant de désir à son toucher chaque nuit. Pendant ce temps, Broc Ceannfhionn, bien au chaud, avait conspiré avec son amoureux sassenach pour qu'il l'engrosse.

L'épée était maintenant à elle, elle pouvait en faire ce qu'elle voulait. Elle l'avait gagnée de façon équitable. Si un homme essayait de s'en emparer, y compris Broc Ceannfhionn, elle le transpercerait avec. Même si ce devait être son dernier acte, Broc Ceannfhionn rentrerait son gros derrière chez lui près de sa femme, comme il se devait. Elle n'avait pas risqué sa peau et la vie de son clan pour qu'il reste les bras croisés à se rôtir les orteils près du brasier dans sa cellule.

Son frère l'avait quasiment reniée. Elle avait failli être pendue. Elle avait passé beaucoup de temps en prison, puis avait accepté d'écarter les cuisses pour un Sassenach, un fils de puterelle. Pire encore, ça lui avait plu ! Et pire que tout, elle pensait être *amoureuse* de ce démon de *Boucher* !

Cela suffisait à la rendre malade, surtout qu'elle voulait le tuer sur-le-champ, au moins pour avoir tourné sa capitulation en farce. Se soumettre n'était pas facile pour Lael. Elle ne souhaitait pas non plus penser au fait que maintenant, elle serait obligée de le quitter pour toujours. Comment oserait-elle retourner auprès d'un homme dont le devoir était de servir son roi, et non son peuple ? Ce n'était pas comme cela que Lael avait été élevée. Dans son clan, tout le monde se soutenait, bannissant les étrangers dans le seul but de défendre leurs propres hommes. La terre était leur souverain. Pour cette raison, son frère ne voulait pas même se donner le titre de roi.

Lael était en train de monter sur le cheval de Maddog quand elle entendit une voix qu'elle reconnut. Elle se figea.

— Toujours en train de jouer avec tes couteaux, Lael ? Combien de fois est-ce que je t'ai avertie de faire attention, de peur que tu blesses quelqu'un ou pire ?

Sa gorge se serra douloureusement. Elle se retourna dans la direction de la voix, terrifiée de l'avoir seulement imaginée.

— Aidan ! s'écria-t-elle.

Ce n'était pas son spectre. Son frère était fièrement assis sur sa jument cendrée. Ses cheveux noirs, si semblables aux siens, tombaient sur ses épaules recouvertes de fourrures. Son visage familier était peint de *woad*. Derrière lui apparurent une cinquantaine d'hommes ou plus.

Les yeux verts d'Aidan brillaient de manière suspecte. Il sauta à bas de son cheval et Lael courut se jeter dans ses bras.

LE CRÉPUSCULE ARRIVA ALORS qu'ils étaient toujours en train de réparer les portes.

Du haut des murailles, Jaime aperçut à l'horizon les têtes de presque cinq cents hommes, comme des pointes d'épingle sur un paysage parsemé de neige. Keppenach était complètement vulnérable. Le *laird* pensait que le MacKinnon ne viendrait pas avant le printemps, mais il s'était trompé. N'importe qui pourrait franchir leurs portes et il n'avait qu'une poignée d'archers pour les arrêter. Et maintenant que le pire se présentait avec l'arrivée de MacKinnon, il n'avait même plus sa femme à négocier...

Mais il avait Broc Ceannfhionn.

Cela lui redonna espoir.

Il ordonna qu'on amène le géant blond en haut des murailles, songeant à lui confier Keppenach et toute la garnison pour pouvoir aller à la recherche de sa femme disparue.

Au diable les aspirations et le devoir de garder le Nord pour David ! Pour l'instant, rien d'autre ne comptait qu'une jeune femme séduisante aux cheveux noirs et aux yeux verts étincelants.

Jaime était tenu par serment de rester et de se battre, et tenu par les lois de l'homme de laisser Lael partir. Même si elle n'avait pas respecté leur marché, la loi propre à ce pays lui donnait le droit légal d'échapper à un mariage non désiré, ordonné par leur roi ou non. Lael avait plus de force de caractère que la plupart des femmes, et il était clair qu'elle ne voulait pas de lui.

En fin de compte, elle avait choisi de s'enfuir à la première occasion. C'est seulement après que Broc ait refusé de s'en aller qu'elle avait un peu hésité. Ce simple fait déchira le cœur de Jaime. Mais il ne pouvait en vouloir à Lael : elle avait été forcée à se marier dès le début. Personne ne lui avait donné de choix. Maintenant qu'elle en avait un, elle avait choisi de quitter Jaime.

Mais lui, *il l'aimait*, Jaime avait au moins conscience de cela.

À la folie. De manière irrationnelle. Sans condition.

C'était la seule explication pour la douleur gigantesque qui lui serrait la poitrine. Il était prêt à tout abandonner pour qu'elle revienne dans ses bras. *Tout.* Son foutu roi et son pays aussi !

Et pourtant, le dilemme auquel il faisait maintenant face n'avait rien à voir avec le fait de ramener sa femme de force. Maddog avait placé un couteau à sa gorge et versé son sang. Broc avait aperçu des gouttes rouges couler le long de sa gorge et réalisé que Maddog ferait exactement ce qu'il prétendait. Il les avait donc laissés partir. Il était sorti de sa cellule, mais au lieu de les poursuivre seul, il était allé chercher Jaime dans la tour en courant. Jaime était maintenant confronté à un choix : rester se battre pour Keppenach, comme il en avait l'ordre, ou aller sauver sa femme.

Il se décida sur le moment.

— Viens avec moi, ordonna-t-il à Broc.

❧

LAEL SAISIT l'épée de Ian MacKinnon.

— Nenni, je te laisserai point faire ça ! J'ai besoin de personne pour parler en mon nom. Je parlementerai toute seule ! insista-t-elle avant de se diriger vers le cheval gris de Maddog qu'elle avait confisqué.

Aidan se contenta de hausser les épaules quand MacKinnon lui lança un regard interrogateur.

— Je sais maintenant d'où vient le caractère de Cat, fit remarquer Gavin mac Brodie avec une grimace.

Aidan se mit à rire. Les frères Brodie aussi.

Cameron MacKinnon ne semblait pas autant ap-précier.

— L'épée appartient à Broc, dit-il.

Aidan lança un regard dubitatif au jeune homme et désigna de la tête sa sœur en furie.

— T'as l'intention de la lui prendre ?

Cameron regarda Lael en train de préparer son che-val. Elle avait juste un mince filet de sang le long du cou et une tache sur sa jupe où elle avait essuyé sa lame. Elle avait abattu trois hommes sans effort. Ils étaient arrivés sur les lieux au moment où elle retirait la lame du front de Maddog et l'essuyait sur sa jupe. Cameron l'observa. Elle remit l'épée des rois dans son fourreau et se re-tourna pour regarder les hommes, des flammes vertes brillant dans ses yeux.

Cameron secoua la tête en guise de réponse à la question d'Aidan.

Tous les hommes éclatèrent de rire.

— *Haud yer wheesht !* commanda Lael.

Le silence emplit le paysage. Les cinq cents hommes préféraient se taire plutôt que d'affronter la colère d'une fille aux cheveux noirs. Elle se hissa sur sa monture.

— Montez aussi ! leur ordonna-t-elle à tous. On a des affaires à régler !

❧

QUATRE HOMMES SORTIRENT DE KEPPENACH : Jaime en tête et Broc Ceannfhionn entre deux gardes. On ne pouvait sécuriser les portes pour le moment, mais c'était le moindre des soucis de Jaime. Avec trois hommes, dont un était censé être son prisonnier, il faisait face à une armée de cinq cents hommes.

Ils avancèrent en silence, les bras loin de leurs armes. Mais tandis qu'ils approchaient, Jaime éprouva un sentiment inattendu de soulagement. Une femme était à la tête de l'armée de MacKinnon, et pas n'importe laquelle.

Lael.

Emmitouflée de fourrures et de nouveau équipée de lames scintillant comme des bijoux dans le soleil couchant, elle était fièrement juchée sur son cheval gris, attendant l'approche de Jaime comme une reine païenne de jadis.

Lael était en vie.

Libre de ses ravisseurs.

Quoi qu'il advienne maintenant, Jaime serait en paix, sachant que son épouse n'était plus en danger.

Derrière Lael chevauchait le *laird* MacKinnon avec sa bannière scot claquant dans un vent mordant. Aux côtés de Lael se trouvaient Piers de Montgomerie et les hommes de mac Brodie. Derrière eux s'élevait l'étendard de MacLean. Près d'elle se tenait son frère, sans aucune bannière. Jaime le reconnut parce qu'il aurait pu être le jumeau de Lael. À part Montgomerie, qui devait sa terre aux grâces de David, les *lairds* qui lui faisaient face avaient des lignées nobles aussi anciennes que les aurochs paissant jadis sur cette terre. Nullement découragé, Jaime s'approcha avec son maigre groupe de quatre hommes.

— *Tha i cho co-olcach*, déclara Broc à mi-voix. *Elle est en colère.*

Les mots gaéliques revinrent à la mémoire de Jaime et il en comprit le sens. Et il le voyait sur son visage. Ses yeux le transperçaient comme des poignards.

Maudit Scot. Cette fois tu t'es souvenu comment en être un.

Tha e na Albannach gu a shàilean, lui disait souvent sa mère. *Il était Scot jusqu'à la moelle.* C'était le moment de le prouver.

Sa femme était magnifique, un bijou étincelant dans le crépuscule. Jaime admirait son épouse redoutable. Le monde sembla retenir son souffle. Il pouvait choisir de l'accepter telle qu'elle était, de s'accepter comme il était également, et de considérer ces hommes comme ses pairs.

C'est ainsi qu'il servirait son roi et ses propres intérêts aussi.

— *Cuir claidheamh ann do truaill !* ordonna Jaime à son épouse. *Tha èigh sìth ! Rengaine ton épée ! Je déclare la paix !*

Si elle fut surprise par sa maîtrise de la langue des Scots, elle ne le montra pas. Elle tourna son regard vers Broc Ceannfhionn.

— Paix ! répéta-t-elle sur un ton moqueur. Par quels moyens ? lui lança-t-elle avec défi, reposant ses yeux ardents sur lui. Le retour des prisonniers dans tes geôles ? Nenni, *mon époux le laird.*

Ses mots étaient empreints de mépris. Elle leva son

épée haut en l'air, l'épée que Broc avait montrée à Jaime, un trésor scot que peu d'hommes avaient vu.

— J'ai en main l'épée du *Ard rí*, annonça-t-elle. Je vais l'échanger contre Broc Ceannfhionn !

Elle brandissait l'épée des rois, la lame consacrée de Kenneth MacAlpin, luisant dans les derniers rayons du soleil. Mais Jaime ne croyait pas aux prophéties. Il ne croyait pas non plus qu'une pierre placée sous le derrière du roi ou qu'un peu de métal brillant pourrait apaiser une nation rebelle. Seuls les cœurs des hommes pouvaient faire une telle chose.

Jaime regarda Broc et lui fit un signe de tête. Le géant blond hésita un instant, juste pour être sûr, puis il poussa sa monture en avant et dépassa Jaime pour aller rejoindre son peuple.

— Tu peux garder l'épée, lança Jaime à sa femme, reposant son regard d'acier sur Lael. Redonne-moi seulement mon épouse !

Un murmure gronda dans l'air froid de décembre.

Comprenant soudain qu'il ne s'agissait plus d'une querelle entre nations, mais entre un mari et sa femme, tout l'entourage de Lael s'écarta, comme un manteau tombant des épaules d'une reine.

Surprise, Lael regarda autour d'elle, manifestement perplexe.

Les paroles de Jaime restèrent suspendues dans l'air comme le givre.

Lael commença à comprendre, sans oser espérer. Même son frère avait fait reculer son cheval, la laissant seule à l'avant.

Elle se tourna pour regarder Broc Ceannfhionn traverser leurs lignes. Son cœur martelait sa poitrine. Son époux n'essaya aucunement de l'arrêter. Le géant blond chevaucha simplement au milieu d'eux, laissant son mari plus vulnérable que jamais.

Avec près de cinq cents hommes, ils se tenaient sur

une hauteur. Jaime, en contrebas, paraissait petit et sans défense contre leur grand nombre. Son épée était toujours dans sa gaine. Il était assis sur son cheval noir, avec deux hommes à ses côtés. Ni l'un ni l'autre n'avait tiré son épée et les portes derrière eux étaient grandes ouvertes. Elle voyait les gens de Keppenach, tous les regardaient des murailles. Mais les yeux de son mari étaient fixés sur elle seule. *Elle et personne d'autre.* Comme les yeux de tous, se rendit-elle soudain compte en se retournant vers les siens.

Son frère hocha la tête une seule fois. Le cœur de Lael fit un bond.

Pouvait-il accepter de libérer Broc si facilement ?

Broc soutint son regard tout en traversant leurs rangs. Ses yeux bleus en disaient long. Quand il fut assez proche de Lael pour qu'elle l'entende, il lui dit :

— Donne-lui sa fichue épée. J'en veux point.

— Nenni ! rétorqua Lael, brandissant obstinément l'arme en l'air. Tu *dois* choisir ! cria-t-elle au *laird* de Keppenach, l'homme qui était venu s'emparer de cette terre de force.

Maintenant qu'il avait dû réaliser ce qu'elle avait en main, il avait le devoir de retourner l'épée à son odieux roi. Mais elle ne pouvait pas rester en compagnie d'un homme dont le devoir et la loyauté n'étaient pas dirigés vers les intérêts de son propre clan. Au bout du compte, si un homme ne se battait pas pour ceux qu'il aimait, pour qui diable se battait-il ?

— L'épée des rois *ou* moi ? insista Lael, le menton levé, endurcissant son cœur contre le choix de Jaime.

Le visage de son époux, dans sa fierté et sa beauté, suffit à lui briser le cœur. Il resta immobile, sans chercher à obtenir son arme, la regardant toujours dans les yeux. Elle réalisa alors ce qu'il portait.

Le plaid ocre du clan de sa mère. Porté comme un manteau, il lui tombait dans le dos. Lael en eut le souffle coupé. Son cœur se serra. Ses yeux se mirent à briller.

Jaime se dressa sur sa selle.

— Mon amour est mon épouse et mon épouse est mon amour, déclara-t-il pour que tout le monde l'entende. Redonne l'épée à Broc Ceannfhionn ! lui ordonna-t-il, je veux point la réclamer pour mon roi.

Abasourdie, Lael baissa l'épée, un bijou de la Scotia privé de pouvoir par ces seuls mots. Elle parcourut du regard la longueur de la *claidheamh-mor*, la grande épée à deux tranchants jadis maniée par les rois de Scotia. Elle la jeta sur le sol enneigé et descendit de cheval.

Son mari fit de même. Il sauta en silence de sa selle et gravit la colline, son manteau flottant magnifiquement derrière lui.

Ils tombèrent dans les bras l'un de l'autre. Lael avait les larmes aux yeux. Elle tourna le regard vers son époux et dit d'une voix forte que tous purent entendre :

— *Tha mo ghion ort ! Je t'aime de tout mon cœur !*

— Promets-moi de rester, la supplia-t-il.

— Toute ma vie, je te le promets.

Puis elle détourna rapidement son visage et vomit à ses pieds...

*E*lle était enceinte. Une nouvelle fois.

Jaime s'en rendit compte avant Lael.

Leur fille d'un an sur un bras, son épouse se tenait à pas plus de trois mètres. Elle était en train d'écouter Catrìona enseigner à sa sœur Kenna comment tisser correctement le chaume pour le toit, quand elle se pencha brusquement et vomit aux pieds de sa sœur Catrìona.

— Lael ! s'écria Catrìona. Tu es malade ? lui demanda-t-elle, inquiète.

À côté de lui, Aidan lança un regard complice à Jaime. Sa propre fille de trois ans et le fils de Catrìona, presque du même âge, poussèrent des cris de joie au son de cette éruption vocale inattendue. Les deux jeunes cousins trépignaient joyeusement comme si c'était la chose la plus drôle qu'ils aient jamais vue.

Lìli aussi sembla comprendre ce que cela signifiait. Elle regarda par-dessus son épaule et jeta un coup d'œil éloquent à Jaime.

— Ah ! se plaignit Aidan, tu vas bientôt avoir des marmots sassenachs rampant dans toute ma vallée.

Jaime lança un sourire rusé à son beau-frère. Il y avait certes une pique dans ses mots, car il considérait toujours Jaime en partie comme un étranger, un Sassenach, mais Jaime se rendit compte qu'il n'y avait rien d'offensant dans ses paroles. Il lui donna une tape amicale sur l'épaule, comme pour le consoler.

— Crains point, mon ami. Ce seront toutes des fillottes, si j'ai mon mot à dire.

Broc lui donna un coup de coude dans les côtes.

— Ah ? Et à quand remonte la dernière fois où t'as eu ton mot à dire, Sassenach ?

Ceux qui se trouvaient à portée de voix éclatèrent de rire. Jaime acquiesça en secouant joyeusement la tête. Puis il se retourna pour admirer le travail d'une dure journée, accompli avec les chefs des sept clans nobles : le dún Scoti, qui ne portait pas d'autre nom, le MacLean, Montgomerie, Brodie, le MacKinnon et les derniers des clans McNaught et MacEanraig.

Depuis plus de trois mois maintenant, les clans avaient travaillé ensemble sans relâche pour reconstruire Dunloppe et l'améliorer. Même si tous les clans n'avaient pas encore prêté serment à David mac Maíl Chaluim, chacun d'entre eux avait promis d'honorer le sang avant la terre et la terre avant le roi, car ils étaient maintenant liés par le sang.

Gavin mac Brodie avait épousé Catrìona, la fille de MacLean était mariée à Leith mac Brodie et Broc à une cousine de Montgomerie. L'épouse de Montgomerie, connue sous le petit nom de Mad Meghan, était auparavant une Brodie. Et à en juger par les regards que s'échangeaient Cameron MacKinnon et Cailin, la sœur cadette de Lael, Cameron allait bientôt se retrouver à genoux. S'il arrivait à convaincre un Aidan hésitant qu'il était digne de cet honneur.

Le long du mur nord, le jeune homme continuait de travailler à côté de Keane, se cherchant un allié, tandis que le jeune fils de Lìli lui passait les pierres, son petit corps tendu sous l'effort. Les autres hommes avaient terminé leur travail pour la journée. Ils parlaient avec leurs femmes, tandis que les enfants s'amusaient dans les champs de bruyère odorante.

Sur des lieues à la ronde, la bruyère recouvrait toute la lande d'une glorieuse teinte pourpre, à l'exception d'une petite tache blanche près du donjon. D'après la légende, la bruyère blanche était extrêmement rare. Certains disaient que les fleurs d'un blanc immaculé ne poussaient que là où le sang n'avait pas été répandu pendant plusieurs années. D'autres soutenaient que c'était seulement là où les fées reposaient. Quelle que soit l'explication, Broc était certain que c'était un présage de bon augure. Jaime y voyait le signe d'une terre renouvelée.

La vie était belle, la paix durement gagnée.

Dunloppe appartenait désormais à Broc Ceannfhionn. Le contrat signé, scellé et livré par un cavalier arrivé plus tôt ce jour même, par la grâce de David mac Maíl Chaluim.

Pour Jaime, l'événement était comme une délivrance, car là devant lui, à moins d'un jet de pierre, était assise la sœur qu'il avait jadis crue morte.

Ce jour-là, quand il était revenu avec son épouse, un homme heureux dans son mariage, il était allé parler à la jeune fille. Il lui avait révélé ce qu'il savait. Elle avait sangloté, tout en affirmant qu'elle l'avait su d'une certaine façon, sans avoir osé l'espérer. Sa vie jusqu'alors avait été difficile et elle portait encore les signes de ses mauvais traitements. Cependant, avec l'amour de Jaime et de Lael, Kenna s'épanouissait chaque jour et devenait la femme qu'elle était censée être.

Elle croisa son regard un instant, ses yeux bleus pétillant de joie. Il se demanda si elle aussi s'était sentie renaître suite au passage de flambeau de Dunloppe.

Ici, seize ans auparavant, il l'avait laissée pour morte. Elle avait maintenant dix-neuf ans et était d'une beauté aussi rare que la bruyère blanche, la peau bronzée. Ses cheveux tressés, couleur cuivre, brillaient sous le soleil de fin d'après-midi. Comme Dunloppe, elle s'embellissait de jour en jour.

Quant à Dunloppe même... Jaime se retourna pour l'admirer.

S'élevant comme un phénix de la poussière, la tour du donjon était en bois, mais le mur de courtine, une fois achevé, serait entièrement en pierres cimentées.

Mais ce n'était plus son héritage. Même s'il avait gardé le nom de son père, il se faisait maintenant appeler *laird* de Keppenach, héritier de Duncan Mc-Naught, pas un homme de grande réputation. Son nom était désormais James Steorling McNaught. Sa sœur Kenna avait complètement abandonné le nom de Mac-Laren pour garder juste celui de McNaught. Et sa belle épouse têtue refusait *tous* les noms en dehors de celui reçu à sa naissance : Lael, *tout simplement Lael*.

Rebelle comme toujours, sa femme croyait pourtant que chaque homme devait être loyal envers les siens. C'était une louve, en vérité, mais Jaime ne souhaitait pas qu'il en soit autrement.

Le sourire aux lèvres, il regardait Ria, la petite d'Aidan, marcher derrière son indomptable tante.

Une fois de plus, de là où elle était assise à travailler son chaume, sa sœur regarda vers lui et lui sourit doucement, cherchant son approbation. Jaime éprouva un vif sentiment d'appartenance. Il se promit de voir Kenna dans un mariage heureux, avec une famille à elle. Et quand sa femme croisa son regard, il faillit tomber à genoux, car dans son épouse *dún Scoti* pleine d'entrain, il avait trouvé sa religion.

Ensemble, ils construiraient un héritage pour leur descendance.

Jaime et Broc admiraient le travail qu'ils avaient accompli ensemble.

— Dunloppe est tout ce que j'espérais et plus encore, déclara Broc, une note de respect mêlé d'admiration dans la voix. Je sais point comment te remercier Jaime, poursuivit-il, torse nu, les épaules brûlées par le soleil.

Jaime sourit. Il jeta un coup d'œil affectueux vers sa belle épouse, imaginant son gros ventre portant leur enfant et les baisers qu'il allait bientôt donner. La fille qu'elle tenait dans ses bras était son portrait tout craché, avec les mêmes cheveux noirs et des yeux verts scintillant comme des joyaux. Et elle s'apprêtait à lui donner une autre pierre précieuse : *un garsoncel ou une fillotte ?* se demanda-t-il.

— Tu l'as déjà fait, répondit-il à son ami. Tu m'as amené ma femme.

DICTIONNAIRE GAÉLIQUE

Cette liste vous permettra de prendre davantage plaisir à la lecture de ce livre. Pour les mots gaéliques non inclus ici, le sens est explicité dans le texte lui-même. Les mots gaéliques et leur traduction en anglais y sont écrits en italique.

Am Monadh Ruadh *:* les Cairngorms (chaîne de montagnes située dans les Highlands, en Écosse), littéralement « les collines rouges » les distinguant des *Am Monadh Liath*, « les collines grises ».

Arisaid *:* version féminine d'un grand plaid, plutôt utilisée comme un manteau à l'origine, le plaid n'apparaissant que beaucoup plus tard en Écosse. On peut reconnaître chaque clan à la couleur de son *arisaid*.

Aula *:* salle de réception ou de banquet où le seigneur rendait parfois justice.

Auroch *:* espèce de bovidés disparue, ancêtre des races actuelles de bovins domestiques.

Bean sìth *:* banshee, créature féminine surnaturelle de la mythologie celtique irlandaise, considérée comme une magicienne ou une messagère de l'Autre Monde (le *Sidh*).

Ben : montagne.

Breacan : abréviation de *breacan-an-feileadh*, ou grand plaid.

Brollachan : goule, créature monstrueuse.

Corrie : cirque, enceinte naturelle à parois abruptes, de forme circulaire ou semi-circulaire.

Crannóg : construction en bois, souvent sur un plan d'eau, servant de maison aux premiers Pictes.

Dwale : boisson à base de morelle ou de belladone, souvent utilisée comme anesthésique.

Keek stane : pierre de voyance ou boule de cristal.

Loch : lac.

Mo chreach : interjection utilisée pour exprimer la surprise ou la déception.

Mounth : chaîne de collines bordant le sud de la vallée de la Dee, dans le nord-est de l'Écosse.

Quintaine : pièce d'équipement pour l'entraînement aux joutes, souvent en forme de personne.

Reiver : pillard à la frontière anglo-écossaise.

Scotia : l'Écosse, aussi connue sous le nom d'Alba.

Sluag : dieu du monde des morts.

Targe : petit bouclier circulaire.

Trews : pantalon moulant en tartan.

Uisge beatha : whisky, littéralement « eau-de-vie ».

Woad : colorant extrait du Pastel des teinturiers ou guède, une plante herbacée.

Ce n'est sans doute pas un grand secret pour mes fans que je suis une grande admiratrice d'*Outlander* et de la saga *Le Trône de fer*. Avec le plus grand respect pour ces auteurs emblématiques, vous trouverez dans mes livres des allusions subtiles à leurs œuvres. Mais je voulais mon propre Jaime. Jaime Lannister en est probablement la raison principale. Au début, je pensais que c'était le plus vil des personnages, sans aucune chance de salut. Et puis il a emprunté le chemin de la rédemption. Je ressens la même chose pour lui que pour Dracula de Bram Stoker. Ce sont des anti-héros par excellence, complètement méprisables et pourtant... peut-être l'amour finira-t-il par les sauver ?

En revanche, Jamie Fraser est le héros idéal. Innocent, mais incroyablement beau et sexy. Un *homme* comme une femme les aime, n'est-ce pas ? Mais je me suis demandé : « Qui serait un Jaime à cheval entre ces personnages créés de main de maître ? » Pas aussi vil qu'un Lannister, mais pas innocent non plus. Probablement pas aussi vertueux que Jamie Fraser et peut-être un peu mal compris. Comme avec toutes les histoires et les personnages, tout commence par un simple « et si... ? » C'est ainsi que Jaime Steorling est né. Et si vous

vous souvenez de ce nom dans mon tout premier livre, c'est que son père, Michel, est apparu dans *Angel of Fire*. Il s'avère que mon Jaime ne ressemble en rien à un Lannister. Il n'a pas non plus l'ambition de devenir un Jamie Fraser. Mais j'espère que vous l'accepterez néanmoins tel qu'il est.

À PROPOS DE L'AUTEUR

Les romans de Tanya Anne Crosby figurent sur de nombreuses listes de best-sellers, y compris celles du New York Times et de USA Today. Chargés d'émotion et d'humour, ses livres aux personnages pleins de défaut lui valent les louanges des lecteurs et d'élogieuses critiques littéraires. Elle vit avec son mari, deux chiens et deux chats dans le nord de l'État du Michigan.

Pour plus d'informations:
www.tanyaannecrosby.com
tanya@tanyaannecrosby.com